Sur l'auteur

Ann Granger est un auteur de romans policiers et historiques très prolifique, avec plus de trente romans parus en Angleterre. Elle a rencontré un franc succès à l'international avec ses séries « Lizzie Martin » et « Campbell et Carter ». Ann Granger a travaillé dans les ambassades britanniques de nombreux pays, dont la République tchèque, la Zambie et l'Allemagne. Elle vit désormais dans l'Oxfordshire.

Du même auteur
aux Éditions 10/18

UN INTÉRÊT PARTICULIER POUR LES MORTS, n° 4658
LA CURIOSITÉ EST UN PÉCHÉ MORTEL, n° 4804
UN ASSASSINAT DE QUALITÉ, n° 4938
UN FLAIR INFAILLIBLE POUR LE CRIME, n° 5014
LE TÉMOIGNAGE DU PENDU, n° 5084
L'ORPHELINE DE SALISBURY, n° 5537
COTTAGE, FANTÔMES ET GUET-APENS
MANOIR, MAGOUILLES ET COQ AU VIN

ANN GRANGER

MANOIR, MAGOUILLES ET COQ AU VIN

Traduit de l'anglais
par Elisabeth Kern

10
18

Titre original :
Rack, Ruin and Murder

ISBN 978-2-264-07635-9
Dépôt légal : mai 2021

À Tony et Pat Davey,
en souvenir des nombreux voyages
que nous avons faits ensemble,
et en espérant qu'il y en aura beaucoup d'autres.

1

Monty Bickerstaffe progressait de sa démarche chancelante. Le mouvement de balancier de ses bras mettait à chaque instant en danger la bouteille dont on distinguait nettement la forme dans le sac en plastique distendu qu'il tenait de la main droite.

Quelques minutes plus tôt, sa présence au rayon alcools avait vidé l'espace de tout client, de sorte que le très jeune directeur du magasin avait fini par arriver. Un très poli « Puis-je vous être utile, monsieur ? » avait suffi à faire comprendre à Monty qu'il n'était pas le bienvenu dans le supermarché.

— Espèce de crétin... Petit morveux... marmonna-t-il. Je suis client ici, moi, au même titre que n'importe qui d'autre...

Il avait adressé ces mots au jeune homme, puis les avait répétés à un deuxième responsable, plus âgé, venu à la rescousse, et aussi à l'agent de sécurité du magasin. Face à ce dernier, il alla même plus loin :

— Je vais porter plainte pour interpellation injustifiée ! menaça-t-il. Qu'est-ce qui vous dit que je ne vais pas payer ? Je ne suis pas encore sorti du magasin ! Tant que je suis là, vous devez présumer que j'ai l'intention de régler ce que j'ai pris, et c'est précisément ce que je vais faire, figurez-vous ! De toute façon, conclut-il, vous n'auriez pas le droit de me fouiller, même si je partais sans payer, parce que vous n'êtes pas assermenté. Il n'y a que les vrais flics qui peuvent faire ça.

— Je connais la loi, répondit le gardien avec agacement.

— Pas aussi bien que moi ! rétorqua Monty.

— C'est bon, Monty, je sais. Maintenant, ça suffit, d'accord ?

Les trois hommes restèrent près de lui pendant qu'il payait son dû. Lorsqu'il lui tendit son argent, la caissière eut un mouvement de recul, comme si elle répugnait à le toucher, comme si la main de Monty avait contaminé les billets.

— Je me demande si ça lui arrive de se laver, à celui-là... souffla-t-elle à sa collègue de la caisse voisine lorsqu'il fut passé.

— Hé là, ne poussez pas ! gronda Monty à l'intention de l'agent de sécurité. D'abord, j'ai besoin d'un nouveau sac en plastique. J'y ai droit, et ne comptez pas sur moi pour le payer ! Le whisky était déjà assez cher comme ça...

— C'est la politique de notre magasin, intervint imprudemment le jeune directeur. Les clients paient les sacs en plastique. Cinq pence, ce n'est pas grand-chose. C'est pour protéger l'environnement.

— Voyez-vous ça ! s'écria Monty.

— Oui, ça réduit le nombre de sacs en plastique en circulation.

Le jeune directeur – aux yeux de Monty, ce n'était guère qu'un gamin – désigna d'un geste l'extérieur du magasin.

— Parce que les gens les jettent n'importe où, vous comprenez... ajouta-t-il.

— Et qu'est-ce qui vous fait dire que moi, je vais jeter le mien ? répliqua Monty. En plus, je tiens à vous faire remarquer que, si cette bouteille me glisse des mains – parce que vous ne m'aurez pas fourni de sac en plastique, justement –, elle va se casser, il y aura du verre brisé partout et ça fera encore plus de mal à l'environnement.

À ces mots, il leur décocha un large sourire qui découvrit ses dents, et ses interlocuteurs reculèrent comme un seul homme.

— Et là, si je commence à ramasser les morceaux – parce que je veux protéger l'environnement, moi aussi –, eh bien, je vais me couper et…

— Donne-lui un sac, Janette, qu'on en finisse ! s'énerva le plus âgé des responsables.

Ils l'escortèrent à l'extérieur et restèrent un moment à le regarder s'éloigner. Monty sortit de la zone piétonnière, longea une série de petits commerces, pénétra dans l'un des quartiers d'habitation les plus misérables de la ville, puis dans un autre plus récent, composé de pavillons (« Des cages à lapins », bougonna-t-il), qu'il quitta via une ouverture pratiquée dans le grillage d'une station-service qui bordait la rocade.

Il passa devant l'atelier de mécanique, ignora le salut amical du pompiste et bifurqua pour traverser la route sans se soucier des coups de klaxon et des protestations furieuses des conducteurs qui l'évitaient de justesse. Il se retrouvait désormais au cœur d'un paysage plus verdoyant et, comme chaque fois, il se sentait mieux. Il marcha quelques minutes sur le bas-côté puis, parvenu à un croisement, s'engagea, pour la dernière partie du trajet, dans un chemin que l'on appelait le Toby's Gutter Lane, la Rigole de Toby.

Plus personne ne savait qui avait été ce Toby, mais le sentier s'appelait ainsi depuis des temps immémoriaux et son nom figurait même sur une carte topographique datant du XVIIIe siècle. Il montait en pente douce à partir de la nationale. Jusqu'à ce jour, quand les pluies étaient abondantes, les eaux venues du sommet s'y engouffraient comme dans une gouttière et le transformaient en torrent impétueux. Si bien que, les mois les plus humides, il se formait sur la route en contrebas une flaque gigantesque qui envahissait la chaussée. Chaque année, le conseil régional recevait des plaintes d'automobilistes qui s'étaient fait surprendre.

Monty passa devant la pancarte où figurait le nom du chemin. Le poteau penchait sur la droite tel un ivrogne depuis que le tracteur de Pete Sneddon l'avait percuté, deux ou trois ans auparavant, et il s'affaissait un peu plus chaque jour. Nul doute qu'il finirait par tomber carrément.

— Moi aussi, je vais écrire au conseil régional ! annonça Monty à un cheval qui paissait dans un pré en bordure du sentier.

Le pré lui appartenait, tout comme le champ voisin, qu'il n'exploitait pas davantage. Les deux terrains constituaient en partie la zone tampon qui le préservait du monde extérieur. Le cheval, lui, était à Gary Colley. À l'occasion, Pete Sneddon amenait quelques-uns de ses moutons pâturer dans le champ. De l'avis de Monty, cela constituait une exploitation suffisante pour ces terres, et il s'estimait autorisé à rabrouer quiconque se risquait à s'enquérir à leur sujet.

Aimable, le cheval marqua son approbation par un hennissement, à moins qu'il ne se moquât, tout simplement, parce qu'il n'ignorait pas que le conseil devait avoir bien d'autres priorités que le Toby's Gutter Lane (et que Monty).

Au bout d'une heure de marche sur le chemin, Monty arriva enfin chez lui. Il aurait pu parcourir le trajet en deux fois moins de temps, songea-t-il, et même plus vite encore. L'arthrite de ses genoux avait empiré. Même le whisky n'atténuait plus les douleurs désormais. Cependant, la dernière fois qu'il était allé voir le médecin, la secrétaire s'était montrée encore plus désagréable que le jeune gars du supermarché. Et pour couronner le tout, une maigrichonne en jean qui arborait un tatouage sur son ventre dénudé l'avait accusé d'apporter des maladies.

— On est chez le docteur ici, ma petite chérie, lui avait-il rétorqué. C'est là qu'on vient quand on veut attraper des maladies.

À ces mots, les autres patients de la salle d'attente s'étaient éloignés, instaurant une distance de quelques chaises entre eux et lui. Monty avait rarement à se plaindre de promiscuité lorsqu'il arrivait quelque part...

— Laisse aller, c'est une valse... lança-t-il à voix haute, satisfait d'être parvenu à destination.

Il se faufila par l'ouverture de la grille rouillée. Avec les gonds qui s'étaient bloqués, les battants, ni ouverts ni fermés, laissaient juste ce qu'il fallait d'espace pour qu'un être humain puisse les franchir. Les volubilis qui s'enroulaient autour du fer forgé masquaient un bel exemple de travail d'orfèvrerie du XIXe siècle. Le tout obstruait l'accès à une allée infestée de mauvaises herbes qui menait à l'entrée de la Balaclava House, magnifique manoir de style néogothique dont la splendeur n'était plus qu'un souvenir. Le briquetage s'effritait. Une lézarde au-dessus du porche dessinait comme un éclair jusqu'au premier étage. Elle divisait en deux le bouclier à armoiries imaginé par l'arrière-grand-père de Monty pour suggérer une noblesse, purement imaginaire au demeurant.

Cela faisait des années que Monty ne s'était pas aventuré au premier étage de la maison. Ses genoux auraient protesté et, à vrai dire, il se souciait peu de savoir quel degré de décrépitude avaient atteint les chambres à coucher. Il se contentait du rez-de-chaussée, bien assez spacieux pour lui. Il y avait une antichambre attenante à un spacieux vestibule, un salon bien proportionné, une vaste salle à manger, un office et une grande cuisine, avec un autre vestibule adjacent qui donnait sur l'arrière et une pièce étroite que Monty appelait « la salle des armes ». Cette dernière ne contenait plus aucune arme à feu, la police les lui ayant confisquées plusieurs années auparavant sous le prétexte qu'il ne possédait pas de permis. Sans les fusils et pistolets qui avaient appartenu à son père, Monty s'était senti dépossédé de ce qu'il considérait comme des biens familiaux. Désormais, la pièce lui servait à entreposer les bouteilles vides et, comme Monty n'avait pas de véhicule pour les porter jusqu'au collecteur de verre, elle en était presque entièrement remplie.

Sa famille avait vécu dans la maison depuis sa construction, qui datait du milieu du XIXe siècle et dont le lent déclin avait débuté vers 1950, bien avant que Monty en hérite. À cette époque, le personnel devenait cher et difficile à trouver et l'entreprise familiale commençait à péricliter. Monty se souvenait bien des méthodes qu'avaient ses parents pour réaliser de discrètes économies. Son père, par exemple, transvasait du vin bon marché dans des bouteilles porteuses d'étiquettes prestigieuses, en y ajoutant à l'occasion de courtes rasades de porto pour donner le change. Quant à sa mère, elle avait ses stratagèmes : des repas concoctés exclusivement à base de restes dominaient les souvenirs de vacances scolaires de Monty, et ils figuraient déjà largement au menu tout au long de l'année lorsqu'il était écolier. Devenu adulte, Monty s'était souvent demandé comment il avait pu grandir en étant exclusivement nourri de vieux restes réchauffés. Il y avait aussi les draps de coton de son lit qui, lorsqu'ils commençaient à s'user, étaient découpés et recousus afin de placer les côtés au centre. Le résultat de l'opération était une épaisse couture courant au milieu du drap, qui lui irritait affreusement la peau lorsqu'il dormait. La maison, elle, avait toujours été glaciale.

Et pourtant, Monty ne regrettait rien : ces rudes conditions, estimait-il, l'avaient endurci.

Il boitilla dans le hall d'entrée, indifférent à l'épaisse couche de poussière qui tapissait les meubles, ouvrit la porte du salon et se dirigea droit vers le buffet qui contenait les verres. Il n'en trouva aucun de propre du côté droit et tenta sa chance à gauche sans plus de succès. Il allait devoir s'atteler à la vaisselle, alors qu'il l'avait déjà faite trois ou quatre jours auparavant. Sachant qu'il était le seul habitant de la maison, on aurait pu croire qu'une vaisselle par semaine suffisait…

Avec la plus grande précaution, il posa sur le buffet la bouteille qu'il venait d'acquérir, poussa un soupir et repartit vers le hall avec l'intention de gagner la cuisine. Alors seulement, il s'aperçut qu'il n'était pas seul dans la pièce. Il avait un visiteur, un inconnu de surcroît. Il crut d'abord que son imagination lui jouait des tours. Aucun étranger n'était entré là depuis l'année où une femme, se présentant comme assistante sociale, avait fait son apparition. Quelque indiscret avait dû juger bon d'informer les autorités qu'un « monsieur d'un certain âge qui ne tournait pas rond vivait seul au milieu de la crasse dans une maison non chauffée ».

Pour être honnête, la femme n'avait pas utilisé les termes « qui ne tournait pas rond ».

— Peut-être sommes-nous un peu… désorientés ? » lui avait-elle dit plutôt.

— On ne m'avait pas prévenu que j'allais recevoir la visite de Sa Majesté, lui avait rétorqué Monty. Vous utilisez le pluriel royal, vous vous prenez pour la reine mère ? Vous ne seriez pas vous-même un peu *désorientée* ? De mon côté, en tout cas, ma tête va bien, merci.

— Mais, mon ami, vous êtes là, tout seul dans cette grande maison, avait répondu l'assistante sociale, et je n'ai pas l'impression que vous disposiez du chauffage central.

— Ma propre compagnie me suffit ! avait crié Monty, faisant sursauter la pauvre femme. Je vis tout seul, oui, c'est la seule chose de juste que vous ayez dite, madame ! Mon cerveau, je le répète, fonctionne parfaitement. Et je ne considère pas que l'état de mon intérieur vous concerne en quoi que ce soit. Cette maison me convient tout à fait et du chauffage, j'en ai, figurez-vous ! Il y a une cheminée dans le salon et je trouve tout le bois nécessaire dans mon jardin. Ça ne me coûte rien, et ça signifie que je paie moins cher en électricité. En ce qui concerne le gaz, je ne suis plus relié. Ils ont remplacé l'ancienne conduite il y a quelques années et ils ont voulu creuser dans mon jardin pour m'en faire venir une nouvelle, mais j'ai refusé, évidemment. Ils ont quand même fait passer leur canalisation devant ma porte (il désigna un point derrière la femme), mais sans m'en faire profiter. Pour ce qu'on appelle les impôts locaux, il n'est pas question que je paie ces sommes exorbitantes, vu que je ne bénéficie pratiquement d'aucun des services qu'ils sont censés couvrir. Alors allez-vous-en maintenant !

Elle s'était éclipsée, non sans lui laisser une pile de brochures détaillant les aides destinées aux personnes âgées. Ces publications avaient aussitôt rejoint dans le feu les restes crépitants de la cabane de jardin.

Depuis, peu de gens s'étaient aventurés jusqu'à sa porte. Or, voilà que les choses changeaient. Là, il y avait un indésirable, quelqu'un qui s'était introduit dans la maison sans lui avoir demandé son avis.

Monty était outré. Ne pouvait-on plus être tranquille chez soi ? Au moins, ce personnage n'avait pas investi la méridienne poussée contre le mur qui lui servait de lit, mais c'était une piètre consolation… Non, il avait pris possession du canapé victorien rembourré en crin de cheval, sur lequel il s'était non pas assis, mais étendu, calé contre les coussins moisis entassés sur un côté. Et il avait l'air de dormir profondément. Monty ne connaissait ni d'Ève ni d'Adam cet homme bien nourri, vêtu d'un pantalon brun en velours côtelé, d'une chemise à carreaux bleue au col ouvert et d'une veste en daim. Il n'était pas tout jeune, mais ne semblait pas très âgé non plus. Monty le catalogua dans la catégorie des m'as-tu-vu.

— Mais bon sang ! vous pouvez me dire ce que vous faites là ? s'écria-t-il. Vous êtes dans une résidence privée, ici !

Le type ne répondit pas. Monty s'approcha d'un pas et remarqua avec dégoût qu'il avait bavé et que la salive, en séchant, avait tracé sur la chemise une ligne argentée semblable à celles que laissent les escargots sur leur passage. Pis encore, il avait eu un malheureux accident. Cela avait séché, mais une large tache s'était formée au niveau de l'entrejambe, d'où montait une odeur caractéristique. Monty fronça le nez.

— Toi, mon vieux, tu as pris une cuite… Crois-moi, je peux comprendre. Seulement, tu ne peux pas rester ici, ce n'est pas possible !

Il n'eut droit là encore à aucune réponse. Il s'éclaircit bruyamment la gorge et ordonna avec plus de brusquerie au visiteur de se lever. L'autre continua à dormir. Rendu furieux et renonçant à toute prudence, Monty s'enhardit à venir secouer le dormeur par la manche de la veste en daim, sans résultat. Le corps demeurait immobile, beaucoup trop immobile. Et le mouvement imprimé au vêtement avait encore accru l'odeur nauséabonde d'urine séchée.

Monty émit un long sifflement. Puis, jetant un coup d'œil à la porte, il constata non sans un certain soulagement qu'elle était ouverte et qu'il pourrait, si ses genoux le lui permettaient, battre rapidement en retraite. Au même moment, il songea que cette porte était *toujours* ouverte. Il n'avait pas pour habitude de la fermer, il ne fermait jamais aucune porte dans la maison, puisque cela l'aurait obligé à la rouvrir ensuite. Pourtant, il en était sûr, cette porte était fermée cinq minutes plus tôt lorsqu'il était rentré. Il se souvenait très bien avoir actionné la poignée et l'avoir poussée. Ce devait être le gars allongé sur le canapé qui l'avait refermée derrière lui.

Ou peut-être quelqu'un d'autre, plutôt, après avoir déposé ce bonhomme-là dans le salon, parce que le type qui était là avait sacrément l'air d'être mort. La chemise tachée de bave ne bougeait pas, alors qu'elle aurait dû monter et descendre s'il avait respiré. Il semblait même qu'il ait vomi un peu, et cela aussi avait séché.

Monty fit une nouvelle tentative, sans grand espoir.

— Hé, toi… !

L'écho de sa voix envahit la pièce vide.

— Nom d'un chien, ce n'est pas possible… marmonna-t-il en reculant.

Cette histoire prenait un tour différent. Si l'inconnu avait été en vie, Monty aurait pu le chasser, mais avec un mort, c'était impossible. N'empêche qu'on ne pouvait pas faire comme si de rien n'était et l'ignorer…

Laissant derrière lui le visage livide, Monty se rua hors du salon, courut vers la cuisine, saisit un verre sale qu'il rinça sous le robinet, puis revint sur ses pas à une allure plus lente.

Au fond de lui, de façon certes illogique, il espérait que le visiteur aurait disparu, de la même manière inexplicable dont il était apparu. Mais non, il était toujours là. Monty contourna le canapé et atteignit la bouteille de whisky, dont il se versa une dose généreuse. Puis il alla s'asseoir dans un fauteuil, en face du corps, afin de réfléchir à ce qu'il fallait faire.

Il envisagea quelques instants de le traîner à l'extérieur et de l'enterrer dans le jardin. Toutefois, indépendamment de la rude tâche que cela représenterait et de ses fichus genoux qui ne le laissaient rien faire d'un tant soit peu athlétique, il savait très bien qu'il devait prévenir la police. Pour cela, il lui fallait retourner en ville… Une douleur brutale lui élança les genoux à cette seule perspective. Ce qu'il pouvait faire aussi, c'était tenter d'utiliser ce fameux téléphone portable qu'il s'était laissé convaincre d'acheter au printemps précédent. C'était la petite Tansy qui, la dernière fois qu'elle était venue, l'avait fait céder. Elle était arrivée un jour sans crier gare au volant d'une vieille voiture, de façon aussi impromptue que le type du canapé, et elle était entrée dans la maison.

— Ma parole, oncle Monty, s'était-elle exclamée, comment tu fais pour vivre comme ça ?

— Je vis très bien, avait grogné Monty en retour. Qu'est-ce que tu viens faire ici ?

Il n'était pas mécontent de voir la petite, c'était quelqu'un qu'il aimait bien. Seulement, il avait perdu l'habitude d'avoir de la compagnie chez lui.

— Je passais dans le coin et j'ai pensé que ce serait sympa de venir te dire bonjour !

L'expression qu'affichait Tansy indiquait que l'idée commençait à lui paraître de moins en moins « sympa ».

— Maman est toujours en train de se demander si tu vas bien.

— Et elle, elle va bien ? interrogea Monty, tout en se fichant complètement de la réponse.

Bridget, qui l'appelait toujours « oncle Monty », était en réalité une lointaine petite-cousine. Monty ignorait de quelle façon exactement elle lui était liée, mais elle était, en tout cas, une Bickerstaffe par le sang et cela, semblait-elle penser, lui donnait le droit de se mêler de sa vie.

— Ta mère n'a jamais été foutue d'organiser son existence à elle, poursuivit-il, mais ça ne l'empêche pas de chercher à mettre de l'ordre dans la mienne ! J'ai bien essayé de l'envoyer promener, mais elle ne renonce jamais !

Tansy sourit.

— Toi, tu as l'air d'être une gentille fille, reprit-il. Mais je te préviens, il ne faut pas que tu deviennes comme ta mère.

— Maman va de nouveau se marier, annonça Tansy en réponse à la première question.

— Ça fait combien ?

— Quatre.

— Les femmes, il leur faut toujours quelqu'un pour s'occuper d'elles, marmonna-t-il. Tu vois ce que je veux dire ? Depuis le temps, ta mère aurait dû comprendre que le mariage, ce n'était pas pour elle…

Il marqua un temps d'arrêt, avant d'ajouter :

— Remarque, ce n'était pas pour moi non plus. Ça doit être de famille…

Si Tansy était venue ce jour-là, c'était parce qu'elle s'était agacée de ne jamais pouvoir communiquer avec lui. En fait, Monty avait soupçonné Bridget de tenter une nouvelle tactique en lui envoyant sa fille. Cependant, pour faire plaisir à Tansy et parce qu'il s'en voulait de ne pas l'avoir accueillie avec plus d'égards, il l'avait écoutée. En conséquence, elle l'avait conduit en ville dans son épouvantable tacot, ils étaient entrés dans un magasin rempli de téléphones portables et Tansy s'était entretenue un très long moment avec le vendeur. Non, son oncle ne voulait pas prendre de photos ni envoyer de mails avec son portable. Il voulait quelque chose de très simple à utiliser. Ainsi avaient-ils acheté ensemble – Monty fournissant l'argent et la jeune fille continuant à parler – un appareil accompagné d'une chose qu'on appelait un chargeur. On lui avait encore réclamé vingt-cinq livres en lui expliquant que c'était un téléphone à carte prépayée et qu'il disposait maintenant de cette somme sur son compte pour téléphoner. Depuis, Monty n'avait presque jamais utilisé l'engin, qui restait sur la table de la cuisine, branché à une prise. De temps en temps, il l'emportait avec lui lorsqu'il sortait, le glissant dans sa poche avant de partir en ville, mais cela n'avait pas été le cas ce jour-là.

Il retourna donc à la cuisine, repoussa la pile de courrier qui entourait le téléphone et composa le 999. Puis il indiqua qu'il voulait parler à la police.

— Envoyez des gens de chez vous ici, voulez-vous ? demanda-t-il poliment. Il y a un mort sur mon canapé.

On lui demanda son nom et son adresse et, après un temps au cours duquel il entendit plusieurs voix qui semblaient débattre en fond, la femme lui demanda s'il était sûr de ce qu'il disait.

— Tout à fait sûr ! répliqua Monty avec toute la courtoisie dont il était capable, étant donné la stupidité de la question. Il ne respire pas.

— Cette personne a fait une crise cardiaque ? interrogea encore la femme. Peut-être avez-vous plutôt besoin d'une ambulance...

— Mais non, pas du tout ! s'énerva Monty, qui commençait déjà à en avoir assez.

C'était toujours pareil, avec les fonctionnaires. Ils n'écoutaient pas ce que vous leur disiez.

— Envoyez des hommes de chez vous, ou alors carrément les pompes funèbres avec un corbillard, comme vous voulez !

La dame répondit que quelqu'un viendrait dès que possible, mais que la journée était chargée.

— Moi aussi, j'ai eu une journée chargée, rétorqua Monty. Et pas vraiment agréable, si vous voyez ce que je veux dire... Je vous signale que cela ne me plaît pas particulièrement d'avoir ce gars-là chez moi, alors faites ce qu'il faut, d'accord ?

Il rangea le portable dans sa poche et, après une brève hésitation, but une lampée de whisky du verre qu'il tenait toujours à la main. Puis il retourna au salon, afin de revoir le visiteur indésirable.

— Ils ne vont pas tarder, l'informa-t-il.

Il n'espérait pas obtenir de réponse, bien sûr. Il avait juste envie d'entendre une voix humaine, fût-ce la sienne. Pourtant, contre toute attente, le mort se mit soudain à bâiller et ouvrit les yeux.

2

Monty éprouva un tel choc qu'il en lâcha son verre. Le whisky se répandit sur le tapis sale et l'air s'emplit de son odeur tourbeuse. Le bâillement de l'homme s'accompagna d'un cliquètement en provenance de sa mâchoire et, lorsqu'il sembla que la bouche ne pourrait plus s'ouvrir davantage, le mouvement se figea. Les yeux exorbités qui ne voyaient plus fixaient un point dans la mort.

— Qu'est-ce qu'il faut que je fasse, moi ? murmura Monty. Le mec est raide, c'est la rigidité cadavérique qui s'installe… Mais nom d'un chien, qu'est-ce qu'ils fabriquent, ces foutus flics ?

En fait, la dame au téléphone avait dû le trouver convaincant, car il n'eut pas à patienter longtemps avant d'entendre une voiture s'arrêter devant la grille. Puis ce furent des bruits de pas qui remontaient l'allée de graviers mêlés d'herbes sauvages.

— La porte d'entrée est ouverte ! lança une voix masculine, sans doute à l'intention d'un collègue. Il y a quelqu'un ? cria-t-elle encore, cette fois vers l'intérieur.

— Par ici ! répondit Monty sur le même ton.

Un instant plus tard, deux hommes en uniforme pénétraient dans le salon.

— C'est vous qui nous avez appelés, monsieur ? interrogea le premier, tandis que l'autre se dirigeait vers le canapé.

— C'est pas des blagues, Trev, le gars est cuit... annonça-t-il en se penchant sur le visiteur de Monty.

Tout se déroula ensuite à une vitesse déconcertante. De son fauteuil, Monty observa les allées et venues. Un nouveau policier, apparemment plus gradé, arriva, puis ce fut un médecin qui pénétra dans la pièce avec sa sacoche.

— Je lui ai pourtant dit au téléphone que c'était trop tard pour ça, marmonna Monty dans son coin.

Sans doute avaient-ils besoin d'une confirmation officielle, songea-t-il.

En fin de compte, une fois le chef et le docteur repartis, l'un des flics parut soudain se rappeler sa présence et s'approcha. De nouveau, il lui demanda si c'était lui qui avait appelé la police et s'il était le propriétaire de la maison. Monty répondit oui aux deux questions, non sans s'énerver.

— Je vous l'ai déjà dit, non ?

— Je vérifie, monsieur, c'est tout. Y a-t-il une autre pièce où nous puissions bavarder un peu ?

— Bavarder un peu ? Mais de quoi voulez-vous bavarder, bon sang ?

— Nous aimerions que vous nous expliquiez juste ce qui s'est passé, monsieur, dit l'agent. La personne qui est là a-t-elle eu un malaise ? Vit-elle ici avec vous ?

En posant ces questions, il jeta un regard dubitatif sur le désordre qui régnait, sur les vieux meubles recouverts de poussière et les tapis usés jusqu'à la corde.

— Non, bien sûr que non, soupira Monty.

— Dans ce cas, nous aimerions connaître son nom et son adresse. Ses proches doivent être informés de sa disparition, ainsi que le bureau du coroner. Avez-vous appelé quelqu'un d'autre, en dehors de nous ?

— Écoutez, vous êtes en train de perdre votre temps avec vos questions ! Je ne sais rien de rien. Je ne sais ni qui est ce type ni comment il s'est retrouvé ici. Je suis rentré chez moi et il était là. Au début, j'ai même cru qu'il dormait. Et évidemment, je n'ai appelé personne d'autre. Qui vouliez-vous que j'appelle, nom d'un chien ?

Il finit néanmoins par accepter d'entraîner l'agent dans la cuisine, où ils s'assirent et où il dut tout répéter pour que son interlocuteur puisse prendre des notes. Monty le regarda faire avec résignation. La bureaucratie dans toute sa splendeur ! On vous pose vingt fois les mêmes questions et, ensuite, on écrit tout sur un carnet…

— Bon, reprit l'agent. Dites-moi, maintenant : avez-vous touché le corps ?

Monty le dévisagea sans comprendre.

— Pourquoi vouliez-vous que je le touche ?

— Pour essayer de découvrir son identité, monsieur. Pour voir s'il n'avait pas un permis de conduire, par exemple. Vous avez dit que cet homme est un étranger pour vous. Vous avez dû vous demander qui il était quand vous l'avez découvert là…

Monty fronça les sourcils et réfléchit à la question.

— Non, je ne me suis pas demandé qui il était, répondit-il. Ce que j'aurais bien aimé savoir, par contre, c'était d'où il venait et comment j'allais m'en débarrasser. Je me fichais pas mal de savoir comment il s'appelait… comment il s'appelle. De toute façon, je ne le connais pas. Si j'avais trouvé une personne que je connais morte sur mon canapé, j'aurais téléphoné chez elle, évidemment, et j'aurais demandé qu'on vienne la chercher. Mais comme je n'avais jamais vu ce type-là de ma vie, c'est vous que j'ai appelé, voilà !

L'agent renonça avec un soupir. Venus du dehors, on entendit des crissements de pneus et des claquements de portières, puis de nouvelles voix résonnèrent dans le salon.

Soudain, la porte de la cuisine s'ouvrit et Monty vit avec horreur son ex-femme pénétrer dans la pièce.

Si trouver un homme mort dans le salon avait déjà été un choc, celui qu'il subit à cet instant fut pire encore. Il écarquilla les yeux et ouvrit la bouche comme le gars du canapé l'avait fait un peu plus tôt. Le sang semblait avoir déserté son visage et, pendant un bref moment, tout flotta autour de lui.

— Bon sang de bonsoir…

Les morts avaient-ils décidé de se donner rendez-vous chez lui ce jour-là ? D'abord le macchabée du salon, et maintenant ce fantôme dans la cuisine… Il sentit que l'agent posait une main inquiète sur son bras.

— Monsieur… ?

— Non, articula Monty avec fermeté. Non, ce n'est pas possible, tu es en train de rêver !

— J'ai bien peur que ce ne soit pas un rêve, monsieur. Il y a vraiment un corps dans la pièce d'à côté, malheureusement…

Monty se dégagea avec irritation, avec l'espoir que ce mouvement suffirait à dissiper la silhouette qui se tenait à la porte. Penny avait disparu de sa vie dix ans plus tôt, et elle avait carrément quitté ce monde depuis quatre ans. C'était Bridget qui était venue lui annoncer sa mort. Elle lui avait demandé d'assister à l'enterrement, mais pour lui, il n'en était pas question. Bridget avait trouvé cela très discourtois et elle lui avait signifié, non sans rudesse, que même une ex-épouse méritait un dernier hommage. Et c'était précisément parce qu'il était égoïste et stupide, et trop buté pour essayer de recoller les morceaux, que Penny l'avait quitté. Il était allé trop loin, il le reconnaissait, on était arrivés à un point où il n'était plus possible de tenter quoi que ce soit. Regarder le cercueil n'aurait fait que rappeler ses propres tares à Monty. Devant Bridget, il avait incriminé ses genoux douloureux, qui l'empêchaient de rester longtemps debout. Elle était repartie ulcérée, mais ce n'était pas la première fois, et ce ne serait certainement pas la dernière. On pouvait se montrer aussi direct que l'on voulait avec Bridget, on n'arrivait jamais à l'écœurer tout à fait. Il le savait, elle finissait par ressurgir à la moindre occasion, résolue à intervenir de nouveau dans sa vie.

Là, le bon sens soufflait à Monty que celle qui venait d'apparaître n'était pas un spectre, mais une jeune femme qui présentait une déconcertante similitude avec sa défunte épouse. Sur leur photo de mariage, Penny ressemblait trait pour trait à la nouvelle venue. (Après le départ de Penny, il avait caché toutes les photos, puis il les avait brûlées à sa mort.) Sur l'image qu'il avait en tête, Penny était en robe de mariée, bien sûr, tandis que cette femme-ci portait ce qu'il aurait qualifié de costume de ville sur un homme – pantalon rayé et veste assortie. Et pourtant, bon sang, c'était le portrait craché de Penny dans sa jeunesse : un peu plus grande que la moyenne, svelte, mais vigoureuse, nerveuse comme un terrier, avec des cheveux roux foncé coupés court, un petit menton pointu et des yeux gris espacés qui brillaient d'intelligence.

Sous la veste sévère et trop masculine, elle avait une chemise à large col d'un ocre flamboyant qui, avec la couleur de ses cheveux et leur coupe d'elfe, faisait d'elle une sorte d'esprit de l'automne. Il regretta de ne pas avoir de crayon et de papier sous la main pour pouvoir la dessiner. Cela faisait des années qu'il n'avait ni dessiné ni peint. Autrefois, quand ils étaient jeunes tous les deux, Penny avait été son modèle. C'était il y a longtemps... Et voilà qu'il se laissait aller à des idées stupides !

— Qui êtes-vous donc ? demanda-t-il humblement.

— Inspecteur Jessica Campbell, répondit la jeune femme, qui ajouta en se tournant vers l'agent : C'est bon, je prends le relais...

Le policier se leva et sortit sans dissimuler son soulagement.

— Vous ne vous sentez pas bien ?

Penché sur lui, le sosie de Penny le considérait d'un air soucieux. Était-il possible que cette femme fût inspecteur de police ?

— Vous voulez un peu de thé ? interrogea-t-elle.

Monty se ressaisit au prix d'un violent effort sur lui-même.

— Étant donné les circonstances, je ne pourrais pas aller mieux, merci, répondit-il. Non, je ne veux pas de thé. Je veux un autre whisky.

— Combien en avez-vous bu jusqu'à présent ?

(Maintenant, elle se mettait aussi à parler comme son ex-femme !)

— Un seul, répliqua-t-il, comme si souvent face à Penny. Et en plus, j'en ai renversé la moitié quand cette saleté de truc, là-bas, s'est mise à bâiller.

Il désigna la porte et le lointain canapé, avec son occupant.

— Ça a dû vous faire un choc, commenta l'inspecteur Campbell. Mais je pense quand même qu'un thé serait préférable.

Ce ne fut pas seulement le choc, ce fut l'accumulation d'événements imprévus et inexplicables qui fit soudain exploser Monty.

— Je ne veux pas de thé ! Nom d'un chien, pourquoi faut-il que, depuis toujours, je sois entouré de femmes qui savent mieux que moi ce dont j'ai besoin ? Il me faut du whisky, un point, c'est tout !

Il couvrit la jeune femme d'un regard noir, auquel elle répondit par un sourire.

— J'ai l'impression que vous n'êtes pas si perturbé que ça, en fait, déclara-t-elle.

La colère de Monty s'évanouit à ces mots.

— Excusez-moi, soupira-t-il. Mais un petit whisky, ça ne pourra pas me faire de mal, hein ?

— Non, monsieur Bickerstaffe, je ne pense pas que ça puisse vous faire du mal.

Quelques minutes plus tard, il avait son verre à la main et elle entamait l'interrogatoire. C'était comme ça que travaillaient les flics, se dit-il. Il se prépara à répéter encore une fois tout ce qu'il avait déjà raconté.

— Vous vivez seul ici, monsieur Bickerstaffe ?

— Oui, mais vous pouvez tout aussi bien m'appeler Monty, comme tout le monde, répondit-il.

Elle lui sourit.

— Y a-t-il quelqu'un chez qui vous pourriez aller passer la nuit, Monty ? Un membre de votre famille qui habiterait les environs, peut-être ?

— Pourquoi est-ce que je ne pourrais pas rester ici, chez moi ? s'étonna-t-il.

— Vous ne devez pas avoir très envie de dormir seul dans cette maison ce soir après… après ça ?

Elle désigna le salon du menton. Monty songea alors que la méridienne qui lui servait de lit s'y trouvait, et que la policière avait raison : ça ne lui disait pas grand-chose de dormir là.

— Vous avez peut-être des amis près d'ici ? reprit l'inspecteur Campbell.

— Non, rétorqua-t-il avec mauvaise humeur. Je n'ai d'amis nulle part.

— Dans ce cas, nous vous installerons dans un hôtel pour la nuit.

Monty eut un petit rire.

— Si vous en trouvez un qui veuille de moi…

Il vit à son expression que l'objection avait fait mouche, mais son interlocutrice n'émit aucun commentaire.

— J'ai cru comprendre que la personne décédée était un étranger pour vous, reprit-elle. C'est ce que vous avez dit aux agents tout à l'heure.

— Je n'ai jamais vu ce gars-là de ma vie, confirma Monty.

— Vous n'étiez pas dans la maison quand il est arrivé ?

— Non, j'étais dehors. En ville. J'y vais tous les jours, plus ou moins.

— Et combien de temps êtes-vous resté absent ?

Monty esquissa une moue perplexe. Le temps ne signifiait pas grand-chose pour lui.

— Bah, je ne sais pas trop… Trois heures ? Quatre, peut-être ? J'ai mangé un bout dans un pub – des saucisses et de la purée – et j'y suis resté un peu à lire le journal. C'est le Rose and Crown. Ils mettent toujours deux ou trois canards à la disposition des clients. Pas les meilleurs, remarquez. Il n'y a ni le *Telegraph* ni le *Times*. En général, on y trouve plus d'images que de texte, mais c'est mieux que rien, et puis c'est gratuit… Ensuite, je suis allé faire des courses. Vous pouvez demander au supermarché, ils me connaissent. Ils vous diront que j'y étais. Même chose pour le Rose and Crown…

Il s'interrompit, les sourcils froncés.

— Ça devait faire cinq minutes que j'étais rentré, à peine, quand je l'ai trouvé…

— Au moment où vous êtes sorti pour faire vos courses, la maison était vide, n'est-ce pas ? Comment est-il entré ?

— Par la porte, j'imagine.

— Mais comment a-t-il fait pour l'ouvrir ?

— Elle se bloque, expliqua Monty. Le bois a gonflé, ce qui fait que ce n'est pas facile de l'ouvrir et de la fermer. Alors je la ferme la nuit, avant d'aller me coucher, mais la journée, je la cale juste un peu pour qu'elle ne reste pas grande ouverte. Il suffit de lui donner un coup pour l'ouvrir.

— Ce n'est pas une très bonne idée, si ? fit l'inspecteur Campbell avec un mouvement de tête désapprobateur. De ne pas fermer sa maison à clé quand on sort…

— Vous savez, il n'y a rien à voler ici, répliqua Monty. Et puis, il n'y a jamais personne qui vient me voir. Enfin, presque jamais. Alors qui pourrait avoir l'idée d'entrer ?

Il s'interrompit, sensible à l'ironie de sa propre question, et eut un petit rire.

— Oui, évidemment, vous allez me dire que ce gars-là, lui, il l'a eue, l'idée…

— C'est une grande maison pour une personne seule, enchaîna la policière.

— J'ai vécu là toute ma vie, expliqua-t-il. C'est le manoir familial, vous comprenez. Mais maintenant, je me cantonne au rez-de-chaussée. Mes jambes n'aiment pas les escaliers. C'est de l'arthrite…

— Y a-t-il une salle de bains en bas ?

Monty trouva la question impertinente, mais il se ravisa : peut-être la dame avait-elle un besoin urgent.

— Près de l'entrée, sur votre gauche en sortant d'ici, indiqua-t-il. Ce sont juste des toilettes. C'est rudimentaire, mais on n'a pas besoin de davantage. Ah ! au fait, ça ne ferme pas à clé. Il va falloir que vous chantiez ou quelque chose…

Il la vit rougir.

— Ce n'est pas pour moi… Je me demandais juste comment vous faisiez pour vous laver.

— En fait, rétorqua-t-il avec mauvaise humeur, vous me demandez s'il m'arrive de prendre une douche ? La réponse est non. Il n'y a pas de salle de bains au rez-de-chaussée. Quand je veux me nettoyer, je le fais ici, dans la cuisine.

Il souligna son propos en se tournant vers le gigantesque évier en pierre.

— Mais vous auriez la place de faire installer une baignoire ou une douche, suggéra l'inspectrice. Dans ces toilettes dont vous m'avez parlé, par exemple… Ne pourrait-on pas effectuer de petites transformations ? Vous bénéficieriez certainement de subventions de la part des services sociaux pour ça.

— Ah ! ces gens qui passent leur temps à se mêler des affaires des autres ! tempêta Monty, avant de se reprendre : Non, mon petit, je ne dis pas ça pour vous, je parle des services sociaux. Et puis, de toute façon, je ne supporterais pas d'avoir des ouvriers chez moi. Les voir se promener dans la maison et se préparer du thé en sifflotant, je ne pourrais pas. Les avoir toute la journée dans les pattes, ce n'est pas pour moi ! Non, la maison me convient très bien telle qu'elle est. D'ailleurs, ajouta-t-il en fronçant les sourcils, je ne vois pas bien ce que cela a à voir avec le bonhomme sur mon canapé. Rien du tout, à mon avis…

Il devenait combatif. Après tout, il n'avait pas demandé à ce type de s'introduire chez lui et de rendre l'âme dans son salon ! Maintenant, tout le monde allait penser que le responsable, c'était lui ! Lui qui avait passé sa vie à éviter les responsabilités ! Si elle était encore en vie, Penny le confirmerait à coup sûr.

— C'est vrai, concéda l'inspectrice rousse. Écoutez, Monty, nous ignorons encore de quoi est mort votre visiteur. Mais ce qu'on aimerait surtout, c'est comprendre comment il est arrivé chez vous. Il n'y a pas de voiture devant la maison, à part les véhicules de police, et ce monsieur n'a pas l'air d'être venu à pied. Ses chaussures sont assez propres.

— Ah bon ?

— Oui, j'ai regardé.

Monty se radoucit à ces mots.

— Eh ben dites donc, on peut dire que vous avez la tête sur les épaules, vous ! commenta-t-il. Mais vous avez raison : il n'y avait pas de voiture dehors quand je suis arrivé.

Elle sourit.

— C'est mon travail d'observer les choses, affirma-t-elle. Et ses vêtements aussi étaient propres, dans l'ensemble.

Elle hésita, le temps de jeter un coup d'œil à la tenue dépenaillée de Monty, à la veste et la chemise aux cols et aux manches effilochés.

— Il est plutôt élégant, d'ailleurs, vous ne trouvez pas ? La veste est en vrai daim, c'est un vêtement qui coûte cher !

— À mon avis, c'est le genre de type qui traîne sur les champs de courses, marmonna Monty.

Le regard vert s'intensifia.

— Vous jouez aux courses ?

— Non, c'était juste une observation…

Bon sang, pensa-t-il, il fallait faire attention à ce qu'on disait quand on parlait à la police ! Ces gens-là sautaient sur chaque mot et ils en déformaient le sens jusqu'à ce que ça ne corresponde plus du tout à ce qu'on avait dit ! Penny faisait la même chose autrefois : dans la moindre phrase qu'il disait, elle voyait un sous-texte qu'il n'avait pas du tout imaginé. *Nom, grade et matricule, Monty ! Contente-toi de répondre aux questions de la dame !*

— Le problème, monsieur Bickerstaffe – pardon, Monty –, c'est que cette histoire paraît incroyable : que vous rentriez chez vous et que vous trouviez un homme que vous n'avez jamais vu de votre vie allongé sur votre canapé, mort…

— J'ai cru qu'il dormait, acquiesça Monty. Jusqu'au moment où j'ai réalisé que ce n'était pas le cas. Je n'ai pas réussi à le réveiller.

Il s'arrêta, avant de reprendre à la hâte :

— En fait, j'ai d'abord tiré un peu sur sa manche… Je ne dirais pas que je l'ai secoué, mais j'ai crié sur lui.

Je croyais qu'il avait bu un coup de trop et qu'il s'était endormi sur mon canapé. Il avait taché son pantalon. Ça sentait. J'imagine que vous avez remarqué ça vous aussi ?

— Oui, en effet. Je suis désolée de vous poser encore une fois la question, mais vous êtes absolument certain que vous ne l'aviez pas déjà vu quelque part ?

— Sûr et certain.

— Attendiez-vous de la visite aujourd'hui ?

Monty allait répondre par la négative lorsqu'ils sursautèrent tous les deux : les premières notes de la *Marche turque* de Mozart retentissaient dans la cuisine. Elles semblaient provenir de la veste de Monty. Il posa sur son interlocutrice un regard ébahi.

— Je crois que c'est votre téléphone portable, déclara la jeune femme.

— Hein ? Quoi ? Oh ! mince alors...

Il fouilla dans sa poche et sortit l'appareil, qu'il ouvrit et colla à son oreille.

— Allô, oncle Monty ? lança une voix joyeuse. C'est Bridget à l'appareil ! J'avais envie de passer te dire bonjour, pour voir comme tu vas. Tansy a beau avoir réussi à te faire acheter un portable, tu ne t'en sers jamais pour nous appeler, à ce que je vois...

Monty détacha l'appareil de son oreille et le considéra avec consternation, avant de le tendre à la policière.

— C'est ma... enfin, c'est quelqu'un de ma famille, expliqua-t-il. Elle tient absolument à m'appeler « oncle », mais je ne suis pas du tout son oncle. C'est la fille de mon cousin Harry, Bridget. Vous m'avez l'air débrouillarde, vous... parlez-lui !

— Quel est son nom de famille ? interrogea la jeune femme en prenant le téléphone.

Il lui décocha un regard chargé de mauvaise humeur.

— La dernière fois, c'était Harwell, mais elle change tout le temps. Elle n'arrête pas de se marier, et elle va encore recommencer. Ce sera la quatrième fois. En attendant, vous pouvez toujours essayer Harwell, puisque c'était le dernier…

Puis il se tut et contempla l'inspectrice pendant qu'elle exposait la situation à Bridget.

— Oui, madame Harwell, c'est un mystère, je le reconnais, mais il y a… enfin, il y avait bel et bien un corps étendu sur le canapé dans le salon de votre oncle. Nous l'enlèverons dès que possible, bien sûr, mais M. Bickerstaffe ne peut pas passer la nuit chez lui. Oui, il va bien, mais il est tout de même un peu choqué. Non…

Le regard de l'inspectrice passa sur le verre vide que Monty tenait à la main et s'y attarda un instant.

— Non, pas du tout, reprit-elle.

— Elle veut savoir si je suis soûl, c'est ça ? grommela Monty.

— Je vois, madame Harwell. Cela me paraît une excellente idée. Je vais le lui dire. Oui, je vais attendre votre arrivée avec lui.

— Quoi ? s'écria Monty tandis que la jeune femme coupait la communication. C'est quoi, cette « excellente idée » ? Bridget va venir ici, c'est ça ?

— Mme Harwell a gentiment proposé de venir vous chercher et de vous héberger chez elle, répondit l'inspecteur Campbell. Elle sera là d'ici vingt minutes.

— Bon sang de bonsoir ! Vous ne croyez pas que vous auriez pu me demander mon avis ? Je ne veux pas aller chez Bridget, c'est hors de question ! Je préfère encore que vous me mettiez en prison, que vous fermiez la porte et que vous jetiez la clé…

En tempêtant ainsi, Monty envoya un grand coup dans son verre, qui se renversa sur la table. L'inspecteur Campbell le saisit à temps pour l'empêcher de tomber.

— Nous n'avons aucune raison de faire cela, si ? s'enquit-elle. Non, il est préférable que vous soyez avec

Mme Harwell, au moins cette nuit. Je crois que vous êtes un peu choqué et vous ne pouvez pas rester ici. Nous sommes déjà tombés d'accord là-dessus.

La porte s'ouvrit à cet instant sur un homme trapu et charpenté. L'inspecteur Campbell s'excusa et quitta aussitôt la cuisine. Monty entendit les talons de ses boots pointues taper vivement le sol, tels les pas d'un danseur de flamenco lancé dans un zapateado endiablé. Elle avait refermé la porte derrière elle et seul le murmure étouffé des deux voix lui parvenait. Peu lui importait ce que se disaient les policiers, de toute façon. Bridget était en route et il allait devoir la suivre chez elle. Quand il avait trouvé l'homme mort sur le canapé du salon, il avait pensé que rien ne pourrait lui arriver de pire que cela. Il se rendait compte maintenant qu'il s'était trompé.

3

— C'est vraiment bizarre... commenta à mi-voix le sergent Phil Morton.

Jess Campbell et lui s'étaient retranchés dans le hall, où Monty ne risquait pas de les entendre, mais il y avait sous la vaste voûte de la cage d'escalier quelque chose de monacal qui incitait au chuchotement.

— J'ai fouillé dans ses poches, mais je n'ai rien trouvé qui nous permette d'identifier notre mort. Ni portefeuille, ni clés de voiture, ni permis de conduire, rien. Juste quelques pièces de monnaie. J'ai l'impression que quelqu'un nous a précédés et qu'il a tout enlevé.

— Je n'aime pas ça, soupira Jess. Je suis prête à parier mes bottes que cet homme n'est pas mort de mort naturelle. Pourquoi a-t-on voulu cacher son identité ?

— Le corps ne présente aucun signe de lutte, poursuivit Morton. Du moins, je n'en ai pas vu. Pas de signes de bagarre non plus dans la maison. Quoique, vu l'état dans lequel c'est, il est difficile de dire si des objets ont été déplacés et si c'est plus en désordre que d'habitude !

— Alors il va nous falloir fureter autour de la maison pour chercher des traces ou des signes d'activité. On trouvera peut-être des vomissures quelque part. Cet homme a été malade, et il n'est pas entré par la fenêtre comme Mary Poppins, Phil ! S'il est venu en voiture, où est la voiture ? Il n'est pas arrivé à pied, en tout cas, pas avec les chaussures qu'il porte. Ce n'est pas un clochard qui cherchait un abri. C'est un monsieur bien nourri et bien habillé, qui doit avoir une quarantaine d'années au maximum. Tu es d'accord ?

Morton hocha la tête, puis se tourna vers la porte de la cuisine et l'invisible Monty.

— Peut-être que le vieux lui a fait les poches en espérant trouver de quoi s'acheter son whisky ?

— Il n'aurait pas pris des clés de voiture ni même un portefeuille, il se serait contenté de l'argent. Et puis, je ne le vois pas faire ça. Je suis d'accord avec toi, celui qui a vidé les poches de notre ami a cherché à retarder l'identification du corps. Pour moi, il est plus que probable que cette personne – ou ces personnes – l'ont amené en voiture et l'ont abandonné ici.

— Mais pourquoi cette maison ? s'impatienta Morton. Tu penses qu'ils la connaissaient ?

Il regarda autour de lui.

— En tout cas, ils ont bien choisi leur lieu, hein ? ajouta-t-il. C'est un dépotoir, et c'est aussi gai qu'une morgue.

Jess glissa les mains dans ses poches. Phil avait raison, on se serait cru dans un mausolée : c'était glacial, humide et poussiéreux, avec une forte odeur de renfermé. L'édifice devait dater de l'époque victorienne ; l'escalier qui montait au premier étage était assez large pour permettre le passage de robes à crinoline. Là-haut, l'obscurité du palier était brisée par une étrange lumière colorée qui indiquait la présence de vitraux. Des taches incongrues de rouge et de jaune tombaient sur les boiseries et les peintures à l'huile ternies, ajoutant encore à cette atmosphère lugubre de chapelle commémorative. Il ne manquait que les odeurs de fleurs fanées et de bougies. Elle frissonna et se reprit.

— Je vais conduire M. Bickerstaffe à l'extérieur. Il attendra dans la voiture que sa nièce arrive. Ensuite, nous monterons tous les deux voir ce qui se passe là-haut. Histoire de nous assurer qu'il n'y a pas d'autres corps dans les étages…

Quand elle retourna à la cuisine, Monty était plongé dans un total abattement. Elle se demanda quelle autre solution elle avait pour lui. À l'évidence, il répugnait à aller loger chez Bridget Harwell, bien qu'au téléphone celle-ci ait paru extrêmement sensée à Jess. Il serait toutefois impossible de le maintenir dans la maison avant d'avoir établi avec certitude qu'il ne s'agissait pas d'un crime. En outre, il avait besoin de compagnie. Car, même s'il ne s'en rendait pas compte, il avait été passablement ébranlé.

— Venez avec moi, monsieur, dit-elle d'un ton qu'elle voulait encourageant.

À sa grande surprise, il se leva et la suivit sans rechigner. En franchissant la porte d'entrée, Jess prit une grande bouffée d'air pur. Monty rentra la tête dans les épaules, maussade. Derrière la grille, l'un des deux agents parvenus les premiers sur place se tenait près de la voiture de police, en grande conversation avec un jeune homme.

— Hé, salut, Monty ! lança ce dernier de loin en les apercevant. Qu'est-ce qui se passe chez toi ? Ce flic ne veut rien me dire !

Monty ouvrit la bouche pour répondre, mais Jess le devança.

— Je me charge de répondre aux questions, monsieur Bickerstaffe. Vous, vous ne dites rien, d'accord ?

Elle l'installa à l'arrière du véhicule et claqua la portière. Monty se laissa aller sur la banquette en croisant les bras comme un petit garçon boudeur. Jess se tourna alors vers les deux hommes. L'inconnu devait avoir un peu plus d'une vingtaine d'années et, à son visage brûlé par le soleil, on voyait qu'il passait beaucoup de temps au grand air. Ses cheveux longs et sales tombaient en boucles sur le col graisseux d'une veste en cuir. Il était beau, mais ses traits, sans nul doute, ne tarderaient pas à s'épaissir. Il soutenait le regard de Jess avec effronterie. Un petit frimeur, conclut-elle.

— Vous êtes… ? interrogea-t-elle sèchement.

— Gary Colley.

Malgré l'audace de son regard sombre, il y avait de la prudence dans sa voix et dans ses manières. Le policier le désigna d'un geste.

— Ce *monsieur*, expliqua-t-il, non sans ironie, habite à deux ou trois cents mètres d'ici par le chemin. Apparemment, il y a là-bas une petite exploitation qui appartient à son père. C'est là qu'il vit avec sa famille.

Gary lui décocha un regard noir, puis s'adressa à Jess :

— Il n'a pas voulu me dire ce qui se passe.

— Et je ne vous le dirai pas non plus, assura Jess. Vous allez devoir attendre pour savoir. En revanche, j'aimerais vous poser quelques questions.

— Vous n'êtes pas venus arrêter le pauvre Monty, au moins ?

— Non. Bon, est-ce que vous êtes déjà passé par ici aujourd'hui ?

— Non, répondit promptement Gary.

— Où étiez-vous ?

— Chez moi, à la ferme. Je surveillais les bêtes et je bricolais à droite à gauche. Nous faisons de l'élevage. Des cochons surtout. Et aussi des poulets…

Il sourit de toutes ses dents. C'était le genre d'individu pour qui un policier était un « poulet » et, dans son esprit, il venait de faire un trait d'humour. Jess se demanda s'il avait un casier judiciaire.

— Qu'est-ce qui vous amène ici ? s'enquit-elle.

— J'allais en ville prendre l'apéro.

Jess consulta sa montre.

— Il est un peu tôt pour ça, non ? Cinq heures moins dix !

— Il faut une demi-heure pour y arriver, expliqua Gary sans se démonter.

Il ne cessait de la dévisager et, s'il ne souriait pas, ses yeux, eux, se moquaient.

— Qui habite dans votre ferme, en dehors de votre père et vous ?

— Ma mère. Ma sœur et sa môme. Et ma grand-mère.

Quatre générations de Colley sous un même toit. Jess connaissait ce genre de configuration : une famille locale que tout le monde connaissait et à laquelle personne ne se fiait. Eux-mêmes devaient être au courant de tout ce qui se passait chez l'ensemble des habitants du coin. Pas des escrocs, mais pas totalement honnêtes non plus. Des braconniers, sans doute, impliqués dans des combats de chiens illégaux, peut-être, ou dans d'autres activités interdites de ce genre. Dans leur ferme isolée, on pourrait même trouver, qui sait, des objets volés entreposés pour des malfaiteurs de plus grande envergure, histoire d'arrondir les fins de mois. Cela vaudrait la peine d'y faire un tour si l'on trouvait un prétexte à un mandat.

— Quel âge a la fille de votre sœur ?

Les soupçons de négligence parentale constitueraient une bonne base pour aller enquêter chez les Colley. Gary parut se creuser la tête.

— Quatre ans ? hasarda-t-il.

— Et son père ?

Il sourit.

— Vous êtes de la police ?

— Oui, répondit-elle d'un ton dur face à son humour douteux.

— Eh bien, dans ce cas, vous réussirez peut-être à nous dire qui c'est. Nous, en tout cas, on n'en sait rien.

Jess prit une profonde inspiration pour garder son calme.

— Auriez-vous vu passer des véhicules que vous ne connaissez pas sur cette route aujourd'hui ? interrogea-t-elle.

— Il n'y a pas grand monde qui vient par ici, vous savez. Seulement les gens qui vont chez les Sneddon… Leur ferme est à cinq ou six cents mètres après la nôtre. Mais je n'ai vu personne aujourd'hui. Quand des étrangers prennent le chemin, c'est qu'ils se sont perdus, en général. Ils s'arrêtent chez nous pour se renseigner et on les renvoie vers la grande route. Évidemment, on peut couper en passant par ici, mais pour ça, il faut avoir de bonnes roues, parce que ce n'est pas du bitume et ça traverse la forêt… En plus, il n'y a aucun panneau, c'est plein de trous et on ne passe pas à deux voitures, il n'y a pas la place. L'un des deux est obligé de faire marche arrière jusqu'à la première entrée de champ pour se ranger, mais des espaces, il n'y en a pas beaucoup. Alors vous voyez, les étrangers, forcément, ça se remarque !

— Et des promeneurs ?

Il secoua la tête.

— Non. Les promeneurs ne prennent pas ce chemin-là.

Il désigna une hauteur à bonne distance, derrière la maison.

— Il y a un sentier de randonnée sur Shooter's Hill. Quand il fait beau, il y a souvent du monde là-haut. Mais je ne crois pas avoir vu qui que ce soit sur la colline non plus aujourd'hui, et ce qui est sûr, c'est que je n'ai remarqué personne ici, en bas.

Il lança un regard oblique à Jess, avant de conclure :

— D'un autre côté, je ne suis pas resté à l'avant toute la journée. Les cochons, on les garde dans le champ qui est derrière et, comme ils ne pensent qu'à tout démolir, ils se sont mis en tête de casser la barrière. Du coup, on les a retrouvés sur le terrain de Pete Sneddon, qui est voisin du nôtre. Heureusement qu'il n'a pas vu ça, il aurait piqué une crise ! Mon paternel et moi, on a ramené les cochons et, après ça, j'ai réparé la clôture.

— Je vous remercie, dit Jess. Quelqu'un viendra sans doute chez vous interroger votre famille. En attendant, réfléchissez encore, vous vous souviendrez peut-être d'une chose inhabituelle que vous avez pu voir, ou d'une personne qui serait passée sur ce chemin ou ailleurs.

Le regard de Gary se promena sur la maison derrière elle.

— Vous allez rester longtemps ici, vous autres ?

— Bon, allez, circulez maintenant ! fit la voix impérieuse de l'agent.

Le jeune homme haussa les épaules et se mit en route d'un pas allègre en direction de la ville. Jess, toutefois, n'était pas dupe : dès qu'il aurait disparu de leur champ de vision, il prendrait un chemin détourné et rentrerait chez lui pour prévenir ses proches. Le mandat de perquisition qu'elle parviendrait à obtenir n'aurait pas grande utilité : s'il y avait de la marchandise volée à la ferme, elle aurait disparu bien avant l'arrivée de la police.

— Dès que Mme Harwell est là, prévenez-moi ! lança-t-elle à l'agent. Surtout, ne la laissez pas entrer !

Lorsqu'elle rejoignit la maison, Morton se tenait devant la porte en compagnie d'un collègue. Tous deux observaient le sol. Il y avait dans l'air une très forte odeur animale que la jeune femme n'avait pas remarquée auparavant. Elle en parla aux deux hommes, ajoutant qu'il devait s'agir des cochons de l'élevage tout proche.

— Ce sont des animaux propres, les cochons, vous savez, commenta le policier. Mais évidemment, quand on en regroupe beaucoup dans un même lieu…

— C'est bon, Giles le fermier, on a compris ! répondit Morton.

— Continuez à inspecter les abords de la maison, Giles, ordonna Jess. Toi, Phil, tu viens avec moi là-haut !

En espérant que nous n'aurons pas d'autres surprises désagréables !

Tous deux franchirent la porte d'entrée et s'arrêtèrent quelques instants dans le sinistre hall. L'expression de Morton, d'ordinaire morose, se fit fascinée lorsqu'il leva les yeux.

— Quand je pense que ce vieux habite ici tout seul ! s'exclama-t-il. Ça ne te donnerait pas des cauchemars, à toi ?

— Il a toujours vécu ici, répondit Jess. Il ne doit même pas remarquer dans quel état est la maison…

— J'imagine que sa famille avait de l'argent, dans le temps, reprit Morton, tandis qu'ils commençaient à gravir prudemment l'escalier. Je me demande ce qui a pu se passer. Eh, et si ce type était un millionnaire excentrique ? Qu'est-ce qu'on va trouver là-haut ? Des liasses de billets qui moisissent sous les lattes du parquet ?

En atteignant le premier étage, ils découvrirent un grand vitrail qui se dressait devant eux. Il représentait une scène biblique que Jess et Morton examinèrent, immobiles. Une foule de personnages en costume antique se pressait devant un bâtiment. Tous avaient le visage levé vers une fenêtre, derrière laquelle des faces vengeresses grimaçaient, tandis qu'une silhouette féminine aux longs cheveux jaunes venait d'être précipitée dans le vide. La femme tendait ses mains liées en un mélange de supplication et de désespoir, semblant faire des efforts totalement vains pour échapper au sort qui l'attendait. En bas, deux molosses tendaient vers elle leurs gueules avides.

Un deuxième vitrail faisait face au premier. Sans doute son motif était-il biblique lui aussi et répondait-il au premier, mais il avait dû subir un accident, car il était en partie barré par des cartons sommairement fixés. Seuls subsistaient quelques fragments colorés dans sa partie supérieure.

— Ça représente quoi, à ton avis ? interrogea Morton en contemplant le vitrail intact.

— La mort de Jézabel, répondit Jess sans hésiter. Quand j'étais à l'école, mon professeur d'instruction religieuse adorait cette histoire. Jézabel était la femme du roi Achab, qui a commis toutes sortes de crimes sous son influence. Il a péri dans une bataille, mortellement touché par une flèche perdue.

— Comme le roi Harold à la bataille d'Hastings, déclara Morton, qui ne voulait pas être de reste en matière de culture générale.

— Exactement. Quand la population a appris sa mort, les gens ont pris leur revanche sur la méchante Jézabel en la jetant de la fenêtre de son palais, comme on le voit ici… Et les chiens errants ont dévoré sa dépouille. On en voit deux ici, en bas.

— Belle histoire ! commenta Morton. C'est tout à fait le genre d'image qu'on rêve d'avoir chez soi. Non mais, quel être sain d'esprit peut avoir envie de passer chaque matin devant ça en descendant prendre son petit déjeuner ?

— À l'époque victorienne, on devait aimer les histoires avec une morale forte, hasarda Jess. Cela encourageait peut-être les gens à bien se comporter. C'était inspirant.

— C'est une mise à mort épouvantable et ça n'a rien d'exaltant, maugréa Morton. De la violence pure et simple. Si cette blonde inspire quelque chose, ce sont des idées de sexe, c'est tout. Les gens ont toujours adoré ce genre d'histoires, mais pas parce qu'elles leur permettaient de devenir meilleurs, non : parce qu'elles titillaient leurs instincts primaires.

Le palier du premier étage formait la barre courte d'un H et, de chaque côté, partait un couloir, le premier desservant les pièces de la façade avant de la maison, l'autre celles de l'arrière.

— Je prends le côté droit, toi, le gauche, décida Jess.

Morton hocha la tête et, avec un dernier regard dubitatif au vitrail, s'engagea dans le couloir qui longeait l'arrière de la maison. Jess prit la direction parallèle vers l'avant. Les portes successives s'ouvraient toutes sur des chambres abandonnées, dont les lits et le mobilier étaient recouverts de draps gris de saleté. Les meubles que l'on avait laissés sans protection étaient tapissés d'une épaisse couche de poussière. L'humidité s'était infiltrée partout. Des rideaux qui avaient dû être très beaux pendaient en lambeaux pourrissants. Des nids de choucas encombraient les cheminées. Dans une salle de bains, les robinets étaient couverts de rouille. Une immense baignoire victorienne à pattes de lion avait reçu une partie du plafond qui s'était effondré.

Jess revint sur ses pas pour aller examiner la seconde moitié du couloir. Elle venait de passer une porte et d'examiner une grande armoire encore remplie de linge de maison jauni lorsqu'elle entendit Morton l'appeler. Lui aussi avait commencé à explorer la seconde partie de son couloir. Il se tenait à son extrémité, devant une porte grande ouverte. Jess le rejoignit.

— Qu'est-ce que tu penses de ça ?

Il désignait l'intérieur de la pièce. Jess eut une exclamation de surprise, puis elle pénétra dans la chambre.

Contrairement à tout le reste de la maison, elle était d'une propreté irréprochable. Chacune des surfaces paraissait avoir été nettoyée à fond et étincelait de netteté. Le lit, impeccablement fait, n'était pas recouvert d'un vieux drap grisonnant, mais d'une courtepointe en tissu synthétique rose vif. Il ne faisait aucun doute que celle-ci était neuve et sa présence dans cette pièce aux meubles anciens heurtait comme une fausse note. Il y avait autre chose aussi, que l'on ne voyait pas, mais que Jess ressentait avec force : une présence humaine. Elle huma l'air. Il était frais.

— Quelqu'un a occupé cette chambre, déclara-t-elle d'une voix lente. Elle a été aérée, et cette couette n'a jamais été achetée par un Bickerstaffe. De toute façon, Monty m'a dit qu'il ne montait jamais à l'étage. Alors qui est venu ici, quand et pourquoi ?

— Et est-ce que le vieux Bickerstaffe est au courant ? compléta Morton en se mettant à inspecter la pièce dans ses moindres recoins.

— À mon avis, non. Il faudra prendre des gants pour lui en parler. Rends-toi compte, Phil ! Voilà un manoir immense et presque à l'abandon, dont le propriétaire ne monte jamais à l'étage et ne verrouille pas la porte quand il sort. Il y a forcément des gens du coin qui le connaissent : des drogués, des clochards, des gitans, enfin bref... Il peut fournir une planque idéale. Et Monty ne peut pas s'en apercevoir... Maintenant, nous commençons à mieux comprendre comment quelqu'un a pu laisser ce corps en bas, dans le salon. Il me faut une équipe technique dans cette pièce pour relever les empreintes.

— Aucune trace de consommation de drogue, souligna Morton, qui poursuivait son inspection. Pas de canettes de bière vides, pas d'emballages de nourriture, ni aucun autre déchet, contrairement à ce qu'on pourrait attendre.

— Quelqu'un a fait le ménage, conclut Jess. Imaginons que celui qui a laissé le mort au rez-de-chaussée ait connu l'existence de cette chambre, qu'il soit monté et qu'il ait tout nettoyé très vite. Il n'a pas pu disposer de beaucoup de temps. Téléphone et demande une investigation de scène de crime ! Je veux que l'équipe soit là avant qu'on enlève le corps.

Morton passa d'un pied sur l'autre, l'air malheureux.

— Tu es sûre ?

— Je justifierai ma décision et les dépenses, confirma sèchement Jess. Et oui, je suis sûre !

Phil ne cacha pas son mécontentement, mais il ne servait à rien d'argumenter.

— D'accord, soupira-t-il. Avec un peu de chance, l'équipe technique réussira à relever une ou deux empreintes dans cette pièce. Et si c'est vraiment notre jour de chance, il y aura même des traces d'ADN sur la courtepointe. Ce sera le cas si des gens se sont couchés là pour faire ce à quoi je pense…

Ils terminèrent l'inspection du premier étage sans rien découvrir de remarquable, redescendirent et sortirent. L'un des deux agents vint alors à leur rencontre.

— Inspecteur Campbell, il faudrait que vous veniez voir ça…

Sa voix était pleine d'excitation et tous trois se dirigèrent vers le côté de la maison qu'il désignait, où s'élevaient des buissons envahis par la végétation. En passant, ils remarquèrent un long sillon creusé dans les graviers de l'allée qui contournait l'édifice, et que l'agent leur désigna.

— Ça, c'est récent, déclara-t-il.

Un peu plus loin, une autre marque, similaire, signalait que les graviers avaient été malmenés. Elle s'achevait au bord des buissons. Le policier esquissa un geste en direction du massif de végétation sauvage.

— Il y a des branches cassées et de l'herbe piétinée, inspecteur, et après, ça forme une sorte de sentier. Je n'ai pas voulu ajouter mes traces à celles qu'il y a peut-être, mais je crois que ça mène à une faille dans le mur d'enceinte, du côté de la route.

— Beau travail ! le félicita Jess. Il nous faudra une équipe technique ici aussi.

— Ne lésinons pas sur les dépenses ! marmonna Morton.

— Je suis au courant pour les budgets, Phil, merci ! Ils sont les boulets et les chaînes de tous les inspecteurs de police. Mais je ne crois pas que le commissaire Carter trouvera à redire dans ce cas-ci. Parce qu'en plus d'un corps non identifié découvert dans une maison où il n'aurait jamais dû y en avoir, tout cet endroit grouille de bizarreries inexpliquées.

Morton acquiesça à contrecœur.

— Qu'est-ce que tu en penses ? interrogea-t-il tandis qu'ils revenaient vers la grille principale. Tu crois que c'est par là qu'on a amené notre petit copain dans la maison ? Pas par l'entrée principale, mais par le trou dans le mur d'enceinte ? On l'aurait traîné ou porté à travers les buissons, puis dans l'allée de côté et jusqu'à la porte de la maison, avec ses talons traînant dans les graviers ?

— Je ne vois pas comment il aurait pu arriver par cette entrée-là, répondit-elle en désignant la grille rouillée. Cela fait des années que ce portail n'a pas été ouvert normalement et il a l'air d'être bloqué dans cette position. Une ou deux personnes, encombrées avec un corps inerte ou un homme mourant n'auraient jamais pu passer par là. Alors oui, ils sont certainement arrivés par les buissons. Et cela m'étonnerait qu'une personne seule ait pu porter un corps sur une telle distance. Je pense qu'il s'agit d'un meurtre et que nous avons affaire à deux assassins, ou à un assassin et un complice.

Morton s'apprêtait à répondre, mais l'apparition d'une petite voiture de sport décapotable bleue, conduite par une femme et rebondissant sur la surface accidentée du Toby's Gutter Lane l'en empêcha. Le policier resté à la grille s'avança vers elle et lui fit signe de s'arrêter, mais la femme avait déjà freiné. Elle s'immobilisa et cria :

— Y a-t-il un responsable ? Je suis Mme Harwell !

Jess ne s'était pas imaginé une seconde voir Bridget Harwell arriver au volant d'une voiture de sport. Cela paraissait trop frivole dans le contexte présent. Le policier s'était penché et il devait expliquer à la dame qu'elle ne pouvait approcher davantage puisque ses pneus risquaient d'effacer des indices et que, de toute façon, la grille ne s'ouvrait pas. La femme descendit de sa voiture et se mit résolument en marche vers Jess.

— Vous ne pouvez pas non plus entrer à pied ! cria le policier en se précipitant pour l'intercepter.

— Je sais, je sais, j'ai compris ! répondit Bridget Harwell en lui faisant signe de garder ses distances.

Dans la voiture de police, Monty gesticulait comme un forcené. Les contorsions de sa bouche que Jess distinguait à travers la vitre suggéraient une succession d'injures, mais sa nièce ne l'avait pas encore remarqué. Jess rejoignit la grille d'un pas rapide et se faufila par l'ouverture pour rencontrer la nouvelle venue, en proie à une vive curiosité.

— Je suis Bridget Harwell, déclara de nouveau la femme à l'intention de Jess.

La voix était courtoise, mais son regard jaugeait Jess en même temps que celle-ci l'évaluait de son côté, et elle conservait ses manières posées.

— Où est mon oncle ? Est-ce qu'il va bien ?

Elle parlait avec nervosité, d'une voix cassée. Jess se demanda si c'était là son habitude ou si les circonstances particulières de sa venue altéraient ses manières. Bridget Harwell avait environ quarante-cinq ans et une beauté qui commençait à peine à se faner. Elle était plutôt petite, mais bien faite, avec des cheveux blond cendré élégamment coupés au carré. Face à elle, Jess se sentit gauche et très peu féminine. Elle se reprit néanmoins en songeant qu'elle était officier de police et que ce n'était pas le moment de penser qu'elle-même n'aurait pas pu s'offrir le jean de grande marque ni le pull rouge cerise qui semblait – et qui était probablement – en cachemire.

— Je suis l'inspecteur Campbell…

Ces mots eurent pour effet de mettre les pendules à l'heure, leur rappelant à toutes les deux que c'était elle qui mènerait les débats.

— Votre oncle est là, dans la voiture, ajouta-t-elle en allant ouvrir la portière, avant de se pencher vers l'intérieur. Venez, Monty, vous pouvez descendre maintenant. Votre nièce est arrivée.

— Merci, mais je suis parfaitement bien là où je me trouve, rétorqua l'intéressé, les bras toujours croisés.

Bridget Harwell, qui avait suivi Jess, se pencha vers lui et prit sans effort le contrôle de la situation.

— Arrête ça tout de suite, oncle Monty ! Sois un peu adulte, pour une fois ! Comment te sens-tu ?

— Comment je me sens ?

Monty la dévisagea un instant, rendu muet par la surprise, avant de poursuivre :

— Sacrément en colère, si tu veux savoir ! Un saligaud a déposé un cadavre chez moi, dans mon salon. Maintenant, il y a des flics partout dans la maison et toi, tu viens me kidnapper… Comment veux-tu que ça aille ?

Bridget se tourna vers Jess.

— Bon, il a l'air bien, dit-elle avec un évident soulagement. Il est comme d'habitude, en tout cas.

L'exaspération perçait certes un peu sous la surface de son attitude pragmatique mais, songea Jess, elle se contrôlait bien.

— C'est toujours un vieil acariâtre insupportable, poursuivit-elle. Le problème, c'est qu'il prend de l'âge et je ne crois pas qu'il puisse rester ici dans les circonstances actuelles. Je l'emmène avec moi, d'accord ?

Elle posait un regard interrogateur sur Jess, qui se trouva désagréablement distraite par l'idée que, soit Mme Harwell avait pris quelques minutes avant de venir pour appliquer son mascara, soit elle se promenait toujours avec un maquillage impeccable comme celui qu'elle avait là. *Pourquoi mon mascara à moi coule-t-il invariablement quand j'en mets ? Peut-être parce que je choisis à chaque fois le moins cher...*

— Je ne veux pas aller avec toi ! cria Monty de la voiture. Je veux rester chez moi.

— Nous avons déjà parlé de ça, monsieur Bickerstaffe, répondit patiemment Jess. Descendez de la voiture, vous savez très bien pourquoi vous ne pouvez pas rentrer chez vous.

— Et ses affaires ? s'enquit Bridget. Il a besoin de son pyjama et d'une trousse de toilette.

Jess esquissa une moue.

— Je suis désolée, mais des experts vont venir examiner la maison. Vous ne pouvez rien prendre tant qu'ils ne sont pas passés.

Mme Harwell acquiesça avec un soupir, tout en tapotant distraitement sa mise en plis.

— Bon, je vais l'emmener à Cheltenham, nous lui achèterons quelques fringues.

— Les vêtements que je porte sont tout à fait bien ! protesta Monty, non sans une note défaitiste dans la voix.

— Mais tu ne peux pas dormir avec, oncle Monty. Et tu auras besoin d'un rasoir et de savon, enfin, de tout ça... C'est bon, je m'en charge.

Elle se tourna vers Jess pour ajouter, sur le ton de la confidence :

— Cela fait des années que nous nous faisons du souci pour lui. Heureusement que cette histoire n'est pas arrivée hier, j'étais à Londres ! Je n'aurais pas pu vous aider.

Les traits de Monty s'étaient crispés en une grimace de détresse à la mention du rasoir et du savon. Il ouvrit la bouche pour protester, mais y renonça et baissa les armes. Tout en grommelant, il s'extirpa de la voiture de police.

— Je vous ai inscrit mon adresse, mon numéro de téléphone et ceux de mes portables, poursuivit Bridget en tendant une feuille de papier à Jess. Alors si vous êtes d'accord, je vais installer mon oncle dans ma voiture et, ensuite, je vous dirai un petit mot avant de partir, ça vous va ?

Jess commençait à comprendre ce qu'éprouvait Monty. Elle le suivit des yeux tandis qu'on l'entraînait vers la voiture de sport bleue, où il se cala sur le siège passager avec un air renfrogné. Bridget lui fixa la ceinture de sécurité de la même façon qu'elle aurait attaché un petit enfant dans une poussette. Puis elle se retourna vers Jess sans se départir de son attitude sérieuse.

— Vous n'allez pas pouvoir m'expliquer ce qui s'est passé, j'imagine ? Je le comprends tout à fait. Mais qui est le mort qui est là-dedans ?

Elle pointa le doigt vers la maison.

— Nous l'ignorons, madame Harwell, et votre oncle affirme qu'il ne le connaît pas non plus. Pour être honnête, je dois dire que j'ai du mal à croire que cet homme puisse être un parfait étranger et qu'il soit tombé du ciel comme ça. S'il s'est retrouvé dans cette maison, il doit y avoir un lien quelconque…

Elle hésita un instant.

— Je suppose que vous n'avez pas le cœur de venir le voir ? Pour nous rendre service…

— Vous savez, il n'y a aucune raison que je le connaisse ! s'exclama aussitôt Bridget.

Il semblait que ces mots allaient devenir le cri de ralliement de tout le clan Bickerstaffe. Jess décida de tenir bon et de ne pas se préoccuper de la sensibilité que pouvait avoir son interlocutrice, si délicate fût-elle.

— Quelqu'un sait forcément qui il est. C'est peut-être une ancienne connaissance que M. Bickerstaffe a oubliée. Une personne qu'il n'a pas vue depuis longtemps. Ça, associé au choc…

Jess espéra qu'elle s'était montrée convaincante.

— Oncle Monty n'oublie jamais rien, mais c'est quelqu'un de contrariant, soupira Bridget. Il a peut-être décidé de ne pas y mettre du sien. Vous êtes dans le pétrin. Il faut que vous mettiez un nom sur ce… sur ce mort. Je le comprends très bien. Et j'avoue que j'aimerais bien savoir moi-même de qui il s'agit et comprendre ce qu'il fait dans le manoir de mon oncle. Allez, conduisez-moi, je vais y jeter un coup d'œil. Juste un coup d'œil, je vous préviens ! Je ne vais pas m'attarder là-dedans…

Tandis que les deux femmes se dirigeaient ensemble vers la maison, Jess s'excusa de sa requête.

— Je sais que ce que je vous demande n'est pas très agréable…

Bridget la rassura d'un geste négligent. Parvenue dans le salon, elle posa les yeux sur le mort.

— Punaise… murmura-t-elle.

Elle étudia un moment le cadavre, puis secoua la tête.

— Je ne vais pas pouvoir vous aider, je n'ai jamais vu ce monsieur de ma vie. Comment a-t-il bien pu arriver là ?

Elle plissa son petit nez délicat.

— Il sent un peu. Pouvons-nous ressortir avant que je vomisse moi aussi ?

— Bien sûr ! Merci d'avoir essayé ! Nous vous sommes très reconnaissants.

— C'est normal.

Bridget avait déjà atteint la porte. Une fois dehors, elle avala une grande bouffée d'air frais.

— J'espère que c'est la dernière fois qu'on me demande de faire une chose pareille ! s'exclama-t-elle. Je suppose que vous me contacterez ?

Jess et le policier regardèrent la décapotable démarrer dans un vrombissement, puis s'éloigner.

— Le pauvre ! commenta le sergent.

Jess éprouvait la même compassion pour Monty, mais elle ne pouvait l'exprimer à haute voix. De toute façon, elle n'en aurait pas eu le temps.

— Il y a quelqu'un d'autre qui arrive ! annonça le policier.

Une voiture rouge avançait en effet majestueusement dans le Toby's Gutter Lane en direction de la Balaclava House. Elle croisa la voiture de Bridget Harwell et, quelques instants plus tard, s'immobilisa devant la grille. Le véhicule n'était pas inconnu à Jess.

— C'est le médecin légiste, dit-elle au policier, avant de s'avancer à la rencontre du nouveau venu.

Un jeune homme replet doté d'une épaisse chevelure brune s'extirpa de la voiture, dont il fit le tour pour aller ouvrir le coffre. Il se pencha, la tête sous le capot levé pour fouiller à l'intérieur.

— Salut, Tom ! lança Jess. Tu as fait vite.

Le Dr Tom Palmer émergea du coffre avec, à la main, une combinaison de protection à usage unique.

— Il se trouve, inspecteur Campbell, que j'ai reçu un appel de ton boss me disant que tu as une mort suspecte sur les bras. J'étais en train de m'installer confortablement pour boire une tasse de thé bien méritée, mais il a précisé que tu étais sur place et que tu avais réclamé une équipe technique et un pathologiste. Le ton de sa voix suggérait qu'il y avait urgence… Alors voilà, je suis là ! Mais je ne vois pas le moindre signe de l'équipe technique…

— Elle doit être en chemin, assura Jess. Pour être honnête, Tom, j'ignore dans quelle mesure c'est urgent. Tout ce que je sais, c'est que cette histoire a l'air très suspecte. Il y a un mort là-bas, à l'intérieur, précisa-t-elle en désignant la maison, mais personne ne peut me dire qui c'est. Le propriétaire de la maison, qui est un vieux monsieur, l'a trouvé là en revenant d'une promenade en ville. Il dit qu'il ne l'a jamais vu.

— Où est-il maintenant ? interrogea Tom en enfilant la combinaison. Le vieux monsieur, je veux dire.

— Il est parti avec une personne de sa famille qui l'a emmené chez elle.

Jess hésita.

— Ils étaient dans la Mazda bleue que tu as croisée en arrivant.

Tom émit un grognement contrarié.

— La femme qui conduisait m'a regardé à travers son pare-brise comme si je cherchais à la précipiter dans le fossé.

— Écoute, je sais que c'est contraire à la règle, reprit Jess, mal à l'aise, mais je lui ai demandé (à cette femme, cette Mme Harwell) d'aller jeter un coup d'œil au corps.

Tom haussa les sourcils.

— Alors combien de personnes ont piétiné la scène de crime, en fait ? interrogea-t-il.

Jess esquissa un sourire en coin.

— Trop, sans doute. Mais je voulais m'assurer que le mort était vraiment un inconnu pour le propriétaire. J'ai pensé qu'un membre de sa famille le reconnaîtrait peut-être, même si M. Bickerstaffe a juré ses grands dieux que c'était un complet étranger pour lui.

— M. Bickerstaffe étant le propriétaire de la maison ?

— Oui.

— S'il est âgé, il perd peut-être un peu la boule.

— Oh ! je ne crois pas, non, répondit Jess. Mme Harwell m'a juste dit qu'il pouvait avoir décidé de se montrer contrariant. Mais finalement, elle non plus n'a pas reconnu le mort.

— Très bien, dit Tom d'un ton résigné. Indique-moi la direction de ce mystérieux macchabée.

Tandis qu'il prononçait ces paroles, une camionnette vint s'arrêter derrière la file de voitures déjà longue qui s'alignait devant la grille.

— Ce sont les gars de la police scientifique, annonça Tom en regardant ses occupants descendre et commencer à décharger leur équipement. Je vais d'abord aller leur dire bonjour.

Jess gagna sa voiture et s'installa à l'intérieur. Désormais, les choses n'étaient plus entre ses mains. Elle resta assise à regarder les nouveaux arrivants s'activer, jusqu'à ce que tous les experts aient disparu dans la maison. Alors, non sans hésitation, elle appela son supérieur, le commissaire Ian Carter.

— Comment ça se passe ? demanda la voix masculine à son oreille.

— Tout le monde est là, monsieur.

Elle s'interrompit. Morton venait d'émerger des fourrés avec l'un des policiers et tous deux venaient vers elle.

— Cela comprend Tom Palmer. Il pourra sans doute nous dire si c'est une mort aussi suspecte qu'elle en a l'air. De toute façon, il y a plusieurs choses assez bizarres : pour commencer, rien n'indique comment la victime est arrivée là. Cet homme n'a aucun document sur lui. M. Bickerstaffe est sûr de ne pas le connaître et Mme Harwell, sa nièce (enfin, une parente proche, je ne sais pas quels liens exacts ils ont) a également confirmé que c'était un inconnu. Il y a aussi d'autres questions qui se posent…

— Qui est ce Bickerstaffe ? coupa Carter. Dans quelle mesure est-il fiable, à votre avis ?

— C'est un homme assez âgé qui vit en reclus, monsieur. Un excentrique, c'est sûr, mais il a été très précis sur la façon dont les choses se sont passées, de son point de vue. Son prénom est Monty (j'imagine qu'en réalité, c'est Montague). Il habite dans ce manoir, la Balaclava House, depuis sa naissance. Sa famille devait avoir de l'argent autrefois, mais c'est terminé, apparemment. Le bâtiment est en très mauvais état, à l'intérieur comme à l'extérieur.

— Aucun doute, il s'agit d'une mort suspecte. Tenez-moi informé ! conclut Carter en raccrochant.

Jess releva la tête. Morton se tenait près de la voiture, penché vers elle. Elle baissa la vitre.

— C'était le commissaire ?

— Oui, Phil, et il est très content que nous traitions la chose comme une mort suspecte.

Ces mots parurent le soulager. Derrière lui, des bruits de pas dans les graviers les avertirent du retour de Tom Palmer.

— Alors ? interrogèrent Jess et Morton d'une seule voix.

Palmer se gratta la tête.

— Je ne peux pas vous dire grand-chose tant que je ne l'ai pas sur ma table d'autopsie. Il n'est pas mort depuis longtemps, en tout cas. Quelques heures à peine. Ne me demandez pas d'être plus précis. Ne me demandez pas non plus ce qui l'a tué. À première vue, il a été empoisonné.

— Empoisonné ? s'exclama Morton.

— Je vous raconterai tout plus tard, promit Tom, qui semblait hésiter. Il y a quelque chose chez lui qui me donne l'impression…

Ils attendirent, suspendus à ses lèvres, mais Tom se ravisa.

— Non, je veux d'abord l'examiner comme il faut. Ne m'obligez pas à laisser mon imagination prendre le dessus !

Ils le regardèrent regagner sa voiture, puis se débarrasser de sa combinaison de protection.

— Qu'est-ce qui s'est passé, là ? demanda Morton à Jess.

La jeune femme ne put que secouer la tête.

— Je n’en sais rien. C’est juste Tom qui joue les experts prudents, je suppose…
— Prudent à quel sujet, exactement ?
— Qu’est-ce qu’il a bien pu voir que j’ai manqué ? ajouta-t-elle avec mauvaise humeur.

4

— Eh bien, Ian ! s'exclama Monica Farrell. Pour une surprise, c'est une surprise ! Cela fait une éternité qu'on ne vous a vu !

C'était un reproche, mais prononcé d'un ton bienveillant qui le désamorçait. Pour confirmer qu'il était le bienvenu, elle lui tapota le bras.

— Venez, je vous prie, dans mon salon, comme dit l'araignée à la mouche[1] ! J'ai sorti la bouteille de cherry.

Il n'y avait rien d'arachnéen chez tante Monica, songea tristement le commissaire Carter en la suivant à l'intérieur du cottage. La tante de son ex-épouse était de constitution solide, avec des formes généreuses et un sourire radieux. Elle portait une jupe ample, un vieux cardigan et des chaussures confortables. Ses cheveux gris étaient rassemblés au sommet de son crâne à l'aide d'une pince en écaille qui, aux yeux de Ian Carter, devait dater de l'époque victorienne. Il tenta de chasser son sentiment de culpabilité. Depuis qu'il avait fui l'autre extrémité du pays pour venir prendre son nouveau poste, quelques mois plus tôt, il n'habitait plus très loin de tante Monica et pouvait facilement lui rendre visite. Or il ne l'avait

1. Allusion à un poème de Mary Howitt publié en 1828, dont le premier vers est : « *"Will you walk into my parlour ?" said the Spider to the Fly.* » (*Toutes les notes sont de la traductrice.*)

pas encore fait, ce pour quoi il n'avait aucune excuse, si ce n'était une réticence naturelle à revoir la famille de son ex-femme. On ne pouvait l'en blâmer, même si le divorce s'était fait en douceur. Sophie et lui ne s'étaient pas quittés dans un torrent de récriminations propre à entraîner une séparation brutale des deux familles. Cela avait été une lente progression vers l'inévitable. Sophie avait été malheureuse et il n'avait pas su comment réagir. Les petits accrochages s'étaient succédé, mais ce n'étaient jamais de grosses disputes. Le travail de Ian lui imposait des horaires décalés et Sophie, employée dans une compagnie internationale, était souvent appelée à voyager. Ils finissaient par ne plus se voir qu'en coup de vent. Elle sortait quand il rentrait, et inversement. Quand un nouvel homme était apparu dans la vie de Sophie, elle avait demandé le divorce et avait emmené leur fille Millie. Ian avait mollement protesté mais, comme l'avait fait remarquer Sophie avec sa rationalité teintée d'un soupçon d'exaspération, Millie avait dix ans et entrerait bientôt dans l'adolescence. Se voyait-il gérer une adolescente ? Il avait capitulé.

À la vue de Monica, une foule de souvenirs étaient remontés à la surface et il avait éprouvé une douloureuse amertume. Et comme si la situation n'était pas assez difficile, il avait mauvaise conscience. Car ce n'était pas sans arrière-pensée qu'il était venu la trouver en cette douce soirée de printemps. Il avait des choses à lui demander, et il espérait qu'elle saurait répondre à ses questions.

Il contourna un chat noir qui profitait des derniers rayons de soleil sur les dalles de l'allée incrustées de lichen, puis, parvenu sur le seuil, il se retourna pour contempler un instant le jardin. Celui-ci baignait dans une belle lumière rosée qui disparaîtrait d'ici quelques minutes, dès que le soleil se serait couché derrière l'horizon. D'intenses gazouillis saluaient ce spectacle. Ils provenaient des feuillages dans lesquels les étourneaux s'installaient pour la nuit. Le chat bâilla en enroulant sa petite langue brillante, dont le rouge contrastait avec le blanc de ses dents pointues, puis se détourna ostensiblement.

Carter baissa la tête pour passer le linteau bas de la porte d'entrée. L'intérieur du cottage était tel que dans son souvenir. La dernière fois qu'il était venu, c'était avec Sophie et Millie. La petite, tout excitée, courait partout dans la maison. Il ressentit une violente douleur dans la poitrine à cette évocation.

Le salon était toujours aussi encombré et en désordre, ce qui ne l'empêchait pas d'être accueillant. Ian regarda Monica chasser un autre chat, roux celui-là, et lui faire signe de prendre sa place sur le fauteuil. L'animal lui lança un regard qui en disait long sur son mécontentement. Désireux de se faire pardonner, Ian se pencha pour le caresser, mais l'animal cracha et s'éloigna d'un pas raide.

— Il ne vous connaît pas, l'excusa sa propriétaire. Si vous veniez plus souvent, vous deviendriez vite son ami.

— Je suis désolé, Monica, soupira Ian. Je sais que j'aurais dû venir vous voir plus tôt, ou au moins vous téléphoner, mais…

Il s'interrompit, cherchant ses mots.

— Oh ! je comprends, assura la vieille dame. Nous comprenons tous. Mais vous savez, Ian, nous vous aimons beaucoup, et j'espérais vraiment avoir le plaisir d'une petite visite… Enfin, il ne faut pas venir par obligation, bien sûr…

— Oh ! je ne ressens pas cela comme une obligation ! s'exclama-t-il avec sincérité. Mais je n'ai pas envie que Sophie aille penser que je traîne autour de chez vous comme un chien errant qui espère se faire accepter dans la famille… de nouveau.

— Sophie et vous, vous avez une fille, répliqua fermement Monica. Quelles que soient vos divergences, Millie a droit à un semblant de continuité dans sa vie familiale.

— Elle m'écrit deux fois par mois, plus ou moins, mais sans jamais me parler de sa maman. Elle sait très bien que quelque chose s'est cassé et qu'on ne pourra pas le réparer. C'est dur pour elle. Elle n'a que dix ans.

— Il faudra qu'elle s'y fasse, estima Monica, avant d'esquisser un sourire bienveillant. Tous les enfants y arrivent, vous savez. Ils sont plus forts qu'on ne le croit.

— J'ai beau déployer tous les efforts possibles – et je sais que Sophie en fait aussi beaucoup –, Millie est en train de payer le prix d'une chose qu'elle n'a pas provoquée.

La vieille dame fixa sur lui son regard plein de sagesse.

— De toute façon, Ian, il y a toujours un prix à payer. Tôt ou tard, et pour tout le monde. Même le bonheur est une chose qui se paie.

— C'est juste que je ne voudrais pas que Millie nous en veuille…

Il se doutait qu'il devait paraître infiniment malheureux en parlant de la sorte et ce n'était pas ainsi qu'il voulait être vu.

— Si c'est le cas, vous devrez l'accepter, Sophie et vous, et le mener au mieux. Ça ne sert à rien de vous tourmenter de cette façon, Ian. Il faut que vous alliez de l'avant tous les trois et que vous tiriez le meilleur parti possible de ce nouveau contexte.

Elle prit la bouteille de cherry qui attendait sur un plateau d'argent terni et en versa généreusement dans deux verres. Monica Farrell n'était pas femme à laisser ses pièces d'orfèvrerie dans la vitrine d'un vaisselier. Elle s'en servait.

— Quoi qu'il en soit, quand je vous écoute, je ne peux pas m'empêcher de me demander pourquoi vous avez tout à coup décroché votre téléphone pour venir me voir. Dans l'urgence, qui plus est !

Elle prit l'un des deux verres et le lui tendit.

— J'espérais vous convaincre de me laisser vous inviter au restaurant, dit-il.

— Je ne dîne jamais après six heures, rétorqua-t-elle. Vous devriez vous en souvenir. Cela ne réussit pas à mon estomac. Santé !

Apparemment, le cherry, lui, n'endommageait pas son système digestif. Il la regarda siroter la boisson d'un air appréciateur.

— Je conduis, vous savez, protesta-t-il faiblement quand elle releva les yeux sur lui.

— Combien de verres avez-vous bus aujourd'hui ?

— De verres d'alcool, vous voulez dire ? Aucun.

— Dans ce cas, ce n'est pas un petit cherry qui vous causera du souci.

Vaincu, il but poliment une gorgée, tout en promenant le regard sur la pièce, à la recherche d'un pot de fleurs ou d'un quelconque réceptacle où jeter une partie de sa boisson dès qu'elle aurait le dos tourné.

— Ian ! lança Monica d'une voix forte. On dirait un gamin surpris la main dans le pot de confiture !

Elle le fixait de son regard déconcertant. Il était toujours bon d'être franc avec Monica, quitte à passer pour un goujat, songea Ian. Il reposa son cherry.

— En fait, commença-t-il, j'avais une autre raison pour vous contacter, en plus de mon désir de vous voir. Mais je voudrais d'abord m'excuser de ne pas être venu plus tôt. Il m'a fallu du temps pour bien m'installer dans ma nouvelle maison…

Il pesta intérieurement contre lui-même en s'entendant avancer cet argument peu convaincant.

— Je reconnais que ce n'est pas une excuse, ajouta-t-il.

— Pensez-vous que vous allez apprécier de vivre dans cette partie du monde, maintenant que vous avez franchi le pas ? interrogea-t-elle.

Il hocha la tête.

— Oui, je crois.

— Très bien. Bon, maintenant, si vous satisfaisiez ma curiosité… ?

Il acquiesça, puis se lança :

— Nous avons commencé à enquêter sur un incident qui s'est produit aujourd'hui.

— Dans la bouche d'un policier, le mot « incident » peut vouloir dire n'importe quoi, fit remarquer la vieille dame. Mais continuez, Ian, je ne vous interromprai plus.

— Bon, d'accord, il s'agit d'une mort suspecte. Cela s'est passé chez une personne que vous connaissez sans doute. Vous avez toujours vécu ici et Sophie disait que vous connaissiez tout le monde…

— Sophie devait plutôt dire que je savais tout sur tout le monde, non ? rectifia-t-elle avec un sourire.

Sa promesse de ne pas l'interrompre avait fait long feu.

— En effet, poursuivit-elle, il fut un temps où j'étais au courant de tout ce qui se passait. Ce n'est plus le cas aujourd'hui, vu que je ne sors plus guère et que je bavarde avec de moins en moins de gens. Autrefois, ce n'était pas pareil… À la campagne, les nouvelles circulaient. De plus, j'ai enseigné pendant plus de vingt ans à l'école communale. Une institutrice est bien placée pour connaître les secrets de famille…

Elle s'interrompit, pour reprendre d'une voix plus sombre :

— L'école n'est plus une école aujourd'hui, vous savez. C'est devenu une résidence privée. Tellement retapée qu'on ne la reconnaît plus, et habitée par un abominable couple de citadins qui n'a aucune autorité sur ses chiens ! L'homme est promoteur immobilier, et j'imagine que la transformation de notre pauvre vieille école est un exemple de ce qu'il est capable de faire !

— Avez-vous porté plainte, pour les chiens ? s'enquit aussitôt le policier qu'il était. Parce que des gens qui n'arrivent pas à contrôler leur…

— Leurs chiens prennent mes chats en chasse ! coupa Monica avec violence.

— Ah…

Ian croisa le regard méprisant du chat roux. À vrai dire, il comprenait que tout chien qui se respectait ne pouvait qu'être contrarié face à ce genre de spécimen.

— Bien sûr que je me suis plainte, reprit Monica. Mais pas à la police. Nous n'avons plus de commissariat maintenant au village, de même qu'il n'y a plus d'école ni de bureau de poste. Je me suis donc plainte à Hemmings, leur propriétaire, et à sa femme, une blonde décolorée. Ils m'ont répondu que je n'avais qu'à enfermer mes chats. Mais comment voulez-vous empêcher un chat de faire sa vie ?

Elle tenta de se calmer en avalant quelques nouvelles gorgées de cherry.

— C'est sûr, acquiesça Carter. Il est normal qu'un chat vagabonde. Et la loi ne commande pas de le contrôler, contrairement aux chiens.

— Exactement ! C'est ce que j'ai dit à ce satané Hemmings. Nous nous sommes bagarrés là-dessus.

Les disputes entre voisins pouvaient prendre une mauvaise tournure, surtout dans les villages, et surtout si l'une des deux parties était un habitant de longue date et l'autre un nouveau venu. Carter se promit de suivre cette histoire de près.

— Mais vous n'êtes pas venu me voir pour que je vous parle de Hemmings, reprit Monica. Quoique je ne serais pas surprise si la police allait frapper à sa porte un de ces jours. Le bonhomme ne m'a pas l'air très net, et sa femme ne vaut pas mieux. Ni leurs amis non plus, d'ailleurs. Enfin… De quoi vouliez-vous me parler, Ian ?

— Je me demandais si vous aviez connu une famille du nom de Bickerstaffe.

Monica partit d'un grand éclat de rire.

— Bickerstaffe ? s'exclama-t-elle. Bien sûr que je connais ! Enfin, je connaissais… Il n'en reste plus qu'un maintenant. Si tant est que Monty soit encore en vie. Mais je pense que si, je n'ai pas entendu dire qu'il était mort.

Elle se tut soudain et fronça les sourcils.

— Une mort suspecte ? reprit-elle. Vous ne venez pas m'annoncer le décès de Monty, au moins ?

Ian secoua la tête.

— Non, mais c'est chez lui que le corps a été retrouvé.

— À la Balaclava House ?

— C'est ça. M. Montague Bickerstaffe a trouvé le défunt en rentrant d'une promenade en ville. C'est ce qu'il a dit. Et il affirme ne pas le connaître.

— Le vieux Monty a trouvé un cadavre chez lui ?

Elle vida son verre de cherry.

— Eh bien ! Il était déjà à moitié cinglé la dernière fois que je l'ai vu ; cette histoire a dû carrément l'achever !

— En fait, il ne semble pas traumatisé, à ce qu'on m'a dit. Il va loger chez une sorte de nièce : Bridget Harwell. Le temps que nous enquêtions.

— Ah ! c'est comme ça qu'elle s'appelle, maintenant ? demanda Monica. On m'avait dit qu'elle s'était remariée.

— Et elle a redivorcé depuis, me semble-t-il. Je crois qu'elle s'apprête à se marier pour la quatrième fois.

— Eh bien… ! C'était une jolie fille, cette Bridget Bickerstaffe ! Son père, Harry, et Monty étaient cousins. Ce côté-là de la famille n'a jamais vécu à la Balaclava House, mais ils y allaient souvent, du temps où il y avait

Penny Bickerstaffe, avant qu'elle ne prenne ses cliques et ses claques. Donc, vous voulez que je vous parle des Bickerstaffe, c'est ça ? Dites-moi, vous n'avez jamais goûté au cake bouilli Bickerstaffe ?

L'expression qu'il afficha lui fournit la réponse.

— Non. C'est normal, vous êtes trop jeune. On vous a épargné les horreurs de mon enfance ! Ma mère en achetait toujours pour le thé du dimanche. Je le revois encore, ce gros pavé étouffe-chrétien de couleur marron rempli de fruits confits qui collaient aux dents… C'était plus amer que sucré et ça vous tombait sur l'estomac comme une boule de plomb. En fait, l'histoire de ce gâteau correspond à celle de la famille. À propos, il faut que je vous dise que je connaissais Penny, la femme de Monty, bien mieux que je ne le connaissais, lui. Il n'est pas commode, ce zigoto-là ! Je ne sais pas comment a fait Penny pour tenir si longtemps avec lui. Un beau jour, quand même, elle a fini par en avoir assez. Elle a décidé qu'après avoir sacrifié ses plus belles années à ce crétin, elle allait passer celles qu'il lui restait dans le confort et le calme. Elle a acheté un petit appartement à Cheltenham et laissé Monty se morfondre tout seul dans sa maison lugubre.

— Est-ce qu'elle vit toujours ? s'enquit Ian.

Monica secoua la tête.

— Non, hélas ! Elle est décédée il y a quatre ans. Elle n'a guère eu de temps pour jouir de sa liberté. C'est triste… J'étais à son enterrement. Et vous savez quoi ? Monty, ce misérable, n'a même pas eu la courtoisie d'y assister ! Les autres membres du clan, si. Ils étaient tous là. C'est là que j'ai vu Bridget pour la dernière fois. Quel était son nom à l'époque… ?

Elle fronça les sourcils, pensive.

— Voyons… Elle n'était plus mariée avec le père de la petite Tansy. Celui-là, il s'appelait Peterson et il avait été son premier mari. Ils avaient déjà divorcé, et elle avait aussi divorcé du type sur lequel elle a mis le grappin juste après. J'aimerais bien réussir à me souvenir du nom de ce deuxième… Quoique… Ça n'a aucune importance, leur mariage n'a pas duré. Le jour de l'enterrement, bien sûr, elle était déjà avec Freddie Harwell, le mari numéro trois, qui était présent lui aussi… mais complètement ivre ! Il a passé son temps à souffler son haleine alcoolisée au visage de tout le monde. En fait, même Peterson est venu : il a consenti à quitter sa chère île de Jersey, ce petit paradis dans lequel, à ce que j'ai compris, il coule des jours heureux à l'abri du fisc. C'était très bizarre de voir Bridget assise sur son banc d'église entre ses deux maris. Tansy, la fille de Peterson, était là aussi. C'était encore une enfant à l'époque, quatorze ou quinze ans à peine. Ce doit être une belle jeune fille maintenant, elle doit courir sur sa vingtaine ! D'ailleurs, si Peterson est venu à l'enterrement, je suppose que c'était davantage pour la voir que pour faire ses adieux à Penny ! Quoi qu'il en soit, tout le monde était présent, sauf Monty !

— Monty et Penny ont-ils eu des enfants ?

Elle secoua la tête.

— Non. Penny devait estimer que s'occuper de Monty était bien suffisant. C'est un vrai gamin, ce qui ne veut pas dire qu'il soit simple d'esprit. Il a toujours été très intelligent et il aurait pu réussir dans la vie. Le problème, c'est qu'il ne parvenait pas à s'intéresser longtemps à quoi que ce soit. C'était un rêveur et, si une chose éveillait sa curiosité, il partait pour s'y consacrer sans rien dire à personne. Quand cela arrivait, Penny ne savait ni où il était ni quand il rentrerait. Peut-être qu'être un Bickerstaffe, ça ne l'a pas aidé, en fait. Je m'explique…

Monica modifia sa position, adoptant la pose qu'elle prenait sans doute autrefois dans sa classe, songea Ian, lorsqu'elle racontait des histoires à ses élèves.

— Cela a commencé vers 1830, quand un boulanger du nom de Josiah Bickerstaffe, qui avait l'esprit d'entreprise, a trouvé que ses gâteaux secs se vendaient bien et a décidé de les produire à grande échelle. Vingt ans plus tard, il avait de nombreuses succursales et il fabriquait toutes sortes de biscuits. Quand l'armée lui a passé un contrat juteux pendant la guerre de Crimée, son chiffre d'affaires est encore monté en flèche. Ravi de cette bonne fortune, le fils de Josiah a fait construire la Balaclava House.

« À la suite de cela, l'entreprise a encore progressé en se lançant dans la fabrication d'un nouveau produit, le "cake aux fruits bouilli Bickerstaffe". Ce gâteau était commercialisé en boîte de conserve, avec un faux blason sur le dessus. L'empire colonial était à son apogée et la biscuiterie était fière de proclamer qu'il n'y avait pas un endroit au monde qui soit trop éloigné ou trop inaccessible pour son fameux cake aux fruits bouilli. Chacun, du commissaire de district à l'employé le plus humble, pouvait le déguster avec son thé de l'après-midi, installé sous le soleil tropical. Cela faisait une bien belle image du produit…

Elle eut un petit rire.

— « Saveur d'Angleterre », c'est ainsi qu'ils avaient appelé le gâteau. Il a continué à très bien se vendre jusqu'à la Seconde Guerre mondiale, époque à laquelle on a dû suspendre la fabrication, faute d'ingrédients que l'on n'arrivait plus à se procurer. Lorsque à la fin de la guerre on a voulu la relancer, les goûts avaient changé et l'Empire britannique se réduisait comme peau de chagrin. La situation a alors commencé à devenir désastreuse, et puis soudain, nouveau coup de chance : une multinationale américaine a racheté l'entreprise, désireuse d'exploiter le nom prestigieux de la biscuiterie. Il n'y avait pas d'autres actionnaires que la famille Bickerstaffe, qui a donc réalisé une très bonne affaire.

Monty, qui n'était encore qu'un petit garçon, en a profité lui aussi, puisqu'il avait hérité de son grand-père un grand nombre de parts. C'est ainsi que les caisses de la famille se sont soudain renflouées. Seulement, bien sûr, cela n'a pas duré. Le père de Monty est mort peu après et l'inflation a fait fondre cet argent tombé du ciel, sans compter la maison, dont l'entretien coûtait une fortune.

— Aujourd'hui, Monty est le dernier à porter le nom de Bickerstaffe ? demanda Ian.

Elle hocha la tête.

— À ma connaissance, oui. Il reste d'autres membres de la famille, mais ce sont des femmes et elles sont toutes mariées, comme Bridget, de sorte qu'elles ont changé de nom. Monty, lui, doit avoir… euh… soixante-seize ans, si ma mémoire est bonne. Il a fait son service militaire, puis il a travaillé comme dessinateur industriel, mais pas très longtemps… Aujourd'hui, il doit sans doute subsister grâce à l'argent investi à l'époque de la vente, qui lui rapporte juste de quoi vivre, avec une petite retraite qu'il doit toucher aussi.

— Je vous remercie beaucoup, Monica, dit Ian. Vous m'avez été très utile.

— Je ne vois vraiment pas de quelle façon, répliqua-t-elle. En fait, je n'ai jamais apprécié Monty, mais je suis désolée qu'il ait eu un choc comme ça ! Quelle drôle d'histoire, tout de même… Et c'est vous qui êtes chargé d'élucider l'affaire ?

— Je supervise l'enquête, mais elle est entre les mains de Jess Campbell. L'inspecteur Campbell.

— Et vous croyez qu'elle réussira à découvrir le fin mot de l'histoire ?

Monica fixait Ian de son regard brillant de curiosité.

— Je pense que oui. Espérons-le, en tout cas. Je ne travaille pas depuis très longtemps avec elle, mais j'ai eu le temps de constater qu'elle est extrêmement minutieuse dans ses enquêtes. Elle ne négligera aucun détail, soyez-en sûre.

Il avait lancé ces derniers mots sans réfléchir, mais Monica Farrell parut les prendre très au sérieux.

— Dans ce cas, dites à l'inspecteur Campbell de faire bien attention, répondit-elle d'un ton pensif. Parce que, quand on commence à s'intéresser aux détails chez les Bickerstaffe, on ne sait jamais sur quoi on peut mettre la main.

Le soir était tombé pendant qu'ils bavardaient et il faisait presque assez sombre pour que l'on puisse parler de nuit. Quand Carter sortit, les lumières brillaient dans les maisons alentour. Il démarra lentement en levant la main pour saluer une dernière fois Monica et, dans son rétroviseur, il la vit se retourner et rentrer dans son cottage, ses deux chats, le noir et le roux, collés à ses chevilles. Il espéra qu'ils ne la feraient pas trébucher. Il reviendrait la voir bientôt, une vraie visite cette fois, qui ne serait pas intéressée.

Avant son départ, ils avaient bu du thé et mangé de petits gâteaux friables aux raisins secs que l'on appelait, paraît-il, des biscuits de Shrewsbury. Ils avaient parlé de Sophie et de ce qu'elle faisait actuellement. Il savait que, tôt ou tard au cours de la conversation, ils en viendraient à évoquer son ex-femme, c'était inévitable. Il aurait été bizarre de ne pas le faire, mais cela n'avait pas été facile pour lui. L'approche adoptée par Monica pour amener le sujet avait été simple et directe :

— Comment vous en sortez-vous, Ian ? Je ne parle pas du travail ni de votre installation dans votre nouvelle maison. Je parle de votre situation de célibataire.

— Ma foi, répondit-il en choisissant bien ses mots, je me débrouille. Cela m'a fait drôle, au départ, de recommencer à vivre en célibataire. Je n'ai jamais été très doué pour tenir une maison. Je suis en train d'apprendre à cuisiner et j'avoue que ce n'est pas encore très fameux...

— Personne d'autre à l'horizon ?

— Pas pour l'instant. C'est l'un des autres aspects de ma situation : me voilà plongé dans la mare aux célibataires ! Il faut que je réapprenne à flirter, je n'ai pas encore commencé. Non, je ne veux plus de biscuits, merci...

— Ce n'est pas grave, répondit Monica. Ils sont durs comme du bois, n'est-ce pas ? Ce n'est pas moi qui les ai faits. Nous avons organisé un petit déjeuner de bienfaisance à l'église et l'une des femmes de la paroisse les a apportés.

Il lui sourit.

— Je regrette de ne pas être venu vous voir plus tôt, dès mon arrivée dans la région. Je suis un dégonflé.

— Je savais que vous finiriez par m'appeler un jour ou l'autre, assura Monica avec bonhomie. Ce cadavre qu'a trouvé le vieux Monty dans son salon vous a fourni le prétexte que vous cherchiez pour cela... même si vous n'aviez pas conscience que vous le cherchiez. Le divorce a été un rude coup pour vous, nous le savons tous. Vous progressez, Ian. C'est ce qui compte. Vous avez repris votre vie en main. Pas complètement, peut-être, mais la base est déjà en place. Vous vous êtes organisé une nouvelle existence, sans Sophie, et vous commencez à avancer. Sachez que je suis avec vous et que je vous soutiens des tribunes, si cela peut vous aider.

Elle avait conclu ces mots par un sourire espiègle qui l'avait fait rire. Là, seul dans sa voiture, il songeait qu'elle avait raison : il était temps de reprendre sa vie en main. Il était venu dans cette région pour tenter un nouveau départ, il fallait tout mettre en œuvre pour réussir.

En roulant dans Weston-Saint-Ambrose toutefois, on ne pouvait s'empêcher de songer à un passé qui ne reviendrait plus. Monica avait parlé des changements intervenus au fil des ans, il était curieux d'en voir les signes. Il emprunta quelques-unes des rues sinueuses du village et passa devant l'endroit où la poste s'élevait jadis. C'était désormais un petit restaurant, qui portait, en toute logique, le nom de Vieille Poste. Le pub d'autrefois était toujours un pub, mais il s'était embourgeoisé… Enfin, venait l'école communale, où Monica Farrell avait enseigné pendant de longues années. Ian immobilisa la voiture pour la regarder, tout en se rappelant ce qu'avait dit Monica de ses propriétaires. Le bâtiment faisait face à la vieille église Saint-Ambrose, qui présentait un aspect tristement négligé. Il avait conservé son architecture fin XIXe : l'école avait dû être construite à la suite des réformes de l'éducation engagées par le gouvernement de Gladstone avec l'Education Act de 1870. À l'époque, les enfants du village devaient être nombreux à venir remplir les bancs des classes. Avec les années, le nombre de jeunes familles qui vivaient là avait bien diminué : il n'y avait plus de travail au village, ni de logements abordables, avec les citadins qui affluaient, à la recherche de résidences secondaires. On avait donc fermé l'école, on l'avait vendue et reconvertie en maison d'habitation privée.

Une maison impressionnante, de surcroît ! Rien ne paraissait négligé dans l'ancienne école, au contraire. On avait dû mettre beaucoup d'argent dans sa reconversion. On devinait de beaux jardins sur les côtés et à l'arrière, avec des haies et des arbres qui découpaient leurs formes sombres dans l'obscurité, mais l'avant (l'ancienne cour de récréation où les enfants s'ébattaient joyeusement autrefois) avait été pavé pour procurer de nombreuses places de parking. Un espace dont on avait besoin ce soir-là, car il semblait que les propriétaires recevaient. Une vive lumière s'échappait des fenêtres du rez-de-chaussée, à travers lesquelles on voyait des gens bavarder par petits groupes, leur verre à la main. Dans un coin du parking, Ian aperçut la camionnette d'un traiteur qui portait l'inscription « Dîner stylé ». Tout ce beau monde allait donc bientôt se mettre à table. Cette pensée lui rappela qu'il avait faim.

À cet instant, la porte d'entrée s'ouvrit et une silhouette féminine se découpa dans la lumière du hall. La femme se mit à marcher d'un pas vif en direction de la voiture de Ian.

— Jay ! cria-t-elle. Nous commencions à désespérer ! Que s'est-il passé ? Pourquoi es-tu…

Elle s'interrompit net. Elle était presque parvenue à la hauteur de la voiture et elle s'apercevait qu'il ne s'agissait pas de l'invité attendu.

Embarrassé, Ian s'en voulut aussitôt. Que faisait-il là, immobile, à regarder cette maison ? Il voyait les gens à l'intérieur, ce qui voulait dire que ceux-ci pouvaient le voir eux aussi… ou au moins repérer sa voiture arrêtée juste en face. Il baissa la vitre et alluma la lumière dans l'habitacle afin que la femme le distingue bien.

— Oh ! dit-elle, vous n'êtes pas Jay. Il a la même voiture, alors j'ai cru…

Une sorte de panique altérait sa voix et ses manières se modifièrent, passant de l'hésitation à l'hostilité. Dans un instant, elle allait lui demander pourquoi il s'était arrêté devant chez elle et pourquoi il les observait comme ça.

— Pardonnez-moi, dit-il. Je viens de rendre visite à une vieille amie, Mme Farrell. Elle habite un cottage au bout de la rue. Elle était institutrice ici, à l'époque où ce bâtiment abritait une école. Elle m'a dit que c'était une maison privée maintenant, et je suis venu voir par curiosité.

— Ah ! Monica… fit-elle en se détendant manifestement. Oui, elle enseignait ici. Elle en parle tout le temps.

Elle n'était pas encore très sûre, elle le regardait avec attention, comme si elle cherchait à mémoriser ses traits.

Sans doute se disait-elle qu'elle devrait être capable de le décrire à la police, au besoin. Les gens riches étaient ainsi, songea Ian Carter : un étranger que l'on repérait près de chez soi devait être signalé sur-le-champ aux autorités.

Il la distinguait mieux maintenant. C'était une blonde plantureuse, lourdement maquillée, mais séduisante. Elle semblait avoir un goût prononcé pour les bijoux voyants et ses boucles d'oreilles en perles se balançaient autour de son visage et brillaient comme des décorations de Noël à la lumière de la voiture.

— Bon, je vais…

Il fut interrompu par les cris d'un homme grand et costaud qui venait de sortir de la maison et arrivait vers eux à grands pas.

— Terri ? Qu'est-ce que tu fais là ? Tout le monde t'attend pour bouffer et le traiteur veut commencer à servir. Qui est ce type ?

Il se pencha pour regarder Ian d'un œil furibond.

— J'étais en train d'expliquer à votre épouse…

Ian regrettait amèrement de ne pas être passé devant la maison sans s'arrêter. Les choses devenaient compliquées.

— Écoutez, reprit-il en sortant sa plaque de police de sa veste. Je ne suis pas un individu suspect, je suis commissaire de police…

Ce fut encore pire.

— Quoi, vous êtes de la police ? s'écria Terri en faisant un bond en arrière comme s'il lui avait dit qu'il était la Grande Faucheuse. Je croyais que c'était Jay, Billy ! Il a une Lexus, comme Jay…

À la hâte, Ian se relança dans ses justifications, expliquant qu'il venait de chez Mme Farrell…

Il ne put cependant achever. L'homme explosa.

— Quoi ? Cette vieille bique est allée nous dénoncer à la police ? Pour ses saletés de chats, j'imagine ?

— Mais non, fit Ian avec toute la patience dont il était capable. J'étais juste allé lui rendre une visite de courtoisie. C'est pour ainsi dire une parente à moi.

— Sans blague ? Alors, du coup, elle ne s'est pas du tout plainte de nos chiens ?

Le ton était sarcastique.

— En fait, si, elle m'en a parlé, reconnut-il. Mais seulement au détour de la conversation.

— Elle n'a qu'à garder ses saletés de chats chez elle, à l'intérieur ! pesta Billy.

— Ce n'est pas notre faute, gémit Terri. Nos chiens sont adorables, mais ce sont des chiens… et les chiens courent après les chats, pas vrai ? C'est dans leur nature. Et on ne peut pas lutter contre la nature, hein ?

Carter réprima un soupir. Il en avait par-dessus la tête de ces deux-là.

— Où sont-ils en ce moment ?

Il s'en souciait comme de sa première chemise, mais avec tant de visiteurs dans la maison, il s'étonnait que les chiens ne soient pas en train d'aboyer et qu'ils ne fassent même aucun bruit.

— On les a enfermés dans l'abri de jardin, à l'arrière, rétorqua Hemmings, jusqu'à ce que nos invités soient repartis. Si mes chiens courent après ses chats, c'est juste parce que ses chats viennent sur notre propriété.

— La loi reconnaît que les chats vagabondent, expliqua Carter. Mais je suis étonné que ces chats viennent chez vous alors que vous laissez vos chiens en liberté sur votre terrain.

— Elle a dû vous parler de la fois où je promenais Benji et Rex près de l'église, je suppose, commença Terri. Ils ont vu ses chats pourris qui faisaient leurs petites affaires n'importe où, au milieu des tombes…

— Bon allez, ça suffit, Terri ! fit brusquement son mari.

Elle se tut.

— Je ne veux pas priver vos invités de votre compagnie plus longtemps, déclara aussitôt Ian. Bonne nuit !

Il éteignit la lumière du plafonnier et appuya sur le bouton pour remonter la vitre. Les Hemmings le regardèrent s'éloigner.

— Bien, bien, bien, murmura-t-il en suivant les lacets de la route vers la ville. Je me demande si mon ami Hemmings ne figurerait pas dans l'ordinateur de la police… Je pense savoir reconnaître un homme d'affaires véreux quand j'en vois un. Monica a le nez fin : elle le trouve louche, elle aussi. Dites-moi, Billy, comment avez-vous gagné l'argent qui vous a permis de racheter la vieille école du village et de mener si grand train ?

Une pensée soudaine le saisit alors. Où était l'invité qu'ils attendaient, ce Jay qui possédait une Lexus ?

— Est-ce possible ? se demanda-t-il.

Il secoua la tête. Non, il avait trop d'imagination.

5

— Il n'est pas cinglé. Il est juste différent.

— Et sale, si j'ai bien compris.

Ian Carter guetta la réponse de Jess.

— Ce n'est pas vraiment sa faute. Il n'y a pas de salle de bains au rez-de-chaussée de la Balaclava House et il ne monte jamais l'escalier, à cause de ses rhumatismes. Alors il se contente de toilettes dont la cuvette doit dater de la même époque que la maison. Elle est décorée d'un joli motif de feuilles de saule bleu et blanc. De toute façon, les salles de bains du premier étage sont infestées de toiles d'araignées et les robinets sont rouillés. Monty se « nettoie », comme il dit, au robinet de la cuisine. Cela doit faire des années qu'il n'a pris ni bain ni douche. La crasse a dû se… s'incruster, conclut-elle avec un sourire chagrin.

— Charmant ! commenta Carter. Mais n'aurait-il pas pu faire installer une douche dans le cabinet de toilette ?

— Il ne veut pas d'ouvriers chez lui. Et de toute façon, sa maison lui convient telle qu'elle est. Il n'a pas envie de la moderniser.

Le commissaire considéra Jess d'un œil sévère.

— On jurerait que vous avez un petit faible pour lui ! dit-il.

— Ça n'aura aucune incidence sur mon jugement, monsieur, se défendit-elle.

Il hocha la tête.

— Dans ce cas, tout va bien !

Préférant ne pas manifester son irritation, Jess se tourna vers la fenêtre. La journée qui débutait s'annonçait aussi estivale que les précédentes. On avait prévu de la pluie dans les prochaines vingt-quatre heures, mais on n'en décelait encore aucun signe. Du point de vue de l'enquête, ce temps sec n'était pas le bienvenu. Il signifiait qu'on ne trouverait aucune empreinte de pneus ni de pas devant la Balaclava House : il n'y avait, dans la boue séchée du chemin, que de vieilles traces laissées par un tracteur sans doute venu de la ferme des Sneddon.

Jess jeta un coup d'œil à son supérieur. Ils travaillaient ensemble depuis quelques mois déjà et il l'appelait en général par son prénom lorsqu'il n'y avait personne avec eux. Quand il utilisait son patronyme, c'était souvent qu'il était énervé ; mais pas à cause d'elle. Il n'avait pas coutume de la critiquer, de se pencher derrière elle pour vérifier comment elle travaillait. En revanche, il avait sa façon à lui de lui signifier qu'elle avait intérêt à bien faire son travail. Jusque-là, Jess s'en était tirée honorablement. Toutefois, il attendait des progrès dans cette enquête et elle espérait en réaliser l'après-midi même.

Dans le service, on ne s'était pas encore habitué à lui. À la vérité, il n'était pas le genre de personne auquel on « s'habituait » facilement. Jess avait toujours l'impression qu'il avait en tête des choses qu'il ne souhaitait pas partager. En revanche, il était très habile pour vous pousser à livrer le fond de votre pensée, même si vous auriez préféré le garder pour vous. La jeune femme l'avait vite compris et elle prenait garde à la manière dont elle formulait ses réponses. Il avait dû s'en rendre compte, bien sûr. Et, ce matin, il l'avait de nouveau déstabilisée en sortant une surprise de son chapeau : il l'avait devancée dans ses recherches et venait de lui rapporter des informations qu'il avait récoltées au sujet de Monty Bickerstaffe.

Elle aurait préféré les recueillir elle-même, mais elle devait reconnaître que, sans les contacts nécessaires, elle n'aurait pas pu faire aussi bien. Cette tante providentielle était une mine d'informations. Ainsi, Carter avait beau dire, il n'était pas si nouveau que cela dans la région…

Jess avait compris qu'il était célibataire et elle se doutait qu'il avait dû vivre en couple à un moment de son existence. Elle le supposait donc divorcé, mais depuis quand, elle l'ignorait. Pouvait-elle aborder cette question sensible avec lui ? Était-ce cette séparation qui l'avait amené à demander sa mutation, lui qui travaillait jusque-là à des centaines de kilomètres ? Apparemment, il n'avait pas d'enfants.

Elle rencontra son regard interrogateur, ces yeux qui, selon la lumière, étaient soit verts soit noisette. Ils étaient noisette ce jour-là et ils la dévisageaient. Elle eut la désagréable sensation que le commissaire avait suivi le fil de ses pensées. *Non*, résolut-elle. *C'est juste parce que tu te sens coupable ! Reprends-toi, Jess !*

— Vous pensez donc que des gens ont utilisé l'une des chambres du premier étage, déclara-t-il avec une brusquerie soudaine, comme si lui aussi avait repoussé des pensées indésirables. C'est très étrange. M. Bickerstaffe ne vous en a pas du tout parlé ? Êtes-vous sûre que ce n'est pas lui qui a dormi là-haut ?

Il fronçait les sourcils et tapotait le bureau de ses doigts.

— Certaine ! Je viens de vous dire…

Elle s'interrompit et rectifia :

— Je vous ai expliqué qu'il ne montait jamais à l'étage. J'ai vu ce qui lui sert de lit : une sorte de méridienne contre un mur du salon. Non, c'est quelqu'un d'autre qui a occupé la chambre de l'étage. Car elle a été habitée, c'est sûr. L'air n'y est pas étouffant comme dans les autres pièces : on a ouvert les fenêtres il y a peu de temps. Le problème, c'est que l'équipe technique n'a trouvé aucune empreinte exploitable.

— Ce mystérieux squatteur a fait le ménage à fond, si j'ai bien compris ?

— Oui, la chambre est incroyablement propre ! Et il y a aussi une courtepointe sur le lit, qui n'est pas du tout dans le style de la maison. Nous y trouverons peut-être des traces d'ADN. Celui qui l'a utilisée l'a apportée de l'extérieur. Il est tout bonnement impossible qu'un membre de la famille Bickerstaffe ait acheté un jour une couette en tissu synthétique rose bonbon. En plus, j'ai vu dans une autre chambre une armoire remplie de linge de maison : l'individu en question aurait très bien pu prendre une couverture dans cette armoire… À propos, j'ai inspecté son contenu : les couvertures sont toutes en laine, et certaines portent des étiquettes de teinturerie qui datent de la Première Guerre mondiale.

Carter haussa un sourcil en esquissant un demi-sourire.

— Je vous félicite d'avoir été capable de les dater !

Jess ravala son agacement.

— Je connais ces étiquettes, répliqua-t-elle. La branche du Women's Institute[1] dont ma mère fait partie a organisé il y a quelques années une exposition sur l'arrière pendant la Première Guerre mondiale. Vous n'imaginez pas tout ce que les gens ont retrouvé ! Quelqu'un a même apporté un masque à gaz ! Certaines familles ne font jamais de tri dans leurs affaires. Elles gardent tout au grenier. Les Bickerstaffe devaient être de ceux-là. Monty a donc hérité du bric-à-brac ancestral.

1. Le British Women's Institute est une organisation de femmes bénévoles créée durant la Première Guerre mondiale dans les campagnes pour subvenir aux besoins alimentaires de la population. Il est encore présent aujourd'hui dans tout le Royaume-Uni.

Mais je suis sûre qu'il ignore tout de ce qui se passe dans la chambre propre du premier étage.

— Parce qu'il vous a *dit* qu'il ne montait jamais, objecta Carter. Mais peut-on prendre pour argent comptant tout ce qu'il affirme ? Peut-être lui arrive-t-il de faire un tour à l'étage de temps en temps, et il a pu oublier qu'il y était allé.

— S'il avait vu une couette rose bonbon sur un lit, il l'aurait remarquée et il s'en serait souvenu ! argumenta Jess.

Carter abdiqua d'un geste.

— Soit, vous devez avoir raison. Je trouve bizarre qu'il ne monte jamais au premier étage, c'est tout. Mais il faut dire que tout le monde trouve ce Monty bizarre, même s'« il n'est pas cinglé », comme vous dites. Eh bien, il ne vous reste plus qu'à lui poser carrément la question ! Quoi que vous en pensiez, il reste toujours possible qu'il n'ait pas eu envie de vous révéler certaines choses dont il estime qu'elles ne regardent pas la police. Ce ne serait pas la première fois que nous avons affaire à ce genre de témoin. Ce M. Bickerstaffe n'est pas un animal social : il ne va pas s'ouvrir à vous, ni à quiconque, il ne livre pas ses pensées intimes. Il croit sans doute que, moins il en dira à la police, plus vite nous nous en irons et le laisserons tranquille. Il faudrait que vous arriviez à lui faire comprendre que c'est exactement le contraire qui va se passer.

— J'ai prévu d'aller chez Mme Harwell cet après-midi pour l'interroger de nouveau. Mais je vous préviens : si je dois lui dire qu'il a eu un visiteur chez lui, je vais y aller avec des pincettes. Je ne veux pas l'effrayer. C'est un homme âgé.

— Soit, acquiesça Carter. Alors supposons qu'il ignore complètement qu'une ou plusieurs personnes sont venues chez lui. La question suivante est : ces visiteurs fantômes ont-ils un rapport avec le cadavre du rez-de-chaussée ? Si ce sont eux qui l'ont déposé sur le canapé, ils ont dû vouloir déguerpir ensuite le plus vite possible, sans attendre le retour du propriétaire. Alors, quand la séance de ménage intensif a-t-elle eu lieu ? Je vois mal ces gens aller chercher des chiffons et des balais et passer une demi-heure à tout nettoyer dans la chambre ! Cela n'a pas de sens.

Cette fois, Jess fut contrainte d'approuver.

— Le sergent Morton pense que la chambre a été utilisée pour des rendez-vous discrets…

Elle s'interrompit, bêtement embarrassée.

— Des rendez-vous amoureux, reprit-elle. S'il s'était agi de drogués, ils auraient laissé des aiguilles. Des ivrognes auraient abandonné des bouteilles ou des canettes de bière vides et des enfants, des emballages de bonbons ou des bouteilles de cidre. Or là, il n'y a rien…

— C'est incompréhensible… Pourquoi prendre tant de soin à ne laisser aucune trace, et abandonner sur place une couverture rose vif qui attire à ce point l'attention ?

— Je n'en sais rien, soupira Jess. Une couette, c'est encombrant. Peut-être que ce n'était pas pratique de la remporter chaque fois. Car il n'y a pas eu une seule et unique visite, monsieur. À mon avis, cette pièce était utilisée régulièrement.

— Nos tourtereaux, si tourtereaux il y a, ont pris soin d'effacer toutes leurs empreintes. Ils n'étaient pas emportés par la passion au point d'oublier ce détail.

Carter tapota de nouveau la table.

— S'ils ont laissé la couette, c'est qu'ils savaient que Monty ne monterait jamais à l'étage. C'est ce qui leur a fait choisir cette maison, d'ailleurs. Ils connaissaient les habitudes du propriétaire. Dès lors, pourquoi prendre tant de soin à effacer les empreintes ?

Il s'adossa à son siège et croisa les bras. Pendant quelques instants, Jess et lui gardèrent un silence pensif.

— Où est le sergent Morton en ce moment ? interrogea-t-il soudain.

— Parti interroger les voisins. Il y a une ferme à côté de la Balaclava House. On ne la voit pas de la maison parce que le chemin est en courbe, mais on la devine à l'odeur : c'est un élevage de porcs. La famille s'appelle Colley.

— Charmant voisinage !

— Oh ! je ne pense pas que l'odeur dérange beaucoup Monty. Enfin… À mon avis, les Colley ne nous seront pas d'un grand secours. J'ai l'impression que, même s'ils savent quelque chose, ils ne nous le diront pas. J'ai vu le fils et lui, en tout cas, n'est pas du genre à coopérer avec la police. Il y a aussi une deuxième exploitation agricole un peu plus loin. Le propriétaire s'appelle Pete Sneddon. Morton aura peut-être plus de chance avec lui.

— Pour ma part, j'aimerais bien rencontrer M. Bickerstaffe, déclara Carter.

Jess ouvrit la bouche pour protester, mais il reprit aussitôt :

— Pas cet après-midi, bien sûr ! précisa-t-il. M. Bickerstaffe vous connaît maintenant et, s'il vous voit arriver avec un étranger, il risque de se braquer. Mais je trouverai une occasion de faire sa connaissance sous peu, je pense.

Debout devant la grille de la ferme des Colley, Morton hésitait. La pancarte indiquant « Attention, chiens méchants » remettait en question son projet de rejoindre les bâtiments à pied. Mieux vaudrait remonter dans la voiture, qu'il avait garée au bord du chemin, et rouler jusqu'à la maison. À peine eut-il posé la main sur la grille que des aboiements furieux se firent entendre. Morton ne vit pas les chiens, mais une silhouette se profila et vint vers lui. C'était une femme d'âge mûr, massive et sans charme, qui tenait un seau à la main.

Elle s'arrêta devant lui, jambes écartées pour équilibrer son poids, et le considéra d'un œil méfiant à travers la grille. Vêtue d'une robe sale et informe, elle avait des cheveux gris en désordre et le visage tanné.

— Vous êtes qui, vous ? lança-t-elle.

La question le prit au dépourvu, non en raison de sa formulation, mais à cause du timbre de la voix, rocailleux et aussi grave que chez un homme, qui suggérait une longue addiction à l'alcool et au tabac fort. La femme poursuivit sans lui laisser le temps de se ressaisir.

— Vous êtes un flic, c'est ça ? Vous venez pour cette histoire à la Balaclava ?

Morton sortit sa carte de police, mais elle n'y accorda qu'un vague coup d'œil.

— Vous êtes madame Colley ? demanda-t-il.

— *Une* des madames Colley, rétorqua-t-elle. Il y a aussi ma belle-fille, Maggie.

— J'aimerais parler avec votre famille, annonça Morton. Est-ce que tout le monde est là ?

— Oui, mais dispersés un peu partout. Entrez, je vous conduis.

Elle repartit d'un pas lourd dans l'allée et Morton poussa la grille, non sans lancer des regards prudents autour de lui. La femme jeta un coup d'œil par-dessus son épaule sans ralentir.

— Ils sont enfermés, les chiens, indiqua-t-elle.

Soulagé, Morton lui emboîta le pas. Il était curieux de découvrir comment vivaient les Colley. Le chemin était en courbe et ce fut seulement lorsqu'il eut tourné qu'il aperçut la ferme. Celle-ci se composait de plusieurs unités disposées au petit bonheur. Sans y connaître grand-chose en architecture, Morton constata qu'elles dataient toutes d'époques différentes et que chacune avait sa fonction propre.

La plus petite, qui était aussi la plus proche de lui, accueillait les chiens. C'était une cage dont le grillage était fixé sur des poteaux de bois grossièrement taillés. À voir la cabane délabrée qui servait de niche, il devait s'agir d'un ancien poulailler reconverti. Les chiens, au nombre de trois, étaient des bergers allemands probablement croisés, de grosses bêtes puissantes qui auraient eu raison du grillage sans difficulté si l'envie les avait pris de sortir. Tous trois se pressaient du côté du nouveau venu, la gueule collée à la grille, et le fixaient de leurs yeux jaunes qui n'avaient rien de cordial. Conscient que regarder un chien en face pouvait être interprété comme un défi, Morton se détourna. Une odeur nauséabonde lui chatouillait les narines et il n'eut aucun mal à reconnaître celle des porcs, que l'on devait garder à l'extérieur.

Mme Colley n'était plus en vue, constata-t-il soudain avec contrariété. Devant lui s'élevait un cottage en pierre jaune typique de la région, que l'on avait agrandi par petits morceaux au fil des ans en ajoutant, tantôt des briques, tantôt d'autres matériaux. Un appentis en bois en prolongeait l'extrémité.

Plus loin sur sa gauche, il reconnut les enclos à cochons, mais ceux-ci étaient vides. À droite, après la niche des chiens, s'élevait un bâtiment qui sortait nettement du lot. Plus grand que la maison, plus long et plus haut, il était orné d'une élégante frise composée de briques de différentes couleurs. Du côté opposé à Morton se trouvaient une porte d'étable et des fenêtres poussiéreuses. La partie la plus proche, elle, ne comportait pas de fenêtres, mais une large ouverture que barraient des portes en bois qui semblaient plus récentes et de confection plus rudimentaire. La façade du premier étage était percée de deux immenses ouvertures identiques, de hauteur d'homme. Un système de poulie rouillé faisait saillie sur le mur entre les deux.

Un ancien grenier à foin et des écuries, conclut Morton, le tout n'étant plus désormais qu'un simple espace de stockage. Mais qu'était-il arrivé aux portes d'origine ? S'en était-on servi pour fermer une grange ou une porcherie ? Même sans elles, le bâtiment restait bien plus harmonieux que le reste de la ferme. C'était comme voir un vieux clochard en haillons, mais digne, assis sur un banc en compagnie d'un groupe d'ivrognes nettement moins distingués. Cette pensée lui rappela Monty Bickerstaffe.

Tandis qu'il observait ainsi son environnement, Mme Colley avait sonné le ralliement. Tout son clan apparaissait soudain : certains sortaient de la maison, d'autres surgissaient de derrière. Tous rejoignirent Morton, qui se retrouva bientôt face à un petit groupe compact qui le considérait en silence, attendant qu'il engage la conversation.

Mme Colley senior avait lâché son seau, mais ses doigts restaient recourbés comme si elle en agrippait encore l'anse. À côté d'elle était postée une femme d'une quarantaine d'années d'allure belliqueuse, à la silhouette lourde et au visage boursouflé prématurément ridé. Ses cheveux fins teints en noir étaient rassemblés en queue-de-cheval. Elle n'était pas maquillée, mais portait aux oreilles de grosses créoles dorées et ses bras nus étaient couverts de tatouages. Elle considérait Morton de ses petits yeux noirs en tirant sur une cigarette. Le sergent comprit qu'il s'agissait de Maggie, la bru. Il ne devait pas être très agréable de se réveiller chaque matin avec une telle femme près de soi, ne put-il s'empêcher de penser.

Le mari qui avait cet honneur était un barbu de forte carrure vêtu d'un jean crasseux et d'un gilet matelassé enfilé sur une chemise écossaise. Venaient ensuite les membres plus jeunes de la famille : Gary, qui arborait un sourire méfiant, et une femme blonde et obèse dont le legging noir ne dissimulait rien de ses cuisses empâtées ni de ses mollets gonflés. Un vêtement ample couvrait le haut de son corps. Une petite fille apparut soudain derrière elle et se campa sur ses pieds pour observer Morton sans ciller. Elle devait avoir trois ou quatre ans, estima-t-il, et n'était pas coiffée. Elle aussi portait un legging, mais il était rose et surmonté d'un tee-shirt violet. L'enfant tenait à la main une poupée crasseuse que Morton identifia comme un vieux Télétubby et dont il ne parvint pas à déterminer la couleur.

— Monsieur Colley ? lança-t-il à l'homme barbu.

Ce dernier fit un pas en avant.

— Dave Colley, précisa-t-il.

Il indiqua la femme qui fumait.

— Et elle, c'est ma femme, ajouta-t-il.

Morton la salua d'un signe de tête, mais elle ne réagit pas et continua à tirer silencieusement sur sa cigarette, le regard noir. Ce devait être son expression habituelle, conclut-il.

— Ma mère, vous la connaissez déjà, reprit Dave Colley, qui entreprit de désigner tour à tour les autres personnes présentes. Ça, c'est mon fils, Gary. Je crois que vous l'avez vu hier. Et voilà ma fille, Tracy. La gamine, c'est ma petite-fille, notre Katie.

— Bonjour, Katie, fit Morton en se penchant vers l'enfant, alors qu'aucun des autres individus présents n'avait remué un cil.

— B'jour, fit la fillette, avant de renifler bruyamment et de passer le Télétubby sur son nez.

— Alors il est où, maintenant, M. Monty ? demanda Dave Colley. Qu'est-ce que vous en avez fait, de ce pauvre vieux ?

— Il est hébergé chez quelqu'un de sa famille, expliqua Morton. Moi, je suis venu vous interroger au sujet de ce qui s'est passé hier. Vous devez savoir qu'en rentrant de ses courses en ville M. Bickerstaffe a découvert un homme mort chez lui, à la Balaclava House.

Au peu de surprise qu'ils manifestèrent, Morton comprit qu'il ne leur apprenait rien. Mais comment savaient-ils ? C'était là une question qui devrait trouver sa réponse.

— Nous, on ne sait rien du tout, aboya la grand-mère.

Elle s'était placée en position de défense, tête baissée et épaules voûtées. Peut-être pensait-elle que le policier, pour une raison inexplicable, allait se précipiter sur elle et la plaquer au sol.

— C'est bon, maman ! lui lança son fils.

Mais Mme Colley ne se laissait pas réduire au silence aussi facilement.

— Et M. Monty, il ne sait rien du tout non plus, le pauvre. Ce n'est pas sa faute s'il a trouvé ce mort. N'importe qui peut trouver n'importe quoi, ce n'est pas pour ça qu'on est responsable !

Elle avait un point de vue à défendre et, maintenant qu'elle était lancée, elle semblait décidée à continuer. Il y eut un moment de flottement où Morton et le reste de la famille Colley parurent unis pour l'en empêcher, mais il ne dura pas. Les Colley se tenaient les coudes, tant littéralement que métaphoriquement.

— Vous avez toujours été voisins de M. Bickerstaffe, déclara Morton, tout en songeant qu'il ne fallait vraiment pas avoir de chance pour être gratifié d'un tel voisinage.

— Oui, répondit Dave. Mon grand-père, il a connu M. Monty tout petit. Nos deux familles, les Bickerstaffe et les Colley, on habite ici depuis des années.

— Et vous avez toujours élevé des porcs ?

— Ouais ! C'est notre métier, de père en fils.

— Très bien, acquiesça Morton. Alors dites-moi, étiez-vous tous ici hier ?

— Plus ou moins… Je crois que Gary est parti en ville dans l'après-midi.

Dave Colley disait-il la vérité ? se demanda Morton. Comment le savoir ? La veille, son fils avait raconté à la police qu'il était en route pour la ville, et lui-même confirmait maintenant cette version.

— Ce que nous aimerions savoir en particulier, reprit-il, c'est si vous n'auriez pas vu des étrangers, ou même *un* étranger, dans le coin. Ou encore une voiture que vous ne connaissiez pas sur le chemin qui passe devant chez vous.

Le père secoua la tête.

— Non, personne. C'est calme ici, en général.

— Et les autres ? insista Morton en parcourant le reste de la famille du regard.

— Non, on n'a rien vu ! répondirent-ils tous comme un seul homme.

Le sergent se baissa pour s'adresser à la fillette.

— Et toi, Katie ? demanda-t-il. Tu n'as pas vu quelqu'un hier ? Quelqu'un que tu ne connais pas ? Là, dans le chemin ? Un monsieur ou une dame, ou plusieurs personnes ?

Il y eut une certaine agitation parmi les Colley, qui devaient s'étonner de le voir interroger un enfant de cet âge.

— Non, répondit Katie.

Morton crut percevoir comme un soupir de soulagement collectif.

— Qu'est-ce que je vous dis ! s'exclama Dave. La route, elle est en courbe, alors d'ici, on ne voit rien. Il n'y a que quand on est à la grille qu'on peut voir qui il y a sur le chemin.

Morton se retourna pour vérifier. Dave disait vrai.

— Et vos cochons, où sont-ils ? interrogea-t-il.

L'homme le considéra un instant.

— Je vais vous les montrer, finit-il par déclarer.

Il se mit en marche en faisant signe au policier de le suivre et passa derrière la maison, tandis que les autres Colley, à l'exception de Gary, s'engouffraient à l'intérieur. Gary emboîta le pas à son père et à Morton. L'odeur des porcs avait gagné en intensité à l'instant où ils avaient contourné le cottage. Devant eux s'étendait un vaste champ rempli à perte de vue d'animaux qui déambulaient en toute liberté et ponctué de petits abris en tôle ondulée. Les cochons semblaient en parfaite santé. La maison et les autres bâtiments avaient beau être extrêmement mal entretenus, on devait être aux petits soins avec les bêtes. Il le fallait si l'on voulait en tirer un bon prix. Dans un autre enclos, plus petit, deux chevaux paissaient, le dos tourné aux cochons, comme s'ils cherchaient à échapper à l'indignité d'avoir été parqués aussi près d'eux.

Morton reporta son attention sur les porcs.

— De quelle race sont-ils ? interrogea-t-il.

— Ce sont des large white, répondit Gary, resté silencieux jusque-là.

— Les gens, c'est ce qu'ils aiment, expliqua son père. Pas trop gras, une faible épaisseur de lard. Mon vieux grand-père, lui, il ne touchait pas au bacon s'il n'avait pas plus de la moitié de graisse, mais les goûts ont changé.

— En effet, moi, je n'aime pas que le bacon soit trop gras, reconnut Morton.

— Vous voyez ! firent les deux Colley d'une seule voix.

— Alors l'élevage est facile ? demanda encore le sergent.

Si le père et le fils commençaient à parler de leur activité, peut-être seraient-ils disposés, ensuite, à évoquer d'autres sujets.

— Ce n'est pas compliqué, disons. Faut bien les surveiller l'été, c'est tout. Parce que, quand ça tape, ils attrapent des coups de soleil. Ils ont la peau rose…

Incrédule, Morton observa le porc le plus proche de lui. Sous le poil blanc, la peau, effectivement très rose, semblait vulnérable.

— Bon, dit-il. Si je comprends bien, c'est un bon business ?

À ces mots, les deux Colley se récrièrent.

— Faut se donner du mal pour réussir à en vivre, qu'est-ce que vous croyez ? lança Dave. Mais bon, on se maintient à flot !

Morton estima que le moment était venu de passer à l'objet de sa visite.

— Pour revenir à la Balaclava House, déclara-t-il, notre problème est le suivant : il y a forcément eu des gens (au moins une personne, en tout cas) qui sont venus par ici hier matin. D'après nos déductions, l'homme était déjà mort quand on l'a placé dans la maison. Ou alors, il était mourant. Quoi qu'il en soit, il n'a pas pu arriver sur ses deux jambes, sans l'aide de personne.

— Vous êtes sûr de ça ? s'enquit Dave Colley. Nous, ici, on n'a rien vu.

— Non, rien du tout, renchérit Gary. Moi, j'ai appris l'histoire en partant en ville, quand je suis passé devant la Balaclava House. J'ai vu la police, et puis le pauvre M. Monty qu'on faisait monter de force dans une voiture à vous.

— Et vous êtes allé en ville ensuite, finalement ? s'enquit Morton. Vous n'êtes pas revenu ici raconter ce qui se passait à votre famille ?

— J'ai appelé mon père, répondit Gary. Avec mon portable.

À l'appui de ses dires, il sortit de sa poche l'un des tout derniers modèles de téléphone.

— Celui-là ! précisa-t-il en décochant au sergent un sourire que l'on pouvait qualifier de triomphant.

Dans un ultime effort, Morton se tourna vers le père.

— Et quand votre fils vous a téléphoné, pas un seul d'entre vous n'a eu la curiosité de remonter le chemin pour aller voir de ses yeux ce qui se passait ?

Dave secoua la tête.

— On avait beaucoup à faire, affirma-t-il. On avait pris du retard dans le travail. À cause des cochons qui s'étaient sauvés dans la matinée ; ils étaient sortis du champ et on les avait retrouvés sur le terrain de Sneddon. Avec mon fils, on a dû les faire revenir, et puis il a fallu réparer la barrière qu'ils avaient démolie. Après quoi, Gary est parti en ville se détendre et moi, je me suis mis à la paperasserie. Un travail que j'aurais fait avant, si je n'avais eu à courir après ces satanées bêtes… Le métier de paysan, de nos jours, c'est surtout de l'administratif. Quand Gary m'a appelé, j'en ai parlé à ma femme, mais on avait d'autres chats à fouetter, elle et moi. On n'avait pas le temps d'aller voir à la Balaclava ! On s'est dit qu'on en entendrait parler plus tard, de toute façon.

— Oui, ce qui m'amène à me demander maintenant comment vous avez appris l'existence du cadavre, monsieur Colley, enchaîna platement Morton. Parce que, en somme, votre fils n'a rien vu d'autre que M. Bickerstaffe en train de monter dans une voiture de police.

Les deux Colley échangèrent un regard.

— Eh bien, déclara lentement Dave, un peu plus tard, dans la soirée, ma mère est tout de même allée jeter un coup d'œil. Elle voulait vérifier si M. Monty n'avait pas besoin de quelque chose. Elle a vu un camion des pompes funèbres qui partait, et des flics qui étaient encore sur place. Elle est revenue et elle nous a raconté ça. Un corbillard, ça voulait dire que quelqu'un était mort, non ? Et comme Gary avait vu M. Monty monter dans la voiture de police, ça ne pouvait pas être lui.

Dave parut satisfait de sa logique et le sourire de Gary s'élargit. Quelles que soient les questions posées, ils avaient une réponse. D'un regard, Morton signifia au jeune homme qu'il n'était pas dupe.

— Je reviendrai vous voir, annonça-t-il. Entre-temps, si vous pensez à quoi que ce soit, faites-le-nous savoir, d'accord ?

Les Colley marquèrent leur approbation d'un vague grognement.

— Au fait, à qui appartiennent ces chevaux ? interrogea encore le sergent en désignant l'enclos voisin.

— À mon fils, répondit Dave. Il en a toujours eu un ou deux, depuis qu'il est tout petit. Quelquefois, il les laisse brouter là, dans cet enclos, mais le reste du temps, ils sont dans le pré, à côté de la route.

Morton considéra Gary. Il aurait cru celui-ci davantage attiré par les motos que par les chevaux. Il songea qu'il y avait peut-être une part de sang gitan chez les Colley.

Les trois hommes reprirent ensemble le chemin de la maison et Morton indiqua l'imposante construction en brique sur sa gauche.

— Et ce bâtiment-là, de quand date-t-il ? s'enquit-il.

— Ah, la grange… ? fit Dave d'un ton négligent. Elle était là avant tout le reste. Elle a été construite en même temps que la Balaclava House. C'étaient les écuries et la remise à calèches de la Balaclava. Et tout ça, ajouta-t-il en balayant d'un geste l'espace qui les entourait, c'était la cour qui allait avec. Le palefrenier en chef habitait là, dans notre cottage. Mais après la Première Guerre, les Bickerstaffe se sont acheté une automobile et ils ont laissé tomber les attelages et les chevaux. Ils avaient de l'argent, à cette époque. Ils se sont fait construire un garage plus près du manoir, avec un appartement au-dessus pour le chauffeur.

— C'est drôle, je n'ai pas remarqué d'autre bâtiment là-bas.

— Normal, il a été démoli. Ça fait des années. J'ai ramassé les briques et c'est avec ça que j'ai construit nos porcheries. Ça a bien rendu service à M. Monty…

À M. Monty, mais surtout à vous, compléta Morton en son for intérieur.

— En fait, poursuivit Dave, à l'époque de la reine Victoria, leur cocher et palefrenier en chef, c'était mon arrière-grand-père. Quand ils ont eu la voiture, il s'est retrouvé sans travail. Les temps avaient changé, il savait qu'il n'aurait aucune chance de reprendre la même activité ailleurs. Comme il n'était plus tout jeune, ça n'a pas été facile pour lui d'apprendre à conduire. Il a essayé, mais il paraît qu'il oubliait qu'il ne fallait pas tourner la tête pour parler avec les passagers quand on était au volant. Le jour où il a versé une voiture pleine de Bickerstaffe dans le fossé, on lui a expliqué qu'on allait devoir engager quelqu'un de plus jeune.

« Alors, il a demandé à louer la grange, la cour, le cottage qui lui était attaché, et aussi les deux prés entre la Balaclava et les terres des Sneddon. De toute façon, la famille n'en avait plus l'utilité. Le vieux Bickerstaffe a accepté. À mon avis, il s'est dit qu'il lui devait bien ça ! Par la suite, mon grand-père a réussi à réunir l'argent pour tout racheter. Les Bickerstaffe le lui ont cédé pour une bouchée de pain. Ah, les terrains coûtaient moins cher, en ce temps-là ! Les maisons de campagne, ça n'existait pas, les citadins ne faisaient pas monter les prix comme maintenant. Et puis les biscuits se vendaient moins bien et les Bickerstaffe avaient besoin de liquidités, alors l'argent de mon grand-père, ils ont été bien contents de le prendre.

Lorsqu'il se mit en marche vers la sortie de la ferme, Morton prit soin d'éviter le regard mauvais des chiens enfermés dans leur enclos. Il avait cependant conscience que ceux-ci ne le lâchaient pas des yeux, de même que Dave et Gary Colley, qui, immobiles, le regardaient partir. Et il était sûr que, des fenêtres du cottage, les femmes l'observaient aussi. Tous savaient quelque chose, il n'en doutait pas, mais ils n'étaient pas disposés à le lui révéler. Il espéra qu'il aurait plus de chance avec Peter Sneddon, l'autre fermier.

6

Monty avait trouvé dans le jardin de Bridget un petit coin tranquille, abrité du vent par la jonction de deux hauts murs de pierre sèche. Le banc métallique peint en blanc sur lequel il s'était installé n'était guère plus confortable qu'un banc d'église, mais au moins, il était dehors. Et il pouvait se détendre, ce qui n'était pas possible dans la maison. Comment être bien, avec Bridget qui vous tournait autour toute la journée ? Même ici, en fait, il ne se sentait pas totalement à l'aise, peut-être à cause de ses vêtements neufs. Bridget les lui avait achetés au cours d'une humiliante visite au Marks and Spencer de Cheltenham, où elle l'avait traîné comme une mère excédée traîne son gamin de six ans, en barrant les lignes sur sa liste au fur et à mesure. La seule chose qu'il avait réussi à conserver, c'étaient ses chaussures. Il avait fait remarquer à Bridget qu'il fallait du temps pour qu'un soulier se fasse au pied et il avait eu gain de cause. Et, là, tout ce qu'il portait était désespérément neuf et malmenait son corps. Le pantalon était trop serré à la taille, le col de la chemise, trop dur, les manches du pull-over en laine, trop longues. Il lui semblait revivre son premier jour d'école, quand il avait dû enfiler un uniforme « dans lequel il pourrait grandir ». Comme maintenant, il avait eu l'impression d'être quelqu'un d'autre. Ce fut sans doute à cause de cette dernière pensée que, au moment où il s'assoupit, il se retrouva projeté au temps de son enfance. Les images commencèrent à défiler et ce fut comme s'il regardait un film dans lequel des comédiens interprétaient son histoire. Le petit Monty portait un short et un polo Aertex, il gravissait la pente abrupte de Shooter's Hill et Penny marchait derrière lui en lui criant qu'il allait trop vite. Dans le sachet brun qu'il tenait à la main, il y avait un œuf dur avec un peu de sel dans du papier froissé, ainsi que des sandwiches à la pâte de poisson, confectionnés avec beaucoup de pain et très peu de pâte de poisson. Une boîte contenant des miettes de biscuits de l'usine Bickerstaffe venait compléter ce repas bien peu appétissant.

Penny, dont la maman était plus expérimentée en matière culinaire, avait dans son sac des sandwiches sans croûte à la banane et à la confiture, coupés en triangle et enveloppés dans du papier sulfurisé. Les bananes faisaient encore figure de nouveauté dans le commerce après la guerre et les sandwiches de Penny n'étaient pas communs. Mme Henderson savait créer de petites gourmandises pour gâter sa fille, ce qui ne serait jamais venu à l'idée de la mère de Monty. Penny avait en outre deux petits pains à la saucisse et une bouteille de décoction de pissenlit et de bardane.

Une fois au sommet, ils étalèrent la couverture verte râpée que Monty avait dû transporter, roulée sur son épaule, et s'y laissèrent tomber avec délices. La chemise de Monty était trempée de sueur à l'endroit où il l'avait portée et la texture rêche de la laine lui avait imprimé une vilaine marque rouge dans le cou. C'était Penny qui avait insisté pour qu'il la prenne. Sneddon emmenait parfois paître ses moutons sur la colline et ceux-ci déposaient leur carte de visite un peu partout dans l'herbe sèche. Comme toutes les femmes, Penny était maniaque pour ce genre de chose. Et elle n'avait que dix ans…

En silence, ils étalèrent leurs provisions sur la couverture. Ils procédaient toujours de la même façon et le cérémonial de l'échange suivait : Monty troqua son œuf dur contre un petit pain à la saucisse et ils convinrent de se partager les biscuits cassés et la boisson au pissenlit et à la bardane. Monty était parti avec une gourde de sirop d'orange, mais il l'avait vidée pendant la montée. Enfin, il aurait adoré avoir un triangle banane-confiture, mais il n'osa pas proposer l'une de ses monstruosités à la pâte de poisson en échange. Il préféra s'en abstenir.

Le sommet de Shooter's Hill offrait une vue magnifique sur la campagne environnante, des kilomètres et des kilomètres de vallons ponctués de champs, de routes et de rivières sinueuses, des cottages disséminés çà et là. Monty avait à ses pieds un grand ouvrage de tapisserie qui constituait son univers. La Balaclava House semblait minuscule, on distinguait à peine la cour sale des Colley et leur cottage vétuste. Au-delà, derrière les bois, se trouvaient la ferme des Sneddon et la maisonnette où vivaient Penny et sa mère. Mme Henderson tirait le diable par la queue : les livres pour enfants qu'elle écrivait leur permettaient tout juste de survivre, sa fille et elle. Toutes deux habitaient une chaumière qui avait jadis servi aux ouvriers de la ferme et dont on n'avait plus l'utilité. M. Sneddon leur réclamait un loyer symbolique, d'abord parce que les toilettes étaient à l'extérieur, mais surtout parce qu'il avait pitié de Mme Henderson, qui était veuve de guerre. De là où il se trouvait, Monty ne voyait ni les bâtiments de ferme ni le cottage de M. Sneddon ; seulement ses moutons, qui paissaient deux champs plus loin, simples petits points blancs.

Ensuite, il y avait la carrière, qui restait elle aussi invisible. On entendait seulement, de temps à autre, un grondement étouffé venu de là-bas. Au bas de la colline, sur la droite, s'étendait la tache sombre de Shooter's

Wood. Des hommes chassaient parfois dans ce bois et leurs coups de feu venaient alors briser le calme. En général, c'était Jed Colley qui tirait des pigeons. Mais pas ce jour-là. Ce jour-là, le bois était sombre, mystérieux et silencieux. Monty entendait le gazouillis d'une alouette, quelque part au-dessus de lui. Il n'y avait pas si longtemps, il y aurait eu le vrombissement des avions, mais la paix était revenue dans le ciel depuis plus d'un an maintenant. Il s'allongea sur le dos et, plissant les yeux dans la lumière vive, il repéra la petite silhouette noire de l'oiseau qui battait des ailes.

— Si tu regardes directement le soleil comme ça, lui lança Penny, tu vas devenir aveugle.

— J'ai les yeux fermés, rétorqua-t-il en les fermant pour le prouver.

— Maintenant, oui ! protesta-t-elle. Mais ils étaient ouverts, même que tu faisais la grimace !

Elle marqua un temps d'arrêt, puis reprit :

— Ma grand-mère, elle dit que, si le vent tourne au moment où tu es en train de faire une grimace, tu peux rester comme ça toute ta vie !

— N'importe quoi ! Ça, c'est des trucs qu'on dit pour faire peur aux petits bébés comme toi… (Lui-même n'avait que douze ans, mais il savait comment la vexer.) Tu ne crois quand même pas à ces bêtises, si ? Tu n'es pas toquée, j'espère !

— Bien sûr que non !

Les joues rouges de fureur de Penny juraient avec le roux de ses cheveux. Pour lui signifier à quel point elle était offensée, elle cessa de parler.

Il se réjouit de son silence. Il pouvait maintenant rester immobile, sentir le chaud soleil sur son visage, respirer l'odeur de l'herbe et de la terre, écouter le bourdonnement des abeilles toutes proches de ses oreilles, au milieu des trèfles, et laisser ses pensées vagabonder à leur guise. Il avait vaguement conscience que la voie était déjà toute tracée pour la relation adulte qui l'attendait d'ici quelques années. Lorsqu'ils seraient grands, Penny continuerait à lui dire ce qu'il devait faire, et elle aurait généralement raison. Lui, il trouverait le moyen de ne pas l'écouter, ou de faire semblant. Penny parlerait sans arrêt et lui, il aspirerait au silence. Elle aurait toujours l'esprit pratique, il resterait le rêveur.

Déjà, elle disait : « Quand on sera mariés… » et elle avait certainement raison là-dessus. Monty se savait d'un naturel paresseux et il reconnaissait qu'il serait plus facile de s'unir à Penny que d'aller chercher quelqu'un d'autre. Au moins, il connaissait les défauts qu'elle avait, et cela valait mieux qu'épouser une fille dont il ne saurait rien et chez qui il découvrirait peut-être trop tard une ribambelle d'imperfections insoupçonnées.

Il se redressa sur les coudes et, à travers ses cils, contempla l'arrière du crâne de Penny. Le soleil baignait ses cheveux d'une poussière d'or. Il aimait bien leur couleur. Quand elle était bronzée, ses taches de rousseur ressortaient sur ses joues, et ça aussi lui plaisait, tout comme sa robe à carreaux en coton bleu. Il se demanda combien d'années de relative liberté il lui restait avant que Penny ne mette à exécution son projet de l'épouser. Il avait douze ans, il devrait être possible de repousser la date fatidique de douze autres années, non ? Une vie entière… Et s'il écoutait ses parents et partait étudier à l'université, il gagnerait encore du temps. Ce ne serait pas si mal !

— Pourquoi tu rigoles ? demanda Penny.

Elle s'était retournée et venait de rompre son vœu de silence.

— Je ne rigole pas… grogna Monty.

— Si ! Qu'est-ce qu'il y a ? J'ai un scarabée dans le dos ?

Soudain affolée, elle se mit à remuer en tous sens, cherchant à balayer l'arrière de sa robe.

— Non, je t'assure, Penny, il n'y a rien. Je rigolais pour rien de spécial.

Il eut soudain une idée pour la faire changer d'humeur.

— Si on allait à Shooter's Wood ?

— Non, répliqua-t-elle. Je n'ai pas le droit, ma mère m'interdit d'entrer dans le bois.

— C'est parce qu'elle a peur que Jed Colley te tire dessus avec son fusil. Mais il n'y est pas aujourd'hui. On aurait entendu les coups de feu.

— Mais je n'ai pas envie quand même, persista Penny.

— Bon, fais comme tu veux… Moi, en tout cas, j'y vais !

Irrité, il se leva et se mit à dévaler la colline. Il crut l'entendre crier et espéra à demi qu'elle le suivrait quand elle se rendrait compte qu'elle allait rester seule, mais il ne perçut aucun bruit derrière lui, et sa fierté masculine lui interdit de se retourner. Il savait, bien sûr, qu'il aurait des problèmes avec leurs deux mères si elles apprenaient qu'il avait abandonné la fillette seule sur la colline. Mais Penny n'était pas une rapporteuse.

Arrivé à l'orée du bois, il s'arrêta et se retourna en se protégeant les yeux du soleil. Penny était toujours là-haut, petite silhouette bleue solitaire aux cheveux roux. Il lui adressa de grands signes auxquels elle ne répondit pas. Elle aussi avait sa fierté.

Il gagna la première ligne d'arbres et avança à travers une masse de buissons de ronces qui bordaient un vague sentier, fouillant le sol des yeux à la recherche d'une douille de cartouche qu'aurait laissée le fusil de chasse de Jed Colley. Il en trouva une et la glissa dans sa poche pour la rapporter à Penny en signe de bonne volonté, pour faire la paix. Puis il s'enfonça dans le bois et éprouva le choc du changement de température. Après la chaleur sur la colline, il frissonnait dans l'air froid. L'endroit donnait la chair de poule, se dit-il, il n'y ferait pas de vieux os : il resterait juste assez de temps pour montrer à Penny qu'elle ne pouvait pas toujours commander. Il marcha encore, suivant une piste sans doute tracée par un cerf. Le bois s'était refermé autour de lui et des bruits s'élevaient partout : bruissements et battements d'ailes dans les feuillages, craquement de branchages au passage d'animaux qui demeuraient invisibles. Une déclivité dans le sol, encore remplie de la pluie tombée une semaine plus tôt, dégageait une désagréable odeur de vase. Il la contourna soigneusement, puis ramassa une belle plume de pie, qu'il ajouta à la collection de trophées qu'il rassemblait pour Penny.

Ce fut au moment où il estimait pouvoir rentrer sans perdre la face qu'il entendit des gens parler. Il songea aussitôt que Jed Colley était là, en fin de compte. Et tout sympathique qu'il était, celui-ci risquait de le viser avec son fusil au premier bruit qu'il ferait. Il ouvrit la bouche pour l'avertir qu'il était là mais, au même instant, constata que l'une des voix qui lui parvenaient était féminine. Jamais Jed n'aurait emmené une femme avec lui à la chasse. Chez les Colley, les femmes sortaient rarement de la ferme. Avec la lessive, les marmites à récurer, les poules à nourrir et mille autres tâches à accomplir, elles n'avaient pas une minute à elles.

Une voix d'homme venait maintenant remplacer celle de la femme. Mû par la curiosité, Monty s'approcha en silence. Cela prenait des allures de jeu : il était un chasseur et il traquait une proie. Bientôt, les voix se transformèrent et ce fut comme si elles n'étaient plus humaines, mais émises par des animaux. À quelques pas de lui, le couple invisible produisait des bruits bizarres, perturbants, des sons qu'il n'avait encore jamais entendus. C'étaient des sortes de grognements et des halètements. Puis la femme poussa soudain un petit cri aigu, et il y eut le silence.

Dévoré de curiosité, il s'approcha encore à pas de loup et faillit déboucher sur une petite clairière. Il recula de justesse. Il n'avait rien à craindre toutefois, car ni l'homme ni la femme ne faisaient attention à lui. Ils étaient absorbés dans la contemplation l'un de l'autre. Comme Penny et lui l'avaient fait, ils avaient étendu quelque chose sur le sol et s'y étaient allongés. Cela ressemblait à un vieil imperméable. Mais ce qui choqua Monty au premier coup d'œil, ce fut leur nudité. Tous deux avaient retiré leurs vêtements et se tenaient étroitement enlacés. Monty avait l'impression de découvrir Adam et Ève tels qu'on les voyait sur les vitraux de la petite église du village.

Soudain, il comprit de quoi il s'agissait : ce à quoi il assistait, c'était l'acte sexuel ! Cette prise de conscience l'emplit d'un mélange d'effroi et d'excitation. Son cœur se mit à battre la chamade et la sueur envahit tout son corps. C'était cela : le sujet des chuchotements et des fanfaronnades très imaginatives des garçons à l'internat. Pour tout connaître, ils dévoraient avidement le moindre « journal cochon » qui leur tombait entre les mains, des images que l'on introduisait secrètement dans le dortoir, ou que l'on volait aux grands, au prix de risques insensés. Ce qu'il avait devant lui, là, n'était plus ni mythe ni invention, c'était la chose vraie et lui, Monty, il l'avait vue ! Quelle histoire il aurait à raconter à la rentrée ! Sa cote à l'école monterait en flèche ! L'excitation qui l'avait envahi lui faisait tourner la tête et elle se glissa même à l'intérieur de son short, d'une façon à la fois insolite et très agréable. Il pouvait à peine respirer.

Soudain, les deux personnes allongées se redressèrent et il vit leurs visages. Ce n'était pas Adam et Ève au jardin d'Éden. Ce n'était pas une carte postale ni un magazine de mauvaise qualité. On était à Shooter's Wood et le couple se composait de son père et de la mère de Penny.

Ce fut comme s'il recevait une douche glacée et il dut se plaquer une main sur la bouche pour ne pas hurler. Il eut envie de détaler, mais c'était impossible, car il ne fallait pas faire de bruit : ils ne devaient surtout pas savoir qu'il les avait surpris. Personne ne devait savoir. Jamais. Il repartit en prenant mille précautions, aussi silencieusement qu'il était venu, osant à peine respirer et évitant la moindre brindille susceptible de le trahir. Puis, dès qu'il estima être assez loin, il se mit à courir à toutes jambes. Quand il déboucha dans la lumière vive du soleil, on aurait dit qu'il était poursuivi par une bande de cannibales.

Penny était toujours là-haut, attendant son retour, et il gravit laborieusement la colline pour la rejoindre. Elle le regarda approcher sans ciller. Il se jeta sur la couverture et posa la douille et la plume entre eux, mais elle n'accorda qu'un regard dédaigneux à cette tentative de pacification. Il y avait sur sa joue la trace d'une larme séchée.

— Il n'y a plus rien dans ma gourde, j'ai tout bu, annonça-t-elle. Alors si tu as soif, tant pis, bien fait pour toi !

Il ne répondit pas, parce qu'elle avait encore raison : il aurait dû rester là, avec elle. Ainsi il n'aurait pas vu ce qu'il avait vu et il n'aurait pas eu à porter cet horrible secret dans sa tête toute sa vie.

— Oncle Monty ?

Il tressaillit et le soleil l'aveugla quand il voulut ouvrir les yeux. Il ne savait pas qui se tenait devant lui, il avait l'esprit confus et se croyait encore là-bas, à Shooter's Wood.

— Oncle Monty, c'est Tansy !

— Oh, Tansy, mon petit, c'est toi… J'ai dormi un peu.

— Désolée, je t'ai réveillé…

Elle s'assit près de lui sur le banc et, cette fois, il la vit et la trouva pitoyable. Elle n'avait jamais été bien grosse, mais là, elle était vraiment maigre, toute en os et en angles. Son visage, quant à lui, était exempt de couleur, à l'exception de deux taches bleu sombre sous les yeux.

— Quoi de neuf ? demanda-t-il.

— La policière vient d'appeler. Elle voudrait venir ici pour te parler encore. Sinon, si tu préfères, tu peux aussi la rencontrer au commissariat. En tout cas, elle veut te voir aujourd'hui. Maman n'est pas contente.

— Pour changer…

— Ça l'ennuie que la police te harcèle. Elle dit qu'il faudrait qu'il y ait un avocat avec toi quand cette inspectrice viendra. Elle propose Mike Heston.

— Les avocats sont des parasites ! rétorqua-t-il d'un ton sans appel.

— Sinon, maman dit aussi qu'on peut demander au Dr Simmons d'écrire une lettre expliquant que tu souffres du contrecoup du choc et que tu n'es pas en état de subir un interrogatoire. Elle trouve que ce serait une bonne idée, parce que ça te laisserait le temps de te remettre et de réfléchir à ce que tu vas dire.

— Pourquoi veux-tu que je réfléchisse ? Tu vas dire à ta mère que je suis tout à fait capable de parler avec l'inspecteur Campbell et que je n'ai pas besoin d'avocat pour ça ! Cette dame peut venir ici ! Je n'ai pas envie de remonter dans cette voiture de Lilliputiens et de faire des kilomètres pour aller répondre à des questions…

— D'accord, je vais dire ça à maman, mais cela ne va pas lui faire plaisir.

Tansy non plus ne semblait pas ravie, constata-t-il. Elle repoussa en arrière une mèche de ses cheveux blonds.

— C'est vraiment moche, cette histoire, oncle Monty.

— Oui, ça m'est tombé dessus et ça n'arrange pas mes affaires ! Oh ! je sais que ta mère est très gentille de m'accueillir chez elle, je la remercie, elle cherche à bien faire. Mais maintenant, je voudrais rentrer chez moi.

— Tout dépend de la police, c'est ça ? C'est elle qui va décider ?

Sa mèche lui retomba devant les yeux et elle l'enroula autour de son index.

— Quand je disais que c'était moche, je voulais dire pour toi. Trouver ça en arrivant, ça a dû être horrible !

— Heureusement que j'avais ce téléphone que tu m'as fait acheter ! Mais tu sais, ce n'est pas la seule chose horrible que j'ai découverte dans ma vie.

— Ah bon ? Ne me dis pas que… ne me dis pas que tu as déjà trouvé un mort, si ?

Elle levait vers lui un regard bleu effaré.

— Non, pas du tout. Mais il n'y a pas que la mort qui soit horrible. La mort, ce n'est pas le pire.

— Moi, je n'ai jamais été confrontée à la mort, murmura Tansy d'une voix presque inaudible.

Monty lui lança un coup d'œil et lui tapota le bras.

— Allez, souris, ma jolie ! Tu peux aller répéter à Bridget ce que je t'ai dit. Et ne t'en fais pas pour moi, j'ai la peau dure. Mais il y a quand même une chose…

Tansy s'immobilisa dans son mouvement pour se lever.

— Oui ?

— Sois gentille, essaie de me trouver un petit peu de whisky, d'accord ? S'il te plaît… insista-t-il avec un regard pathétique.

Un sourire vint égayer le visage de la jeune fille.

— OK, oncle Monty !

Il la regarda regagner la maison. Pauvre gosse ! songea-t-il. Elle n'était encore qu'une enfant. Dix-huit ou dix-neuf ans, c'était incroyablement jeune ! Elle parvenait au terme de ce que sa mère et elle appelaient

« une année de transition » et elle allait entrer dans une université pour étudier une matière dont il n'avait jamais entendu parler. Avec tous les mariages de sa mère, on ne pouvait pas dire que Tansy ait eu une enfance banale, même si on s'était débarrassé d'elle en la plaçant la plupart du temps en internat. Le rôle de ces établissements, pour autant qu'il sache, consistait à protéger les jeunes filles des influences néfastes, des amis peu convenables et des mauvaises manières du monde extérieur, toutes ces choses qui, en fait, donnaient de l'intérêt à l'existence ! Là, pour la première fois de sa jeune vie, Tansy se trouvait confrontée à un événement déplaisant. Le monde extérieur, avec tout ce qu'il avait de sordide et de sale, venait de faire irruption dans son horizon.

Peut-être n'était-ce pas si mal. Elle ne sortirait pas traumatisée de cet épisode, et elle aurait de la chance s'il ne lui arrivait rien de pire dans la vie. De toute façon, il lui faudrait tôt ou tard découvrir la laideur du monde. Et puis, un jour ou l'autre, elle aurait un métier, un jour ou l'autre, elle rencontrerait un gentil garçon, ou bien… ou bien elle ferait ce que faisaient les jeunes de maintenant. Quoique, de cela, il ne savait rien…

Mais ce n'était pas le moment de se faire du souci pour Tansy. L'inspectrice de police allait venir le voir et il n'était pas rassuré. Non qu'il lui eût caché des informations : il lui avait au contraire révélé tout ce qu'il savait sur le cadavre du salon. Il aurait même aimé lui être plus utile ; ainsi, la police résoudrait vite l'affaire et on le laisserait tranquille. Aussi longtemps que le mystère subsisterait, il recevrait des visites de cette Jessica Campbell. En tant que personne, il n'avait rien contre elle. Seulement, elle ressemblait trop à la pauvre Penny. Pas étonnant qu'il ait rêvé de son enfance et qu'il ait revu Penny à dix ans, assise toute seule en haut de la colline, en colère et terrifiée, mais déterminée.

— Pardon, Penny, murmura-t-il. Pardon pour toutes les fois où je t'ai abandonnée. Tu as toujours une petite place dans ma tête, tu sais. C'est bien pour ça que j'ai eu un choc quand j'ai vu arriver cette policière !

Et elle allait revenir cet après-midi !

— Nom d'un chien, Penny, tu ne serais pas en train de te moquer de moi, de là d'où tu me regardes maintenant ?

7

Jess descendit de voiture et s'accorda quelques instants pour contempler la maison. Comme le lui avait indiqué Bridget Harwell au téléphone, celle-ci se situait « un peu au milieu de nulle part », en bordure d'une route de campagne. « La Vieille Loge », indiquait le panneau à l'entrée. À la voir, on ne doutait pas qu'elle ait pu être jadis le pavillon du gardien d'un vaste domaine. Toutefois, il n'y avait plus ni allée ni hautes grilles et le manoir ou le château dont elle dépendait n'était pas en vue non plus, à moins qu'il ne subsistât quelque part, à l'abri des regards, à l'état de ruine. Quant aux terres environnantes, si elles avaient été vendues, elles restaient pour l'heure inexploitées.

Derrière la maison, des arbres formaient un arrière-fond désordonné, vestiges probables d'un bois que l'on aurait laissé livré à lui-même. Peut-être Bridget n'était-elle pas propriétaire de cette portion de terrain, mais peut-être aussi avait-elle décidé de ne pas y toucher afin de bénéficier d'une barrière contre le vent, et pour effacer l'impression que tout ce lieu demeurait bloqué dans le passé à l'heure où le reste du monde ne cessait d'évoluer.

La maison semblait tout droit sortie d'un conte de Grimm, avec ses avant-toits en bois joliment sculptés, ses petites fenêtres à vantaux et ses volets vert foncé.

L'allée qui menait à la porte était loin d'être rectiligne et ses dalles étaient couvertes de mousse. Un mur de pierre sèche cernait la propriété.

Je dois être au bout du monde ! songea Jess. *Je n'aimerais pas me retrouver coincée ici en hiver...*

C'était étrange. L'endroit ne correspondait pas du tout à la femme sophistiquée qui s'était présentée la veille à la Balaclava House au volant de sa décapotable. Jess imaginait plutôt Bridget Harwell aimant la foule, l'agitation des villes et le lèche-vitrines.

Elle franchit la grille et se dirigea vers la porte, qui s'ouvrit avant qu'elle ait pu frapper. La très jeune femme qui lui faisait face avait les traits anguleux de Bridget, mais pas sa sophistication. Elle était jolie elle aussi, mais dans un genre triste et pâle, avec de grands yeux bleu ciel que n'avait pas sa mère. Ses fins cheveux blonds tombaient en désordre autour de son visage et, à ses yeux rouges et cernés, on devinait qu'elle avait pleuré. Vêtue d'un jean et d'un sweat-shirt portant le logo d'une marque de vêtements de sport, elle tenait un verre de whisky à la main.

— Vous venez voir oncle Monty, lança-t-elle sans regarder la plaque de police que lui tendait Jess. J'allais justement lui apporter son whisky. Si vous pouviez retenir maman cinq minutes, ce serait super ! Ça me laisserait le temps de le lui donner discrètement. Il est dans le jardin, à l'arrière.

— Tansy ? cria au même instant une voix féminine à l'intérieur de la maison.

Sans répondre, la jeune fille passa devant Jess et s'éloigna en prenant soin de ne pas faire déborder le verre. Bridget apparut quelques secondes plus tard et poussa un soupir théâtral à la vue de Jess.

— Ah, c'est vous ! Je savais que vous deviez venir. Vous feriez mieux d'entrer, non ? Je dois vous dire que mon oncle est complètement déboussolé. Toute cette histoire l'a chamboulé. Je ne suis pas sûre que ce soit une bonne idée de lui parler aujourd'hui. C'est vraiment obligatoire ?

— Oui, répondit simplement Jess. Votre fille m'a dit qu'il était dans le jardin. Je peux peut-être aller le rejoindre par l'extérieur ?

— Ah, Tansy était avec vous ? Je la croyais à son ordinateur…

Elle fronça les sourcils.

— Tout ça l'a bouleversée, elle aussi, vous savez. Elle a une imagination débordante. Et comme elle a toujours adoré la Balaclava House… Quand elle était petite, du temps où tante Penny vivait encore, je l'y emmenais souvent. Tante Penny la gâtait beaucoup.

Bridget se tut pour considérer Jess d'un œil curieux.

— C'est drôle, ça, vous lui ressemblez… Sur les photos d'elle quand elle était jeune, elle est votre portrait craché. Oh ! ce doit être à cause des cheveux. Monty aussi était gentil avec Tansy autrefois : elle saccageait tout dans la maison et il ne disait rien. Tante Penny l'a quitté malgré tout, et pour de très bonnes raisons, d'ailleurs. Elle aurait même dû s'en aller bien avant, mais non, elle voulait rester avec lui. Je peux vous dire que cette femme était une héroïne ! Bon, elle a quand même fini par craquer et, quand elle est partie, Monty a eu un sacré choc !

Elle esquissa un sourire satisfait.

— Il était tellement sûr qu'elle ne le ferait jamais… Après ça, il a décidé de nous snober, il n'a plus voulu nous voir. Mais moi, j'ai tout de même veillé à garder le contact avec lui. Tansy aussi, seulement…

Elle eut un haussement d'épaules et secoua la tête.

— Bon, allez-y, allez lui parler, puisqu'il n'y a pas le choix ! Mais franchement, on se passerait bien de cette prise de tête ! De toute façon, on ne peut pas vous aider ; ni lui, ni aucun d'entre nous. Je sais bien que vous ne pouvez pas prévoir combien de temps va durer l'enquête, mais vous pourriez au moins nous dire – enfin, me donner une idée – combien de temps encore vous aurez besoin d'oncle Monty. Parce que, en fait, il était absent quand ce… quand ce type est entré dans la Balaclava. En plus, il ne sait même pas qui c'est… enfin, qui c'était.

— Il est tout de même possible qu'il nous dise des choses intéressantes, répliqua Jess sans se départir de son calme. Très souvent, les gens nous livrent des détails qu'ils estiment anodins et qui se révèlent cruciaux pour l'enquête, car ils nous permettent d'établir des liens significatifs.

Bridget croisa les bras et cette nouvelle position fit étinceler le gros diamant de l'alliance qu'elle portait au doigt.

— N'empêche que ça ne tombe pas bien du tout pour moi. À la fin du mois, il faut que j'aie mis la maison dans la naphtaline. Tansy va à l'université et moi, je pars pour les États-Unis.

— Pour y vivre ?

— Oui, je me remarie et je m'installe à New York.

Jess hocha la tête. Elle s'en souvenait maintenant, Monty lui avait indiqué que Bridget s'apprêtait à se marier pour la quatrième fois.

— Alors Tansy reste seule ici, en Angleterre ? s'étonna-t-elle. Enfin, juste avec M. Bickerstaffe ?

— Oh ! nous avons encore de la famille dans la région, protesta Bridget avec irritation. Je n'abandonne pas ma fille, rassurez-vous ! De toute façon, elle va avoir dix-neuf ans, ce n'est plus un bébé. Et si vous voulez savoir, Max et moi – Max est mon fiancé –, nous avons essayé de la convaincre de venir étudier aux États-Unis, mais elle veut absolument rester là.

Elle haussa de nouveau les épaules.

— En fait, le problème, c'est plus mon oncle que ma fille. Je ne peux pas renoncer à mes projets pour ses beaux yeux. Il ne pourrait pas habiter ici tout seul, et il ne peut pas non plus retourner à la Balaclava House, c'est hors de question. Je sais qu'il ne sera pas d'accord, mais il n'a pas le choix : il doit vendre son antiquité, si tant est qu'il réussisse à trouver un acheteur, et s'installer dans une maison de retraite. Comme ça, il pourra au moins passer le restant de ses jours dans le confort. Seulement, essayez de lui faire comprendre ça !

Elle s'interrompit et reprit avec un soupir :

— Vous le trouverez tout au fond du jardin.

Puis, sans rien ajouter, elle tourna les talons et rentra dans la maison, laissant sa visiteuse se débrouiller seule pour rejoindre Monty.

Jess n'était pas fâchée que Bridget ne l'ait pas accompagnée. Les voir arriver ensemble aurait sans doute mis le vieil homme de mauvaise humeur pour commencer la conversation. Et à juste titre : l'égocentrisme et le manque de compassion de cette femme l'avaient elle-même révoltée.

Le soleil de l'après-midi la heurta en plein visage lorsqu'elle tourna derrière la maison et elle se protégea les yeux pour ne pas être aveuglée. Il n'y avait plus trace de Tansy : la jeune fille avait déjà dû réintégrer sa chambre en passant par l'autre côté.

À l'évidence, le jardin avait été conçu pour réclamer le moins d'entretien possible : c'était une simple pelouse, délimitée par des haies. Dans un coin, au fond, se trouvait un petit patio dallé surmonté d'une tonnelle. Jess vit une paire de jambes dépasser de sous les buissons qui l'entouraient d'un côté et elle se dirigea vers elles.

— Monty ?

Il sirotait son whisky, presque méconnaissable dans ses vêtements neufs et avec sa coupe de cheveux du style « bien dégagé autour des oreilles ». Il avait perdu son apparence dépenaillée et, paradoxalement, cela lui donnait l'air plus vieux et plus frêle. La malpropreté lui servait d'ordinaire de masque, voire d'armure, et il semblait dès lors installé dans la peau d'un autre. Quand l'ombre de Jess tomba sur lui, il se redressa vivement et plaça une main protectrice sur son verre.

— Ah, c'est vous ! se reprit-il en la reconnaissant. J'ai cru que c'était Bridget qui venait mettre son grain de sel dans ma vie… M'empêcher de jouir de la seule consolation qu'il me reste !

— Ça vous ennuie si je m'assois à côté de vous ?

— Faites comme vous voulez…

Il se décala et indiqua l'espace vide sur le banc métallique qu'il occupait.

— Comment allez-vous ? commença Jess une fois installée. Vous vous sentez en forme ?

— Pas du tout ! Mais ce fichu cadavre n'y est pour rien, rassurez-vous ! Ce n'est pas ça, c'est moi… Regardez-moi un peu !

— Vous êtes très élégant !

— Élégant ! répéta Monty, rageur. Vous croyez que j'ai envie d'être élégant ? Je ne vais ni à un mariage ni à un enterrement ! Je me repose dans un jardin. Pas le mien, mais un jardin quand même…

Il promena un regard excédé autour de lui, avant de compléter :

— Oui, enfin, si on veut…

Il but une gorgée de whisky et ses manières s'adoucirent.

— Vous l'avez enlevé ?

— Le corps ? Oui, il n'est plus chez vous.

— Alors je peux y retourner, non ?

— En fait, répondit Jess, hésitante, nous n'avons pas tout à fait terminé notre travail. Nous devons examiner le parc, et il est très grand, avec une végétation… disons… abondante. Fouiller tout ça prend du temps.

Contre toute attente, Monty se mit à rire.

— Le parc ? Vous fouillez le parc ? Mais qu'est-ce que vous espérez y trouver ? Effectivement, ça ne doit pas être facile, je ne l'entretiens pas du tout. Vous savez qui est le mort, au moins ?

— Non, pas encore. Nous cherchons.

— Mais vous savez de quoi il est mort ?

Monty regardait droit devant lui, comme s'il tenait à éviter tout contact visuel, mais ses questions étaient directes. *Ça ne lui plaît pas d'en parler*, songea Jess, non sans soulagement, *mais il est curieux et il a envie de savoir.*

— Nous devrions le déterminer bientôt. Une autopsie est en cours.

— Si je comprends bien, on n'est pas sortis de l'auberge… soupira Monty. Mais je ne pourrai pas rester ici indéfiniment, vous savez ! Bridget part en Amérique pour se marier.

— Elle m'en a parlé, oui.

— Et la petite… enfin, Tansy… elle va étudier dans une université, je ne sais pas exactement où. Bridget ne vend pas, elle garde sa maison pour pouvoir y loger quand elle viendra en vacances en Angleterre avec son nouveau mari… Une petite maison dans les Cotswolds !

Il poussa un juron, l'air dégoûté.

— Mais pour le moment, elle va la fermer. Je suppose que Tansy y viendra de temps en temps, mais moi, il n'est pas question que j'y reste tout seul. Bridget a trop peur que je lui fasse des dégâts, avec mon mode de vie dissolu !

Il pesta de nouveau. *Ce n'est pas à moi de parler de maison de retraite*, se dit Jess. *Mais j'aimerais bien être une petite souris au moment où sa nièce osera lui suggérer cette idée…*

Néanmoins, Bridget avait raison : Monty ne pouvait pas retourner vivre à la Balaclava House. Il se faisait vieux, n'était plus très stable sur ses jambes et devenait incapable de s'occuper seul de ses besoins quotidiens. Sans parler de tout l'alcool qu'il ingurgitait. Cette addiction avait dû affecter sa santé. Son foie était sans doute dans un état lamentable, et il ne devait plus lui rester beaucoup de temps à vivre.

Contre toute attente, cette pensée emplit la jeune femme de tristesse.

— Monsieur Bickerstaffe, commença-t-elle, vous m'avez dit hier que, selon vous, l'homme retrouvé mort chez vous fréquentait les champs de courses.

— J'ai dit ça, moi ? Peut-être, je ne sais plus… Oui, c'est vrai que c'était le genre. Enfin, plus ou moins. J'avoue que je ne suis pas resté à l'examiner quand j'ai compris qu'il était refroidi !

— Y avait-il quelque chose de particulier chez lui qui vous a fait penser ça ?

— Non, rien de spécial, répondit Monty. Mais quoi, il n'avait pas de papiers sur lui ? Je ne sais pas, moi, son permis de conduire ?

— Non, rien qui permette de l'identifier. Pas même de clés ni de carte de crédit, rien du tout !

Monty changea lentement de position sur le banc pour lui faire face.

— C'est bizarre, quand même…

— Oui, très. Nous pensons que la ou les personnes qui l'ont amené ont pris soin de vider ses poches avant de partir.

— Ah oui ? fit Monty sans cesser de scruter son visage.

Jess bénéficiait maintenant de toute son attention. C'était le moment idéal pour passer au sujet qu'elle n'avait pas encore évoqué.

— Monty, commença-t-elle. En fait, il est possible que vous ayez reçu de la visite sans le savoir. En dehors de cet homme retrouvé dans votre salon, bien sûr... Nous avons examiné le premier étage de votre maison et il se trouve que l'une des chambres à coucher a été utilisée. Elle est propre et en ordre, l'air est frais comme si on l'avait récemment aérée. Vous nous avez dit que vous ne montiez jamais là-haut, n'est-ce pas ?

— Ça fait des années que je n'ai pas mis les pieds au premier, confirma-t-il d'une voix lente. Eh bien, il ne faut pas se gêner ! Mais je ne vois pas qui pourrait avoir l'idée de venir s'installer à la Balaclava House !

— Nous l'ignorons, et nous ignorons aussi si c'est en rapport avec le mort. Mais quelqu'un s'est servi de cette chambre, de façon régulière selon nous. Ce ne sont pas des sans-abri ni des drogués, étant donné que la pièce est impeccable. Il n'y a pas un gramme de poussière, toutes les surfaces ont été essuyées avec soin et nous n'avons trouvé aucune empreinte. La ou les personnes qui sont venues ont pris toutes les précautions pour ne pas laisser de traces. Ce qui nous conduit à penser que ce sont peut-être les mêmes personnes qui ont déposé le mort dans la maison.

Monty secoua la tête.

— Ma petite, ça n'est pas logique du tout, votre histoire ! Si mon mystérieux visiteur ne voulait pas qu'on sache qu'il utilisait cette chambre, il ne serait pas allé déposer un mort au rez-de-chaussée ! Il n'y avait pas mieux pour attirer la police dans la maison, et la police était obligée de monter voir là-haut ! Non, non, ce n'est pas la bonne piste ! Mais bonne chance quand même !

— Merci, Monty ! fit Jess avec un sourire amusé.

Le vieil homme raisonnait bien. L'alcool, apparemment, n'avait pas altéré son intelligence. Et la question qu'il posa ensuite, en l'observant toujours avec attention, vint confirmer cette conclusion.

— Vous pensez que c'est un meurtre, hein ?

— Oui, Monty. Nous ne savons pas encore de quelle façon c'est arrivé, mais tout laisse croire qu'il s'agit d'un meurtre.

— Bridget va piquer une crise ! s'exclama Monty avec une satisfaction évidente.

Jess espéra que la « crise » en question ne pousserait pas Bridget à cesser d'héberger celui qu'elle appelait son oncle avant la fin de l'enquête.

— Je sais qu'on ne s'entend pas toujours parfaitement bien dans les familles, déclara-t-elle, mais ne croyez-vous pas que vous vous montrez un peu trop sévère envers Mme Harwell ? Après tout, elle vous a installé ici très confortablement…

— Très confortablement ? s'indigna-t-il, avant de tirer sur la manche de son pull-over. Vous trouvez que c'est confortable, ça ?

— En tout cas, elle a fait de son mieux, persista bravement Jess.

— Oui, c'est vrai, mais *de son mieux*, avec elle, ça ne veut pas dire *bien*, fit Monty en riant de sa propre plaisanterie.

Jess sourit.

— C'est une situation difficile pour tout le monde, fit-elle remarquer. Pour Tansy aussi, d'ailleurs. Je l'ai vue tout à l'heure…

L'hilarité passagère de Monty se dissipa à l'évocation de la jeune fille.

— Ah oui ! elle, ça l'a retournée… Mais c'est normal : la première fois qu'on rencontre la mort, ça fait un choc. À son âge, on est persuadé qu'on vivra toujours. C'est une bonne petite, Tansy ! J'espère qu'elle aura une existence heureuse. J'aimerais bien faire quelque chose pour elle, mais comme je n'ai jamais été très doué pour amasser de l’argent… Bref, je n’ai pas un kopeck à lui laisser ! Il est trop tard pour les regrets, je sais, mais ça ne veut pas dire que je n’en ai pas…

Sur cette note énigmatique, il poussa un soupir et hocha la tête, une manière de signifier que l’entretien avait assez duré.

Jess le laissa sur le banc, les mains croisées sur son pull-over neuf, pensif. Il n’avait pas l’air de regarder le jardin qui l’entourait, et elle se demanda ce qu’il voyait, en fait. Elle eut l’impression que cet homme avait cessé de trouver le présent pertinent et qu’il restait la plupart du temps plongé dans son passé. Sans doute était-ce pour cette raison que découvrir un mort dans son salon ne l’avait pas tourmenté outre mesure. Il semblait avoir balayé l’événement d’un revers de main. Cela n’avait pas d’importance pour lui, parce que d’autres événements, dans sa mémoire, comptaient bien davantage.

L’herbe étouffait les pas de Jess lorsqu’elle tourna à l’angle de la maison et entendit des éclats de voix. Une fenêtre était ouverte et, à l’intérieur, Bridget et sa fille se disputaient avec violence. La première réaction de Jess fut de presser l’allure pour regagner sa voiture, mais son instinct d’enquêtrice prit le dessus et elle s’arrêta pour écouter.

— Je ne sais vraiment pas pourquoi tu refuses, c’est formidable d’étudier aux États-Unis ! Max et moi, on aimerait beaucoup que…

— Trop sympa de me dire ça ! rétorqua Tansy. Mais arrête, maman ! Je sais très bien que Max se porte beaucoup mieux quand je ne suis pas dans son champ de vision !

— Ne sois pas ridicule ! Je sais que tu n’aimes pas Max… Quoique je ne voie vraiment pas ce qui te déplaît tant chez lui !

— Que je l'aime ou non, ce n'est pas le problème ! De toute façon, vous ne resterez pas assez longtemps ensemble pour que ça change quelque chose, hein ?

— Et qu'est-ce que ça veut dire au juste, ça, mademoiselle ?

On sentait la colère bouillonner dans la voix de Bridget, qui semblait néanmoins veiller à conserver son sang-froid.

— Tu le sais foutrement bien, ce que ça veut dire !

— Je t'interdis d'être vulgaire avec moi ! Je suis ta mère !

— Eh bien, *mère*, tu n'es jamais restée mariée très longtemps, il me semble, si ?

Si Tansy s'efforçait elle aussi de refréner sa colère, un torrent d'amertume perçait malgré tout dans ce reproche.

— Les choses ne marchent pas toujours comme on veut dans la vie, Tansy !

Pour la première fois, Bridget paraissait sur la défensive.

— Tu crois que je ne le sais pas, ça ? rétorqua la jeune fille.

Un instant plus tard, une porte claquait. Jess s'empressa de se remettre en marche avant d'être surprise à espionner les conversations. Elle atteignit la grille au moment où la porte d'entrée s'ouvrait sur Tansy, qui se précipita dehors tout en enfilant une grande veste en tricot aux motifs péruviens. Elle tenait un trousseau de clés à la main.

— Ah ! vous n'êtes pas partie, vous ? lança-t-elle en l'apercevant.

Jess désigna les clés.

— Si vous comptez prendre le volant, je vous suggère de vous calmer d'abord, dit-elle.

— Mais certainement, madame la policière ! répliqua Tansy, sarcastique.

Elle glissa le trousseau dans sa poche et la rejoignit.

— Ça tombe bien que vous soyez encore là, j'avais envie de vous parler.

— D'accord ! Nous pouvons marcher un peu, si vous voulez.

La jeune fille acquiesça et, les mains enfoncées dans les poches de son long gilet de laine, elle se mit à avancer d'un bon pas au côté de Jess sur un sentier qui partait de la route.

— Vous devez trouver qu'on est une famille de dingues ! lança-t-elle.

— Oh ! je ne sais pas grand-chose de votre famille, tempéra Jess.

— Vous avez déjà vu pas mal de choses. Je vous le confirme, nous *sommes* une famille de dingues. Vous avez encore vos parents, vous ? Ils sont toujours mariés ?

— Oui. Aux deux questions.

Tansy s'arrêta et se tourna vers elle.

— Comment est-ce qu'on fait pour trouver une personne qui soit prête à rester toute sa vie avec vous, juste parce qu'elle vous aime ? Pas quelqu'un qui ne fera que passer, comme le type que ma mère s'est mis dans la tête d'épouser, et pas non plus un cas social, comme le dernier avec qui elle a été mariée ?

— Je n'en sais rien, avoua Jess. Vous savez, je suis mal placée pour donner des conseils sur l'amour, la vie, l'univers et le reste. Je n'ai pas encore franchi le pas moi-même. Je travaille dans la police et, dans ce métier, on est surtout marié avec le travail. Alors en général, les policiers forment des couples entre eux. Ce n'est pas facile d'avoir une vie de famille quand on est flic.

— Vous ne changerez pas de métier le jour où vous vous marierez ?

Les deux femmes étaient restées immobiles sur le chemin et Tansy scrutait le visage de son interlocutrice.

— Non, bien sûr que non ! protesta Jess. J'aime ce que je fais !

— Ma mère a l'air de penser que j'aurais déjà dû rencontrer quelqu'un, à mon âge, soupira la jeune fille. Quelqu'un de riche, quelqu'un qui soit *comme il faut.* Pour elle, c'est plus important que le travail. Je me demande ce qu'elle ferait si je lui annonçais que j'entrais dans la police. Elle deviendrait hystérique, je crois ! Je ne dis pas ça pour vous vexer... Mais ma mère a une vision du monde très étroite.

— Je suis sûre qu'elle se fait du souci pour votre avenir. Vous avez déjà une idée de ce que vous aimeriez faire dans la vie ?

— Non, répondit Tansy. Je n'ai jamais eu la vocation d'être médecin ou prof, ni même chanteuse de rock. À mon âge, il y a plein de gens qui savent déjà ce qu'ils veulent faire. Je suis sûre que vous, par exemple, vous le saviez. Quel âge aviez-vous quand vous avez décidé de devenir flic ?

— J'étais en terminale, confessa Jess. Le directeur du lycée m'a arrêtée un matin, alors que je courais dans le couloir pour rejoindre ma classe et il m'a demandé : « Allez-vous être en retard pour tout ce que vous ferez dans la vie ? »

— Mais il n'avait pas le droit de vous parler comme ça ! s'indigna Tansy.

Jess sourit.

— N'empêche que c'était une bonne question. Et il a poursuivi en m'en posant une autre, encore meilleure : « Que comptez-vous faire en sortant du lycée ? »

— Ha, ha ! Un piège...

— Oui. Parce que, évidemment, je n'en avais aucune idée, et je pense qu'il s'en doutait. Mais j'ai voulu lui donner une réponse nette et précise, juste pour lui montrer que je n'étais pas aussi écervelée qu'il le croyait. J'ai pris le métier le plus rude qui m'est passé par la tête, et je lui ai répondu du tac au tac que j'avais l'intention d'entrer dans la police. Ça l'a un peu désarçonné. Après ça, il en a parlé à toute l'équipe pédagogique. Du coup, tous les profs ont su que je voulais devenir inspecteur de police, et ils se sont mis à me demander pourquoi. Pour pouvoir leur répondre, j'ai commencé à lire des choses sur le métier, et cela m'a intéressée. En fin de compte, je me suis dit que c'était ça que je voulais faire. Et voilà ! Je n'ai jamais regretté ce choix. Ce n'est pas un métier facile, mais il est utile, et je ne me vois pas en faire un autre.

— Au moins, vous avez eu la présence d'esprit de trouver quelque chose à dire à ce directeur. Moi, même si on me pointait un pistolet sur la tempe, je ne saurais pas quel métier choisir, soupira Tansy.

Jess lui sourit et, d'un commun accord, les deux femmes se remirent en marche.

— Qu'allez-vous étudier à l'université ?

— Bah, la communication, mais juste un an ou deux. Je vous l'ai dit, je n'ai jamais eu de but dans la vie. Je n'ai jamais réfléchi plus de six mois à l'avance. Et pour être honnête, ça ne m'intéresse pas beaucoup d'aller à l'université. Mais il faut bien faire quelque chose…

— Vous n'avez pas de problèmes d'argent, j'imagine ?

Jess regretta ces paroles dès qu'elle les eut prononcées. Elle n'avait pas voulu paraître sarcastique ou provocatrice, mais la question risquait d'être mal interprétée.

De fait, Tansy répondit d'un ton dur.

— Non, aucun ! J'ai un père qui est à la fois riche et généreux. C'est le seul homme correct que ma mère ait épousé, et elle n'a pas su le garder… Ma mère est nulle, vous comprenez. C'est ça, son problème. Mais si vous croyez que la vie devient facile dès qu'on a de l'argent, laissez-moi vous dire que vous vous fourrez le doigt dans l'œil.

Elles avaient atteint la route principale et elles rebroussèrent chemin.

— Quand vous avez dit que vous vouliez me parler, déclara Jess, j'espérais que c'était au sujet de l'enquête. Pour les conseils de vie et d'orientation de carrière, j'ai bien peur de ne pas être la personne à consulter…

— Oh ! je ne voulais pas vous soûler avec mes problèmes, répondit Tansy. De toute façon, vous vous en fichez, pas vrai ? En fait, c'est bien de l'enquête que je voulais vous parler, ou plutôt, d'oncle Monty. J'espère que vous n'avez pas l'intention de le harceler. Je ne suis pas souvent d'accord avec ma mère, mais là-dessus, si. Il est vieux et il picole.

Elle s'interrompit pour fixer Jess dans les yeux.

— Mais en tout cas, je vous assure qu'il ne sait absolument rien sur ce mort ! conclut-elle avec fougue.

— Cet homme venait bien de quelque part, Tansy, il n'est pas arrivé tout seul à la Balaclava House ! répliqua Jess d'un ton calme. Il y a eu au moins une personne pour l'aider.

— Ça devait être des gens qui sont passés devant le manoir en voiture et qui ont eu l'idée de s'arrêter. Le Toby's Gutter Lane n'est pas un chemin très fréquenté, mais il part d'une route où il y a beaucoup de circulation. Ce qui veut dire que la Balaclava House est loin d'être aussi isolée que la maison de ma mère, par exemple ! Oncle Monty, même avec ses genoux fragiles, fait à pied l'aller-retour jusqu'à la ville tous les jours, sauf le dimanche !

— Nous savons tout cela, assura Jess. Mais voyez-vous, il y a des gens qui connaissaient la Balaclava House et les habitudes de votre oncle, et ces gens-là ont utilisé l'une des chambres à coucher.

Tansy la dévisagea, bouche bée.

— Utilisé une des chambres à coucher ? Mais ce n'est pas possible ! Le premier étage de la Balaclava est complètement à l'abandon !

— Il y a pourtant des signes clairs qu'une chambre a été habitée. Et votre oncle n'était pas au courant.

— Quoi ? Vous voulez dire que des gens ont habité chez lui ? fit Tansy, visiblement paniquée, en rassemblant en arrière sa masse de cheveux désordonnés. Mais c'est… c'est affreux ! Ils étaient dans la maison pendant qu'oncle Monty y était aussi ?

— Je pense plutôt qu'ils venaient en son absence. Il faut dire que votre oncle laissait la porte ouverte quand il sortait.

— Mais alors, il y avait peut-être quelqu'un dans la maison quand…

Tansy s'interrompit, manifestement horrifiée, puis reprit :

— Quand oncle Monty était en bas, à la merci de ces gens… Ils auraient pu le tuer. Maman ou moi, on aurait pu venir lui rendre visite un jour et le trouver étendu sur le canapé, comme…

Elle fixa le sol quelques instants, plongée dans ses réflexions.

— Maman voudrait l'envoyer en maison de retraite, reprit-elle en relevant la tête. Moi, j'ai toujours pensé que ça le tuerait. Mais peut-être que c'est elle qui a raison, en fait : il n'est pas en sécurité à la Balaclava. Vous lui avez dit qu'il y avait eu des squatteurs chez lui ?

— Oui.

— Et comment a-t-il réagi ? Oh ! j'aurais préféré que vous nous en parliez d'abord, à maman ou à moi. Nous le lui aurions annoncé nous-mêmes.

— Ma foi, ça n'a pas eu l'air de le perturber. Votre oncle est quelqu'un de solide, Tansy. D'ailleurs, je ne crois pas l'ennuyer en venant l'interroger. Et l'idée qu'une chambre de sa maison a été utilisée l'a laissé assez indifférent. Comme vous le dites, il est possible qu'il y ait eu des gens en haut alors qu'il était en bas.

Ou alors, qu'en rentrant un jour plus tôt que d'habitude il ait failli les rencontrer. Peut-être n'a-t-il pas encore bien réfléchi à ça…

Les deux femmes étaient revenues à leur point de départ et Tansy sortit ses clés.

— Vous prenez la voiture de votre mère ? s'enquit Jess.

— Non, je prends mon vieux tacot.

Elle désigna du doigt une Ford Fiesta défraîchie garée à quelques pas, à demi dissimulée par un buisson.

— Papa veut m'en acheter une autre, mais j'adore celle-là…

— C'est votre première voiture ? s'informa Jess avec un sourire.

— Oui, mais ça va, je conduis bien et je suis prudente. Je vous assure.

Phil Morton aussi conduisait avec prudence. Engagé dans le Toby's Gutter Lane, il avait dépassé la ferme des Colley et se dirigeait vers celle des Sneddon. La surface sous ses roues devenait de plus en plus irrégulière et la route étroite était bordée de part et d'autre de haies ou de murets. Il espéra qu'il ne croiserait aucun véhicule, car cela l'obligerait à repartir en marche arrière. Plus il progressait, plus il approchait de Shooter's Wood, dont la masse sombre devant lui l'attirait par son mystère tout en le rebutant.

Une petite flèche en bois indiqua bientôt la ferme sur sa gauche et il bifurqua. Les ruines d'une maisonnette dont le toit s'était effondré et dont les fenêtres étaient envahies de végétation lui apparurent. Les vestiges de vieilles toilettes extérieures avaient des allures de sentinelle solitaire qui surveillait la jungle d'un ancien jardin.

Derrière lui, le Toby's Gutter Lane continuait en direction de la forêt. Morton supposa qu'en le suivant encore on finirait par rejoindre une vraie route, mais cela représenterait un itinéraire long et hasardeux à travers la campagne. Il comprenait que les autochtones conseillent systématiquement aux automobilistes qui arrivaient là par erreur de faire demi-tour. Il dépassa la triste ruine du petit pavillon en se demandant si celle-ci n'était pas le signe prémonitoire de ce qui l'attendait plus loin.

Mais non : en atteignant la ferme, il découvrit un décor bien plus net et prospère. La maison, construite en pierre de la région, était ancienne, mais coquette. Des géraniums encore en fleur agrémentaient la porte d'entrée, les annexes étaient bien entretenues et il n'y avait pas de chiens méchants parqués dans un enclos, constata Morton avec soulagement. Lorsqu'il descendit de voiture, toutefois, un border collie surgi de derrière une grange vint à sa rencontre en aboyant et en remuant la queue.

— Bonjour ! lui lança Morton en le laissant approcher.

Le chien flaira la main qu'il lui tendait, puis releva la tête en haletant joyeusement.

— Où il est, ton patron ?

Il aimait les chiens et généralement ceux-ci le lui rendaient. Ce border collie était un honnête berger qui inspirait le respect.

Les bergers allemands de la ferme des Colley, en revanche, étaient d'un type qu'il rencontrait souvent dans les casses, chez les marchands de ferraille et autres traficoteurs qui répugnaient à voir des étrangers mettre le nez dans leurs affaires. Tout comme leurs propriétaires, ces chiens-là savaient reconnaître les représentants de la loi et les considéraient comme des ennemis.

Un homme de haute taille sortit de la maison et s'arrêta pour l'observer. Légèrement voûté, il avait de longs bras musclés et une casquette plate posée sur d'épais cheveux gris.

Il va me juger en fonction de la réaction de son chien, pensa Morton. *Si le chien décide que je suis un ami, son maître aura la même opinion.*

— Monsieur Sneddon ? appela-t-il.

L'homme se mit en marche vers lui.

— Vous êtes flic ?

Même de loin, il ne s'y était pas trompé…

— Oui, répondit Morton en produisant sa plaque.

Sneddon y jeta un rapide coup d'œil.

— Vous n'aviez pas l'air de quelqu'un qui s'est perdu. On a des automobilistes qui se retrouvent ici de temps en temps. Ils s'imaginent pouvoir couper à travers champs, mais ça vaut mieux pour eux de revenir en arrière et de se cantonner à la route.

— Oui, c'est ce que j'ai compris, répondit Morton. On m'a dit la même chose chez les Colley.

Il avait prononcé le nom des voisins à bon escient, afin de guetter la réaction de Sneddon. Celui-ci étudia quelques instants son visage.

— Alors vous êtes aussi allé chez eux ?

Peut-être cette idée l'amusait-elle, c'était difficile à dire, mais ses lèvres se contractaient comme s'il réprimait un sourire.

— Nous enquêtons sur un cadavre qui a été retrouvé hier à la Balaclava House, expliqua le sergent. Je suppose que vous avez dû en entendre parler ?

Si Sneddon n'avait fait que travailler sur son domaine au cours des dernières vingt-quatre heures, il y avait des chances qu'il n'en sache encore rien.

— Ma femme me l'a dit, oui, répondit l'homme.

— Comment l'a-t-elle appris ?

— Elle est allée prendre de l'essence à la station-service de Seb Pascal, sur la route principale. Seb lui a dit qu'il avait vu passer des voitures de police et, plus tard, une décapotable bleue, qui est repartie avec le vieux Monty Bickerstaffe à bord. Il connaissait la femme qui conduisait, c'était la nièce de M. Monty. Alors il a appelé le fils Colley, le jeune Gary, pour lui demander ce qui se passait. Les Colley étaient déjà au courant.

Morton tenta de reconstituer la façon dont s'étaient déroulés les événements.

— C'était après le départ de M. Bickerstaffe avec Mme Harwell ?

— Oui, je viens de vous le dire…

Le sergent ajouta mentalement le fameux Seb Pascal à la liste des personnes qu'il devrait interroger. À l'évidence, la veille, les Colley n'avaient rien perdu des événements de la Balaclava House. Mais comment Gary…

Le fil de ses pensées fut interrompu par Sneddon, qui reprit la parole d'un ton bourru.

— Je me demandais justement si je n'allais pas vous appeler ce matin. Enfin, pas vous, qui devez être de la brigade criminelle. Non, je voulais contacter les flics du coin. Remarquez, ça ne m'aurait pas servi à grand-chose…

— Ah bon ! vous vouliez appeler la police ? fit Morton, sur le qui-vive. Pourquoi ?

— Parce qu'ils auraient envoyé un gars pour voir. Mais bon, le gars aurait fait son rapport, et puis ça se serait arrêté là, de toute façon…

— Son rapport sur quoi ? interrogea Morton, agacé. Que s'est-il passé ? Qu'est-ce qui vous a donné l'idée d'appeler la police ?

— Cette nuit, une voiture est passée devant la ferme. Il était très tard et elle roulait vers Shooter's Wood.

Sneddon se tourna pour désigner le bois qui débutait à quelques centaines de mètres.

— J'ai trouvé ça bizarre, poursuivit-il. Personne ne passe jamais là, et encore moins la nuit ! Si c'était un touriste égaré ou autre, ça aurait été pendant la journée, pas vrai ? Alors j'ai tendu l'oreille…

Pendant qu'il parlait, une femme était apparue sur le seuil de la maison, un torchon à la main.

— Pete ? appela-t-elle d'un ton inquiet.

Sneddon lui lança un coup d'œil.

— Tout va bien, Rosie, je m'en occupe !

La femme ne tint pas compte de ces paroles. Elle s'approcha, le regard rivé sur Morton. Elle devait avoir quelques années de moins que son mari et, malgré ses cinquante ans passés, elle restait séduisante.

— Sergent Morton, madame, se présenta Morton. C'est au sujet de… des événements qui ont eu lieu à la Balaclava House, un peu plus loin.

— Ah ! ça…

Elle secoua la tête, l'air accablée.

— Quand Seb Pascal m'a raconté ça, j'ai eu du mal à le croire, commenta-t-elle. Je suis allée à son garage hier, vous le saviez ? Pour faire le plein. Il paraît que ça va encore augmenter.

— C'est ce qu'on dit, oui, confirma Morton avec une moue contrariée.

— Seb avait parlé à Gary, le fils Colley, qui habite un peu avant nous dans le chemin, précisa-t-elle en désignant la direction. Il m'a raconté qu'il s'était passé quelque chose d'épouvantable à la Balaclava House, que quelqu'un était mort. Mais M. Monty allait bien, lui. C'est la première question que je lui ai posée, vous pensez bien ! Est-ce que c'était ce pauvre M. Monty qui était mort ? Mais non : Seb m'a dit qu'il l'avait vu passer dans une voiture avec Mme Harwell. C'est la nièce de M. Monty.

— C'est bon, ça va, je lui ai déjà raconté tout ça ! s'impatienta Sneddon. Ce n'est pas la peine de te fatiguer.

— Mais c'est inquiétant, quand même ! protesta la femme. Ce sont des choses qui se sont passées tout près de chez nous sans qu'on se doute de rien !

Sneddon poussa un soupir.

— Vous l'appelez M. Monty, releva Morton. C'est curieux, non ?

Les Sneddon échangèrent un regard et les épaules de l'homme se voûtèrent davantage.

— Les Sneddon, les Colley et les Bickerstaffe vivent ici depuis des générations, vous savez. Ma famille travaillait déjà cette terre quand la Première Guerre mondiale a éclaté et les Colley, eux, ils étaient là encore avant… Avant de commencer à exploiter leur ferme, ils étaient employés au service des Bickerstaffe. À l'époque, les Bickerstaffe, c'étaient des gens importants, une famille qui comptait. C'est sûr, les temps ont changé, mais on est toujours attachés, vous comprenez ? Parce que, en plus, M. Monty, il m'a vu grandir. Et il a vu Dave Colley grandir, et aussi nos deux filles et les enfants de Dave… On lui doit le respect, je pense. Mais bon, faites-en ce que vous voulez… Maintenant, si cette voiture que j'ai entendue cette nuit vous intéresse, venez avec moi, je vais vous montrer.

— Me montrer ? Me montrer quoi ? s'étonna Morton.

Sneddon le considéra comme s'il faisait exprès de ne pas comprendre.

— La voiture. C'est de ça que je vous parle, non ? Nous pouvons prendre la vôtre pour y aller, si ça ne vous dérange pas que j'y monte.

Il désigna ses chaussures crottées.

— C'est de la boue honnête, précisa-t-il.

Le chien les accompagna jusqu'au véhicule de Morton, puis Sneddon le renvoya et il alla s'allonger aux pieds de sa maîtresse, le museau sur les pattes. Rosie Sneddon et lui regardèrent Morton faire un demi-tour dans la cour et s'éloigner en direction du Toby's Gutter Lane.

— Prenez à gauche, indiqua Sneddon. Vers le bois.

Morton obéit. Le fermier lui livrerait ses informations à sa manière. Vouloir le brusquer reviendrait à enfoncer les talons dans les flancs d'une mule récalcitrante.

Ils passèrent encore plusieurs nids-de-poule avant de parvenir aux tout premiers arbres. Sneddon s'en tenait à sa politique de ne rien dire, et Morton continua à rouler doucement, traversant la forêt de bout en bout.

— Arrêtez-vous là ! ordonna soudain Sneddon. Vous pouvez vous garer sur l'herbe, là. Nous allons continuer à pied.

Morton immobilisa la voiture et serra le frein à main, non sans manifester son mécontentement.

— J'espère que ça en vaut la peine, monsieur Sneddon ! Je suis en train d'enquêter sur une mort suspecte, j'espère que vous ne me faites pas perdre mon temps.

Sneddon jura.

— Ce que je vais vous montrer aussi, c'est suspect ! Vous pourrez enquêter sur les deux en même temps…

Il descendit du véhicule et s'engagea dans un chemin assez large, Morton sur ses talons.

— Comme je vous le disais, j'ai entendu une voiture, cette nuit, très tard.

Il enchaîna en se tournant à demi pour parler au sergent par-dessus son épaule, sans cesser d'avancer.

— Il devait être plus de minuit. J'ai dit à ma femme, le bonhomme qui s'est trompé de chemin, il va s'amuser, pour retourner jusqu'à la route en pleine nuit ! Bon, elle ne m'a pas répondu, parce qu'elle dormait. Elle dort comme une souche, depuis toujours… Ensuite, je suis resté à guetter le bruit de la voiture quand elle reviendrait. Mais je n'ai rien entendu, et j'ai fini par me rendormir. J'avais eu une rude journée, et je n'allais tout de même pas me faire du souci pour des gens qui cherchent des raccourcis par la campagne ! Mais si j'étais resté réveillé, j'aurais vu la lumière du feu.

— La lumière du feu ? répéta Morton.

— À partir de maintenant, faites attention ! conseilla Sneddon en tendant devant lui une main tannée par le soleil. On arrive au bord. Il y a du fil de fer autour, mais ça ne suffit pas vraiment…

Les derniers arbres s'étaient espacés tandis qu'ils progressaient et ils se trouvaient maintenant sur un terrain dégagé qui s'élevait en pente douce vers Shooter's Hill. Devant eux, un panneau planté de travers portait l'inscription « Danger ! Carrière » peinte en lettres à demi effacées. Il y avait aussi une sorte de clôture constituée de fil de fer et des buissons de ronces qui s'y accrochaient. Sneddon le conduisit jusqu'à une large ouverture, un endroit où le grillage et les ronces avaient été aplatis, et désigna un point en contrebas.

— Nom d'un chien ! murmura Morton.

La carrière semblait depuis longtemps désaffectée. On ne devait plus l'exploiter depuis au moins un demi-siècle. Le large chemin qu'ils avaient suivi pour y parvenir était sans doute l'ancienne route d'accès et la nature était revenue le coloniser. Pourtant, on était passé par là récemment, car l'herbe était écrasée au bord de la descente abrupte, à l'endroit où la clôture était affaissée. En bas, dans le dénivelé que formait la carrière, au milieu de nombreux débris, se trouvait le squelette noirci d'une voiture carbonisée. Une brume de poussière et de fumée continuait de s'en élever.

— Une voiture volée, sûrement, commenta Sneddon. Ou alors, c'est quelqu'un qui a voulu s'en débarrasser. Les gens croient qu'on peut tout jeter dans la campagne, que c'est un dépotoir. En tout cas, ça ne peut être que celle que j'ai entendue cette nuit ! C'est là qu'ils allaient, ces salauds. Ils ont dû descendre de la voiture ici, au bord du ravin, et puis la pousser à la main pour la faire dégringoler en bas. Ensuite, soit elle a pris feu toute seule, soit quelqu'un y est allé pour la faire flamber. Alors, qu'est-ce qu'elle va faire, la police, hein ? Vous croyez qu'elle va envoyer quelqu'un pour retirer la voiture de là ? Franchement, ça m'étonnerait ! Cette carcasse va rester là, à rouiller comme tout le reste. Une épave de plus dans la nature !

— Est-ce qu'on peut descendre jusqu'en bas ? demanda Morton, ignorant ses récriminations et cherchant des yeux un endroit par où passer.

— Par ici ! acquiesça Sneddon.

Il le guida et, ensemble, ils descendirent tant bien que mal jusqu'en bas. En arrivant, Morton comprit pourquoi son compagnon se plaignait tant : le site semblait être devenu une décharge sauvage depuis un bon moment déjà. De vieux sacs-poubelle noirs étaient disséminés partout et leur contenu hétéroclite répandu çà et là. On voyait les planches d'un vieux berceau portant encore des nounours peints, une cuisinière à gaz semblable à celle que Morton voyait chez sa grand-mère quand il était enfant, une bicyclette rouillée... L'histoire domestique plus récente était représentée par un poste de télévision brisé en mille morceaux.

L'épave carbonisée de la voiture achevait de se consumer au milieu de tout cela. Morton remarqua qu'avant d'abandonner le véhicule à son sort, on avait pris soin d'en ôter les plaques minéralogiques. Elles changeraient de mains dans un pub quelconque, moyennant finances. La prochaine fois que quelqu'un les verrait, elles seraient fixées sur une voiture volée.

La chaleur qui se dégageait encore de la structure métallique noircie leur picotait le visage. Le sergent sortit son téléphone portable.

— Ça m'étonnerait que ça capte, ici, fit remarquer Sneddon.

Il avait raison.

— J'appellerai de là-haut, approuva Morton. Je vais envoyer quelqu'un sécuriser la zone. C'est peut-être en rapport avec l'incident de la Balaclava House. Et je suis sûr que l'épave sera débarrassée ensuite...

Sneddon eut un hochement de tête satisfait. C'était tout ce qui l'intéressait. Pour lui, l'homme retrouvé mort dans le salon du manoir des Bickerstaffe ne représentait qu'un problème secondaire.

— Au fait, il est mort comment, le type ? demanda-t-il néanmoins alors qu'ils repartaient, sans doute pour pouvoir renseigner son épouse.

— On l'ignore encore. Nous attendons l'identification et les résultats de l'autopsie.

— Quoi, vous ne savez même pas qui c'est ?

Il fixait Morton, les sourcils froncés, son visage bruni strié de rides.

— M. Monty ne le connaît pas ?

— Apparemment, non.

Sneddon hocha lentement la tête.

— Dans ce cas, ce n'est pas quelqu'un du coin…

Sur cette affirmation catégorique, le fermier se détourna et continua à gravir en silence la pente de la carrière désaffectée.

8

Morton déposa Sneddon au croisement du chemin qui menait à sa ferme et continua dans le Toby's Gutter Lane pour rejoindre la route principale. Il aimait aller au fond des choses, ce qui représentait une grande qualité dans son travail. Car s'il manquait un peu d'imagination, il traquait en revanche avec obstination les plus petits détails. Il était en route vers la station-service de Seb Pascal.

Il n'eut pas à la chercher longtemps. L'établissement se dressait à quelques dizaines de mètres du Toby's Gutter Lane, sur la route principale. Quand il arriva, il n'y avait aucun client. Un jeune homme au crâne rasé en combinaison bleue astiquait un break qui sortait du lavage. Il releva la tête, sans doute pour vérifier si le nouvel arrivant avait besoin de son aide, et son expression se durcit quand le sergent descendit de voiture et se dirigea vers le bâtiment. Il reprit son travail.

Morton passa la porte automatique et se retrouva dans un petit supermarché qui vendait toutes sortes de produits alimentaires, des bonbons aux biscuits, en passant par de la soupe en conserve. Dans un coin, une vitrine réfrigérée proposait sandwiches et produits frais. Morton jeta un coup d'œil au-dehors : le jeune qui astiquait la voiture avait interrompu sa tâche et sorti son téléphone portable. Il parlait sans quitter la boutique des yeux, mais se détourna en voyant que Morton le regardait.

Toi, pensa le sergent, *tu sais que je suis flic, pas vrai ? Pourquoi est-ce que ça t'inquiète comme ça, et qui t'empresses-tu d'appeler ?*

Il ne pourrait répondre à ces questions dans l'immédiat et cela attendrait. Ce n'était pas pour ça qu'il était venu. À la caisse, un homme de haute taille au teint olivâtre et aux cheveux noirs parlait à une femme d'âge moyen, tout en le dévisageant. Morton sortit sa plaque et s'avança.

— Monsieur Pascal ? interrogea-t-il.

— Oui, c'est moi, répondit-il. Il y a un problème ?

— Nous enquêtons sur un incident qui s'est déroulé hier à la Balaclava House.

Seb Pascal parut se détendre.

— Ah oui…

Il jeta un coup d'œil à la caissière, qui semblait intéressée au plus haut point.

— On ferait mieux d'aller dans mon bureau, dit-il à Morton. Je te laisse le magasin, Maureen.

La femme pinça les lèvres, l'air contrariée.

Le bureau était minuscule et en désordre. Pascal souleva une pile de magazines de moto posés sur une chaise, qu'il indiqua au visiteur. Lui-même se percha sur un meuble de classement bas, où il demeura dans un équilibre incertain, tel un grand oiseau sur une palissade. Le meuble était si cabossé qu'on eût dit que quelqu'un s'était acharné dessus à coups de botte.

— Qu'est-ce que je peux faire pour vous ? demanda le garagiste d'un ton affable.

— Comme je vous l'ai dit, commença Morton, nous enquêtons sur des événements qui ont eu lieu hier, à la Balaclava House, dans le Toby's Gutter Lane…

— D'accord, mais je vois mal comment je pourrais vous aider, l'interrompit Seb Pascal. Je ne sais rien du tout, moi. Ce serait avec plaisir, mais hier, je n'ai pas quitté la station-service de la journée.

— Vous savez tout de même certaines choses, monsieur Pascal, puisque vous avez répandu la nouvelle autour de vous. Par exemple, vous avez indiqué à certaines personnes que vous aviez aperçu M. Bickerstaffe dans un véhicule conduit par une parente à lui. Alors pourquoi ne pas commencer par là ? Ou, mieux encore, un peu plus en amont… Si vous me disiez tout ce que vous avez vu hier, en particulier avant le passage de la voiture qui emportait M. Bickerstaffe ?

— Avant ? Oh ! à part les voitures de police, il n'y a rien eu de spécial, répondit Seb Pascal en haussant les épaules. C'était assez calme ici. J'ai discuté un peu avec Maureen, j'ai fait du travail administratif…

Il jeta un regard abattu au désordre qui encombrait son bureau.

— Je ne m'en sors pas avec toute cette paperasse… soupira-t-il.

Morton compatit. Lui aussi exécrait ce genre d'activité et sa table de travail ressemblait un peu à celle-ci.

— Ah oui ! Hier matin, j'ai vu Monty Bickerstaffe passer par le garage pour aller en ville. Il y va presque tous les jours et je ne fais plus tellement attention à lui, il fait un peu partie du paysage. Il a du mérite, ce vieux, il faut le reconnaître : tout le trajet aller-retour jusqu'en ville, ça ne doit pas être facile dans l'état où il est ! Quelquefois, quand c'est vraiment calme ici, je lui propose de l'emmener en voiture. Mais il est têtu. Il préfère marcher, sauf s'il pleut à torrents ou qu'il fait très froid. Il dit que ça le maintient en forme ! conclut Seb Pascal avec un sourire qui découvrit de belles dents blanches.

— Quelle heure était-il quand vous l'avez vu hier ? interrogea Morton.

— Oh ! à peu près onze heures un quart. C'était la pause du matin, Maureen venait de nous préparer du café.

— Nous… ?

— Eh bien, elle en fait pour moi, pour elle et pour le gosse.

Ah oui, comprit Morton. *Le laveur de voiture qui n'a pas la conscience tranquille…*

— C'est votre fils ? demanda-t-il.

— Non, c'est le neveu de Maureen.

— Et Maureen serait-elle Mme Pascal ?

Cette idée parut affoler le garagiste.

— Pas du tout ! répondit-il.

— Qu'avez-vous vu d'autre, ensuite ?

Seb Pascal haussa les épaules.

— Rien. Enfin, rien de particulier, rien qui sorte de l'ordinaire. On a eu du monde, tout d'un coup, alors je me suis occupé des clients et je n'ai plus regardé autre chose. C'est comme ça, ici : tout est mort et, l'instant suivant, on ne sait plus où donner de la tête. Plusieurs camions sont arrivés. On vend des sandwiches et des friands chauds, alors les routiers s'arrêtent à l'heure du déjeuner. Ensuite on a eu quelqu'un qui avait un problème de moteur. D'autres automobilistes sont venus prendre de l'essence. En fait, je n'ai pas eu un moment à moi jusqu'au milieu de l'après-midi. Et c'est là que j'ai vu Monty revenir. Il devait être trois heures et demie. Monty reste quelques heures en ville pour ce qu'il appelle son *déjeuner*. En fait, c'est surtout du liquide qu'il ingère. Il va au White Hart, ou parfois au Rose and Crown. Il passe sa journée comme ça, vous voyez ? En fin de matinée, il s'en va en ville et, en milieu d'après-midi, il revient. Il avait sa provision de whisky à la main, dans un sac. Je me souviens qu'hier je lui ai fait signe, mais il n'y a pas répondu. Ce n'est pas quelqu'un de sociable, c'est le moins qu'on puisse dire…

« Ce qu'il y a eu ensuite, c'est que j'ai vu deux ou trois voitures de police passer devant la station et s'engager dans le Toby's Gutter Lane. Du coup, après ça, j'ai fait attention. Mme Harwell est passée plus tard avec sa petite Mazda MX-5 bleue. J'ai tout de suite reconnu la voiture, parce qu'il n'y en a pas d'autre de cette couleur par ici. Quand elle est repartie, Monty était avec elle et il n'avait pas l'air content. Je me suis dit qu'il y avait eu un problème. Sans ça, il ne serait jamais sorti de chez lui. Lui et sa baraque, c'est comme une tortue et sa carapace : séparez-les et la tortue ne survit pas. En voyant ça, j'ai appelé Gary Colley pour lui demander s'il savait quelque chose. Les Colley sont les voisins les plus proches de Monty, vous comprenez. Gary m'a dit qu'on avait trouvé un cadavre à la Balaclava. Bon, je savais que le mort n'était pas Monty, puisque je venais de le voir passer. C'était donc quelqu'un d'autre, mais qui ? Ça, ne me demandez pas de vous le dire…

Morton tiqua. Au moment où Seb Pascal l'avait appelé, Gary venait de parler à Jess et, d'après ce qu'il lui avait dit, il ne semblait rien savoir du cadavre. N'avait-il pas affirmé qu'il était en route pour la ville et qu'il s'était arrêté en voyant du monde devant la Balaclava House ? Et selon Dave Colley, son père, ce n'était que bien plus tard, longtemps après le départ de Monty avec sa nièce, que la grand-mère Colley était allée aux renseignements et avait vu s'éloigner le fourgon mortuaire. Ensuite seulement, elle était retournée informer sa famille. C'était ainsi, avait prétendu Dave, qu'ils avaient appris que quelqu'un était mort. Satanés Colley ! fulmina Morton. Impossible de se fier à ce qu'ils racontaient…

— Continuez ! dit-il à Seb Pascal.

— Eh bien, c'est tout… Sauf qu'un peu plus tard j'ai vu les voitures de police repartir en direction de la ville.

— Avez-vous passé l'information avant ou après ça ? interrogea Morton, soucieux de bien récapituler les choses avant de retourner chez les Colley.

Seb Pascal parut perplexe.

— Passé l'information ? Mais pourquoi n'arrêtez-vous pas de dire que je passe les informations, comme si j'étais un crieur public ? J'en ai parlé à Maureen et au gosse, si c'est ce que vous voulez savoir. Je parle du jeune qui est là-bas, précisa-t-il en esquissant un geste vers la fenêtre.

Morton se demanda un instant si « le gosse » en question avait un nom.

— Et à personne d'autre ? s'enquit-il.

Le visage de Seb Pascal s'éclaira.

— Ah si… Rosie Sneddon est venue prendre de l'essence et je le lui ai dit. La ferme des Sneddon est plus loin dans le Toby's Gutter Lane, et quand un événement qui sort de l'ordinaire a lieu près de chez eux, c'est normal qu'ils le sachent. Ils sont assez isolés là-bas, alors si je vois des individus qui m'ont l'air mal intentionnés ou des vagabonds se diriger vers chez eux, c'est la moindre des choses que je les prévienne. Ça fait partie des règles de bon voisinage ! Je ne me rappelle plus exactement à quelle heure elle est venue, mais c'était avant que les flics repartent. Six heures et quart, peut-être ? Ne me demandez pas d'être plus précis…

— C'est bon…

Le garagiste n'aurait eu aucune raison de songer à consulter l'heure lorsqu'il avait parlé à Rosie Sneddon. Et il semblait logique qu'il lui ait annoncé l'inquiétante nouvelle. À l'échelle de la campagne, les Sneddon étaient de proches voisins du garage, qui se trouvait lui-même isolé au bord d'une route.

— Eux aussi vous le diraient, n'est-ce pas, s'ils assistaient à quelque chose de suspect ?

Seb Pascal acquiesça.

— J'imagine, oui.

— Votre station-service est-elle ouverte la nuit ?

L'homme secoua fermement la tête.

— Non. On ferme à neuf heures pile en semaine, et à cinq heures le dimanche. Pour rester ouvert, il faudrait que j'embauche du personnel supplémentaire, et j'ai déjà assez de frais comme ça. Je dois payer un autre employé pour relayer Maureen quand elle s'en va. Elle travaille toute la semaine de neuf heures à cinq heures et lui, il fait le soir, de cinq à neuf. C'est seulement la moitié de ses heures à elle, mais il voudrait que je lui verse le même salaire, sous prétexte que ce ne sont pas des heures de bureau ! C'est comme ça : plus personne ne veut travailler pour du beurre, de nos jours ! Même ce gosse, là-bas, il me réclame un vrai salaire, alors qu'il est là pour apprendre le métier. En plus de ça, je ne crois pas que ce serait très rentable d'ouvrir la nuit. Il n'y aurait pas grand monde. Quant au dimanche, je le fais tout seul, sauf quand ma belle-sœur accepte de venir me remplacer une heure ou deux.

— Vous n'habitez pas sur place ? s'étonna Morton.

Il ne voyait aucun bâtiment d'habitation accolé au garage, mais il se pouvait qu'un petit cottage soit caché à l'arrière.

Pascal secoua la tête.

— J'habite à huit kilomètres, à Weston-Saint-Ambrose, comme Maureen et comme le gosse. Personne ne vit ici, il n'y a que les deux fermes du Toby's Gutter Lane et le vieux Monty.

— Vous dites que les Sneddon et vous-même, vous vous arrangez pour rester vigilants ensemble. Vous leur téléphonez ou vous les prévenez d'une manière ou d'une autre si vous remarquez quelque chose d'inhabituel, et ils font de même avec vous. Est-ce que M. ou Mme Sneddon vous ont parlé d'une voiture ?

Seb Pascal secoua lentement la tête.

— Non. Quel genre de voiture ?

— Cette nuit, M. Sneddon en a entendu une passer près de sa ferme, dans le Toby's Gutter Lane. Il était très tard et elle se dirigeait vers Shooter's Wood. Ensuite, M. Sneddon s'est endormi, mais ce matin, il a découvert que des gens qui devaient être des délinquants avaient précipité un véhicule dans l'ancienne carrière, juste après le bois, et qu'ils y avaient mis le feu. Je suis descendu moi-même dans la carrière et j'ai vu l'épave. Elle fumait encore.

— Ah bon ? fit Seb Pascal. Bah ! ce sont des petits cons, des gamins qui trouvent ça drôle, de voler des voitures ! Non, les Sneddon ne m'en ont pas parlé. Ils avaient peut-être l'intention de me le dire plus tard, remarquez... Tout ce qui concerne les voitures, ça m'intéresse ! Mais le plus probable, c'est qu'ils n'ont pas trouvé ça important, surtout après l'histoire à la Balaclava.

— Oui, sans doute, reconnut Morton. Je crois que Mme Sneddon, elle, n'a rien entendu cette nuit. C'est seulement son mari.

Le garagiste commença à manifester des signes d'impatience.

— Écoutez, dit-il, je ne sais pas du tout de quoi il peut s'agir. Que vous m'interrogiez sur des choses qui se sont passées à la Balaclava, c'est à côté, d'accord. Mais pour ce qui est de cette voiture incendiée en pleine nuit, alors que je n'étais pas là et que personne ne m'en a parlé avant vous, là, je ne vois pas en quoi je peux vous être utile. Hier, j'ai dit à Rosie – enfin, à Mme Sneddon – que j'avais vu le vieux Monty emmené par cette sacrée bonne femme qui est sa nièce, et qu'il y avait eu un mort dans la maison. C'est ce que je savais. Mais maintenant, vous venez me parler d'une voiture incendiée par des petits délinquants de la ville, et vous espérez que je vais pouvoir vous renseigner là-dessus, eh bien non, je ne sais rien !

— S'il s'agissait vraiment de voleurs de voitures, poursuivit Morton, imperturbable, et qu'ils sont allés jusqu'à la carrière pour incendier le véhicule, ça leur a fait une sacrée trotte pour rentrer chez eux ensuite, non ? En supposant qu'ils venaient de la ville…

— Ils venaient forcément de la ville, confirma Seb Pascal. Ils n'étaient pas de Weston-Saint-Ambrose. Je ne dis pas que nous n'avons pas nos petites frappes nous aussi, mais si quelqu'un s'était fait voler sa voiture, je l'aurais su. Ce n'est qu'un village et les nouvelles circulent vite. On m'en aurait parlé hier soir quand je suis rentré, ou ce matin avant que je parte travailler.

Il s'interrompit et esquissa une grimace.

— Mais vous avez raison : ceux qui ont fait ça ont bien dû rentrer chez eux et à pied, c'est trop loin… alors ils devaient avoir deux voitures. Peter vous a dit qu'il n'en avait entendu qu'une, mais s'il s'était à moitié endormi… En fait, les voleurs en avaient deux, ils en ont incendié une et ils se sont entassés dans la deuxième pour repartir. Pourquoi ne demandez-vous pas à vos équipes si on n'a pas signalé des vols de voitures ?

— Ce sera fait, assura Morton. Eh bien, c'est tout pour aujourd'hui, monsieur Pascal. Je vous remercie de votre aide !

Il ferma son carnet, non sans remarquer le soulagement évident de son interlocuteur.

— Si je pense à autre chose, je vous recontacterai, ajouta-t-il.

Seb Pascal se raidit.

— Je n'ai rien à voir avec tout ça, je vous assure.

Lorsque Morton ressortit du magasin, l'apprenti n'était plus en vue.

— Tu ne perds rien pour attendre, fiston ! marmonna-t-il. Je te tiens à l'œil. Inutile de te cacher.

Seb Pascal regarda son visiteur s'éloigner et vérifia que Maureen était occupée, puis il retourna à son bureau en refermant la porte sans bruit. Il décrocha le téléphone et une brève conversation s'ensuivit.

— Mais non, évidemment que je n'ai rien dit ! Tu me prends pour quoi ? De toute façon, on verra bien, il faut juste attendre… En espérant que les flics ne trouveront rien…

Quelques instants plus tard, il reposait le combiné.

— Nom d'un chien… murmura-t-il.

La journée s'achevait et l'on n'avait toujours pas découvert l'identité du défunt, mais cela n'empêchait pas le commissaire Carter de se montrer optimiste.

— Quelqu'un se présentera forcément demain ou après-demain, dit-il à Jess alors qu'ils se dirigeaient ensemble vers le parking. Un homme aussi bien habillé finira nécessairement par manquer à quelqu'un !

Jess ne lui parla pas de Morton qui, de son côté, ne partageait pas cette vision positive.

— C'est peut-être un étranger, lui avait dit celui-ci un peu plus tôt.

— Les vêtements qu'il portait ont l'air d'avoir été achetés dans le pays, avait-elle objecté. Quoique les marques ne veuillent plus rien dire de nos jours, c'est vrai… Tout est fabriqué à l'étranger. Mais le style est tout de même anglais.

— Le pays est rempli de gens fraîchement débarqués. Il a pu s'acheter ces fringues en arrivant, parce qu'il avait envie de se fondre dans la masse…

— C'est ton idée ou celle de Milada ? avait demandé Jess, qui connaissait bien la petite amie tchèque de Morton.

— Je ne discute pas de mon travail avec elle, avait rétorqué le sergent avec humeur.

Jess avait souri et il s'était éloigné sans rien ajouter.

Maintenant, Jess poussait la porte de son petit appartement de Cheltenham avec un soupir d'aise. Il lui arrivait de regretter de mener cette vie solitaire, mais c'était rare. Ce qui l'ennuyait le plus, c'était de devoir constamment la défendre face à sa mère, qui n'avait pas compris non plus sa décision d'entrer dans la police. Le jour où elle avait fièrement annoncé à ses parents qu'elle venait d'obtenir un poste à la brigade criminelle, sa mère avait accueilli la nouvelle avec un gémissement consterné. Par la suite, quand Jess avait été nommée inspecteur, elle avait fait l'effort de la féliciter, mais d'une voix dénuée d'enthousiasme, et avait ajouté :

— Tu sais, c'est bien beau d'avoir un grade élevé dans la police, mais ça va faire fuir les hommes…

— Seulement ceux qui manquent de confiance en eux ! avait rétorqué Jess.

Cette objection n'avait pas eu l'effet escompté.

— Oh ! toi, tu as toujours réponse à tout ! Et regarde un peu où ça t'a menée !

Jess n'avait donc aucune difficulté à comprendre Tansy et à compatir avec elle…

Ce soir-là, en retrouvant le silence de son appartement, resté dans l'état exact où elle l'avait laissé le matin, elle apprécia de se retrouver seule chez elle au terme d'une journée de travail chargée et frustrante. Son plaisir fut de courte durée : le voyant rouge du répondeur téléphonique qui clignotait lui arracha un soupir agacé.

— Pas le travail… gémit-elle en appuyant sur le bouton « Play ».

Ce ne serait pas la première fois qu'elle devrait repartir à peine rentrée chez elle.

— Salut, Jess ! fit la voix joviale de Tom Palmer dans l'appareil. Ça te dit d'aller prendre une bière et un curry ? Ou bien un verre de vin et un plat de pâtes ?

Elle pouvait très bien refuser la proposition, Tom ne s'en vexerait pas. Toutefois, il avait peut-être eu une journée épouvantable et cela lui ferait du bien de décompresser. Lui aussi vivait seul. Un ami dans le besoin reste quand même un ami, disait le proverbe…

Jess composa le numéro du médecin légiste.

— J'ai eu ton message, lui dit-elle. Oui, je veux bien sortir, mais je crois que je préférerais manger italien, ce soir. Où est-ce qu'on se retrouve ?

— Comme d'habitude, à La Promenade, dans une heure ?

Une heure plus tard, douchée, changée et installée face à Tom à une table en terrasse, Jess se sentait régénérée. Il ne faisait pas très chaud pour un dîner à l'extérieur, mais le ciel était clément. Des promeneurs déambulaient sous le clair de lune et les petites tables sous les arbres les avaient séduits. Tom, qui étudiait la carte en passant la main dans ses cheveux noirs ébouriffés, penchait pour l'option pâtes, mais Jess, qui ne mangeait rien d'autre que cela chez elle quand elle devait cuisiner, était plutôt tentée par le *pollo alla griglia*.

En les voyant attablés ensemble, on aurait pu croire qu'ils formaient un couple, mais ce n'était pas le cas. Ils étaient, comme disait Tom, des « camarades d'exil ». Le fait, brutal, c'était que le métier de Jess (il fallait le reconnaître, sa mère avait raison) incommodait souvent les gens, et celui de Tom, plus encore. L'un comme l'autre s'étaient aperçus qu'en société la mention de leur activité mettait vite un terme aux conversations.

— Dans mon cas, c'est tout à fait compréhensible, estimait Tom. Les gens me demandent avec entrain ce que je fais dans la vie et moi, je leur réponds que je dissèque des cadavres ! Évidemment, ça casse l'ambiance, et je les vois s'éloigner l'air de rien pour aller croquer dans une gousse d'ail…

— Moi, quand je leur dis que je suis inspecteur de police, ils pensent que je n'ai qu'une idée en tête : exhumer leurs secrets honteux, déplorait Jess. J'en suis arrivée à la conclusion qu'une bonne moitié de la population a des choses à cacher.

Dès lors, leur amitié fonctionnait bien et, s'il y avait une chose que Jess était déterminée à empêcher, c'était que sa mère en ait vent. Car si cette dernière les avait découverts attablés là, par exemple, elle n'aurait pas manqué de conclure qu'ils filaient le parfait amour. *Mais ce n'est pas du tout ça*, songea Jess avec ironie ; *et tout ce que j'espère, c'est que cela ne devienne pas du désespoir*. (Une pensée qui ne rendait pas justice à Tom, qui se révélait d'excellente compagnie.)

Lorsqu'ils eurent passé commande, Tom leva son verre de vin.

— Santé ! lança-t-il.

Ils trinquèrent, puis Tom reposa son verre.

— Bon, écoute, commença-t-il. Je n'ai pas l'intention de parler boutique ce soir, mais en ce qui concerne ce cadavre que vous avez découvert hier…

— Oh, Tom… maugréa Jess, avant de se redresser soudain : Quoi, tu sais déjà de quoi il est mort ?

— Je n'en suis pas encore sûr à cent pour cent, mais je crois – ou plutôt, je suis persuadé – qu'il a ingéré une association de somnifères et d'alcool. Et comme il présentait des signes précoces d'insuffisance cardiaque, cela le rendait vulnérable. Le gars n'en savait encore rien lui-même, à mon avis… Bref, j'ai envoyé quelques échantillons au labo et j'attends les résultats, mais tous les indicateurs sont là… Peu avant de mourir, il a pris un excellent repas : de la volaille et des légumes dans une sauce au vin. Je pencherais pour un coq au vin, peut-être, ou quelque chose d'approchant. Ce qu'il y a, c'est qu'il n'a pas eu le temps de le digérer. Le tout était encore dans l'estomac…

— Tom ! coupa Jess, suppliante. Nous allons dîner, là !

— Oh ! excuse-moi, je suis désolé… Mais enfin, ce que je veux dire, c'est que c'était un plat qui avait beaucoup de goût. Si on a glissé quelque chose dedans, il n'a pas dû le remarquer. Je te livre ça comme une observation, pas comme une supposition. Je ne cherche pas à faire ton travail.

— Ah… fit Jess, pensive. Donc, il a été empoisonné. C'est d'ailleurs ce que tu as pensé quand tu l'as vu hier.

— Je savais que ça t'intéresserait, Sherlock ! Mais bien sûr, il a pu prendre ces médicaments lui-même.

— Si c'était le cas, il se serait plutôt mis au lit avec eux et une bouteille de whisky. Je ne le vois pas se préparer un bon repas français juste avant de se suicider. Quoique… Avec quelqu'un qui ne serait pas très net, tout est possible !

— Bon, à toi de découvrir le fin mot de l'histoire ! Mais il y a autre chose, ajouta Tom, hésitant. Je me demande si je dois te le dire, parce que ça ne sert à rien, mais… En fait, j'ai l'impression d'avoir déjà vu ce visage.

— Ah bon ? s'écria Jess. Tu aurais pu me le dire avant !

— Eh, ce n'est pas si simple ! Dès que je l'ai vu hier sur ce canapé, je me suis dit, toi, mon vieux, je t'ai déjà croisé quelque part… Seulement, je ne sais pas où, c'est ça, le problème. Je n'arrive pas à le situer. Tu sais comment c'est, quand un visage ne t'est pas complètement inconnu, mais que tu n'arrives pas à le replacer dans son contexte ? En tout cas, c'était récent, ou assez récent. Je n'arrête pas d'y réfléchir, mais pour le moment, tout ce que je peux dire, c'est que je l'ai déjà vu.

— Tu aurais croisé ce monsieur dans la région ? le pressa Jess.

— Ma foi, peut-être. Ce doit être dans un lieu où je ne vais pas souvent. Cela réduit les possibilités. Par exemple, poursuivit Tom avec flegme, je ne vais presque jamais à des soirées dansantes. Me retrouver dans une salle surchauffée, comprimé au milieu de gens qui boivent, obligé de crier pour me faire entendre par-dessus une musique abominable tout en n'arrivant pas à comprendre ce que mes voisins me disent, ce n'est pas l'idée que je me fais d'une bonne soirée !

— Imaginer le genre de pince-fesses où vous vous faites inviter laisse perplexe, monsieur Palmer ! ironisa Jess.

— Soit ! Sache que je n'apprécie pas non plus de rester immobile dans mon seul costume correct, le cou serré par une cravate et un verre à la main, à grignoter des cacahuètes ou des canapés qui ont séjourné vingt-quatre heures au réfrigérateur. En fait, je déteste le monde. C'est l'une des raisons pour lesquelles je fais de la randonnée pendant mes vacances, et c'est pourquoi mon métier me plaît.

— C'est sûr que les cadavres n'ont pas tellement de conversation… Et ils ne risquent pas non plus de renverser leur verre sur ton plus beau costume !

Je commence à dire n'importe quoi, pensa-t-elle. *Ce doit être l'alcool sur un estomac vide. Qu'on nous apporte nos plats, de grâce !*

— Je n'en suis pas encore là, Jess : je ne parle pas aux sujets que j'étudie ! Je les examine, pour toi ou pour d'autres flics. Je m'efforce de découvrir ce qu'ils ont fait durant leurs dernières heures de vie et j'essaie de traiter leur dépouille mortelle avec respect.

— Désolée, s'excusa-t-elle. Donc, tu n'as pas vu notre victime – lorsqu'elle était encore en vie – dans un contexte social.

— Je ne crois pas, non… Et je suis absolument sûr que ce n'était pas non plus dans un contexte professionnel. Non, il n'y a rien à faire, je ne me rappelle pas !

Les plats arrivèrent et accaparèrent aussitôt leur attention. Jess, toutefois, n'était pas prête à abandonner le sujet.

— Tu ne l'aurais pas vu à la télévision ?

Déjà occupé à enrouler ses spaghettis autour de sa fourchette, Tom interrompit son geste pour réfléchir.

— Non, répondit-il, je ne crois pas.

— Et dans le journal ?

Il fronça les sourcils.

— Non… Je suis sûr que non.

Jess fit une dernière tentative.

— Ça pourrait être quelqu'un que tu as croisé dans l'une de tes randonnées ?

Il secoua la tête.

— Non. J'ai pensé à ça aussi, mais non. De toute façon, il n'a pas l'air d'être un grand marcheur ni un sportif ! Il n'a pas le corps pour ça. Je vais continuer à réfléchir, ça me reviendra tôt ou tard. Mais pas maintenant, d'accord ? Alors, il est bon, ton poulet ?

Jess comprit que le sujet était clos.

— Appelle-moi dès que tu t'en souviendras, dit-elle. Je compte sur toi ?

— Mmmm… fut la réponse qu'elle obtint à travers une bouchée de pâtes, accompagnée d'un hochement de tête vigoureux.

Elle dut s'en contenter.

9

Ils se retrouvèrent le lendemain matin dans le bureau du commissaire Carter pour faire le point sur leurs progrès, ou sur leur absence de progrès. On était au troisième jour de l'enquête, un moment critique. À partir de maintenant, la piste allait se refroidir.

Jess ouvrit le bal avec le compte rendu de sa visite chez Bridget Harwell. Morton enchaîna avec les Colley, les Sneddon et Seb Pascal, ainsi que la découverte de la voiture brûlée dans la carrière.

— Les Colley, je ne leur fais pas confiance une seule seconde, conclut-il. Je ne dis pas qu'ils ont quelque chose à voir avec notre affaire, mais ce sont des gens qui ne peuvent pas s'empêcher de mentir, si bien qu'il est impossible de les exclure une bonne fois pour toutes d'une enquête. Ils nous feront perdre du temps, c'est sûr !

Il émit un petit rire.

— Prenez Gary, le jeune, poursuivit-il. Quand il est parti, après avoir parlé avec l'inspecteur Campbell devant la Balaclava House, il a raconté qu'il allait en ville. Il prétend aussi avoir appelé son père avec son portable à ce moment-là, pour le prévenir qu'il avait vu Monty Bickerstaffe monter dans une voiture de police. Le père, Dave Colley, explique qu'en début de soirée la grand-mère est sortie regarder ce qui se passait et qu'elle a vu le fourgon funéraire. C'est là, soi-disant, qu'elle en a déduit que quelqu'un était mort. Seulement c'est bien avant cela que Seb Pascal, le propriétaire de la station-service, a vu Monty passer dans la voiture de Mme Harwell et qu'il a appelé Gary, qui lui a parlé du mort. Or, à ce moment-là, la grand-mère Colley n'était pas encore allée mener sa petite enquête devant la Balaclava House. Gary n'aurait donc pas dû savoir, pour le macchabée... Tout ce qu'il avait vu, c'était Monty montant dans une voiture de police.

— Je suis prête à parier ce que vous voulez qu'il n'est pas allé en ville, déclara Jess. À mon avis, il s'est caché pour essayer de comprendre ce qui se passait. Il en a tiré ses conclusions et a transmis la nouvelle. Ce qui explique le manque de logique dans la chronologie. La grand-mère n'a joué aucun rôle dans cette histoire.

— Gary a donc déformé la réalité, commenta Carter, songeur, en promenant l'index sur son menton. Tous les Colley ont déformé la réalité. Mais cela a-t-il de l'importance pour nous ? Ou est-ce une piste qui ne nous mènera nulle part ?

— C'est plutôt ça, répondit sombrement Morton. C'est ce que je vous disais : les Colley mentent comme ils respirent, ils sont incapables de dire la vérité. Nous perdons notre temps avec eux ! Mais je vais tout de même retourner voir Gary, pour essayer de le secouer un peu. S'il continue à nous mener en bateau, il va le regretter !

— Avons-nous quelque chose sur les Colley ? s'enquit Carter.

— Gary et Dave organisent des chasses au lièvre, l'informa Morton. Ils ont tous les deux été condamnés à des amendes pour ça. Gary a également été verbalisé parce qu'il conduisait sans vignette. Il faudrait vérifier si l'un ou l'autre possède un port d'armes en cours de validité et, si c'est le cas, peut-être le leur retirer. Il y a deux ans, la fille, Tracy Colley, vendait des DVD piratés dans les pubs pour un ami à elle. L'ami a été condamné, mais elle-même n'a reçu qu'un avertissement. Mme Maggie Colley est passée deux fois devant le juge pour ivresse et trouble à l'ordre public dans les pubs du coin. Même la grand-mère a un casier : elle a tabassé une femme alors qu'elle faisait la queue à la poste. Quand la police est arrivée sur place, elle a refusé de bouger, elle a injurié les agents et il y en a même un qui a reçu son poing dans la figure ! Ils ont dû s'y mettre à deux pour la maîtriser. Remarquable pour son âge ! Bref, les Colley sont une charmante famille, et la police locale les connaît bien. Mais ce n'est pas la mafia...

— Et les Sneddon ? interrogea Jess.

Morton secoua la tête.

— Ce sont des paysans qui bossent dur et qui respectent la loi, apparemment. Tant que j'y étais, je suis aussi allé voir Seb Pascal, le gars de la station-service. On n'a rien contre lui non plus, mais il n'avait pas l'air dans son assiette quand je lui ai montré ma plaque. Enfin, beaucoup de gens sont comme ça, ça ne veut pas dire qu'ils ont quelque chose sur la conscience. Par contre, je n'en dirais pas autant du jeune qui travaille pour lui, un petit gars au crâne rasé qui lave les voitures. Lui, il n'a pas du tout aimé me voir, mais ça m'étonnerait que ce soit un vrai délinquant.

— Donc, reprit Jess, nous cherchons actuellement des voleurs de voitures qui seraient passés par le Toby's Gutter Lane tard dans la nuit d'hier. La police avait quitté la Balaclava House et les Sneddon étaient déjà couchés. Cela n'a peut-être rien à voir avec le meurtre, mais c'est tout de même une drôle de coïncidence. Nous devons absolument découvrir qui conduisait la voiture. La police locale nous aide mais, pour l'instant, nous n'avons rien. Personne n'a déclaré de vol de voiture, ce qui est déjà bizarre en soi. Vous savez, Tansy Peterson, la fille de Bridget Harwell, m'a donné sa théorie :

pour elle, les coupables ont dû passer par hasard devant la Balaclava House et s'arrêter en voyant qu'elle était vide. Car la maison est certes à l'écart sur cette petite route de campagne, mais elle n'est pas non plus très isolée de la civilisation : la nationale est à deux pas. Or nous n'avons pas encore établi comment notre mort s'est retrouvé sur ce canapé.

— La voiture brûlée venait forcément d'ailleurs, déclara Morton. La scientifique est en train d'examiner l'épave et j'attends son coup de téléphone. Si vous voulez bien m'excuser un moment, monsieur, je vais les appeler pour savoir où ils en sont…

Il sortit dans le couloir et Jess et Carter l'entendirent parler à mi-voix dans son téléphone portable.

— Quelqu'un a quand même dû s'apercevoir de la disparition de notre mort à l'heure qu'il est ! soupira Carter. Ce monsieur devait bien avoir des rendez-vous, des gens avec qui il travaillait ! Une femme, une amie, une secrétaire… quelqu'un, quoi !

La porte se rouvrit et Morton passa la tête par l'embrasure.

— On n'a pas encore toutes les réponses pour l'instant, annonça-t-il, mais on sait déjà une chose : avant qu'un petit rigolo s'en serve pour allumer un feu de joie, la voiture était une Lexus…

— Une Lexus ? s'écria Carter, si fort que les deux autres sursautèrent. Dans ce cas, il est possible que nous tenions enfin une piste…

Dans une enquête, il faut parfois travailler d'arrache-pied pour progresser : interrogatoires à n'en plus finir, élimination progressive des différentes hypothèses et reconstruction méticuleuse du déroulement des faits. D'autres fois, très rares, on a de la chance.

Ian Carter réfléchissait ainsi tout en roulant de nouveau vers Weston-Saint-Ambrose, cette fois en compagnie de Jess Campbell. Ni l'un ni l'autre n'avait prévu de s'y rendre ce matin-là ; c'était le hasard de l'enquête. La marque de la voiture brûlée ouvrait une nouvelle éventualité. Peut-être allait-on s'y casser les dents, mais pour le savoir, il n'y avait qu'un moyen.

— Espérez le meilleur mais préparez-vous au pire, lança-t-il à Jess. C'est Guillaume le Taciturne qui a dit ça, paraît-il.

— Vous croyez ? La paternité de la citation est contestée…

— Ah bon ?

Depuis peu, ils devaient rouler au pas, ralentis par un tracteur qui avançait majestueusement devant eux sur la route sinueuse.

— Cette chambre, au premier étage de la Balaclava House, déclara Jess. Celle qui était si propre et bien rangée… Elle a forcément un rapport avec le reste. Je veux dire, bien sûr qu'il est important de savoir à qui appartient la Lexus, mais nous allons aussi devoir trouver un moyen de déterminer qui a utilisé cette chambre et quand.

Le tracteur tourna enfin pour s'engager dans un champ et Carter put accélérer.

— Nous aurons besoin de percer ce mystère, oui, répondit-il. Je suis d'accord avec vous. Mais concentrons-nous d'abord sur la voiture. Peut-être les Hemmings n'auront-ils rien à nous apprendre, peut-être que l'invité manquant les a appelés hier en disant qu'il était parti pour New York en urgence sans avoir le temps de les prévenir. Si c'est le cas, nous pourrons laisser tomber cette hypothèse.

— Encore faut-il que ces gens soient chez eux, soupira Jess.

Je commence à ressembler à Morton, se reprit-elle en son for intérieur. *Voilà que je pars vaincue !*

— Billy ne sera sans doute pas là, mais nous avons toutes les chances de trouver Terri. C'est d'ailleurs pour cela que je vous ai emmenée avec moi. Cette affaire est la vôtre et, si cet interrogatoire nous permet d'identifier notre cadavre, vous devez être là.

— Je croyais que c'était pour vous servir de bouclier contre Terri Hemmings, risqua Jess, ironique.

— Pourquoi dites-vous ça ? rétorqua vertement Carter. Enfin, ajouta-t-il avec un sourire, il est vrai qu'elle pourrait se faire des idées en me voyant arriver seul chez elle. Ou, pire encore, c'est son mari qui risquerait de s'en faire…

— D'accord.

Carter s'éclaircit la gorge.

— Écoutez, je sais qu'il peut s'agir d'une simple coïncidence. Certains flics ne croient pas en ce genre de coup de chance mais, d'après mon expérience, cela arrive tout le temps. Et souvent, on se rend compte que la coïncidence était moins grande qu'elle n'en avait l'air. Le soir de la découverte du corps, les Hemmings attendaient un invité qui possédait une Lexus. Cet invité n'est pas arrivé à l'heure et, au moment où je me suis moi-même arrêté devant chez eux, il ne les avait pas prévenus de son retard. Bien sûr, il a pu se présenter après mon passage, quoique je n'aie pas croisé de Lexus sur la route. Il a également pu envoyer un message ou appeler depuis, comme je l'ai dit. Dans les deux cas, il n'a pas disparu et nous rayerons cette hypothèse de la liste. Toutefois, je le répète, nous sommes obligés de vérifier !

Les chiens étaient des jack russell. Quand Jess et Carter descendirent de voiture devant l'ancienne école, leurs aboiements furieux firent apparaître Terri Hemmings, jean blanc et tee-shirt moulant, sur le perron. Ils se faufilèrent aussitôt entre les jambes de leur maîtresse pour courir vers la grille et commencer à sauter en direction des nouveaux venus. Terri suivait la scène d'une façon qui fit penser à Jess qu'elle était myope, et trop coquette pour l'admettre.

— Ah, c'est vous ! lança-t-elle lorsqu'elle reconnut enfin Ian Carter. Vous êtes revenu ?

— Pourrions-nous entrer, madame ? lui demanda-t-il poliment. Nous voudrions vous parler !

— Si je n'ai pas le choix... répondit-elle sans enthousiasme. Mais je ne vois pas trop ce que vous voulez encore. Bon, attendez, je vais enfermer les chiens. Ils ne mordent pas, mais ils vont se mettre dans vos jambes.

Elle rappela les animaux et, non sans difficulté, les fit rentrer dans la maison, avant de disparaître avec eux pour reparaître quelques minutes plus tard.

— Vous pouvez venir maintenant ! leur cria-t-elle du perron, au milieu d'aboiements désormais étouffés.

— Elle a eu le temps de téléphoner à son mari, non ? chuchota Jess tandis qu'ils franchissaient la grille et marchaient vers la maison.

— Oui, tout à fait, répondit le commissaire sur le même ton. Je me demande combien de temps nous serons seuls avec elle, avant que Billy arrive en catastrophe...

D'une main soignée aux ongles rouge vif, Terri leur faisait signe d'approcher. Elle avait manifestement décidé de se montrer aimable. Sans doute avait-elle reçu des instructions dans ce sens.

— Nous allons nous installer dans le jardin d'hiver, indiqua-t-elle. Il est très agréable, les jours comme aujourd'hui, quand il fait un peu frais, mais qu'il y a du soleil. Nous y passons beaucoup de temps, Billy et moi. Nous aimons le soleil. Nous avons un petit quelque chose à Marbella et nous avons prévu d'aller y passer deux ou trois semaines très bientôt. Parce que les soirées commencent à être froides, ici ! C'est là-bas que nous prendrons notre retraite un jour. J'ai hâte !

Elle les précéda, un peu chancelante sur des talons aiguilles bien peu adaptés à la vie campagnarde, et Jess en profita pour regarder autour d'elle, subjuguée. La maison était fascinante. Comme beaucoup de bâtiments anciens rénovés, la vieille école était pleine de bizarreries. Les portes étaient plus larges que la normale, les rebords des fenêtres très hauts, et les croisées montaient jusqu'au plafond. L'épaisseur des murs intérieurs n'avait pas son pareil dans les constructions modernes et l'isolation sonore devait être irréprochable. Il lui sembla presque sentir des odeurs de craie et de chaussures de gymnastique. Pour ce qui était des couleurs, le goût de Terri pour le blanc et les tons pastel s'étendait aux murs, à la décoration et à l'ameublement. Il y avait des canapés de cuir blanc, des tapis grèges et des rideaux en damassé ivoire descendant jusqu'au sol.

Le jardin d'hiver, qu'ils finirent par atteindre, était une vaste véranda qui prolongeait le bâtiment sur presque toute sa largeur. Le carrelage était blanc moucheté de gris clair, les fauteuils en bambou étaient agrémentés d'épais coussins crème ornés de motifs rose pâle ou turquoise. Il y avait aussi une méridienne en rotin blanc. Quelques rares plantes en pot étaient disséminées çà et là pour la forme et, curieusement, l'ensemble rendait un effet assez stérile.

— Du café ? proposa Terri d'un ton jovial, avant d'ajouter sans leur laisser le temps de répondre : Mettez-vous à l'aise, d'accord ? J'en ai pour une toute petite minute…

Elle disparut de nouveau et Jess et Carter entendirent claquer ses talons sur le carrelage. Ils prirent place sur les coussins rembourrés des sièges et se regardèrent.

— Elle cherche à gagner du temps, murmura Jess.

— Je pense que Billy n'est pas très loin. Je vous parie qu'il sera là dans...

Le commissaire consulta sa montre.

— ... moins de quinze minutes, acheva-t-il.

Au loin, les jack russell continuaient de protester bruyamment, furieux d'avoir été enfermés.

— Ça va, les enfants, ça ne sera pas long ! leur cria la voix de Terri.

Jess et Carter commençaient à s'impatienter lorsque, cinq minutes plus tard, la maîtresse de maison revint, chargée d'un plateau qu'elle posa sur la table basse en verre.

— Et voilà ! annonça-t-elle.

Au même instant, une voiture s'arrêtait à l'extérieur. Ils n'auraient même pas ces quinze minutes seuls avec Terri. Carter ravala sa frustration.

— Oh, mais c'est magnifique ! s'exclama Terri sans même prendre la peine de regarder par la fenêtre. C'est Billy qui arrive, juste à temps pour le café ! Nous sommes dans la véranda, mon chéri !

La dernière phrase avait été prononcée à pleine voix, faisant sursauter les deux visiteurs et reprendre les aboiements. Terri servit le café et tendit à chacun une tasse avec un sourire serein. Ainsi les deux policiers se trouvaient-ils à leur désavantage, une tasse remplie de liquide brûlant entre les mains, lorsque Billy Hemmings fit son apparition.

Jess découvrit un homme au fort embonpoint et au visage rougeaud, nettement plus âgé que son épouse comme l'attestaient son crâne chauve et la bande de cheveux grisonnants qui entouraient la zone centrale hâlée et brillante. Sa mâchoire avait perdu sa netteté et des bajoues s'étaient formées. Un ventre protubérant dépassait de son jean trop serré à la taille et ses manches de chemise roulées découvraient une toison de poils blonds sur des avant-bras puissants, ainsi qu'une montre de prix. Ses mains étaient couvertes de taches de vieillesse. Il semblait ennuyé.

— Eh bien, qu'est-ce qui se passe ici ? commença-t-il en se campant devant ses visiteurs. Je ne peux tout de même pas avoir des flics chez moi toutes les cinq minutes ! Que vont penser les voisins ?

Jess, qui connaissait par Carter l'opinion de Monica Farrell, réprima un sourire.

— Vous voulez un biscuit ? proposa Terri en leur tendant une assiette.

— Je vous présente l'inspecteur Campbell, fit Carter sans répondre. Je suis moi-même le commissaire Carter. Vous vous souvenez que nous nous sommes vus avant-hier soir, bien sûr. Nous ne voulons pas vous accaparer longtemps, Mme Hemmings s'est montrée très hospitalière…

Terri sourit de toutes ses dents au-dessus de sa tasse de café.

— Bon, poursuivit le commissaire. Parlons peu, parlons bien ! Avant-hier, quand je me suis arrêté devant chez vous pour admirer votre maison…

— Elle est magnifique, n'est-ce pas ? coupa Terri, s'attirant un coup d'œil courroucé de son mari.

— … vous attendiez un invité qui devait arriver au volant d'une Lexus. C'est bien ça ?

Terri ouvrit la bouche pour parler, intercepta un autre regard noir de son époux et se ravisa. Elle saisit un biscuit et le croqua. À l'évidence, elle ne prendrait plus part à la conversation.

— Et alors ? demanda Billy Hemmings. En quoi ça vous concerne ?

— Nous nous demandions si, en fin de compte, votre invité était arrivé.

— C'est le travail de la police, ça ? De s'inquiéter pour des invités qui manquent à notre table ?

— Non, mais de se soucier d'une Lexus qui a disparu, si. Votre invité a-t-il fini par arriver, oui ou non ?

Hemmings dévisagea Carter, se tourna un bref instant vers Jess et revint au commissaire.

— Eh bien, il se trouve que non, il n'est pas venu. Mais j'aimerais bien savoir pourquoi ça vous intéresse à ce point. Je ne répondrai plus à vos questions tant que vous ne me l'aurez pas expliqué. Et ma femme non plus.

Terri, la bouche pleine de biscuit au chocolat, ne put que hocher la tête.

Carter acquiesça.

— C'est légitime, estima-t-il. Alors sachez qu'une Lexus a été brûlée dans une carrière abandonnée, à une dizaine de kilomètres d'ici, près du lieu-dit Shooter's Hill. D'après les déclarations d'un témoin, nous pensons qu'elle a été précipitée au fond de la carrière et incendiée le soir où vous aviez organisé votre dîner, mais plus tard, après minuit. Nous recherchons son propriétaire.

— La voiture de Jay ? s'écria Terri d'une voix stridente. Oh ! ne nous dites pas qu'il a eu un accident ! Alors c'est pour ça qu'il n'est pas venu au dîner ? Oh ! Billy, c'est affreux !

Son mari se tourna vers elle.

— Si tu emmenais les chiens se promener un peu du côté de l'église, ma chérie ? Cela nous dérange de les entendre aboyer sans arrêt comme ça…

— Ah… Bon, d'accord.

Docile, elle se leva et quitta la pièce. Peu après, on entendit les jack russell s'exciter alors qu'elle les sortait de leur prison, puis la porte d'entrée claqua.

— Alors, reprit Hemmings en se laissant lourdement tomber dans le fauteuil libéré par sa femme. Qu'est-ce que c'est que cette histoire ? L'épave, c'est la voiture de Jay Taylor, oui ou non ?

— Nous l'ignorons, les plaques d'immatriculation ont disparu. Mais il y a là une coïncidence, puisque votre ami ne s'est pas présenté chez vous ce soir-là. A-t-il téléphoné ? Envoyé un message ou un mail ? Avez-vous reçu une explication quelconque à son absence ?

Hemmings secoua la tête.

— Non, et c'est bizarre, je le reconnais. J'ai essayé de le contacter, mais ça n'a rien donné. Il ne répondait ni chez lui ni sur son portable.

Il tira sur le lobe de son oreille sans cesser d'observer ses interlocuteurs d'un œil critique.

— Mais il a pu être appelé à Londres pour son travail, ou décider de prendre quelques jours de congé, comme n'importe qui…

Jess sortit son bloc-notes.

— Le monsieur s'appelle Jay Taylor, c'est bien ça ?

— Ouais…

Hemmings fronça les sourcils.

— En fait, je crois que son vrai prénom est Gerald, mais tout le monde l'appelle Jay.

— Vous avez son adresse ? Ses numéros de téléphone ? Vous avez essayé de le contacter.

— Je dois avoir sa carte quelque part…

Il se leva et gagna l'intérieur de la maison d'un pas lourd. Quelques instants plus tard, il était de retour.

— Tenez, dit-il en tendant une carte de visite à Jess. Vous avez tout là-dessus.

Jess la saisit et la remit à Carter. Hemmings se rassit et se pencha en avant, les coudes sur les genoux.

— Je suis sûr que ce n'est pas juste une histoire de voiture volée, déclara-t-il. Deux flics gradés comme vous ne se déplaceraient pas pour si peu. C'est la police locale qui gère ces choses-là, qui s'occupe de la petite délinquance. Si vous croyez que cette voiture est celle de Jay – et j'ai l'impression que c'est ça qui vous amène –, c'est que vous le recherchez, lui. Sinon vous ne vous seriez pas dérangés jusqu'ici. Vous avez autre chose en tête. Qu'est-ce qui se passe ?

Jess se tourna vers Carter, qui se chargea de répondre :

— Vous avez raison, nous avons autre chose en tête. Nous avons découvert le corps d'un homme que nous n'avons pas encore réussi à identifier. C'est la raison pour laquelle nous vous demandions si vous aviez eu des nouvelles de votre invité. Étant donné que vous n'avez pas pu le joindre depuis, cela renforce l'intérêt que nous lui portons.

Hemmings émit un long sifflement. Puis il se pencha davantage et le fauteuil en bambou gémit sous son poids.

— Alors c'est ça…

— Connaissez-vous M. Taylor depuis longtemps ? interrogea Jess.

— Oh ! quelques années…

Hemmings avait répondu à la question sans cesser de fixer Carter, qui examinait la carte de visite.

— Le domaine d'activité de M. Taylor n'est pas mentionné, fit remarquer le commissaire.

Hemmings sourit.

— Eh bien, il écrit des livres… Il travaille pour les stars du foot et pour des gens qu'on voit à la télé.

Ces mots furent suivis d'un silence perplexe, puis Jess comprit.

— Voulez-vous dire que M. Taylor est ce qu'on appelle un prête-plume ?

Hemmings hocha la tête avec enthousiasme.

— C'est ça ! Quand quelqu'un de célèbre sort un livre sur sa vie, ce n'est pas forcément cette personne qui l'a écrit. C'est un professionnel qui l'a fait à sa place. Ça se comprend : moi, par exemple, j'ai plein de bonnes idées, mais je sais que je ne pourrais jamais écrire un livre ! C'est là que Jay entre en scène. Il peut vous écrire tout ce que vous voulez, vous avez juste à lui expliquer. Il se charge de faire des recherches et il rédige. Il m'a raconté qu'il avait commencé comme journaliste et qu'ensuite il s'était rendu compte qu'il y avait plein de travail pour les nègres… Enfin, c'est comme ça qu'il appelle ce qu'il fait : nègre… littéraire.

— Monsieur Hemmings, dit Carter, je me demande s'il serait possible de solliciter votre aide. Nous sommes très ennuyés de ne pas connaître l'identité de ce corps…

— Ah ! si vous voulez, j'ai une photo de lui, l'interrompit Hemmings. Attendez-moi un instant, je vais vous la trouver ! Terri fait des albums… Je ne comprends pas trop pourquoi elle perd son temps à coller toutes ces photos, mais elle aime ça. Je vais le chercher…

— Il devient très coopératif, tout à coup, souffla Jess à Carter quand leur hôte se fut de nouveau éclipsé.

— Il a envie de savoir ce qui se passe. Il ne nous a pas demandé où nous avions trouvé le corps de Jay Taylor… à supposer que ce soit bien notre homme. Ne serait-il pas logique de poser la question ? Il y a quelque chose de bizarre là-dessous…

Déjà, Hemmings revenait avec un gros album en cuir blanc. Il le posa sur la table basse et, après l'avoir feuilleté, il le leur tendit en désignant une photographie en couleur.

— Tenez, c'était à l'hippodrome de Cheltenham l'an dernier. Jay est avec Terri. S'il a l'air content de lui, c'est parce qu'il vient de gagner. Ce soir-là, il nous a invités à dîner dans un bon restaurant pour fêter ça !

Ainsi, Monty avait vu juste, songea Jess : *le mort fréquentait bel et bien les champs de courses.*

— Jess ?

Carter tourna l'album pour qu'elle regarde à son tour. Sur la photographie, Terri arborait un ravissant chapeau à large bord. Elle souriait et levait une coupe de champagne en direction du photographe. L'homme qui se tenait à son côté semblait si plein de vie qu'il était difficile de le relier au corps allongé sur le canapé de Monty. *La mort prive l'individu de toute sa personnalité*, constata-t-elle. *Les traits perdent leur expressivité et l'on ne voit plus qu'un nez, une bouche*... La personne qui évoluait dans ce corps avait quitté son enveloppe et s'en était allée ailleurs. Néanmoins, la victime avait pu être cet homme aux cheveux ondulés qui avait apparemment bu deux ou trois verres et qui rayonnait. Quelqu'un qui, dans sa jeunesse, avait dû être très séduisant et qui restait bel homme.

— Il lui ressemble, en effet, déclara-t-elle, hésitante. Mais pas assez pour que j'en mette ma main à couper. Pourrais-je garder la photo quelques jours ? Je vous la rendrai.

— Pas de problème, acquiesça Hemmings.

Il s'adossa à son fauteuil et posa les mains sur son large ventre.

— Jay Taylor, hein ? Qui aurait imaginé ça ?

— Nous ne sommes sûrs de rien, insista Jess. La comparaison avec cette photo ne suffit pas.

— Il est dans quel état, votre corps ? s'enquit Hemmings. Il est carbonisé ? Il était dans la voiture ?

— Non. Pas du tout. Il est en bon état.

Hemmings poussa un soupir.

— Bon, eh bien, je veux bien venir le regarder, moi, ce pauvre garçon !

Carter s'empressa de dissimuler sa surprise.

— Ce serait vraiment bien, monsieur Hemmings.

Carter avait de quoi être étonné, pensa Jess. Rares étaient les témoins qui se portaient volontaires pour identifier un corps. Pour une raison ou une autre, Hemmings avait peur. S'il s'intéressait tant à cette histoire, ce n'était pas parce qu'un bon copain à lui était peut-être mort. Non. Il voulait en avoir le cœur net, voir le cadavre de ses yeux.

— Si vous êtes décidé, nous pouvons peut-être y aller maintenant ? suggéra-t-elle.

Il hocha la tête.

— Je fais ça pour vous rendre service, d'accord ? précisa-t-il. Vous n'allez pas m'interpeller, attention !

— Nous n'avons aucune raison de le faire, le rassura Carter.

— Je considère que je fais mon devoir, insista Hemmings, parce que je suis un bon citoyen.

Jess retira soigneusement la photographie de l'album en évitant le regard de Carter.

Moins d'une heure plus tard, ils se tenaient tous trois à la sortie de la morgue, inspirant avec soulagement l'air frais du dehors, coupés des odeurs de détergents qui ne masquaient jamais tout à faire celle de la mort. Hemmings avait allumé une cigarette sur laquelle il tirait avidement. Il était pâle sous son bronzage et semblait avoir vieilli de dix ans.

Ils n'avaient pas perdu leur temps, finalement. La Lexus avait été l'indice clé qu'espérait Carter. Grâce à Billy Hemmings, ils savaient maintenant que le mort s'appelait Gerald Taylor, dit Jay, et qu'il était prête-plume dans l'édition avant qu'un macabre coup du sort le projette vers l'au-delà.

Hemmings avait identifié le corps d'emblée et sans une hésitation. Puis, tout à coup, sa confiance s'était évaporée et il s'était précipité vers la sortie.

— Ça n'a pas été très agréable pour vous, lui dit Jess, bienveillante, en le regardant fumer sa cigarette. Mais nous vous sommes très reconnaissants de ce que vous avez fait. Merci !

Son interlocuteur souffla la fumée dans sa direction et l'examina comme s'il la voyait pour la première fois.

— Pas de problème, dit-il.

— Pourriez-vous nous en dire un peu plus sur M. Taylor ? Savez-vous s'il avait une compagne ? Il doit bien y avoir des proches que nous pouvons contacter.

Hemmings se redressa. C'était une question qui lui plaisait.

— Une compagne ? Il en avait des dizaines ! Mais ne me demandez pas leur nom ! Elles allaient et venaient. Sa philosophie de l'amour, c'était « Aime-la et quitte-la ! ». Oui, il avait toujours une belle fille à son bras.

Hemmings dessina dans l'air un grand cercle avec la main qui tenait la cigarette.

— Pas des prostituées, attention ! Pas des call-girls, non. Il fréquentait beaucoup le milieu des courses et on y rencontre toutes sortes de gens, de tous les milieux…

Il esquissa un nouveau geste avec sa cigarette, cette fois en direction de Carter.

— « Avant de parier sur un cheval, je regarde son indice de forme. Pour choisir une femme, c'est l'indice de ses formes qui m'intéresse ! » C'est ce qu'il avait l'habitude de dire en rigolant.

Charmant garçon… songea Jess.

— Le jour où la photographie a été prise, au champ de courses, Taylor était-il accompagné ?

— Non, il était seul. Je crois que Terri lui a demandé où il en était avec ses petites amies et il a plaisanté en disant qu'il venait de rompre avec la dernière et que, du coup, il était de nouveau en chasse. Eh oui, il était comme ça, Jay…

Il s'interrompit et demeura quelques instants plongé dans ses pensées.

— Pauvre garçon ! Dire que maintenant, il est là, froid comme une morue sur un étal de poissonnier ! Ça fait réfléchir, hein ?

Ça te *fait réfléchir*, rectifia Jess en son for intérieur.

— Les femmes, alors ? le pressa-t-elle sans aménité.

Carter la mit en garde d'un regard acéré.

— Quoi ? Ah, oui… On le titillait tous avec ça. Moi, je lui disais qu'un de ces jours il finirait par rencontrer la bonne. Demandez à Terri, elle s'en souviendra. Et je lui disais aussi que, quand il passerait devant le maire, il aurait sa photo dans les magazines people.

Hemmings secoua tristement la tête.

— Et il me répondait : « Non, mon petit Billy, moi, ils ne m'auront pas, personne n'arrivera à me figer sur du papier. » Eh bien voilà, il est figé, maintenant, et pas sur du papier… Le pauvre, il ne verra plus jamais de gagnant franchir la ligne d'arrivée…

— Est-ce qu'il pariait gros quand il allait aux courses ? interrogea Carter.

Hemmings haussa les épaules.

— Il adorait le frisson du jeu, comme beaucoup de monde. Bon, il n'est plus là, je peux vous le dire : quand un cheval lui plaisait, il pouvait mettre un paquet d'argent dessus. Parfois il gagnait, parfois il perdait. Mais l'avantage, c'est qu'il n'avait ni femme ni enfants. Alors, quand il remportait le jackpot, il pouvait en faire ce qu'il voulait.

Une note d'amertume altéra sa voix.

— Il n'avait pas quelqu'un qui le harcelait jusqu'à ce qu'il accepte d'ajouter un fichu jardin d'hiver à sa maison…

Carter et Jess marmonnèrent tous deux des paroles compréhensives, et Hemmings aborda enfin les questions qu'il avait pris soin d'éviter jusque-là.

— Comment est-il mort ? C'est un accident de voiture ? Où l'avez-vous trouvé ? Près de Weston-Saint-Ambrose ? Il était en route pour venir chez nous ?

— Nous attendons les résultats de l'autopsie, répondit Jess. Nous ignorons son emploi du temps le jour de son décès. Mais le corps a été trouvé assez loin de sa voiture, dans une maison que les gens appellent la Balaclava House.

Carter et elle attendirent.

Le silence se prolongea. Hemmings jeta sa cigarette par terre et posa le pied sur le mégot rougeoyant.

— Jamais entendu parler, déclara-t-il.

— Il ment, affirma Jess quand Hemmings fut reparti. Il n'a pas demandé où était la Balaclava House ni quel genre de maison c'était. Il connaissait ce nom, j'en suis sûre.

— C'est un coriace, notre bonhomme, confirma Carter, pensif. Mais toute cette histoire l'a secoué. Il y a certainement des choses qu'il pourrait nous dire, mais qu'il garde pour lui.

— J'essaierai de coincer sa femme quand elle sera seule, suggéra Jess.

— Elle ne parlera jamais sans sa permission et là, à peine rentré chez lui, il va lui ordonner de rester muette comme une carpe. De toute façon, je doute qu'elle soit au courant de ses affaires. Je me demande où Taylor et lui se rencontraient. Sur les champs de courses, sans doute, mais aussi ailleurs. Bon, nous avons maintenant l'adresse de notre mort, elle figure sur sa carte de visite. Nous allons pouvoir y faire un petit tour…

Ils perçurent un mouvement derrière eux et se retournèrent. Tom Palmer sortait de la morgue.

— J'attendais que votre gars soit parti, dit-il en les rejoignant. Ça m'a l'air d'être un sacré filou, celui-là, non ? Bon, j'ai eu les résultats du labo et c'est bien ce que je soupçonnais : la victime a été tuée par une dose massive de somnifères associée à de l'alcool. De quoi abattre un cheval. Et en plus, il avait le cœur fragile.

Il fit la grimace.

— Si vous me demandez mon avis, quelqu'un a sacrément assaisonné son dernier repas !

10

Cette fois, lorsque Morton s'arrêta devant la grille à cinq barreaux qui marquait la frontière entre les Colley et le reste du monde, personne n'apparut. Quand il descendit de sa voiture et attendit, non seulement il n'y eut pas de grand-mère Colley pour lui assurer que les chiens étaient enfermés, mais aucun aboiement ne se fit entendre. Il ouvrit la grille, se remit au volant, avança à l'intérieur de la propriété et alla refermer la grille, sans cesser de tendre l'oreille, d'abord anxieux, puis étonné. Que faisaient les fidèles molosses ? Il roula au ralenti le long du chemin qui menait à l'étrange méli-mélo de bâtiments disparates, scrutant l'enclos des chiens lorsqu'il passa devant. Il était vide. On avait libéré ses occupants et ce n'était pas une pensée rassurante. Toutefois, les bêtes n'étaient pas non plus dans la cour, dont le silence sinistre évoquait celui du *Mary Celeste*.

Morton donna deux légers coups de klaxon et Tracy Colley apparut bientôt à la porte du cottage. Après l'avoir considéré d'un œil mauvais, elle vint lentement à sa rencontre. Comme l'avant-veille, elle portait un caleçon moulant peu flatteur et un ample sarrau. Elle avait fait quelque chose à ses cheveux, qui étaient maintenant striés de mèches rouges. Trouvait-elle cela attrayant ? se demanda Morton. Il songea qu'elle serait la candidate idéale pour ces émissions de télévision où l'on relookait les gens. Elle présenterait un vrai défi pour les organisateurs.

— Qu'est-ce que vous voulez encore ? aboya-t-elle.

— Voir votre frère. Il est là ?

— Pourquoi ?

— Juste pour bavarder. Il est là ? répéta-t-il.

— Derrière, avec ses chevaux, grogna Tracy en indiquant du pouce un point dans son dos.

— Merci, fit le sergent. Et où sont les chiens ?

Un sourire malveillant anima les traits pâteux de son interlocutrice.

— Vous en faites pas, mon père les a emmenés courir à Shooter's Hill. De toute façon, ils ne vous auraient pas mangé, faut pas avoir peur d'eux. Ils aboient, c'est tout. C'est leur boulot, pas vrai ? de nous avertir quand on a de la visite.

Morton douta que les Colley en aient souvent. Qui pouvait souhaiter venir voir ces gens, à moins d'y être contraint par le travail ? Sous le regard haineux de Tracy, il descendit de sa voiture, se mit en marche et aperçut bientôt Gary, qui donnait du fourrage à ses deux chevaux dans le pré.

Le jeune homme se retourna quand Morton l'appela. Il le reconnut et gagna aussitôt la barrière. Les bêtes le suivirent et se placèrent de chaque côté de lui. Morton se retrouva face au trio qui le dévisageait d'un œil inquisiteur.

— Avez-vous un peu de temps pour discuter, Gary ? demanda-t-il aimablement.

L'un des chevaux s'ébroua dans sa direction.

— Qu'est-ce qui se passe ?

Il ne semblait pas disposé à quitter son pré, la conversation aurait donc lieu ici, de part et d'autre de la barrière, avec Gary dans son élément, entouré de ses supporters équins, et Morton en outsider, dans tous les sens du terme.

— J'ai établi une chronologie des événements pour le jour où M. Bickerstaffe a découvert un homme mort chez lui, à la Balaclava House.

Gary garda le silence, scrutant le sergent de ses yeux sombres.

— Et ça ne fonctionne pas vraiment, conclut Morton.

Il se tut, guettant un commentaire.

— Comment ça, qu'est-ce qui ne fonctionne pas ? marmonna Gary.

Morton sortit son carnet et le feuilleta pour s'arrêter à la bonne page. Il n'avait aucun besoin de le consulter, mais il remarqua que cela rendait son interlocuteur nerveux. Très bien, c'était le but.

— Voyons voir… commença-t-il. Après la découverte du corps, la police locale est arrivée la première sur les lieux. Deux agents en uniforme. Puis il y a eu un médecin. Ensuite, un peu plus tard, l'inspecteur Campbell et moi-même.

— La rouquine.

Ignorant l'interruption, Morton prit soin d'accentuer le grade de Jess lorsqu'il continua :

— Au moment où *l'inspecteur* Campbell est sortie de la maison avec M. Bickerstaffe, vous étiez en train de parler à un agent en uniforme. Vous lui demandiez ce qui se passait, et vous regrettiez qu'il ne veuille rien vous révéler. Est-ce exact ?

Gary fronça les sourcils.

— Ouais, je crois… J'ai cru que vous étiez en train d'arrêter le pauvre vieux.

Toujours ostensiblement plongé dans la lecture de ses notes, Morton poursuivit :

— Vous avez ensuite quitté les lieux, en disant que vous alliez en ville.

— Oui, c'est ça.

Les chevaux durent percevoir le malaise de leur propriétaire, car ils remuèrent la tête et s'éloignèrent un peu, prêts à fuir un éventuel danger.

— Donc…

Morton se délectait de la situation. Ce Gary lui était très antipathique et cela faisait plaisir de le voir sur les charbons ardents.

— À ce moment-là, vous ignoriez qu'il y avait un mort dans la maison.

— Ben ouais… confirma Gary.

— Un peu moins d'une heure plus tard, M. Bickerstaffe était emmené en voiture par une parente à lui. Ils ont rejoint la route principale et sont passés devant la station-service qui appartient à M. Sebastian Pascal…

— Le vieux Seb…

Il y avait du ressentiment dans ces mots. Sans doute Gary avait-il compris qu'il devait au propriétaire du garage la situation délicate dans laquelle il se trouvait en cet instant.

— M. Pascal a reconnu les occupants de la voiture et il vous a téléphoné sur votre portable pour vous demander si vous étiez au courant de ce qui se passait. Vous lui avez dit qu'on avait trouvé un corps à la Balaclava House. C'est là que j'ai un problème…

Morton referma son calepin.

— Vous comprenez, Gary : comment pouviez-vous le savoir ? Le corps était encore dans le manoir et personne ne vous en avait parlé. D'après votre père, ce n'est que bien plus tard que vous l'avez su, quand votre grand-mère est allée se promener dans le Toby's Gutter Lane et qu'elle a vu une ambulance privée aux vitres teintées quitter la Balaclava House. Toujours d'après votre père, c'est elle qui vous a appris que quelqu'un était mort. Seulement, vous, vous l'avez su bien plus tôt ! Vous voyez mon problème ?

Gary ne rencontra pas son regard. Il se mordit la lèvre deux ou trois secondes, puis explosa.

— Bon, ça va, d'accord... Je vais vous raconter ce qui s'est passé.

Morton rouvrit son carnet.

— Vous allez faire une déposition ?

— Euh... oui, si vous voulez... Quand je vous ai vus faire monter le vieux Monty dans la voiture de police, je ne suis pas allé en ville, contrairement à ce que je vous avais dit. C'est ce que j'avais prévu au départ, d'accord ? Je n'ai pas menti à votre inspectrice. Seulement, j'ai changé d'avis. On a le droit de changer d'avis, non ?

Il guetta l'assentiment du sergent, mais ce dernier ne dit rien et il dut poursuivre.

— Je suis parti en direction de la nationale, et puis j'ai pensé qu'il fallait quand même que je sache ce qui se passait. Le vieux Monty, c'est un voisin, précisa-t-il vertueusement, je fais attention à lui. Après tout, vous ne m'aviez pas dit ce que vous lui vouliez. C'était à moi de le trouver tout seul, pas vrai ? Je suis revenu par les champs et je suis passé derrière, dans les jardins. Ceux de la Balaclava House. Enfin... Vu leur état, je ne sais pas si on peut appeler ça des jardins ! Bref... J'ai sauté le mur d'enceinte et j'ai rejoint la maison en me faufilant à travers les buissons. Avec toute cette végétation, ça n'est pas difficile de se cacher. À un moment, j'ai entendu deux flics. Ils étaient dehors. L'un des deux a dit qu'il fallait chercher des traces, parce que quelqu'un avait dû porter ou traîner le corps jusqu'à la maison. L'autre a dit qu'un mort, ça n'était pas léger. Du coup, j'ai compris qu'ils avaient un cadavre sur les bras. Comme je n'avais pas envie qu'ils me voient, je me suis dépêché de repartir pour aller raconter à mon père et aux autres ce que j'avais entendu. C'est à ce moment-là que Seb m'a appelé. Heureusement que mon portable n'a pas sonné cinq minutes plus tôt, quand j'étais encore dans le jardin, parce que je me serais fait choper !

« Bien plus tard, ma grand-mère est allée jeter un coup d'œil, exactement comme on vous l'a dit, et elle a vu partir une ambulance. Comme elle a vu des vitres teintées, elle a déduit que c'était un corbillard. Ce que je vous raconte là, c'est la vérité, mais vous comprenez bien que je ne pouvais pas vous dire que j'étais allé espionner la police…

Il avait achevé son plaidoyer sur un ton implorant. Jess Campbell serait contente d'apprendre qu'elle avait vu juste : Gary ne s'était pas rendu en ville, il était revenu sur ses pas en se dissimulant. Restait à savoir s'il ne mentait pas cette fois aussi.

— Vous ne me donnerez pas une troisième version des faits si je reviens vous voir, hein ? s'enquit Morton.

— Non, c'est ce qui s'est passé. Je vous le jure.

— Vous êtes prêt à signer votre déposition ?

— Si vous voulez.

Gary regardait le carnet comme s'il s'attendait à le voir exploser.

— Vous êtes conscient qu'en vous cachant dans ce jardin vous avez peut-être contaminé la scène d'une mort suspecte ?

— Mais comment je pouvais savoir, moi, qu'il y avait eu un mort ? Vous ne m'en avez pas parlé !

Il marquait un point. Morton l'ignora et reprit :

— En plus, en nous mentant dès le départ, vous m'avez obligé à faire un deuxième trajet pour revenir vous interroger. Croyez-vous que je n'aie rien de mieux à faire ? Vous avez gaspillé le temps de la police, monsieur Colley, et c'est un délit.

— Quoi ?

Gary avait crié si fort que les deux chevaux se retournèrent et détalèrent à l'autre extrémité du pré.

— Vous n'allez quand même pas m'inculper pour ça ?

— J'en rendrai compte à l'inspecteur Campbell et c'est elle qui décidera.

Il prit congé d'un Gary Colley malheureux comme les pierres. Quelques minutes plus tard, alors qu'il s'apprêtait à sortir de la ferme pour s'engager dans le Toby's Gutter Lane, il dut laisser passer un véhicule et n'eut aucune peine à reconnaître Rosie Sneddon au volant. Il la suivit jusqu'à la route et, surpris, la vit s'arrêter à la station-service. N'avait-elle pas fait le plein le jour de la découverte du corps ? C'était précisément à cette occasion que Seb Pascal lui avait appris ce qui s'était passé. Alors pourquoi y retournait-elle ? Elle n'avait pas besoin d'essence, à moins qu'elle n'ait beaucoup roulé en deux jours.

Il pouvait y avoir une explication innocente. Peut-être voulait-elle acheter quelque chose au magasin. Après tout, il n'y en avait pas de plus proche de chez elle. Elle ressortirait avec des biscuits ou le journal. Phil Morton, qui avait bien d'autres choses en tête, ne s'appesantit pas sur la question et dépassa la station-service sans s'arrêter.

Rosie avait vu qu'une voiture la suivait, mais elle aussi avait d'autres choses en tête. Elle s'arrêta devant la pompe et éteignit le moteur. Alors qu'elle descendait, l'apprenti au crâne rasé qui travaillait pour Seb s'approcha en s'essuyant les mains sur un chiffon, avec un sourire qui n'avait rien de plaisant.

— Besoin d'aide ?

Elle n'avait jamais remarqué qu'il avait une incisive cassée, mais il fallait dire qu'elle ne faisait pas vraiment attention à lui d'habitude. Elle se demanda s'il avait eu un accident dans son enfance ou si c'était arrivé peu de temps auparavant, dans une bagarre d'adolescents.

— Je me débrouille, merci.

Elle ouvrit le réservoir à essence et décrocha le pistolet. Le jeune, qui n'avait pas bougé, l'observait en souriant toujours d'une façon déconcertante.

— Vous avez un problème ? lança-t-elle d'un ton sec.

— On a eu la police ici, déclara-t-il. Ils sont venus poser des questions, à cause de cette histoire à la Balaclava House. Vous êtes au courant ?

— Évidemment que je suis au courant ! Un policier est aussi venu à la ferme interroger mon mari.

Rosie tâcha de se concentrer sur l'écran de la pompe. Son réservoir était plein, elle ne pouvait guère ajouter de l'essence. Elle aurait mieux fait d'entrer dans le magasin et d'acheter n'importe quoi. Cela lui aurait permis d'éviter cette rencontre. Elle n'arrivait pas à réfléchir. Il fallait se ressaisir avant de faire quelque chose de stupide.

— Seb, lui, il n'avait rien à leur raconter. Ah ! au fait, il n'est pas là…

Elle s'en doutait. Si son patron avait été présent, ce voyou ne se serait pas avisé de venir l'importuner. Elle se rappela soudain son nom.

— Je n'ai pas besoin de voir M. Pascal, Alfie. Mais vous, vous n'avez pas du travail ?

Le garçon ignora l'allusion pourtant appuyée.

— Et votre mari, il avait des choses à dire aux flics, alors ? interrogea-t-il.

Exaspérée, elle se tourna pour lui faire face.

— Non. Nous ne savons absolument rien sur la Balaclava House.

— Mais vous connaissez le vieux, quand même !

— Oui, bien sûr que nous connaissons *M.* Monty ! Mais pour ce qui est du mort, nous ne sommes au courant de rien. Comment voulez-vous que nous sachions quoi que ce soit ?

— Mais vous, vous n'avez pas repéré quelqu'un qui traînait autour ?

— Mais non, voyons ! Comment est-ce que je…

Elle s'aperçut qu'elle avait élevé la voix et elle s'arrêta net. Que lui voulait-il, à la fin ? Peut-être parviendrait-elle à s'en débarrasser en lui fournissant une information, n'importe laquelle.

— Pete a parlé au policier de la voiture brûlée dans la carrière, c'est tout.

Elle regretta aussitôt ses paroles. Elle aurait dû lui demander simplement de s'éloigner, lui dire qu'il l'agaçait. Au lieu de cela, elle avait récompensé son insistance. Nom d'un chien, pourquoi Seb n'était-il pas là ?

L'expression d'Alfie s'était durcie.

— La voiture brûlée ? Quelle voiture brûlée ?

— Eh bien, des gens ont mis le feu à une voiture. Volée, sûrement. Ce n'est pas la première fois qu'on se débarrasse de voitures volées à côté de chez nous, sur nos terres. Pete en a plus qu'assez, d'ailleurs…

Elle replaça le pistolet sur son socle. Alfie lui décocha un lent sourire.

— Vous avez pris de l'essence avant-hier. Le jour où ils ont trouvé le mort. Vous n'aviez pas besoin de revenir aujourd'hui, hein ? Franchement pas !

Là, il dépassait les bornes et Rosie avait désormais compris à qui elle avait affaire.

— Excusez-moi, il faut que j'aille payer…

Elle gagna le magasin à grands pas et se dirigea droit vers le comptoir. Maureen lui adressa un sourire compatissant.

— Alfie vous a embêtée ? Ne vous en faites pas, je vais lui remonter les bretelles ! Il ne recommencera pas.

Furieuse, Rosie faillit lui demander de quoi elle se mêlait, mais elle se maîtrisa.

— Il s'intéresse au meurtre, répondit-elle. C'est normal, à son âge…

— Alfie s'intéresse à tout ce qui n'est pas le travail, répliqua sentencieusement la caissière en lui rendant sa carte de crédit et son ticket. Je suis sa tante, précisa-t-elle.

— Ah, vraiment ? fit Rosie en feignant de s'intéresser.

Maureen poussa un soupir.

— Je sais… C'est juste pour me faire plaisir que Seb lui a donné ce travail. J'ai cru que ça permettrait à mon neveu de devenir sérieux et d'apprendre un métier pour pouvoir gagner sa vie.

On peut toujours rêver ! répliqua Rosie en son for intérieur, avant de remercier poliment et de sortir du magasin. Alfie, Dieu soit loué, avait disparu. Elle rentra chez elle, encore contrariée.

Jay Taylor avait vécu à Cheltenham, au dernier étage d'un superbe immeuble du XIXe siècle. L'appartement avait été créé sous les combles, en réunissant d'anciens greniers, ce qui donnait des pièces aux formes saugrenues, surmontées de plafonds en pente raide sous les toits à pignon. Avec les fenêtres qui se réduisaient à de simples lucarnes, la lumière était chiche. La salle à manger, qui comprenait une cuisine à l'américaine, avait des dimensions raisonnables, mais les chambres, elles, étaient minuscules. C'est ce que découvrirent Carter et Jess après avoir monté à pied plusieurs volées de marches.

— Dans le temps, les écrivains sans le sou vivaient dans des mansardes, haleta Carter. Là, ça reste une mansarde, mais ça n'a plus grand-chose à voir…

Ils s'étaient demandé comment ils feraient pour accéder au domicile de Jay, s'il leur faudrait forcer la porte. Contre toute attente, Terri Hemmings les avait aidés à résoudre ce problème.

Une heure après qu'ils eurent quitté Billy Hemmings, ce dernier les avait rappelés. Il avait annoncé la nouvelle à sa femme, leur avait-il expliqué, et elle en avait été très affectée. Quand il lui avait dit que la police aurait sans doute besoin de jeter un coup d'œil à son appartement, elle avait indiqué que Jay faisait appel à la même entreprise de nettoyage qu'eux-mêmes.

— Sauf que, chez lui, ils ne viennent qu'une fois par mois, avait précisé Terri.

— Alors, avait dit Billy aux policiers, j'ai pensé que, si vous voulez ses clés, cette entreprise, elle, doit les avoir…

Une visite à la société de nettoyage en question leur avait permis d'obtenir, au terme d'une discussion un peu âpre, la clé de l'appartement de Jay Taylor.

Ils eurent tôt fait de constater qu'en dehors des visites mensuelles du personnel envoyé par l'entreprise Jay ne se préoccupait guère du ménage. Dire que l'appartement était en désordre était un euphémisme. La petite salle de bains n'était qu'une jungle de vêtements qui séchaient, étendus n'importe comment sur des fils à linge au-dessus de la baignoire. Le coin cuisine débordait de tasses à café dépareillées, toutes sales, dont certaines attendaient près de l'évier tandis que d'autres étaient posées sur un torchon mal étalé sur le micro-ondes. Des bols, des assiettes, des papiers de bonbon, des paquets de chips vides étaient disséminés dans tout l'appartement. Sans doute Jay commençait-il à laver quand il n'avait plus du tout de vaisselle propre, mais en attendant, il ne s'en souciait pas.

Au milieu du salon, trônait l'ordinateur et, tout autour sur la table, les témoignages du travail de Jay. Ils avaient déjà dénombré une vingtaine de cahiers, tous remplis d'une écriture difficilement lisible, quand ils cessèrent de les compter. Il y avait aussi des boîtes contenant des enregistrements de conversations avec ses sujets d'étude, et des chemises cartonnées pleines d'articles de journaux sur des personnalités du sport et du showbiz.

Cet homme ne s'intéressait qu'aux étrangers, songea tristement Jess. À des personnes qui n'avaient rien à voir avec ce qu'il était lui-même, des contacts professionnels passés et peut-être à venir. En fait, il se dégageait de cet appartement une personnalité stérile. La seule exception qu'elle trouva fut un petit album de cuir noir qui contenait ce qui semblait être des photos de famille. On y voyait surtout une femme d'allure banale qui ne souriait pas et un petit garçon qui n'avait pas l'air plus heureux. Jay et sa mère ? Il s'agissait de la succession habituelle de vacances au bord de la mer et de rencontres sportives à l'école. Jay, si cet enfant était bien Jay, avait été louveteau, mais apparemment, il n'était pas resté chez les scouts ensuite. Dommage, estima Jess. Cela lui aurait mis un peu de baume au cœur.

— Si sa maison avait été plus grande et si ce monsieur avait vécu plus longtemps, il aurait fini par ressembler à Monty Bickerstaffe, fit remarquer Carter en balayant la pièce d'un geste ample.

Jess s'était installée sur le vieux canapé pour feuilleter les carnets, s'arrêtant de temps en temps pour comparer leurs contenus.

— En fait, ce n'est pas si chaotique que ça en a l'air, déclara-t-elle soudain. Chacun de ces carnets se réfère à un livre ou à un sujet. Les chemises cartonnées, c'est autre chose : comme il ne savait jamais qui allait lui demander d'écrire pour lui, Jay gardait tous les articles qu'il trouvait sur les personnalités en vue, leur style de vie et leurs centres d'intérêt. C'était sa documentation. Il a l'air d'avoir été obsédé par la vie des gens… enfin, de ceux qui avaient réussi et qui étaient devenus célèbres. Il faut dire qu'ils étaient sa matière première. Et à mon avis, s'il fréquentait les champs de courses, ce n'était pas seulement pour les chevaux…

Carter, de son côté, continuait à examiner l'appartement.

— Bon, alors qui l'a tué ? fit-il. L'un de ses clients, si tant est qu'on appelle ça des clients ? Quelqu'un qui n'a pas apprécié la version qu'il a donnée de sa vie ? Ou qui a trouvé que son autobiographie ne s'était pas assez vendue ? S'est-il disputé avec quelqu'un ? Aurait-il découvert un secret embarrassant en effectuant une recherche ?

Il s'interrompit et se tourna vers Jess pour poursuivre.

— Devons-nous chercher la preuve qu'il faisait chanter quelqu'un ? Pour cela, nous demanderons l'accès à ses comptes bancaires. Mais, à part ça, n'avait-il pas un agent ? De la famille proche ?

— Ma foi, déclara Jess, pensive, on devrait pouvoir trouver des choses à ce sujet ici, quelque part dans cet appartement…

Il devint toutefois évident qu'il allait falloir beaucoup de temps pour venir à bout de tout ce qu'il y avait là. Ils emportèrent une partie des documents dans des sacs en plastique et laissèrent le reste. Ils reviendraient.

— Le sergent Nugent aura de quoi s'occuper, commenta Carter en plaçant les paquets dans le coffre de sa voiture.

Dave Nugent était leur expert en informatique.

— Moi aussi, marmonna Jess, qui se figurait les innombrables pistes qu'ouvrirait le dépouillement de tous ces papiers.

Relevant la tête, elle s'aperçut soudain qu'ils étaient observés. En bas de l'immeuble, un rideau qui avait bougé trahissait l'indiscret.

— Rez-de-chaussée, à gauche, souffla-t-elle.

Le commissaire jeta un coup d'œil dans cette direction, mais le rideau était désormais immobile.

— De toute façon, il faudra bien parler aux voisins, dit-il.

— J'y vais !

Jess retourna vers l'immeuble et sonna à la porte de l'appartement occupé par l'observateur. Pour faire bonne mesure, elle recula un peu et tapa deux coups au carreau. Un instant plus tard, le rideau se soulevait et un visage apparaissait. Surprise, Jess faillit éclater de rire. La personne qui lui faisait face ressemblait à un vieux bébé en colère. Elle avait les joues rondes et roses et le front surmonté de touffes de cheveux blond paille. Sa petite bouche en forme de cœur était pincée en une moue furieuse. Jess lui montra sa carte de police à travers la fenêtre fermée.

Le bébé parut encore plus mécontent et le rideau retomba. Bientôt, la porte qui s'ouvrit révéla le corps qui appartenait à la tête. Devant Jess se tenait un individu petit et grassouillet vêtu d'un gilet de laine rouille, d'un pantalon de velours marron et de chaussons.

— Qu'est-ce que vous voulez ? lança-t-il.

— Nous sommes allés voir l'appartement du dernier étage… commença Jess.

— Ça, je le sais ! l'interrompit l'homme. Mais vous auriez pu venir vous présenter avant ! Je ne savais pas qui vous étiez, moi ! Je vous ai entendus remuer là-haut, vous auriez pu être des cambrioleurs ! Et d'abord, qui vous a donné les clés ? En plus, j'ai vu que vous aviez emporté des choses, vous les avez mises dans votre coffre ! J'ai noté le numéro de la voiture et je m'apprêtais à appeler la police.

— Nous sommes la police, répondit patiemment Jess.

— Maintenant, je le sais, mais tout à l'heure, comment aurais-je pu le deviner ? Je suis le propriétaire, vous auriez dû venir me prévenir d'abord. Si la police entre chez mes locataires, j'ai besoin de le savoir, figurez-vous ! Surtout quand les gens ne sont pas là ! Alors, celui-là a des problèmes avec la justice ? S'il a un casier judiciaire, je ne vais pas le garder ici, moi !

— M. Taylor n'a pas de casier judiciaire, rectifia Jess.

— Mais alors, s'il n'a rien à se reprocher, que faisiez-vous chez lui en son absence ? Qu'est-ce qu'il va me dire, à moi, quand il va rentrer et qu'il va voir que vous avez emporté ses affaires ? Il ne savait pas que vous deviez passer, parce que sinon, il m'aurait prévenu, c'est sûr !

Jess réprima un soupir. Cet homme n'imaginait pas une seconde qu'il ait pu arriver quelque chose à Taylor. Sans doute celui-ci avait-il l'habitude de s'absenter plusieurs jours sans l'en informer.

— Je suis désolée, monsieur…

— Hopkins ! compléta-t-il.

— Peut-être pourrions-nous avoir une petite conversation avec vous à l'intérieur, monsieur Hopkins ? intervint Carter qui s'était approché. Je suis le commissaire Carter.

Hopkins le détailla de la tête aux pieds, puis examina de nouveau Jess avant de les inviter enfin à entrer, non sans réticence.

— Bon, eh bien, d'accord, marmonna-t-il.

Il se retourna et ils le suivirent à l'intérieur.

Le salon de Hopkins reflétait bien sa personnalité. Encombré et confiné, il était tapissé de bibliothèques et rempli de bibelots de toutes sortes. Un canari commença à sauter de perchoir en perchoir dans sa cage, manifestement affolé.

— Je vais recouvrir Osbert, déclara Hopkins. Il n'aime pas les visiteurs.

Tout comme son propriétaire, songea Jess en le regardant draper la cage d'une sorte de vieux rideau.

— Bon, alors, reprit-il en les considérant l'un et l'autre. De quoi s'agit-il, hein ? Et d'abord, est-ce que vous avez un mandat de perquisition ? Je veux le voir, vous n'avez pas le droit de prendre les affaires des gens comme ça…

— Monsieur Hopkins, déclara Carter, peut-être aimeriez-vous vous asseoir ? Nous avons une nouvelle assez triste à vous annoncer.

— Quoi ? fit Hopkins en fronçant les sourcils. Quelle nouvelle ?

— Tenez, ce siège-là m'a l'air confortable, dit Jess en indiquant un fauteuil à l'assise enfoncée.

— Oui, c'est sûr qu'il est confortable, mais je ne vois pas le rapport… rétorqua-t-il avec humeur, avant de s'y asseoir malgré tout.

— Je suis au regret de vous annoncer que M. Taylor est décédé, déclara Carter.

Ces mots réduisirent le propriétaire au silence pendant quelques instants, puis il réagit à la nouvelle de la façon dont il réagissait généralement : avec fureur.

— Décédé ? Comment ça, décédé ? Il est jeune, enfin, plutôt jeune ! Je ne sais pas quel âge il peut avoir… Enfin, il pouvait avoir… Et il n'était pas malade. En tout cas, il ne l'était pas la dernière fois que je l'ai vu.

— Cela remonte à combien de temps ? s'enquit Carter. Quand avez-vous parlé à M. Taylor pour la dernière fois ?

Les petites mains boudinées de Hopkins agrippèrent les accoudoirs du fauteuil tandis qu'il plissait le front, plongé dans ses réflexions.

— Il y a trois jours, le matin. Il avait l'habitude d'entrer et de sortir à n'importe quelle heure. Il n'avait pas de véritable emploi, il ne travaillait pas comme tout le monde. Quand il a emménagé, il m'a dit qu'il écrivait des livres. Je lui ai demandé quel genre de livres et il m'a répondu des autobiographies. Je lui ai dit qu'il ne pouvait écrire qu'une seule autobiographie : la sienne. Je lui ai donc demandé s'il avait écrit son autobiographie et ce qu'il avait fait de si extraordinaire pour qu'il raconte sa vie dans un livre. Alors il m'a dit que c'étaient les autobiographies d'autres personnes qu'il écrivait et je lui ai expliqué que, dans ce cas, ça s'appelait des biographies. Une autobiographie, on ne peut l'écrire que soi-même ! Il a commencé à me dire qu'on appelait quand même ça des autobiographies, parce qu'elles étaient racontées à la première personne. Bref, on a fini par se disputer.

Le propriétaire reprit son souffle avant de conclure :

— Mais il paie bien son loyer. De quoi est-il mort ?

— Une enquête est en cours, monsieur Hopkins, répondit Jess.

Hopkins pencha la tête et elle fut frappée par son regard. Ses yeux étaient si brillants qu'on aurait dit qu'Osbert s'était échappé de sa cage, qu'il avait grandi et grossi et qu'il les observait.

— Il a eu un accident de voiture ? insista-t-il.

— Non, pas tout à fait. Quand vous l'avez vu, il y a trois jours, avez-vous eu une conversation avec lui ?

— Non, on ne peut pas dire ça. En tout cas, pas ce qu'on pourrait appeler une conversation. Il m'a dit bonjour et je lui ai répondu la même chose. C'est tout. Je n'avais jamais de grandes conversations avec lui. Je ne sais pas où il est allé ni ce qu'il a fait. Si j'avais pensé qu'il était mêlé à des magouilles ou autre, je ne l'aurais pas gardé, vous savez. Je lui aurais dit que je n'acceptais pas ce genre de chose de mes locataires.

— La dernière fois que vous l'avez vu, comment était-il habillé ? Est-ce qu'il sortait ou est-ce qu'il rentrait chez lui ?

— Il sortait. C'était dans la matinée, il devait être dix heures et demie, onze heures. Il était habillé chic, mais c'était quelqu'un qui faisait toujours très attention à sa tenue, précisa Hopkins, comme à contrecœur. On ne peut pas lui retirer ça…

— Qui d'autre vit dans l'immeuble ? demanda Jess.

Sans doute le propriétaire avait-il quelque chose à redire de chacun de ses locataires. Ceux-ci devaient vite apprendre à ne pas venir lui parler sans une raison vraiment valable et à l'éviter autant que possible lorsqu'ils entraient et sortaient. Hélas, cela signifiait que Taylor ne lui disait jamais où il allait. En outre, le fait qu'il ait été bien habillé ce jour-là ne signifiait rien non plus, puisqu'il était coquet. Toutefois, si Tom Palmer ne se trompait pas et que l'on avait bel et bien empoisonné le dernier repas de Taylor, on pouvait sans grand risque partir du principe qu'il était sorti de chez lui ce matin-là avec le projet d'aller déjeuner avec quelqu'un. Mais qui ?

Hopkins désigna le plafond au-dessus de sa tête.

— Mlle Jeffrey habite au premier. Elle ne l'aime pas, elle trouve qu'il a une allure de canaille. C'est le mot qu'elle emploie : canaille. Elle est très chrétienne et refuse de lui adresser la parole. En fait, elle ne parle pas aux gens qui ne font pas partie de sa paroisse. Et à mon avis, il y a beaucoup de gens qui en font partie et à qui elle ne parle pas non plus. De toute façon, ça m'étonnerait qu'elle ait beaucoup d'amis.

De nouveau, il tendit le pouce vers le haut.

— Au deuxième, il y a M. et Mme Simpson. Ils sont en Nouvelle-Zélande en ce moment, ils sont allés voir de la famille. Ils sont partis il y a un mois. Et Taylor est au dernier. C'était un grenier que j'ai fait aménager. Ces appartements que je loue, c'est avec ça que je vis. Vous comptez vider l'appartement de Taylor, j'espère ? Parce qu'il a payé jusqu'à la fin du mois, mais ensuite, je vais devoir le relouer, moi ! Je ne peux pas me permettre de le garder inoccupé. D'ailleurs, je vais en être de ma poche, il va falloir que je repasse un coup de peinture, c'est sûr. Il a dû le laisser dans un état catastrophique. J'utiliserai le dépôt de garantie. Heureusement que j'en réclame toujours un à l'arrivée ! Vous n'imaginez pas ce que les gens peuvent faire chez eux… Il y en a même un qui a percé la crédence dans la cuisine pour planter des crochets à tasses !

Hopkins s'interrompit, pour reprendre sans transition :

— Ce que je sais, par contre, c'est qu'il allait aux courses. Aux courses de chevaux.

— Ah bon ? Souvent ?

Il hocha la tête.

— Les hippodromes, ce n'est pas ce qui manque dans la région. Et pour celui de Cheltenham, les gens viennent de tout le pays. Il y a beaucoup d'Irlandais. Mlle Jeffrey m'a dit que Taylor pariait beaucoup, et pour elle, c'est un péché de jouer de l'argent. Enfin, elle ne l'aime pas de toute façon…

— Je vous remercie, monsieur Hopkins, déclara Carter. Avez-vous une clé de l'appartement du dernier étage ?

Hopkins lui lança un regard alarmé.

— J'ai les clés de tous les appartements, répliqua-t-il. C'est normal. Imaginez qu'il y ait une fuite d'eau quand le locataire n'est pas là, hein ?

— Dans ce cas, je crains que nous ne soyons obligés de vous demander celle de M. Taylor.

— Mais enfin, cet appartement est à moi ! s'exclama Hopkins, rouge de colère. Il n'est pas question que je vous la donne !

— Je suis désolé, mais l'appartement doit être considéré comme scellé pendant toute la durée de l'enquête, poursuivit inexorablement Carter. Nous allons envoyer quelqu'un poser un ruban sur la porte et interroger Mlle Jeffrey. Entre-temps, interdiction à quiconque de pénétrer dans l'appartement ! Pourrais-je avoir la clé, s'il vous plaît ? Elle vous sera rendue dès que nous aurons terminé.

Sans cesser de ronchonner, Hopkins s'extirpa de son fauteuil et alla fouiller le tiroir d'un buffet. Il revint avec une clé attachée à une étiquette à bagage.

— C'est celle-là, déclara-t-il en la brandissant. Et enquête ou pas, le loyer n'est payé que jusqu'à la fin du mois. D'ici là, l'appartement doit être vidé… et par vous !

— Qu'en pensez-vous ? demanda Carter à Jess lorsqu'ils furent remontés dans la voiture. Au moment où il est sorti, Taylor se rendait à son fameux déjeuner ?

— Oui. À son dernier repas. Allons-nous faire le tour des restaurants des environs ?

Carter réfléchit, puis secoua la tête.

— Il y en a trop. Il faudrait mettre tous nos hommes sur le coup, avec une chance très faible qu'il en sorte quelque chose. D'ailleurs, si Palmer a raison, si quelqu'un a écrasé des comprimés dans son plat, il est peu probable que ça se soit passé dans un restaurant. Comment le meurtrier s'y serait-il pris ? Non, à mon avis, le déjeuner a eu lieu dans un cadre privé, chez quelqu'un.

Jess poussa un soupir. Ils n'avaient pas avancé d'un pouce...

— Peut-être Nugent aura-t-il plus de chance avec l'ordinateur de Taylor, hasarda-t-elle.

Elle n'eut droit, pour toute réponse, qu'à un grognement indistinct.

Ce qu'il y a, avec les secrets, ce n'est pas uniquement qu'on n'en parle à personne. C'est qu'il n'existe aucun moyen de savoir si on est le seul à les connaître. D'autres ont très bien pu y accéder par des voies différentes. Dans ce cas, ce ne sont plus du tout des secrets, et c'est bien là l'ironie. Ils deviennent des choses que tout le monde sait, mais que nul ne mentionne. Sans en avoir conscience, chacun se retrouve au cœur d'une conspiration qui consiste à masquer une vérité dérangeante.

Monty s'était fait cette réflexion alors qu'il avait déjà atteint un âge avancé, bien trop tard pour qu'elle pût lui être d'une quelconque utilité. Entre-temps, le secret de ce qu'il avait vu à Shooter's Wood en ce jour fatal, comme toutes ces choses dont on ne parle pas, avait continué à suppurer en lui comme une plaie cachée. Logiquement, il aurait fallu partager l'horreur, tout sortir au grand jour, en hurlant et en se débattant, et guetter ensuite les conséquences.

— Mais c'est comme ça, n'est-ce pas, Hamlet ? murmura-t-il dans l'obscurité, alors qu'il cherchait le sommeil dans le lit confortable que Bridget avait mis à sa disposition.

Il se retourna pour la énième fois, sans comprendre pourquoi il ne dormait pas aussi bien ici que sur la méridienne trop dure de la Balaclava House.

C'était la crainte des conséquences qui poussait à se taire. Dire ou ne pas dire, telle est la question. Quoi que l'on choisisse, conclut Monty avec la sagesse que confère le cœur de la nuit, on se retrouve piégé. Comme c'est traître, un secret…

Il se demanda pourquoi des événements qui étaient rattachés à la maison de son enfance et qui auraient dû rester là-bas l'avaient suivi jusque chez Bridget. Il ferma fort les yeux, comme si cela pouvait changer quelque chose, et les affronta de nouveau.

Il avait compris trop tard qu'il n'était pas seul à savoir ce qui se passait à Shooter's Wood. Pendant des années, en grandissant, il avait tenté d'oublier ce qu'il avait vu, mais sans succès. Tôt ou tard, les choses qui refusent de s'effacer remontent à la surface.

C'était peu avant Noël et Monty avait entamé les célébrations de fin d'année en se fracturant la cheville. Et quand les gens lui demandaient si cela s'était passé aux sports d'hiver, il devait répondre que non : il avait sauté du bus avant l'arrêt de Piccadilly Circus et s'était étalé sur le trottoir mouillé, au milieu de la foule des passants qui faisaient leurs courses de Noël. Le chauffeur irrité s'était penché par sa vitre et lui avait lancé un : « Bien fait pour toi, mon pote ! »

Il était en dernière année de lycée et un stage de dessinateur industriel l'attendait pour l'été à venir, à condition qu'il parvienne à éviter le service militaire. À l'époque, il hésitait encore sur ce qu'il ferait du reste de sa vie. Une décision encore compliquée par un grand changement intervenu dans la famille, changement qui aurait dû n'apporter que du bien. En réalité, il avait eu pour conséquence de faire éclater la blessure purulente qui répandait son poison depuis des années.

La bonne nouvelle, le changement positif dans la destinée des Bickerstaffe, avait été l'arrivée du monstre qui avait englouti une entreprise familiale fort mal en point. Dans la psyché nationale, le nom de Bickerstaffe's Cakes and Biscuits comptait encore. Il était synonyme de qualité, et c'était lui qu'avait racheté la multinationale. Les Bickerstaffe qui restaient en vie, dont Monty, avaient soudain appris que, s'ils géraient convenablement cette rentrée d'argent inattendue, ils pourraient bénéficier d'une rente, certes modeste, mais à vie. Pour la première fois cette année-là, la mère de Monty avait prévu de la dinde pour le repas de Noël ; d'habitude, on se contentait de la cuisse de porc offerte par les Colley. Celle-ci, ils la mangeraient au Nouvel An, au lieu de la maigre volaille généralement obtenue de la même source. Et en guise de gâteau de Noël, on aurait toujours le cake aux fruits bouilli Bickerstaffe, bien que l'on en fabriquât de moins en moins depuis quelques années. La célèbre spécialité serait sans doute le premier produit supprimé de la gamme, maintenant que de nouveaux patrons avaient pris le gouvernail.

— Ce sera sacrément dommage, bien sûr, avait commenté le père de Monty. Après toutes ces années…

Mais le ton n'était pas très convaincant.

Monty, lui, ne se tracassait pas le moins du monde pour cette disparition. Il n'avait jamais aimé ce gâteau de toute façon.

Pour les vacances de fin d'année, ce fut donc avec un pied dans le plâtre qu'il franchit le seuil de la Balaclava House, dont l'habituelle morosité était à peine allégée par les efforts annuels que consentait sa mère en matière de décorations de Noël. Il y avait les sempiternelles guirlandes en papier et une couronne, qui avait encore perdu des baies depuis l'année précédente et ressemblait à une couronne funéraire. Monty regretta que l'on n'ait pas remplacé ces tristes ornementations, mais il comprenait que sa mère ait répugné à consacrer une partie de leur richesse toute neuve à des lanternes en papier et de la végétation artificielle. Le sens de l'économie était implanté dans son cœur et dans son âme depuis toujours. Quoi qu'il en soit, la vue des décorations rappelait toujours à Monty l'horreur des Noëls en famille. Il serra les dents et se prépara à jouer la comédie de la joie et à ingurgiter sans protester le traditionnel cake bouilli.

Cette année-là, l'hiver était particulièrement pluvieux et propice aux rhumes, aux bronchites et à la grippe. La première image que découvrit Monty lorsqu'il franchit la porte du salon fut celle de son père, installé devant un maigre feu, enroulé dans une vieille couverture, celle-là même qu'il avait transportée sur son épaule le jour du pique-nique sur la colline, avec Penny derrière lui qui lui lançait des instructions. Son père avait attrapé froid une dizaine de jours auparavant et il souffrait dès lors d'une toux persistante. Il avait la respiration sifflante et cherchait souvent son souffle. Quand il adressa un geste de bienvenue à son fils, Monty trouva qu'il avait une main de vieillard, toute décharnée, couverte de taches brunes et striée de veines épaisses. Mais son père n'était pas un vieillard, il avait quarante-neuf ans.

Malgré la maladie, il n'avait pas renoncé à fumer, comme en témoignait le cendrier plein à côté de lui.

— Peut-être que tu ferais bien d'arrêter ça en ce moment, papa, suggéra Monty en indiquant la pièce à conviction. Ménage un peu tes poumons !

— Ce n'est pas ça qui me fait du mal ! rétorqua son père d'une voix rauque, avant d'ajouter, devant l'inquiétude manifeste du garçon : Ne t'en fais pas, je serai sur pied à Noël !

La réaction des parents devant le plâtre fut à peu près celle du chauffeur de bus.

— Pas de chance, mon pauvre vieux ! lui dit son père. Qu'est-ce qui t'a pris, de tomber comme ça ?

— Franchement, Monty, gémit sa mère, tu avais vraiment besoin de te casser la jambe maintenant ?

Les Bickerstaffe n'étaient pas du genre à appeler le médecin pour un oui ou pour un non. Monty descendit péniblement le Toby's Gutter Lane sur ses béquilles pour aller demander à Jed Colley, qui était vieux, mais toujours actif, si quelqu'un de son clan avait l'intention d'aller faire des courses en ville, et si l'on pouvait leur rapporter une bouteille de whisky. Jed s'empressa d'en tirer une de sa propre réserve et la pressa entre ses mains. Monty lui tendit l'argent, car ils n'étaient plus dans le besoin désormais, mais Jed ne voulut rien entendre.

— Allez, tu souhaiteras un joyeux Noël à tes parents !

Monty rentra donc chez lui avec la bouteille dans la poche de sa veste et sa mère commença à préparer des grogs.

— Ça va me faire du bien, ça ! articula son père.

Deux jours avant Noël, il prit le lit – un événement encore inédit – et l'on finit par appeler le médecin.

Il s'agissait d'une grippe, compliquée par une infection des voies respiratoires. Il fallait conduire Edward Bickerstaffe à l'hôpital sur-le-champ.

Edward et son épouse réagirent avec horreur à cette injonction et refusèrent. « Comme vous voudrez », fit le médecin à contrecœur. De toute façon, les hôpitaux étaient surchargés, avec toutes les victimes des maladies saisonnières. Edward pouvait rester chez lui, mais à condition de dormir dans une chambre séparée et avec un bon feu dans la cheminée. Il ne devait recevoir que les visites indispensables. Il faudrait en outre le prévenir immédiatement, lui, le médecin, si son état s'aggravait.

— Et n'oubliez pas le feu ! cria-t-il en partant.

Il fallait dire qu'il régnait une température polaire dans les chambres de la Balaclava.

— Tu as entendu ce qu'il a dit ? lança sa mère à Monty. Tu ne t'approches pas de ton père ! Je n'ai pas envie que tu tombes malade toi aussi. C'est déjà assez embêtant que tu sois allé te casser la cheville !

On alluma le feu demandé, causant une chute de suie et de nids d'oiseaux dans le foyer, ce qui fit redoubler les quintes de toux du père. À mesure que la chambre s'asséchait, on sentit l'humidité s'évaporer sur les murs.

Puis la mère alla s'asseoir à la table de la cuisine pour polir ce qu'il restait de l'argenterie familiale en vue du repas de Noël, et Monty se hissa péniblement au premier étage pour aller se poster devant la porte de son père.

— Comment tu vas, papa ? interrogea-t-il.

— Fichtrement mal, nom d'un chien ! croassa l'invalide. Tire-toi de là !

Monty repartit. Le soir de Noël, tard dans la nuit, il s'éveilla en sursaut en entendant son père tousser furieusement. Puis retentirent les pas pressés de sa mère dans le couloir. Il se leva du lit et sautilla jusqu'à sa porte, qu'il entrouvrit pour regarder. Sa mère revenait de la chambre du malade, enveloppée dans sa vieille robe de chambre défraîchie. Elle ne vit pas son fils et descendit l'escalier.

Désobéissant aux ordres, Monty gagna la chambre de son père. Elle était éclairée par une petite lampe de chevet à l'abat-jour de soie rose délavé et poussiéreux. Monty s'en souvenait parfaitement quand il y repensait : la base en porcelaine représentait une gamine délurée qui tenait deux lévriers en laisse. Dans la cheminée, les braises du feu allumé dans le vain espoir d'activer la guérison offraient une seconde source de lumière.

Le père était assis dans le lit, le dos calé contre des oreillers trempés. La sueur coulait sur son visage et il peinait à trouver son souffle, qu'il expulsait ensuite en crachotant et en grognant.

— Je me sens bizarre, mon vieux… parvint-il à articuler en l'apercevant.

— Je vais appeler le docteur pour lui dire de venir tout de suite, répondit Monty, effrayé. Ou même une ambulance. Ce serait peut-être mieux, une ambulance.

— Pas besoin, ta mère est déjà descendue téléphoner. Il va arriver. Toi, retourne dans ta chambre, faudrait pas que tu attrapes cette saloperie.

Il tendit faiblement la main pour esquisser un geste dans sa direction.

— Va-t'en… ajouta-t-il, avant d'être repris d'une terrible quinte de toux.

C'est ainsi que Monty, à sa grande honte, retourna dans sa chambre en boitillant.

Le médecin n'arriva qu'à neuf heures le matin de Noël. À ce moment-là, Edward Bickerstaffe avait déjà rendu l'âme.

— Mais bon sang, pourquoi est-ce que vous n'êtes pas venu tout de suite ? lui lança Monty, furieux, en le coinçant sur le palier du premier étage, devant le vitrail de Jézabel. Je sais bien que c'est Noël, mais mon père était votre patient, tout de même ! Vous saviez qu'il était malade ! Vous auriez dû venir dès que ma mère vous a téléphoné !

— Mais c'est ce que j'ai fait ! protesta le médecin. Je vous avais dit que ton père devait aller à l'hôpital ! Bien sûr que je savais à quel point il était malade ! Ça faisait des années qu'il était mal en point. Cent fois, je lui ai demandé d'arrêter de fumer et de consulter un spécialiste du cœur, mais rien à faire, il ne voulait pas ! Sa grippe, il n'a pas pu la combattre, parce que son corps n'avait plus les armes pour ça depuis longtemps… Quand ta mère m'a appelé, j'ai tout de suite compris ce que ça voulait dire. J'ai attrapé ma sacoche et j'ai foncé. Je n'ai même pas pris de petit déjeuner !

— Mais elle…

Monty s'arrêta net. Bien sûr… Sa mère n'avait pas appelé le médecin dans la nuit. Elle était descendue, mais n'avait pas téléphoné. Si lui, Monty, n'était pas docilement retourné se coucher, s'il avait fait l'effort de la rejoindre en bas, malgré le plâtre, il se serait assuré qu'elle le faisait. Mais il n'était pas descendu et elle avait attendu jusqu'au moment où elle avait su qu'il était trop tard.

Une violente nausée le prit. Il savait pourquoi elle avait agi ainsi. En fait, elle n'avait jamais ignoré la liaison de son mari avec la mère de Penny. Comment Monty avait-il pu être assez naïf pour se figurer qu'elle – la femme trompée – ne l'avait pas découverte, avertie peut-être par son instinct d'épouse ? Qu'elle n'avait pas su déchiffrer les mille et un petits signes, comme un archéologue déchiffre d'antiques runes ? Tant qu'ils étaient pauvres, cette liaison ne la mettait pas en danger, car ni Edward ni elle n'avaient le choix : ils devaient continuer à vivre ensemble comme mari et femme dans ce grand manoir lugubre et glacial. Mais leur situation financière avait changé et le père devait commencer à songer au divorce, à rêver d'une vie différente en compagnie de la femme qu'il aimait. La mère, en revanche, n'avait rien d'autre que cela : la Balaclava House et son statut de maîtresse de maison, et le prestigieux nom de « Mme Bickerstaffe ». Pendant des années, elle avait mégoté sur tout, travaillé dur sans aide domestique, avec un budget de ménage dérisoire. Devait-elle être récompensée en étant mise au rebut ? Non, elle n'était pas femme à se laisser traiter de la sorte.

Monty considéra le docteur avec une moue désolée.

— Mais oui, dit-il, bien sûr que vous êtes venu tout de suite ! Et en plus, c'est Noël… Je m'excuse de vous avoir agressé comme ça. C'est le chagrin… Ma mère et moi, nous vous sommes très reconnaissants pour tout ce que vous avez fait.

— Tu es triste et sous le choc, mon petit, répondit le médecin en lui tapotant l'épaule. Je suis désolé que ça se termine comme ça.

Mais ce n'était pas le cas. Rien n'était terminé. La vie devait continuer. Sa vie et celle de sa mère, leur existence à tous les deux, en tant que mère et fils. Comment allait-il pouvoir vivre avec ce qu'il savait ? Qu'allait-il faire ? Y aurait-il jamais une fin à tout cela ?

11

Jess retournait à Weston-Saint-Ambrose, seule cette fois. Toute l'équipe était optimiste. Maintenant qu'on avait découvert où vivait Jay Taylor, on allait pouvoir sans peine localiser sa famille, ses amis et ses relations d'affaires.

Ils avaient commencé à le faire, en effet, avec un relatif succès, mais jusque-là, les interrogatoires n'avaient pas apporté la moindre piste susceptible de les mener jusqu'à la personne qui en avait suffisamment voulu à Taylor pour le tuer. Impossible par ailleurs de savoir chez qui se rendait ce dernier quand Hopkins l'avait vu quitter la maison en cette matinée fatale.

Taylor était un homme de réseau, un amateur de courses de chevaux, un mondain qui pouvait s'enorgueillir d'innombrables relations. C'était aussi un vrai professionnel de l'écriture. Il excellait à disséquer le quotidien des célébrités, à leur demande et par le biais d'une coopération souhaitée, du moins au départ. Car son travail l'amenait immanquablement à une intimité qui pouvait devenir inconfortable pour ses sujets d'étude, à une proximité qui lui avait peut-être valu de se faire des ennemis.

On n'avait eu aucun mal à retrouver les stars dont il avait recueilli et rédigé les confessions, mais obtenir des rendez-vous avait été une autre paire de manches.

Tous ces gens avaient des emplois du temps surchargés et voyageaient sans cesse. L'un d'eux était aux États-Unis pour promouvoir son nouvel album, un autre, resté en Angleterre, séjournait dans une clinique de désintoxication. Jess et Carter n'avaient pas renoncé. Interrogées en face à face ou par téléphone entre deux engagements (match, émission de télévision ou séance photo), ces diverses personnalités avaient accusé le choc en apprenant le meurtre. Questionnées sur l'homme, elles s'étaient montrées embarrassées : Jay les avait interviewées, certes, mais elles n'avaient fait que parler d'elles et exposer leur vie en détail. Dans la plupart des cas, avait pensé Jess, obtenir ces confessions n'avait pas dû être bien difficile. Dans d'autres, il avait fallu à l'écrivain des heures et des heures d'habile persuasion. Tout comme on ne présentait au public que de beaux portraits retouchés, on voulait que la vie couchée sur le papier soit impeccable. Mais Taylor – il fallait le mettre à son crédit – ne se laissait pas faire. Il avait pour principe de ne rien passer sous silence, tout en promettant bien sûr de traiter les informations avec tact. En fin de compte, tous reconnaissaient qu'il tenait parole et réalisait un travail remarquable.

En revanche, personne ne l'avait encouragé à parler de lui. Pourquoi l'aurait-on fait ? Ce n'était pas le but de l'exercice et les contacts restaient purement professionnels.

Ses éditeurs avaient évoqué son souvenir avec plus d'humanité. À les entendre, sa disparition représenterait une grande perte pour la profession. L'un d'entre eux, interrogé par Carter, résuma l'opinion générale :

— Jay était l'un des meilleurs, un excellent écrivain ! Oui, il gagnait très bien sa vie, mais c'était aussi un bon vivant, c'est l'impression que nous avions tous. Nous ne serions pas surpris d'apprendre qu'il dépensait l'argent aussi vite qu'il l'empochait. Ce n'était pas le genre de type qui se présente à un déjeuner d'affaires en jean défraîchi et vieux blouson, non : il adorait la mode, les vêtements de marque. Mais à part ça, on ne savait rien de sa vie privée. Oh ! il va nous manquer, c'est sûr ! On pouvait toujours compter sur lui pour faire du travail de qualité et, en plus, il rendait ses manuscrits dans les temps !

Carter et Jess achevèrent ce cycle d'interrogatoires sans avoir appris grand-chose sur la personnalité de Taylor. À l'image de beaucoup d'autres, il n'était ni populaire ni impopulaire, mais se situait quelque part entre les deux. Les gens l'aimaient bien en général ou, en tout cas, ne le détestaient pas (à l'exception de Mlle Jeffrey, sa voisine). Et si Hopkins n'approuvait pas sa façon de gagner sa vie, il appréciait que le loyer soit payé chaque mois rubis sur l'ongle. Quant aux personnes qu'il fréquentait, elles le considéraient plutôt comme une relation que comme un ami.

Billy et Terri Hemmings seuls disaient beaucoup l'aimer et sa disparition semblait les éprouver. Pourtant, eux non plus ne savaient pas grand-chose de son passé. Quant à ses fréquentations sur les champs de courses, aucune n'estimait l'avoir vraiment connu. Jay était quelqu'un de très sympathique, on n'allait pas le nier, mais un ami, non.

Le mobile du crime était-il lié à sa situation financière ? Même si Hemmings le trouvait très habile pour miser sur le cheval gagnant, Jess et Carter découvrirent vite que leur homme avait aussi connu des périodes de vaches maigres, où l'argent s'évanouissait sous les sabots de coureurs malchanceux. Avait-il pu contracter des dettes dans le milieu des paris ? Jusque-là, rien ne l'indiquait. Son compte en banque était créditeur, même si ce n'était que de peu. Il était rarement descendu dans le rouge, leur expliqua son banquier. Par rapport aux autres, M. Taylor était considéré comme un client modèle.

Ainsi, le disparu avait été un joueur, mais avec la tête sur les épaules. Il n'était pas tombé dans le piège des dettes. Alors quel autre écueil avait-il heurté ? La question restait entière.

Jess s'était imaginé que sa famille se montrerait peinée. Tel ne fut pas le cas. Les dossiers médicaux de Gerald « Jay » Taylor permirent aux enquêteurs de remonter jusqu'à sa plus proche parente, une certaine Mlle Bryant, sœur de sa mère. Retraitée de la fonction publique, elle vivait près de Bristol dans une maisonnette à la propreté agressive. Jess s'était chargée d'aller lui annoncer la triste nouvelle en espérant recueillir, avec un peu de chance, quelques renseignements personnels. Restait à savoir si le choc n'empêcherait pas la vieille tante de répondre aux questions.

Mlle Bryant était une femme de forte constitution, avec des lunettes et des cheveux gris, vêtue d'un kilt et d'un chemisier blanc impeccable sous un gilet de laine beige. Assise très droite sur un fauteuil en chintz, elle étudia Jess d'un œil réprobateur avant de réagir.

— Évidemment, il est fort regrettable que mon neveu soit décédé. Mais cela ne me surprend pas que la police soit impliquée. Petit, déjà, il n'était pas franc…

Le vieux teckel obèse avec lequel elle partageait ses pénates parut approuver. Enroulé dans son panier, il considérait Jess d'un œil torve et plissait de temps à autre le museau en un rictus méprisant.

Malgré tous les reproches qu'il lui inspirait, Mlle Bryant se révéla plus que disposée à parler de son neveu, mais Jess comprit vite qu'elle ne lui apprendrait pas grand-chose. Elle ignorait tout de ses activités et ne l'avait pas vu depuis près d'un an. La dernière fois, il s'était présenté chez elle « comme une fleur, et sans manifester la moindre considération pour sa tante, bien sûr ! ».

— Il s'est assis là où vous êtes, dans ce même fauteuil, et il a commencé à s'étendre sur le passé d'un ton larmoyant. Il voulait que je lui parle de son père, de sa mère et de son enfance. Je me demande s'il n'avait pas bu ce jour-là…

Elle se pencha en avant.

— Il m'a emprunté un album de photographies en se plaignant de n'avoir gardé aucun souvenir de son enfance. Il voulait soi-disant faire des copies. Inutile de vous dire qu'il ne me l'a jamais rendu ! Si vous le retrouvez dans ses affaires, soit dit en passant, j'aimerais bien le récupérer !

— Il me semble en avoir vu un dans son appartement de Cheltenham, oui, répondit Jess. Je vais vérifier.

En dehors de cela, Mlle Bryant recevait chaque année une carte de vœux pour Noël et, très rarement, un bref coup de téléphone. Gerald, comme elle continuait de le nommer, avait été un petit garçon doué et un très bon élève. Puis, par la suite, tout était allé de travers, déplora-t-elle. Elle qualifia la vie que menait Taylor de « chaotique » et confirma qu'il n'avait jamais été marié.

— Ce n'est pas étonnant, d'ailleurs. Je ne vois pas quelle femme aurait pu le supporter, commenta-t-elle sombrement. Je ne lui ai jamais connu la moindre petite amie. Il n'était pas sérieux. Deirdre aurait été bien déçue…

Jess crut déceler une touche de satisfaction sous la morosité de la remarque.

— Deirdre ? s'enquit-elle.

— Ma sœur, Dieu ait son âme. La mère de Gerald.

— Je vois. Et qu'en est-il de son père ?

Jess ne se souvenait pas d'avoir vu d'homme dans le petit album de photos qu'elle avait feuilleté chez Taylor. Les yeux de Mlle Bryant lancèrent des éclairs.

— Lionel ? Il a détalé quand le bébé était encore au berceau. Ça ne m'a pas surprise, croyez-moi ! Lui aussi était un inconstant. Je suppose que Gerald tenait de lui. J'ai mis ma sœur en garde quand elle a voulu se marier, mais elle n'en a fait qu'à sa tête. Ce Lionel était ce qu'on appelle un don juan. Il est parti et n'a plus donné signe de vie. Deirdre l'a cherché longtemps, mais il n'y a pas eu moyen de le retrouver. Il avait quitté son travail, et comme il n'avait aucune famille… C'était un enfant adopté, vous comprenez, il avait été élevé par des gens qui s'appelaient Taylor ; c'était d'eux qu'il tenait son nom de famille. Mais ces gens-là étaient déjà morts quand Deirdre a rencontré Lionel et, à ce qu'il disait, il n'avait personne d'autre au monde. Au mariage, c'est vrai, il n'y a pas eu un seul invité à lui. Ça s'est fait à la mairie, nous étions six ou sept, tous du côté de Deirdre. Cela ne m'étonnerait pas qu'il ait inventé tout ce qu'il lui a raconté sur son passé, remarquez… Alors voilà où on en était, ou plutôt, où en était cette malheureuse Deirdre, avec son gamin sur les bras et personne pour l'aider. Ce Lionel Taylor aurait aussi bien pu être un feu follet. D'ailleurs, il a peut-être épousé une demi-douzaine de femmes à travers le pays, qui sait ?

Mlle Bryant se laissa aller contre le dossier de son fauteuil et observa pensivement Jess.

— Je suppose que je vais hériter de Gerald, alors ? De tout ce qu'il possédait ?

— J'ai bien peur de ne pas pouvoir vous fournir d'informations juridiques, mademoiselle Bryant. À votre place, je consulterais un avocat pour cela. Tout ce que je sais, c'est que nous n'avons trouvé aucun testament pour l'instant.

— Dans ce cas, tout sera pour moi, conclut la tante. Je suis la seule survivante de la famille. Mais je suppose qu'il n'y a pas grand-chose, de toute façon…

Elle s'interrompit net et son visage s'éclaira.

— Vous avez parlé d'un appartement à Cheltenham ?

— En location seulement. Et le propriétaire est pressé de le remettre à neuf et le relouer. Il va falloir le débarrasser.

— Ah ! s'exclama Mlle Bryant. Voilà ! C'est typique de Gerald, ça ! Aucune disposition prise pour son avenir !

Ni pour le vôtre, en l'occurrence, ironisa Jess en son for intérieur.

— Avec ce qu'il a peut-être laissé, on va me demander d'organiser ses funérailles, je vois ça gros comme une maison ! Et ça va être aussi à moi de faire vider son appartement. Ah ! c'est du Gerald tout craché, ça ! Tel père, tel fils ! Aussi irresponsables l'un que l'autre !

Le teckel proféra un grognement en guise de confirmation. Jess prit congé avec un immense soulagement.

Si désagréable fût-elle, Mlle Bryant vint fournir une identification définitive du corps. Elle le fit d'un ton détaché, sans montrer plus d'émotion que précédemment. Jess fut satisfaite de la voir remonter dans le taxi.

— Quelle horrible femme ! murmura-t-elle.

— Allons, regarde le bon côté des choses ! répliqua Phil Morton, positif pour une fois. Nous avons pu faire reconnaître le corps par un membre de la famille avant l'ouverture de l'enquête du coroner. Avoue qu'il n'aurait pas été très convaincu s'il avait dû s'en remettre uniquement à Billy Hemmings pour ça !

En l'occurrence, l'enquête du coroner se limita à l'identification du corps et à l'établissement des circonstances de sa découverte. Peu de personnes y assistèrent, mais M. Hopkins, lui, trouva le moyen de s'y présenter. Assis les bras croisés au premier rang, il demeura immobile durant toute la séance, considérant le magistrat d'un œil revanchard. Au dernier rang, un homme affublé d'un vieil anorak avait sorti un calepin et un stylo. Sans doute la presse locale avait-elle envoyé un représentant pour le cas où il y aurait un article à en tirer, même si l'on savait que rien d'intéressant ne sortirait de cette audience préliminaire. Ou peut-être était-ce un journaliste indépendant qui tentait sa chance…

Les Hemmings attiraient l'attention. Billy était engoncé dans un costume et Terri était tout habillée de noir : une tenue très éclectique composée d'un blouson en fausse fourrure, d'une minijupe, de collants fins et de très hauts talons compensés.

Quant à Monty, il fallut insister pour qu'il consente à venir expliquer à la barre ce qui s'était passé. Il le fit en peu de mots :

— Je suis arrivé chez moi et ce fichu bonhomme était là. Je ne l'avais jamais vu de ma vie. Et même maintenant qu'on m'a dit son nom, je ne sais toujours pas qui c'est.

— Cela a dû vous faire un drôle de choc, monsieur Bickerstaffe, déclara le coroner d'un ton compatissant.

— C'était surtout sacrément embêtant ! riposta Monty. Et ça l'est encore maintenant ! Quand est-ce qu'on va enfin me laisser revenir chez moi ?

Le coroner répondit que ce serait à la police d'en décider. Pour le moment, la maison était encore une scène de crime. Il ajourna la procédure judiciaire à une date ultérieure, afin de laisser à la police le temps de faire aboutir ses investigations. L'homme à l'anorak se leva et s'en alla. Il n'avait pas écrit grand-chose dans son carnet.

Les Hemmings n'avaient pas été appelés à la barre. Resté sur le qui-vive durant toute la séance, Billy semblait soulagé. Terri, en revanche, ne cachait pas sa déception. Elle rattrapa Jess par le bras au moment de quitter la salle d'audience.

— Avec le nombre de célébrités qu'a connues Jay, je croyais que le journal local enverrait au moins un photographe, lui souffla-t-elle.

Jess préféra ne pas mentionner l'homme à l'anorak. Terri risquait d'être encore plus mécontente si elle apprenait qu'un journaliste avait été présent et qu'il était reparti sans les interviewer, ni Billy ni elle.

— La presse devait savoir que ce ne serait qu'une enquête préliminaire, expliqua-t-elle. Que l'enquête du coroner à proprement parler aurait lieu plus tard. Mais de toute façon, même là, cela m'étonnerait que l'on ait une foule de paparazzis !

— En plus, ça a duré à peine dix minutes, marmonna Terri. Si j'avais su, je ne me serais pas dérangée !

— Bon alors, tu viens, oui ou non ? rouspéta son mari, qui venait de se matérialiser près d'elle.

Terri le suivit, en équilibre sur ses talons, sans cesser de geindre. Ils montèrent dans leur voiture et s'éloignèrent aussitôt.

— Je rêve ou c'était une tenue de deuil ? interrogea Morton.

— Oui, je crois que c'était ça, répondit Jess. Ou quelque chose d'approchant.

En sortant du bâtiment accompagné de Bridget, Monty les salua d'un geste vague, mais il était clair qu'il n'avait pas envie de leur parler. Ils respectèrent son souhait et regardèrent Bridget l'emmener.

Hopkins passa près d'eux et se hâta de s'éloigner, non sans leur lancer par-dessus son épaule :

— Je vous rappelle que vous avez jusqu'à la fin du mois ! Après, je remets l'appartement en location. Et il va partir tout de suite, vous pouvez me croire. Alors j'espère que vous allez vous dépêcher !

— Bon, déclara Jess. Et maintenant, qu'est-ce qu'on fait ?

Elle se trouvait avec Morton dans le bureau du commissaire, auquel ils venaient de livrer leur compte rendu.

— Nous essayons de mieux connaître notre homme, répondit Carter.

— Mais c'est ce que nous faisons depuis le début ! Nous avons passé en revue tous les documents qu'il y avait chez lui, Dave Nugent a fouillé son ordinateur, nous avons parlé à son propriétaire, Stubbs est même allé s'entretenir avec la fameuse Mlle Jeffrey et il a eu droit à un pamphlet religieux. Elle en avait glissé un sous la porte de Taylor un jour et il avait, paraît-il, très mal réagi. Ils se sont violemment disputés et elle ne lui a plus jamais adressé la parole ensuite. Nous avons aussi interrogé ses éditeurs, les personnalités dont il a écrit la biographie et la seule et unique parente qu'il lui restait. Malgré tout ça, je n'ai toujours pas l'impression de savoir qui était ce monsieur.

Elle sentait la frustration percer dans sa propre voix. L'horloge tournait et ils se trouvaient dans une impasse. Entendre le coroner « laisser à la police le temps de faire aboutir ses investigations » lui avait fait froid dans le dos. On en était loin…

— Continuons à chercher, répliqua patiemment Carter. Parce que, quelque part, à un moment de sa vie, cet homme a fourni à quelqu'un des motifs de le tuer. Regardons les choses comme cela : est-ce parce qu'il s'est donné beaucoup de mal pour cacher qui il était que nous en savons si peu sur lui ? Dans ce cas, que nous manque-t-il ? Qu'y avait-il, chez M. Taylor, qu'il ne voulait pas que les gens sachent ?

Jess ne dissimula pas son scepticisme.

— Peut-être que, si nous ne trouvons rien, c'est parce qu'il n'y a rien à trouver ? Il était actif sur le plan professionnel et en société, mais il n'avait jamais cherché à planter des racines. Il n'avait ni possessions ni vraies relations, il dépendait de son prochain contrat pour vivre et n'avait rien de permanent dans l'existence ! Ses éditeurs vous l'ont dit : il était professionnel et méticuleux. Son travail lui rapportait de quoi bien vivre et s'acheter des vêtements de marques. Il était célibataire et n'avait personne à charge.

— Si l'on en croit Mlle Bryant, souligna Carter, son père a dû lui aussi se présenter comme « célibataire sans personne à charge » à la femme qu'il a rencontrée après avoir abandonné Deirdre et le bébé. Ce Lionel Taylor m'a tout l'air d'avoir été au moins bigame ! Mais c'était il y a longtemps et cela ne nous concerne pas. C'est son fils, Gerald, dit *Jay*, qui nous pose problème.

— Bien, commença Jess avec prudence. Nous savons qu'il avait des goûts de luxe, inspirés peut-être par les vies peu communes des gens dont il écrivait les mémoires. Ces goûts-là devaient lui coûter cher. Il gagnait assez d'argent pour vivre confortablement, dans les limites du raisonnable, et il parvenait à ne pas tomber dans le rouge à la banque, mais bien sûr, il ne pouvait pas rivaliser avec les superriches qu'il côtoyait.

Carter hocha la tête.

— Oui. Côtoyer des gens qui vivent dans le luxe peut déteindre sur la personnalité quand on est soi-même beaucoup moins favorisé. C'est probablement ce qui s'est passé pour Taylor, vous avez raison. Il admirait et respectait le succès de ses sujets et, peu à peu, il a eu envie de vivre comme eux. Ce désir est-il devenu chez lui une faiblesse fatale ? Quand il était en fonds, il étalait son argent, comme quand il a invité les Hemmings dans un grand restaurant avec ses gains de Cheltenham. C'est normal : quand on fréquente des gens richissimes, on doit se montrer à la hauteur, jouer un rôle, dépenser sans compter. Un homme comme Billy Hemmings aurait vite fait de repérer un pique-assiette et de s'en débarrasser.

Ces paroles mirent Jess mal à l'aise. Taylor, au fond de lui, avait-il été un homme désespéré ? Était-ce cela qui leur avait échappé ? Il venait d'avoir quarante ans au moment de sa mort. Mlle Bryant avait-elle mis le doigt sur ce qu'il y avait derrière tout cela quand elle avait dit que son neveu n'avait pris aucune disposition pour son avenir ? Peut-être son récent anniversaire l'avait-il fait réfléchir ? L'âge mûr se profilait à l'horizon et il n'avait même pas un logement à lui. L'argent s'était envolé, il ne possédait rien à quoi se raccrocher au cas où, pour une raison ou pour une autre, il se retrouverait empêché d'écrire. Avait-il espéré que, parmi toutes les informations qu'il recueillait à grand-peine et qui encombraient son petit appartement, il trouverait tôt ou tard quelque chose qui lui ferait décrocher le gros lot ? Qui lui rapporterait suffisamment d'argent pour lui permettre de rester à flot quoi qu'il arrive, non pas quelques mois en attendant le prochain contrat, mais toute la vie, même s'il cessait de travailler ? On imaginait mal ce que cela pourrait être. La raison pour laquelle on l'avait retrouvé mort à la Balaclava House semblait vouée à rester un mystère.

— J'ai bien envie d'aller parler à votre amie, Monica Farrell, déclara-t-elle.

Carter manifesta sa surprise d'un haussement de sourcils.

— J'aimerais en savoir davantage sur les visites de Taylor à Weston-Saint-Ambrose et sur son amitié avec les Hemmings, reprit-elle. Allait-il souvent chez eux ? Dans ce cas, Mme Farrell le reconnaîtra peut-être sur la photographie que nous avons. Je sais que c'est un peu tiré par les cheveux, ajouta-t-elle en hâte, mais nous n'avons rien d'autre pour le moment, à part une voiture brûlée et un corps placé dans un endroit où il n'avait aucune raison de se trouver. Et puis, Mme Farrell connaît Monty, j'aimerais qu'elle me parle de lui. Je voudrais bavarder avec elle une petite heure… disons en début de soirée ?

Carter hésita un instant, avant de hocher la tête.

— Je vais lui téléphoner. Elle sera contente d'avoir de la visite.

Jess comprit la raison de son flottement. Le commissaire était quelqu'un de très secret. En rendant visite à la tante de son ex-femme, Jess pénétrait en territoire sensible.

Une pluie fine s'était mise à abreuver la terre desséchée lorsqu'elle négocia les nombreux virages qui menaient à Weston-Saint-Ambrose. Les essuie-glaces qui allaient et venaient révélaient un arc de paysage détrempé et peu de signes de présence humaine, en dehors de quelques fermes isolées. Le village signalait son existence au voyageur par son clocher, qui perçait les feuillages des noyers qui l'entouraient. L'église paraissait laissée à l'abandon et pourtant, une communauté de fidèles devait encore la fréquenter, car un panneau récent informait les passants qu'elle avait urgemment besoin d'une toiture et qu'une collecte avait été lancée. Un site Internet était même mentionné. « Aidez-nous à sauver cette église ! » plaidait la pancarte. Jess passa devant l'ancienne école où vivaient les Hemmings – aucun signe de vie, même les chiens semblaient absents – et s'arrêta bientôt devant le cottage de Monica, que le commissaire lui avait décrit en détail.

— Vous êtes donc l'inspecteur Campbell ! s'exclama joyeusement la petite femme potelée aux cheveux gris. Entrez, vous allez vous mouiller si vous restez là. On ne peut pas dire qu'il fasse beau, hélas !

Une chaleur douillette régnait à l'intérieur. Jess fut introduite dans le salon et se retrouva bientôt assise dans un confortable fauteuil et alimentée en thé et en biscuits. Un chat noir installé sur le rebord de la fenêtre leva la tête pour lui lancer un regard rapide, puis s'enroula de nouveau sur lui-même et se rendormit.

— Il a passé toute la nuit dehors, indiqua Monica Farrell en le désignant d'un geste. Il adore chasser les souris dans le cimetière de l'église. Souvent, il me rapporte des trophées, qui ne sont pas toujours morts, d'ailleurs... Il m'arrive d'avoir à leur courir après, pour aller les relâcher ensuite là d'où ils viennent.

— J'ai vu que votre église faisait un appel à dons pour réparer son toit, dit Jess.

Monica esquissa une moue.

— Ça coûte si cher ! Je doute que nous arrivions à rassembler l'argent. Le diocèse va participer un peu et nous avons aussi droit à diverses aides : c'est un édifice historique. Mais ce sera loin d'être suffisant. La communauté n'y arrivera pas toute seule. Nous ne sommes qu'une dizaine à suivre la messe le dimanche.

— Avez-vous un pasteur attitré ?

— Mon Dieu, non ! s'esclaffa Monica. Ceux qui sont disposés à venir s'occuper de nos âmes se relaient. C'est vraiment dommage, parce que cette vieille église est intéressante. Nous la tenons fermée la plupart du temps, mais j'ai une clé. Disons que je suis la marguillière. Si cela vous intéresse, nous pourrons aller la visiter ensemble.

— Ce sera avec plaisir, répondit Jess, avant d'aborder le sujet qui l'amenait. Vous savez que nous enquêtons sur un meurtre dont la victime a été découverte à la Balaclava House, n'est-ce pas ?

— Oui, Ian m'en a parlé. Il m'a dit que vous étiez chargée de l'enquête et qu'il avait pleinement confiance en vos capacités. Il ne doute pas que vous découvrirez la vérité et que vous pincerez le coupable !

Jess la dévisagea, incrédule.

— Il vous a vraiment dit ça ?

— Oui. Enfin, plus ou moins. En tout cas, c'est ce que ça signifiait. Encore un peu de thé ?

— Non merci, pas pour l'instant. Je viens vous voir pour que vous me parliez de Monty Bickerstaffe, qui habite la Balaclava House. Vous avez déjà appris un certain nombre de choses au commissaire Carter à son sujet…

— Oui, ce pauvre Monty ! Je devrais être désolée pour lui, mais pour vous dire la vérité, il a toujours été un drôle de bonhomme ! Tous les ennuis qu'il a eus dans sa vie, il se les est attirés lui-même. En fait, le fond du problème, c'est cette multinationale qui a racheté la biscuiterie. Ça a procuré à sa famille assez d'argent pour vivre sans travailler, de sorte que Monty n'a jamais dû faire l'effort d'exercer un vrai métier. Il n'a pas eu besoin de se donner du mal pour faire vivre sa mère, puis sa femme. Sans la faillite de la biscuiterie, il aurait été obligé d'affronter la vraie vie, d'aller au bureau de neuf heures du matin à cinq heures du soir. En vérité, conclut Monica, je crois que Monty a toujours eu du mal à se confronter à la réalité. Il vivait sur son nuage. J'ai très bien connu sa défunte épouse, vous savez, et je ne sais pas comment elle a pu rester avec lui aussi longtemps. Moi, je me serais enfuie bien avant !

Elle se tut et examina Jess.

— C'est amusant, vous lui ressemblez un peu, quand elle était jeune.

— On me l'a déjà dit, oui, acquiesça Jess. Mais répondez-moi franchement : diriez-vous que Monty était quelqu'un de… sournois ?

Monica fronça les sourcils, puis sourit.

— Il est vrai qu'il passait son temps à dissimuler ses bouteilles pour que Penny ne les trouve pas, indiqua-t-elle. Il sortait en cachette pour aller les enterrer aux quatre coins du parc. Mais Penny les déterrait ensuite l'une après l'autre !

— En réalité, expliqua Jess, ce que je voudrais savoir, c'est comment il réagissait devant ce qui arrivait. Vous avez dit qu'il avait du mal à affronter la réalité. Alors, quand il soutient ne jamais avoir vu le mort auparavant, pensez-vous qu'il ait pu oublier ? Ou bien qu'il n'ait tout simplement pas envie de nous en parler ? Cela nous aiderait beaucoup de le savoir.

— Monty ne mentirait pas, assura Monica. En tout cas, pas intentionnellement. S'il vous dit qu'il ne connaît pas cet homme, qu'il ne l'a jamais vu et qu'il ne sait rien de lui, à mon avis, il est sincère. Quant à savoir si sa mémoire ne lui joue pas des tours avec l'âge, ça, c'est une autre histoire ! J'imagine qu'il a pu oublier, oui… Mais, dans l'ensemble, je dirais que c'est peu probable. Il a très peu de contacts avec l'extérieur, surtout ces dernières années et je pense qu'il se souviendrait d'un étranger.

— Bon, soupira Jess, je vous remercie ! C'est un soulagement pour moi d'entendre ça, parce que je me demandais s'il ne nous cachait pas des choses, juste pour qu'on le laisse tranquille.

— Ma foi, souvenez-vous des bouteilles qu'il enterrait dans le jardin… Je n'ai pas dit que ce n'était pas un petit futé ! Mais je ne le vois vraiment pas mentir à la police.

Elle observa de nouveau Jess de ce regard un peu gênant qu'elle avait.

— Et puis, il ne vous mentirait pas, à vous, reprit-elle. Parce que vous ressemblez à Penny. Il ne vous mentirait pas plus qu'il ne lui mentait, à elle.

— N'empêche qu'il ne voulait pas lui montrer qu'il buvait, objecta Jess.

— C'est vrai, mais il y a une différence, et je suis sûre que vous la comprenez. En bref, si vous vous posez des questions sur Monty, allez le voir et interrogez-le directement. C'est le meilleur conseil que je puisse vous donner.

— Très bien, je m'en souviendrai ! répondit Jess en souriant. À présent, j'aimerais passer à un autre sujet… les Hemmings, qui habitent dans l'ancienne école…

Le visage de Monica s'éclaira à ces mots.

— Ils sont impliqués dans le meurtre ? interrogea-t-elle. Dites-moi que oui ! J'adorerais voir la police les embarquer menottes aux poignets !

— Non, on ne peut pas dire ça ! la détrompa Jess. En revanche, ils connaissaient la victime. Ils avaient invité cet homme à dîner le soir de sa mort. Quand le commissaire Carter s'est arrêté devant leur maison, ils ont cru que c'était Jay Taylor, l'ami qu'ils attendaient, parce que lui aussi roulait en Lexus.

Jess sortit de sa poche la photographie que Billy Hemmings leur avait laissée.

— Je voudrais savoir si vous reconnaissez ce monsieur… Si vous l'avez déjà aperçu ici, à Weston-Saint-Ambrose.

Monica tendit la main par-dessus le service à thé pour prendre la photographie.

— Alors, c'est lui, hein, votre cadavre ? demanda-t-elle en l'étudiant de près. Quand il était en vie, et quelle vie ! Un adepte des courses de chevaux, c'est ça ? Grands dieux, regardez-moi le chapeau que porte cette femme ! On dirait un lampadaire !

Jess s'efforça de ne pas rire.

— Mais l'homme ? insista-t-elle.

— Ah oui…

Monica pinça les lèvres, concentrée.

— Écoutez, je ne peux pas en être sûre, mais oui, il me semble l'avoir croisé ici il y a quelques semaines. Il se promenait avec Hemmings, ils devaient se rendre dans notre seul et unique pub. Je me souviens d'avoir pensé qu'ils faisaient bien la paire, tous les deux. Enfin, si ce n'était pas cet homme-ci, c'était quelqu'un qui lui ressemblait beaucoup.

— Ils discutaient quand ils sont passés près de vous ?

— Comment ? Ah oui, bien sûr ! Enfin, l'un des deux parlait. Pas Hemmings, l'autre, celui de la photographie… si c'est bien le même. Il pérorait, il semblait très content de lui.

— Il venait peut-être de gagner aux courses, estima Jess en reprenant le cliché. Mais cette information nous sera utile, madame Farrell, merci.

Malgré ses paroles, elle se demandait ce que manigançaient Hemmings et Taylor ce jour-là, et de quelle façon elle pourrait s'y prendre pour le découvrir…

Elle remercia son hôtesse pour les précieux renseignements qu'elle lui avait fournis, le temps qu'elle lui avait accordé, le thé et les biscuits. Monica lui proposa alors d'aller visiter l'intérieur de l'église et elle ne put refuser sans paraître impolie. Aussi la laissa-t-elle aller chercher la clé. La vieille dame enfila un volumineux imperméable en plastique et toutes deux sortirent. Elles traversèrent la rue en pataugeant dans les flaques d'eau et atteignirent le cimetière jonché de feuilles mortes. La plupart des tombes étaient disposées de guingois et le lichen rendait les inscriptions illisibles.

La clé, gigantesque, devait avoir le même âge que la grosse porte en bois de chêne qu'elle ouvrait. Les deux femmes descendirent quelques marches jusqu'au sol dallé. Si l'extérieur de Saint-Ambrose était délabré, l'intérieur, lui, était manifestement entretenu avec amour par une bande de loyales travailleuses. On eût dit que les moindres recoins avaient été astiqués. Aux murs, des dalles commémoratives énuméraient des noms de fils morts au combat, dont les familles avaient depuis longtemps disparu du village. Deux silhouettes finement sculptées étaient allongées sur un tombeau du début du XVIIe siècle. Un homme et une femme, superbement vêtus et peints en couleurs désormais fanées, reposaient côte à côte dans la mort, accompagnés d'un minuscule enfant drapé de noir, mais qui souriait gaiement.

— Elle est morte en couches, expliqua Monica en désignant une inscription sur un côté du tombeau. Cela arrivait souvent en ce temps-là ! Et le bébé n'a pas survécu lui non plus. Le mari a dû faire édifier ce monument pour elle et l'enfant et attendre d'aller les rejoindre. Une attente qui a duré cinquante ans, comme vous le voyez là…

Elle tapota le linceul du bébé.

— Chaque fois que Millie venait chez moi, elle voulait que je l'emmène voir le bébé. Les enfants sont si étonnants !

— Millie ? répéta Jess.

Monica parut gênée.

— Flûte alors ! Millie est la fille de Ian. Elle doit avoir onze ans maintenant et ça fait un bout de temps que je ne l'ai pas vue. Sophie, sa maman, s'est remariée et leur vie à toutes les deux s'est organisée différemment. Mais j'ai bien l'intention de prendre Millie chez moi pour les vacances, maintenant que Ian habite à côté. Cela permettra au père et à la fille de passer un peu de temps ensemble. Mais peut-être ignoriez-vous qu'il était divorcé ? acheva-t-elle en posant sur Jess un regard inquiet.

— Non, je le savais. Ce que j'ignorais, c'est qu'il avait une fille.

— Bon, soupira Monica. Ma foi, vous voilà mise au courant, et je ne vois pas pourquoi ce serait un secret. Je suis sûre que Ian n'y trouvera rien à redire.

Quand elles ressortirent, la pluie avait cessé. Une odeur âcre planait dans l'atmosphère.

— Ce sont les renards, expliqua Monica en voyant Jess plisser le nez. J'ai toujours peur pour Henry, le chat que vous avez vu tout à l'heure : je crains qu'il n'en rencontre un quand il sort la nuit. Peut-être qu'ils s'ignoreront l'un l'autre, mais je n'en suis pas sûre. Il se fait vieux maintenant, mais je ne peux pas l'obliger pour autant à rester à la maison. Quand j'essaie, il miaule sans arrêt jusqu'à ce que je cède. Son frère Mickey, lui, c'est tout le contraire : il déteste sortir, et encore moins la nuit. Et puis, il y a les chiens des Hemmings, qui se promènent en liberté dans le cimetière. S'ils rencontrent Henry, je ne donne pas cher de sa peau ! Je l'ai dit à la femme, j'ai essayé de lui expliquer qu'elle ne pouvait pas laisser ses chiens seuls comme ça dans le cimetière, et pas seulement à cause de mes chats. Imaginez qu'ils trouvent un terrier de renard : ils iront droit au fond du trou et ils resteront coincés ! Mais cette satanée bonne femme ne m'a pas crue, figurez-vous ! Elle m'a dit que ses chiens ne s'intéressaient pas aux renards. Voilà le genre de stupidités qu'elle est capable de proférer ! Je lui ai fait remarquer que les jack russell étaient précisément une race élevée pour débusquer les renards. Ils ont ça dans le sang. Mais je pouvais toujours parler… Elle m'a regardée avec ses yeux ronds, et puis elle est partie sans répondre !

Les deux femmes se séparèrent devant le cottage de Monica. Jess remonta dans sa voiture et roula lentement dans le village, plongée dans ses pensées. Si Carter avait craint que Monica ne dévoile des détails de sa vie personnelle, il avait eu raison. Mais, après tout, quelle importance ? Pourquoi voudrait-il cacher l'existence d'une fillette de onze ans ?

Elle passa sans se presser devant l'ancienne école. Tout était sombre à l'intérieur. Les Hemmings étaient-ils déjà partis pour Marbella, comme l'avait mentionné Terri ? Jess espéra que non. Sans doute aurait-on besoin de reparler à Billy.

Elle allait atteindre la sortie du village lorsqu'une scène insolite attira son attention. Visiblement, elle n'était pas la seule présence policière à Weston-Saint-Ambrose ce soir-là. Un véhicule de police stationnait devant une maison en brique entourée d'un jardin peu soigné. La barrière de bois était ouverte et, dans l'allée, un homme et une femme en uniforme s'efforçaient de maîtriser un garçon au crâne rasé. Peu désireux de monter à bord de la voiture de patrouille, il leur opposait une résistance farouche. Jess s'arrêta et alla les rejoindre. En approchant, elle entendit le jeune homme insulter les policiers et se plaindre d'avoir été piégé.

— Qu'est-ce qui se passe ici ? cria-t-elle en brandissant sa plaque pour que ses collègues la voient.

Le jeune homme cessa de se débattre pour la dévisager.

— Qui c'est, celle-là ? demanda-t-il.

— Inspecteur Campbell, lui répondit-elle.

— Tiens, on envoie des inspecteurs de police pour me choper, maintenant ?

— Je vous présente Alfie Darrow, madame, révéla l'agent en uniforme. C'est le dealer local, le Mr Big de Weston-Saint-Ambrose. Pas vrai, Alfie ?

— C'est un coup monté, m'dame ! hurla Darrow.

La policière qui le maintenait sortit de sa poche un petit sac en plastique contenant une poignée de comprimés blancs.

— Sous les planches du parquet, au premier étage, madame ! indiqua-t-elle.

— Avez-vous besoin de renforts ? s'enquit Jess.

— Non, madame, ça ira : Alfie sait très bien qu'il doit venir avec nous. Il se débat, mais il a l'habitude.

— Ce n'est rien d'autre que de l'ecstasy, c'est tout ! se défendit Darrow.

— Et comment tu le sais, puisque ce n'est pas à toi ? l'interrogea le policier.

Darrow se laissait maintenant porter par ses deux geôliers sans réagir, comme une marionnette désarticulée. Il fixa Jess droit dans les yeux.

— Vous êtes en civil, vous. Ça veut dire que vous êtes de la criminelle, non ?

— Oui, acquiesça-t-elle.

— Vous n'enquêtez pas sur le meurtre de la Balaclava House, par hasard ?

Jess sentit la chair de poule la parcourir.

— Si.

— Eh bien, il se peut que j'aie des infos pour vous. Je propose que ces deux-là me laissent partir, avec un avertissement si ça leur fait plaisir, et je vous dirai ce que je sais.

— Et que dirais-tu si je t'inculpais pour rétention d'informations dans le cadre d'une enquête criminelle ?

Darrow parut découragé.

— Vous autres, vous ne savez pas ce que c'est que la gratitude… soupira-t-il d'un ton amer.

12

— C'est un sacré service que je vous rends, vous savez…

Assis sur une chaise en bois, Alfie Darrow faisait face à Jess et à Morton dans la salle d'interrogatoire.

— Je te connais, toi, lui dit le sergent. Tu travailles chez Seb Pascal.

— Oui, et je me souviens de vous, d'ailleurs ! Vous êtes venu lui poser des questions. Eh bien, vous avez eu raison ! C'était lui qu'il fallait voir.

— Si vous nous expliquiez tout ça ? interrogea Jess, pressée de commencer.

Alfie ne parut pas l'entendre. Il suivait son idée, comme s'il voulait se décharger de tout ce qu'il avait sur le cœur.

— Ce Seb est un salopard, il me prend pour son esclave… Il dit tout le temps qu'il m'apprend le métier, tu parles… Tout ce qu'il fait, c'est se décharger sur moi de ce qu'il n'a pas envie de faire, les trucs sans intérêt ou qui salissent les mains… Je ne lui dois rien, moi. Rien du tout !

Il lança un regard plein de morgue aux deux policiers, les défiant de le contredire.

— Mais quel rapport cela a-t-il avec ce qui s'est passé à la Balaclava House, Alfie ? demanda patiemment Jess.

— Je ne lui dois rien du tout ! répéta Alfie avec plus de véhémence encore. Je ne suis pas en train de balancer mon meilleur pote, là. Seb n'est pas mon pote ! C'est un vieux con qui est toujours en train de me crier dessus et qui n'arrête pas de me chercher des noises !

— OK, déclara Morton. Maintenant, on a compris ce que tu penses de ton employeur. Ce que tu ne nous as pas dit, c'est ce qu'on a à voir là-dedans, nous. Qu'est-ce qu'il a fait que tu as l'intention de nous… balancer ?

Alfie se pencha en avant sur la table, l'air grave.

— J'ai un casier.

— Ça, on sait, répondirent les deux policiers d'une même voix.

— Les flics m'arrêtent tout le temps, c'est de la persécution. Je ne vends rien de lourd, moi. Que de l'ecstasy et de l'herbe. Je ne suis pas un baron de la drogue colombien ! Mais il paraît que je risque la prison, cette fois-ci. C'est vraiment n'importe quoi !

— Tu veux dire qu'on t'a juste ramassé avec, en ta possession, deux substances illégales que tu t'apprêtais à revendre. Comment est-ce qu'on peut savoir ce que tu avais déjà fourgué avant ça ?

— Vous voyez ? s'indigna Alfie. Vous voyez, vous êtes tous les mêmes, nom d'un chien !

— Bon, écoutez, Alfie, nous n'allons pas marchander avec vous, intervint Jess. Sachez juste que, si vous acceptez de coopérer, ça pourra jouer en votre faveur. Enfin, si vous avez vraiment quelque chose à nous dire… tempéra-t-elle d'un ton sceptique. Si c'est pour nous raconter des histoires, je vous arrête tout de suite, ça ne sert à rien. Il faut que ce soit quelque chose que nous puissions vérifier.

— Ne vous inquiétez pas, vous allez pouvoir vérifier ! rétorqua Alfie.

— Alors vas-y, accouche ! s'impatienta Morton.

— J'aimerais bien avoir encore du thé, répondit Alfie, manifestement résolu à profiter de ce rare moment de toute-puissance.

Ce fut seulement lorsqu'on lui eut apporté un autre gobelet de thé qu'il se mit enfin à parler.

— Seb est un vrai con… commença-t-il.

Morton poussa un juron et se prit la tête dans les mains.

Alfie s'empressa d'enchaîner.

— Bon, d'accord, je vous l'ai déjà dit… Mais ce qu'il y a, c'est qu'en plus il a ses petites habitudes. Au bout d'un moment, quand j'ai commencé à travailler pour lui, j'ai remarqué que souvent, le matin, il s'en allait du côté du Toby's Gutter.

Jess et Morton se redressèrent tous deux à ces mots. Alfie eut un petit sourire satisfait en remarquant leur réaction.

— Alors, du coup, j'ai commencé à m'intéresser à ses mouvements. J'ai noté à quelle heure il partait, combien de temps il restait dehors, et puis à quelle heure il revenait. Et j'ai remarqué une chose : en fait, quand il partait, c'était toujours après le passage du vieux Monty qui allait en ville. Du coup, je me suis dit qu'il y avait forcément un rapport, ce n'était pas possible autrement.

Il s'interrompit et se fendit d'un large sourire.

— Vous voyez, je pourrais travailler dans la police, moi aussi ! conclut-il.

— Ne t'arrête pas, continue ! pressa Morton, agacé.

— Bon, alors un jour où c'était calme au garage, j'ai dit à ma tante, qui tient la caisse au magasin, que j'avais la gueule de bois et que j'allais me reposer un peu derrière la station de lavage. Et là, je me suis mis à suivre Seb. Il était parti avant moi, mais je le voyais sur la route, il se dépêchait, il marchait vite. Et il ne se retournait pas, il ne pouvait pas se douter que j'étais derrière. Il a bifurqué dans le Toby's Gutter et, deux minutes plus tard, j'y étais moi aussi. Seulement, je ne le voyais plus nulle part ! Il s'était évanoui dans la nature ! Je me suis demandé où il avait bien pu passer. Il n'y a rien dans le Toby's Gutter, juste cette vieille bicoque sinistre. Enfin, après, il y a bien la ferme des Colley, mais Seb n'avait pas eu le temps d'aller jusque là-bas, ce n'était pas possible. Et puis, tout d'un coup, j'ai vu quelqu'un arriver en face. J'ai sauté dans le fossé pour me planquer. C'était une femme. J'ai regardé discrètement et je l'ai vue passer la grille du vieux Monty. À ce moment-là, je l'ai reconnue : c'était Rosie, la femme de Pete Sneddon. Elle vient régulièrement faire le plein chez nous. Je me suis dit, Bingo ! Tout s'éclaire ! Le Seb, il est dans la maison…

Alfie émit un ricanement.

— En fait, ils s'envoient en l'air tous les deux derrière le dos du vieux Pete. Ça m'a fait marrer. Faut dire que Pete, il est presque aussi con que Seb. Rosie est entrée dans la maison et moi, je suis sorti du fossé et je me suis radiné en vitesse. La porte n'était pas fermée à clé, figurez-vous ! J'ai trouvé ça bizarre, mais en fait, non : Seb devait avoir la clé et il l'avait laissée ouverte pour Rosie. Elle était dans la maison, je l'ai entendue appeler Seb.

Il esquissa un sourire mauvais.

— J'ai attendu un peu, et puis je me suis faufilé à l'intérieur, moi aussi. Je me suis retrouvé dans une entrée complètement glauque et j'ai écouté. Ma parole, cette maison, on pourrait y tourner un film d'horreur ! Je me demandais s'il n'y avait pas des morts vivants qui allaient surgir tout d'un coup ! J'aurais bien aimé visiter, remarquez ! Mais j'entendais Rosie et Seb qui parlaient en haut, alors j'ai monté l'escalier en faisant bien attention à ne pas faire de bruit, et j'ai suivi leurs voix. Ils étaient dans une chambre.

Alfie émit un juron.

— Elle doit être vraiment en manque, la Rosie, pour se taper un mec comme Seb. Je ne veux pas dire, mais ce gars-là, ce n'est pas un play-boy… Ils avaient fermé la porte, alors je ne pouvais pas les voir. Mais je les entendais, et puis, il y a les ressorts du lit qui ont grincé…

Il se tut et le silence s'installa.

— Et alors ? pressa Morton.

— Ben, je suis reparti ! Je voulais retourner au garage avant que Maureen se pose des questions et qu'elle ait l'idée de venir vérifier ce que je fabriquais.

Alfie s'adossa à son siège et croisa les bras.

— Alors ? Ce n'est pas rien, ce que je vous ai raconté là, hein ? C'est du sacré renseignement !

— Et vous n'avez jamais vu personne d'autre près de la Balaclava House, ou dans le Toby's Gutter Lane ? interrogea Jess. Vous n'auriez pas remarqué un étranger ?

Alfie la considéra, surpris.

— Ben non, répondit-il. Mais là, vous allez arrêter Seb, non ?

— Autre chose, poursuivit Jess sans relever. Vous n'auriez pas fait une virée avec une voiture volée dernièrement ?

Alfie se redressa, horrifié.

— Quoi ? Vous essayez de me mettre encore autre chose sur le dos ? J'avais quatorze ans la dernière fois que j'ai fait ce genre de connerie ! Je travaille dans les voitures, moi. Si j'ai envie de faire un tour, je peux emprunter toutes celles qu'on me laisse : il y a les clés dessus ! Faire démarrer des caisses avec les câbles, c'est un truc de gamins, ça !

— Et vous n'auriez pas entendu parler d'un vol de voiture ces jours-ci ? insista-t-elle.

Alfie scruta le visage de Jess.

— Non, répondit-il.

— D'après vous, peut-on vraiment se fier à ce Darrow ? interrogea Ian Carter.

— En tant qu'être humain, non, répliqua Jess sans hésiter. Mais comme informateur dans ce cas précis, je suis encline à le croire. Il est vrai qu'il pourrait aussi chercher à se venger d'un employeur qu'il ne porte pas dans son cœur. Dommage que nous n'ayons pas trouvé d'ADN exploitable dans la chambre. Le labo pense qu'on a enveloppé la couette dans quelque chose. Une couverture, peut-être, ou plutôt un drap. Quelque chose de léger et de facile à plier dans un sac. Ceux qui utilisaient la chambre, que ce soit ou non Pascal et Rosie Sneddon, prenaient beaucoup, beaucoup de précautions.

— Pour moi, Darrow est une petite frappe très antipathique, intervint Morton. Il ne fait pas la différence entre la réalité et la fiction. Quoi qu'il en dise, il peut parfaitement avoir précipité cette voiture au fond de la carrière. Je l'imagine bien en train d'y mettre le feu et de danser autour des flammes en poussant des cris de joie. Mais d'un autre côté, on lui confie des voitures dans son travail, et il a toutes les occasions qu'il veut de les emprunter si ça lui chante. Rappelez-moi de ne jamais apporter la mienne à réparer chez Seb Pascal, quoi qu'il arrive ! Rien que d'imaginer Alfie Darrow en train de la bricoler, ça me donne la chair de poule ! Par ailleurs, c'est vrai qu'en général, ce sont plutôt des gosses qui s'amusent à voler des voitures. Alfie l'a dit lui-même, il est trop vieux pour jouer à ça…

Il réfléchit un instant, avant de reprendre :

— J'ai l'impression qu'il dit la vérité : il a vraiment suivi Pascal dans la Balaclava House. Ça lui ressemble bien de faire ça. Et son récit sonnait juste, d'autant qu'il a parlé de l'intérieur de la maison. Bien sûr, il a pu y aller dix fois avant ça. Il pouvait très bien être au courant que Monty ne fermait jamais la porte, mais il a semblé vraiment se demander comment Seb Pascal était entré… Alors je ne sais pas… Comment savoir si ce n'est pas lui qui utilisait cette chambre, en fait ?

— Ça, ça m'étonnerait, fit Jess en riant. Je ne vois pas ce garçon faire le ménage à fond. Si c'était lui, on aurait trouvé ses empreintes un peu partout, et aussi une multitude d'autres traces de son passage !

— Vous avez raison, acquiesça Carter. Donc, il nous dit la vérité, ce n'est pas simplement une façon d'essayer de se tirer d'un mauvais pas et de fourrer son employeur dans le pétrin à sa place. Il nous faut trouver une explication à cette histoire de chambre de toute façon. Alors, si celle de Darrow est la bonne et que cela n'ait rien à voir avec le meurtre, nous pouvons estimer avoir progressé en éliminant une piste qui faisait diversion dans notre enquête. Vous allez retourner voir Pascal, Phil. Vous, Jess, vous interrogerez la femme. Arrangez-vous pour le faire en l'absence du mari. Sneddon sera certes moins suspicieux si c'est une femme qui vient à la ferme, mais s'il vous voit, il voudra quand même savoir ce que vous venez chercher.

Jess poussa un soupir.

— Il faudra que j'invente quelque chose alors… J'espère vraiment qu'Alfie ne nous mène pas en bateau.

— Et Taylor, dans tout ça ? interrogea Morton. Est-ce que ce nouveau développement ne pourrait pas résoudre une partie de ce mystère-là aussi ? Nous renseigner sur la façon dont Taylor a atterri sur le canapé de Monty, je veux dire…

Morton commença à s'enflammer tandis qu'il poursuivait :

— Peut-être qu'il ne faut pas totalement éliminer Pascal et Rosie Sneddon, en fin de compte. Ils peuvent très bien être liés au meurtre. Imaginons qu'après s'être bien amusée là-haut avec Pascal, Rosie soit redescendue. Ils ne veulent pas risquer d'être vus ensemble, alors elle s'en va la première. En sortant de la maison, elle voit la voiture de Taylor garée devant, et Taylor affalé sur le volant. Ou alors, il a réussi à s'extraire du véhicule et gît inconscient sur l'allée. Affolée, elle retourne prévenir Pascal. Oui, c'est le plus probable…

Morton s'échauffa encore.

— Ils paniquent. Ils ne sont pas censés être là, ensemble, en plus ! Alors ils saisissent Taylor et le traînent tous les deux dans la maison, d'où les marques qu'on a vues dans l'herbe. Ils le déposent dans le salon, en se disant que Monty le trouvera en rentrant de sa promenade en ville et qu'il appellera des secours. Ce n'est pas très humain, comme comportement, mais tout ce qui compte pour eux, c'est de garder leur petit secret. Seulement, au moment où ils le déposent sur le canapé, ils s'aperçoivent que Taylor n'a pas survécu au trajet. Ils ont maintenant un cadavre sur les bras, et non plus un malade.

Morton hocha la tête avant de conclure :

— Cette hypothèse-là me paraît tout à fait plausible.

— Oui, en effet, concéda Carter. Mais la Lexus qu'on a retrouvée carbonisée, alors ? Grâce au témoignage de Pete Sneddon, nous savons qu'elle est arrivée à la carrière au milieu de la nuit qui a suivi la découverte du corps. Où était-elle dans la journée, pendant que la police ratissait les environs du manoir ? Si Pascal et Rosie ont découvert Jay Taylor agonisant, qu'ils l'ont transporté à l'intérieur et laissé là, ils ont dû s'occuper aussi de sa voiture, parce qu'elle n'était plus là quand Monty est rentré chez lui. Je veux bien accepter, dans le principe, l'hypothèse que Taylor ait emprunté le Toby's Gutter Lane au volant de sa Lexus, puis qu'il se soit senti mal et se soit arrêté devant la première maison venue…

— Ils ont dû la cacher quelque part, monsieur, suggéra Morton. Pascal a pu la ranger à l'abri dans son garage.

Il ne voulait pas que nous mettions la main dessus, au cas où Rosie ou lui aurait laissé des empreintes. En tout cas, ni l'un ni l'autre n'a pu la déplacer une fois la police sur place. La nuit, Pascal est retourné à son garage, il a pris la voiture et l'a conduite à la carrière pour y mettre le feu.

— S'il l'avait mise dans son garage, Alfie nous en aurait parlé, objecta Jess. Rien n'échappe à ce garçon, nous nous en sommes rendu compte !

— D'accord, il l'a garée ailleurs. Ce ne sont pas les endroits qui manquent à la campagne pour cacher une voiture !

À l'évidence, Morton n'était pas prêt à renoncer à sa théorie sans se battre. Carter, lui, semblait de moins en moins convaincu.

— Nous n'avancerons pas tant que nous n'aurons pas parlé à ces deux personnes, résolut-il. D'autant qu'il y a une autre faille dans votre hypothèse, sergent, je suis désolé : pour quelle raison Jay Taylor se serait-il retrouvé dans le Toby's Gutter Lane au départ ? S'il roulait sur la route principale et qu'il se soit tout à coup senti mal, pourquoi n'a-t-il pas tout simplement stoppé sur le bas-côté et n'a-t-il pas essayé d'arrêter une voiture ?

— Il n'était pas dans son état normal, répliqua Morton avec un haussement d'épaules. Il a trouvé logique de chercher une maison en pensant qu'il y aurait des gens…

— Bon, alors qui lui a versé la dose fatale de somnifères ? interrogea Carter. Qui a empoisonné son dernier repas ? Ce n'était ni Pascal ni sa dulcinée !

— Nous savons bien qu'il s'agit de deux problèmes indépendants, persista Morton. Quelqu'un a écrasé des comprimés dans son repas et nous ignorons qui. En revanche, nous savons que, d'une manière ou d'une autre, Taylor s'est retrouvé devant la Balaclava House. Je pense que les choses se sont passées comme je l'ai dit. Pascal et Mme Sneddon l'ont mis à l'abri dans la maison et l'y ont laissé…

Non, ça ne va pas, songea Jess. *Je suis sûre que ça ne s'est pas déroulé de cette façon. Seb et Rosie n'auraient jamais eu l'idée de vider les poches de Taylor avant de s'en aller. Pourquoi auraient-ils cherché à ralentir l'identification du cadavre ? La théorie de Phil est plausible, mais elle repose sur trop de spéculations quant au comportement du couple.*

Elle fit quelques pas jusqu'à la fenêtre et regarda au-dehors. En bas, sur le parking, toutes sortes de voitures étaient stationnées, dont une Lexus qui, elle le savait, appartenait à Carter. Le pâle soleil de la fin d'après-midi descendait lentement dans le ciel. Un rayon lui caressa le visage et elle se surprit à savourer cette chaleur inattendue. Puis, éblouie, elle se reprit et se retourna brusquement. Les deux hommes la regardaient, attendant un commentaire. Morton ressemblait à un homme qui vient de résoudre un casse-tête compliqué. Le regard brun-vert de Carter, lui, était difficile à déchiffrer.

— Je ne suis pas d'accord avec cette théorie, déclara-t-elle sans se démonter devant le regard de reproche du sergent.

Il était un prestidigitateur qui ne recevait pas les applaudissements attendus et elle, une collègue qui lui refusait son soutien.

— Désolée, Phil, ajouta-t-elle.

Elle n'était pas d'accord avec lui et était obligée de le dire. Carter, qui les observait et devinait sans doute leurs pensées respectives, haussa un sourcil.

— Oui… ? fit-il.

— C'est cette maison qui est la clé, monsieur. D'une manière ou d'une autre. Ce n'est pas par hasard que Taylor s'est retrouvé à l'intérieur. Et ce ne sont pas non plus Pascal et Rosie Sneddon qui l'ont aidé à y entrer, simplement parce qu'ils se trouvaient là, et qui l'ont abandonné sur ce canapé. Taylor était là parce qu'il voulait y être, ou que quelqu'un d'autre voulait qu'il y soit. À mon avis, la Balaclava House n'a pas fini de nous livrer ses secrets…

13

Quand elle se mit en route vers la ferme des Sneddon, Jess se demandait encore comment elle s'y prendrait pour s'entretenir en tête à tête avec Rosie si son mari était là. Après la longue période de sécheresse, la pluie avait l'air de s'être installée pour de bon. Le crachin de la veille avait laissé place durant la nuit à de fortes précipitations, puis un orage bref, mais violent, s'était déclenché à l'heure du petit déjeuner. La route brillait d'une myriade de gouttelettes qui dansaient à sa surface devant la voiture, lançant des éclairs aveuglants qui obligèrent Jess à abaisser le pare-soleil. Elle espéra que toute cette eau n'aurait pas dissuadé Sneddon de sortir. Tout se passerait mieux si le fermier était loin de la maison, occupé à travailler sur ses terres, et si elle trouvait Rosie seule chez elle.

Elle s'engagea dans le Toby's Gutter Lane. Le déluge avait rempli d'eau les nombreux nids-de-poule du chemin, créant de grosses flaques dans lesquelles il fallait rouler. La voiture allait sortir de ce périple maculée de boue comme un véhicule de l'armée au retour d'une mission. Elle serait obligée de la faire laver, mais ce ne serait pas chez Seb Pascal.

Elle ralentit devant la Balaclava House. Avec son aspect désolé, la maison semblait bel et bien abandonnée. Une immense tristesse s'en dégageait. Elle représentait l'échec total, après toute la confiance et l'espoir en l'avenir qu'elle avait incarnés jadis, lorsqu'on l'avait édifiée sur la belle réussite d'une entreprise familiale. Si l'histoire racontée par Monica Farrell était vraie, on pouvait remarquer que cette confiance et cette prospérité avaient elles-mêmes reposé sur une autre entreprise vouée au fiasco : la guerre qui s'était enlisée dans la boue sanglante des plaines de Crimée. Elle ressentit un pincement au cœur à la pensée de ces malheureux soldats trahis par l'inaptitude de leurs chefs et du gouvernement de l'époque, sans rien de mieux pour les soutenir dans leurs épreuves que les indigestes gâteaux Bickerstaffe.

Et c'était ce mauvais vent qui avait fait la fortune des Bickerstaffe... Quelle fierté devaient ressentir les premiers d'entre eux le jour où ils avaient franchi le seuil de leur nouvelle demeure ! Quelle splendeur revêtaient jadis ces vastes pièces aux plafonds hauts, ce mobilier élégant et ces tapis flambant neufs qu'entretenait avec le plus grand soin une petite armée de domestiques ! *Comment sont-ils tombés, les héros...*

Les rubans bleu et blanc de la police étaient encore accrochés à la grille. Jess se promit de s'arrêter au retour pour vérifier que personne n'avait pénétré dans le périmètre ainsi délimité. La presse locale avait parlé de la découverte du corps et cela avait pu éveiller un intérêt macabre parmi le public ; des curieux avaient peut-être cru bon de saisir cette occasion pour aller visiter une maison qu'ils savaient déserte. Monty ne roulait pas sur l'or, mais il restait chez lui de beaux meubles et des objets décoratifs de l'époque victorienne.

Jess ne décela aucun signe de vie non plus aux abords de la ferme des Colley. C'était comme si les récentes pluies avaient lavé le paysage de toute activité humaine. Soudain, une voiture surgit en face d'elle dans le Toby's Gutter Lane, imprimant à cet espace vide un impact presque physique et brisant le silence environnant. Le véhicule dépassa le portail de la ferme à grande vitesse et continua de foncer vers Jess à un train d'enfer. Il n'y avait guère la place pour deux sur le chemin et, pourtant, le conducteur semblait déterminé à ne pas ralentir. Jess eut le réflexe de braquer et, par une sorte de miracle, l'autre la croisa sans la toucher, tandis qu'elle évitait de justesse un muret qui se dressait sur sa droite. Elle eut à peine le temps d'apercevoir au volant un homme coiffé d'une casquette. Elle ne connaissait pas Pete Sneddon et ne pouvait donc dire s'il s'agissait de lui, mais il n'y avait que la ferme des Sneddon au-delà de celle des Colley. Elle regretta de ne pas avoir noté le numéro d'immatriculation.

Quelques minutes plus tard, elle s'engageait dans l'allée des Sneddon et se garait dans leur cour. Le seul être vivant qui s'y trouvait était un chien, un border collie attaché près de la porte d'entrée de la maison et qui tournait en rond en petits cercles agités, au risque de s'étrangler avec sa laisse. À l'arrivée de Jess, il s'immobilisa et leva la tête en dressant sa queue touffue en une attitude pleine d'espoir. Elle descendit de voiture et le chien s'avança aussi loin que la laisse le lui permettait pour l'accueillir en gémissant d'excitation.

Jess se baissa pour lui caresser la tête.

— Tu voudrais que je te détache, c'est ça ? murmura-t-elle. Mais si on t'a attaché, c'est bien pour quelque chose…

Elle se releva et le chien se remit à gémir. Il semblait au comble de l'impatience et elle commença à éprouver un malaise. Si le conducteur de la voiture qu'elle avait croisée était bel et bien Pete Sneddon, où courait-il ainsi ? Aurait-elle dû faire demi-tour et le suivre ? Elle aurait eu de bonnes raisons d'agir ainsi. Elle aurait pu le contraindre à s'arrêter et lui donner un avertissement pour conduite imprudente.

Elle gagna la porte d'entrée et actionna le heurtoir métallique. Le bruit se répercuta sans provoquer de réaction. Le chien lança une série d'aboiements nerveux. Désormais convaincue qu'il se passait des choses anormales, Jess contourna le bâtiment. Rien ne bougeait non plus à l'arrière de la maison. Une lessive était étendue sur des fils à linge. Sans doute était-elle là depuis longtemps, car elle avait pris la pluie. Jess n'avait pas besoin de la toucher pour savoir qu'elle était trempée.

Elle repéra une porte et se dirigea vers elle, frappa et pressa l'oreille contre le battant pour écouter. Il lui sembla percevoir des coups étouffés, comme en écho. Elle frappa trois nouveaux coups à la porte et, cette fois, entendit distinctement trois coups qui lui répondaient. Quelqu'un cherchait à communiquer avec elle, une personne qui n'avait pas la possibilité de venir jusqu'à la porte.

Jess actionna la poignée, mais c'était fermé à clé. S'il existe des personnes aussi habiles que des cambrioleurs pour pénétrer par effraction dans une maison, ce sont bien les inspecteurs de police. Jess examina la fenêtre, qui se révélait souvent être le point faible. *Bingo !* Elle était entrouverte et maintenue en place par un bras métallique percé de trous, dont l'un d'eux s'enclenchait sur une cheville du cadre. Elle chercha de quoi l'actionner et trouva un bâton avec lequel on attachait les fuchsias d'un parterre. Fouillant encore les environs du regard, elle avisa une caisse en bois remplie de légumes flétris. Elle la vida, la retourna et vint la poser sous la fenêtre, avant de se hisser dessus avec précaution et de passer le bâton dans l'entrebâillement de la fenêtre. Après quelques vaines tentatives, elle parvint à soulever la tige métallique et à la faire sortir de son encoche. Il fut facile ensuite d'ouvrir le battant en grand. Jess se hissa alors et se glissa à l'intérieur. La fenêtre donnait sur une cuisine, au-dessus d'un profond évier à l'ancienne dans lequel stagnait un peu d'eau de vaisselle savonneuse.

— Berk… marmonna-t-elle.

Elle sauta au sol et essuya d'un geste impatient les taches humides sur ses vêtements. À cet instant, des bruits se firent de nouveau entendre. Cela venait d'en haut, quelqu'un cognait du poing contre une surface en bois, et il y avait aussi d'autres sons étouffés. Jess s'engagea en toute hâte dans un étroit couloir.

— Police ! cria-t-elle. Il y a quelqu'un ?

Cette fois, les coups qui retentirent s'accompagnèrent d'appels à peine audibles.

— Au secours ! Aidez-moi, je vous en prie !

Jess parvint à l'escalier et le gravit en courant. La voix était féminine et les coups provenaient d'une grande armoire qui se dressait au sommet des marches. Il y avait une femme à l'intérieur, cela ne faisait plus aucun doute.

— Madame Sneddon ? appela Jess.

— Oui, je suis dans l'armoire ! Peter m'a enfermée là-dedans !

Par chance, la clé était restée dans la serrure et Jess n'eut qu'à la tourner. La porte s'ouvrit brutalement et elle reçut la prisonnière échevelée dans les bras.

La femme s'agrippa à elle en haletant, sans cesser de proférer des paroles incohérentes. Jess la retint avec fermeté.

— Rosie ? Rosie, calmez-vous ! Prenez une inspiration. Oui, c'est ça, encore une ! Je crois que j'ai croisé votre mari sur le chemin. Où allait-il ?

Elle connaissait déjà la réponse, et son cœur se serra douloureusement dans sa poitrine.

— Au garage de Seb… indiqua Rosie en reprenant son souffle tant bien que mal. Il est armé !

Jess tressaillit.

— Armé ? Quel genre d'arme ?

— Son fusil de chasse. Il va tuer Seb et ce sera à cause de moi !

La voix de Rosie montait dans les aigus en une plainte désespérée.

Phil ! songea Jess.

En ce moment même, Morton était en route pour le garage, inconscient du danger qui le guettait, pour aller interroger Pascal à la lumière des révélations d'Alfie… Il entendait vérifier si sa théorie était la bonne et si Pascal et Rosie avaient bien traîné un Taylor mourant à l'intérieur de la maison. Manifestement, il n'en aurait pas l'occasion. Si Sneddon arrivait avant lui, le sergent débarquerait au beau milieu d'une altercation qui s'annonçait sanglante. Mais si c'était lui qui se présentait le premier, Sneddon ferait irruption avec son fusil peu après, et qui sait ce qui pourrait se passer…

Affolée, elle chercha son téléphone portable et composa le numéro de son collègue. Morton ne décrocha pas. Il était déjà au garage. Il n'y avait pas une seconde à perdre. Elle appela le QG.

— Homme armé à la station-service de Pascal, sur la rocade, à la hauteur du Toby's Gutter Lane ! cria-t-elle dans l'appareil. Il s'agit de Peter Sneddon, et le sergent Morton est peut-être là-bas ! Je veux une équipe armée sur place, d'urgence !

À ces mots, Rosie lui attrapa la manche.

— Vous êtes sûre qu'ils ne vont pas tirer sur Pete ? Oh, tout ça est ma faute ! En temps normal, mon mari ne ferait pas de mal à une mouche ! Seulement, je lui ai tout dit… Je lui ai parlé de Seb et moi, de nos rendez-vous à la Balaclava House. Avec votre enquête, il aurait fini par l'apprendre de toute façon et j'ai préféré que ce soit par moi. Il est entré dans une rage folle, je ne l'avais jamais vu comme ça…

D'une secousse, Jess se libéra et dévala l'escalier pour sortir par la porte principale. Le chien se redressa aussitôt sur ses pattes et sauta vers elle. Elle l'évita de justesse et se précipita dans sa voiture. Au moment où elle démarrait, elle vit avec contrariété Rosie Sneddon ouvrir la portière et s'installer sur le siège passager. Le chien aboyait comme un fou à présent.

— Madame Sneddon, descendez ! ordonna Jess. Vous devez rester ici ! C'est dangereux…

— Non, je viens avec vous, décréta Rosie. C'est mon mari ! Il m'écoutera ! Il est en colère, mais il ne fera rien si je suis là !

Le moment était mal choisi pour argumenter ; chaque minute était précieuse. Comprenant qu'elle ne pourrait faire sortir Rosie autrement que par la force, Jess agrippa le volant et donna un grand coup d'accélérateur. La voiture démarra dans une vague de boue et fit demi-tour pour repartir par où elle était venue.

Elle ne ralentit pas dans le Toby's Gutter Lane et roula à toute vitesse sans cesser de rebondir entre bosses et flaques d'eau, projetant de grandes giclées de terre sur les côtés. Près d'elle, Rosie se lamentait et priait pour qu'il n'arrive rien à son mari. *Pourvu surtout qu'il n'arrive rien à Morton*, songeait Jess, furieuse. *Ni à personne d'autre.* Même si Sneddon n'avait pas un tempérament violent, là il voyait le monde à travers un brouillard de rage. Ayant perdu tout jugement, et avec un fusil entre les mains, il pouvait se mettre à décharger son arme sur toutes les personnes qu'il rencontrerait.

Lorsqu'elles arrivèrent en vue de la station-service, celle-ci paraissait déserte. Jess se gara à bonne distance sur une zone herbeuse, derrière un gros bosquet de prunelliers.

— Vous, vous ne bougez pas de la voiture ! ordonna-t-elle à Rosie Sneddon. Et je ne vous le redirai pas deux fois !

Elle descendit du véhicule et, restant dissimulée derrière le buisson, observa le garage. La voiture qu'elle avait croisée sur le chemin était là, tout comme celle de Morton, garée près de l'atelier. À l'évidence, Sneddon et le sergent se trouvaient tous deux dans le magasin.

— Allez, allez… murmura Jess à l'intention de l'équipe des renforts qui devait être en route et qui, d'après ses calculs, n'arriverait pas avant cinq bonnes minutes.

Derrière le bosquet de prunelliers se trouvait un fossé profond qui courait jusqu'au garage, bordé de hautes herbes et de pousses sauvages. Jess y descendit et sentit une eau boueuse glaciale s'introduire dans ses chaussures et lui mouiller les chevilles. Courbée en deux pour ne pas être vue, elle progressa vers la station-service et s'arrêta lorsqu'elle put voir l'intérieur du magasin. Elle distingua une silhouette de femme, celle de Maureen, sans doute, les deux mains levées à hauteur des épaules. Ainsi, Sneddon était bien là. Mais Seb Pascal ? Le mari trompé avait-il découvert à son arrivée que ce dernier s'était absenté ? Tenait-il Maureen et le sergent Morton en joue en attendant son retour ? Jess pria pour qu'aucun automobiliste ne choisisse ce moment pour venir prendre de l'essence.

Elle se retourna pour s'assurer que Rosie n'avait pas quitté la voiture. La pauvre femme était si fébrile qu'elle pouvait très bien décider de sortir la rejoindre. À cet instant, un véhicule s'engagea sur la voie d'accès à la station-service et Jess se précipita pour l'arrêter.

— Désolée, dit-elle au conducteur en présentant sa plaque de police, il y a un incident en cours. Vous ne pouvez pas continuer. Faites marche arrière et retournez sur la route !

— Quel genre d'incident ? grommela l'homme, mécontent. J'ai besoin d'essence et je suis pressé !

— Attaque à main armée, rétorqua Jess d'un ton sans appel.

— Et celle-là, alors ? demanda le conducteur en désignant un point derrière Jess.

Elle se retourna et découvrit avec horreur que Rosie avait profité de la diversion pour se mettre à courir sur l'herbe, à découvert, en direction du garage.

— Rosie ! hurla-t-elle en s'élançant à sa poursuite. Revenez ! Vous allez aggraver les choses ! Ne fournissez pas un otage supplémentaire à votre mari ! Les renforts vont arriver, il faut les attendre ! Ils sauront gérer la situation, arrêtez-vous !

Mais Rosie ne l'écoutait pas. Elle continua à courir jusqu'au magasin et se mit à crier :

— Pete ! Pete ! Pose ton fusil et sors ! Je suis là, viens ! La police arrive ! Ils sont armés, Peter ! Ils vont te tirer dessus !

— Ils ne tireront pas s'il jette son arme à l'extérieur du magasin ! lança Jess.

Elle se demanda si Rosie l'avait entendue, concentrée comme elle l'était, mais elle comprit que oui quand cette dernière répéta à l'intention de son mari :

— Jette le fusil à l'extérieur du magasin, Pete ! Comme ça, ils sauront que tu n'es plus armé et ils ne tireront pas !

De sa caisse, Maureen regardait Rosie. Au même moment, on entendit le hurlement des sirènes qui approchaient. Alors, une détonation assourdissante retentit dans le magasin, suivie de cris hystériques.

Une demi-heure plus tôt, Phil Morton avait immobilisé sa voiture dans la station-service de Seb Pascal et pénétré dans le magasin. La caissière l'avait accueilli et l'avait informé que son patron n'était pas là.

— Il est en ville.

— À quelle heure doit-il rentrer ? interrogea Morton en consultant sa montre. Il est parti pour longtemps ?

— Oh ! ça fait une petite heure, il ne va pas tarder. Vous pouvez l'attendre dans son bureau, si vous voulez. Je vais vous préparer un café…

C'était à ce moment-là que la situation était partie en sucette et que cette histoire de fous avait commencé, comme le raconterait Morton par la suite. Les portes automatiques du magasin s'étaient ouvertes et un être apocalyptique avait fait irruption : Pete Sneddon, les yeux exorbités, agité de tressautements et armé d'un fusil, s'était précipité vers le comptoir en hurlant.

— Où est-ce qu'il est ? Je vais lui exploser la cervelle, à cette enflure !

Maureen s'était mise à pousser des cris d'orfraie et Sneddon avait agrippé son fusil à deux mains.

— Arrêtez, Maureen ! ordonna Morton. Calmez-vous ! Et vous aussi, monsieur Sneddon ! Qu'est-ce qui se passe ? Pourquoi ne posez-vous pas votre arme ? Elle ne vous sert à rien. De toute façon, Seb Pascal n'est pas là.

— Quoi, il n'est pas là ?

Le regard fiévreux de Sneddon se promena dans le magasin et s'arrêta sur la porte du bureau. Morton songea à profiter de ce moment de distraction pour se précipiter vers la sortie, mais c'était trop risqué, et cela reviendrait en outre à laisser Maureen seule avec ce fou furieux. Déjà, Sneddon poussait la porte du bureau de l'extrémité de sa botte maculée de boue. Constatant que la petite pièce était bien vide, il refit face aux deux autres.

L'espace d'un instant, il parut perplexe, comme s'il hésitait sur la conduite à tenir, dès lors que son projet initial était tombé à l'eau.

— Vous deux ! cria-t-il soudain en désignant de son arme le sergent Morton et Maureen, qui s'était pétrifiée, les mains en l'air. Vous serez mes otages. Oui, c'est ça, à partir de maintenant, vous êtes mes otages, conclut-il, à l'évidence ravi de sa trouvaille.

— Pourquoi vouliez-vous voir Pascal, Pete ? interrogea Morton aussi calmement que possible. En fait, vous n'avez pas vraiment envie de lui faire du mal…

— Oh que si ! j'ai envie de lui en faire, du mal ! riposta Sneddon. Figurez-vous que ce gars-là saute ma femme !

Ah… songea Morton, consterné, avant de reprendre à voix haute :

— Mais vous savez très bien que ce ne sera pas la bonne façon de régler le problème ! Alors maintenant, avant que vous ayez pu blesser quelqu'un, Pete, vous allez lâcher votre arme et vous et moi, nous allons discuter tranquillement…

Sneddon n'avait rien perdu de sa nervosité, mais l'indécision était venue s'y ajouter. Rien ne se passait comme prévu.

— Non ! rétorqua-t-il. C'est moi qui commande ici ! On va attendre tous les trois que Pascal revienne et vous, vous restez tranquilles et vous vous la fermez. Vous ne dites plus rien, c'est compris ?

Un silence sinistre s'installa dans le magasin. Sneddon se mit à marcher de long en large sous le regard des deux autres. Maureen tremblait comme une feuille, tandis que des larmes silencieuses coulaient sur ses joues. Morton sentait monter en lui une vive colère. Maudit bonhomme, pour qui se prenait-il ? Il déboulait ici comme Butch Cassidy en agitant un fusil que l'on pouvait supposer chargé, et il fichait une frousse bleue à une femme qui n'avait rien demandé ! Encore heureux qu'il n'y ait pas eu de clients ! Mais il pouvait en arriver à tout moment… Qui sait, si ça continuait comme ça, Sneddon se retrouverait peut-être avec une ou deux dizaines d'otages ? *Il connaît Maureen*, songea encore Morton. *Il ne lui fera aucun mal. S'il doit décharger son arme sur quelqu'un avant le retour de Pascal, ce sera sur moi.* Avec une infinie lenteur, il commença à se décaler vers la gauche pour tenter de se mettre à l'abri derrière un rayon de biscuits et de friandises qui lui arrivait à mi-hauteur. Au moindre mouvement menaçant de Sneddon, il pourrait se jeter au sol, en espérant que la gondole le protégerait.

— Hé ! le flic, je vous ai dit de ne pas bouger ! aboya Sneddon. Vous croyez que je ne vous vois pas ? Faites comme Maureen, mettez les mains en l'air. Et maintenant, restez comme ça, c'est compris ? Vous ne remuez pas d'un poil…

Les minutes s'égrenèrent, chargées d'angoisse. Sneddon continuait à aller et venir, en se parlant parfois à lui-même. Maureen gémissait doucement. Morton se demanda de nouveau s'il ne fallait pas tenter un mouvement, mais il n'était pas seul et, si des coups de feu partaient, Maureen risquait de prendre une balle perdue.

Il lui sembla tout à coup entendre des cris de femme venus de l'extérieur et, lorsqu'il se tourna vers la vitrine, Rosie Sneddon arrivait en courant. Dans un mouvement convulsif, Sneddon la découvrit et ses yeux exorbités s'ouvrirent davantage encore, si tant est que ce fût possible.

— Rosie ?

— Pete, Peter ! cria-t-elle. Pose ton fusil et sors du magasin, je t'en prie !

— C'est ma femme, articula Sneddon, interloqué, en dévisageant ses deux otages. Qu'est-ce qu'elle fait ici ? Comment est-ce qu'elle a pu sortir de l'armoire ?

Morton tressaillit. À son grand désespoir, les portes coulissantes du magasin s'ouvrirent et Rosie se précipita à l'intérieur. Sneddon esquissa un mouvement dans sa direction, le fusil s'éleva dans les airs et une déflagration assourdissante éclata. Un gros morceau de plâtre vint s'écraser sur le sol, laissant un trou béant dans le plafond au-dessus de leurs têtes. Morton et Maureen s'étaient l'un et l'autre jetés au sol.

Comme sidéré, Sneddon contempla les dégâts, manifestement incapable de croire qu'il en était la cause.

— Pete !

La voix de Rosie était haut perchée, mais déterminée.

— Pete, qu'est-ce que tu fabriques ? On n'est pas au Far West, ici ! Arrête de faire l'imbécile, tu t'imagines si tu tues quelqu'un ? Pose ton fusil maintenant !

En tant que technique de négociation avec un forcené armé, cette façon de faire laissait à désirer, mais Rosie eut gain de cause. Sneddon lâcha son arme, qui tomba au sol avec un bruit sec.

— Dieu soit loué ! murmura Morton en se redressant pour la récupérer au plus vite.

Maureen, de son côté, estima qu'elle pouvait se remettre à hurler.

14

— Je suis désolée qu'elle soit sortie de la voiture, monsieur. Cela n'aurait pas dû se produire. Elle a piqué un sprint vers le garage comme une championne olympique…

Jess poussa un soupir.

— Ensuite, l'équipe des renforts est arrivée, Phil a jeté le fusil de chasse par la porte et nous a crié que la situation était sous contrôle. Après ça, tout est allé très vite. On a ramené Maureen chez elle… enfin, Mme Wilson… pour qu'elle se remette. J'irai recueillir sa déposition tout à l'heure. Elle habite Weston-Saint-Ambrose.

— Vous devriez rentrer chez vous, Phil, lança le commissaire Carter au sergent, et prendre ce qu'il reste de votre journée. J'interrogerai Sneddon moi-même. Où se trouve sa femme en ce moment, Jess ?

— Dans une salle d'interrogatoire du rez-de-chaussée, avec Bennison. J'allais chez elle pour recueillir sa version de l'histoire d'Alfie quand Pete Sneddon m'a croisée à toute allure dans le Toby's Gutter Lane. Il roulait comme un fou, mais je n'étais pas sûre que c'était lui, je ne l'avais jamais vu… Et je ne pouvais pas imaginer qu'il allait à la station-service !

Elle esquissa une grimace.

— Rosie avait décidé que la confession était une bonne chose pour la paix de l'âme et elle lui avait révélé sa liaison avec Pascal. C'est ça qui a tout déclenché.

Rosie était recroquevillée sur une chaise devant une tasse de thé à laquelle elle n'avait pas touché et Bennison se tenait près d'elle. Le lieutenant enclencha le magnétophone à l'arrivée de Jess et annonça dans le micro :

— L'inspecteur Campbell entre en salle d'interrogatoire.

Elle consulta sa montre et précisa le jour et l'heure.

— Très bien, Rosie, commença Jess en approchant une chaise. Vous sentez-vous d'attaque pour me raconter en détail tout ce qui s'est passé ?

La femme posa sur elle un regard angoissé.

— Qu'est-ce qu'il va arriver à Pete ? demanda-t-elle.

— Je ne peux pas vous le dire pour le moment. Si vous me racontiez simplement la succession d'événements qui a conduit à tout ça ?

— Ça s'est passé comme je vous l'ai dit, articula Rosie d'une voix à peine audible.

— Buvez un peu de thé, intervint Bennison en se penchant vers elle, faisant balancer en tous sens ses innombrables tresses.

Docile, Rosie saisit la tasse et en sirota quelques gorgées. Lorsqu'elle reprit la parole, sa voix était plus ferme.

— C'était idiot de penser que Seb et moi, nous pourrions garder ça secret éternellement…

— Que voulez-vous dire par « ça » ? s'enquit Jess.

— Notre liaison. Si tant est qu'on puisse appeler ça comme ça. C'est drôle… D'habitude, quand on parle de « liaison », c'est chic, c'est *glamour*, pas vrai ? Alors que Seb et moi, ça ne l'était pas du tout. C'était absolument ordinaire, et pas romantique pour deux sous.

— Comment cela a-t-il commencé ?

Rosie eut un haussement d'épaules désabusé.

— Je ne sais plus trop. C'était il y a six mois. Pete est quelqu'un de bien et un bon mari. Un bon père aussi. Nous avons deux filles, qui sont mariées maintenant. Je me demande comment je vais pouvoir leur expliquer ça…

Elle tendit les mains en un geste d'impuissance.

— Je ne veux pas leur faire de peine, et à Pete non plus. Seb, je ne suis pas amoureuse de lui, c'est mon mari que j'aime ! Le problème, c'est que, depuis que les filles sont parties, je me retrouve seule à la ferme. Pete passe toute la journée aux champs et, quand il n'y est pas, il a des rendez-vous à droite et à gauche. Alors, quand il rentre le soir, il est vanné et on ne peut pas lui tirer deux mots. Moi, j'ai besoin de compagnie. C'était ça que je recherchais, en fait. Pas du sexe. Je voulais de la compagnie, et aussi un peu d'excitation, c'est vrai. Sortir du train-train quotidien, une heure par-ci par-là… Appelez ça la crise de la cinquantaine si vous voulez ! N'empêche que c'était la première fois, ça ne m'était jamais venu à l'idée avant ! Et puis voilà, c'est arrivé… Il faut dire que c'était tellement simple !

Elle renifla et chassa du bas de la paume les larmes qui s'étaient mises à couler sur ses joues. Bennison lui tendit une poignée de mouchoirs en papier avec lesquels elle s'essuya le visage.

— Seb, je le connaissais depuis longtemps, murmura-t-elle. J'allais toujours prendre de l'essence à sa station-service.

— Pourriez-vous parler un peu plus fort, Rosie ? demanda Jess.

Rosie hocha la tête et s'éclaircit la gorge.

— Je lui apportais ma voiture à réparer aussi. On se parlait un peu, enfin, le genre de bavardage agréable, vous voyez… Alors un matin, après avoir fait le plein, je me suis arrêtée comme d'habitude pour discuter avec lui en sortant du magasin. Il regardait la route. Son horrible apprenti n'était pas là ce jour-là. On a engagé la conversation et, pendant qu'on parlait, M. Monty est passé. Il allait en ville, comme tous les matins. Ce pauvre monsieur… Seb m'a expliqué qu'il lui avait proposé plusieurs fois de l'emmener en voiture, mais qu'il ne voulait jamais. Il a ajouté qu'il était têtu comme une mule. Je lui ai répondu qu'on se faisait tous du souci pour lui : Pete et moi, et les Colley. Il faut dire qu'on le connaît depuis toujours. Sa maison tombe en ruine et en plus, ai-je ajouté, il ne ferme jamais sa porte à clé quand il sort.

Elle s'interrompit, hésitante, et prit une profonde inspiration.

— C'est là, quand je lui ai dit ça, que Seb a proposé qu'on se retrouve à la Balaclava House, lui et moi, pendant que Monty était en ville. Ça m'a choquée. Jamais il ne me serait venu à l'idée de faire une chose pareille ! J'ai refusé. J'étais indignée. En plus, je ne comprenais pas, parce que je n'avais jamais donné le moindre encouragement à Seb ! En tout cas, pas consciemment. Il m'a demandé d'y réfléchir quand même.

« Ce soir-là, Pete est rentré lessivé de sa journée de travail. Il s'est mis à table et il a mangé sans me dire un seul mot. J'ai essayé de lui parler un peu, mais rien à faire : il me répondait par des grognements, ou juste en hochant la tête. Alors j'ai pensé : “Qu'est-ce que c'est que cette vie-là ? C'est ça qui m'attend pendant tout le reste de mon existence ? Je mérite mieux, quand même…”

Elle se redressa et considéra ses deux interlocutrices d'un air de défi. Bennison hocha pensivement la tête et Jess songea que Rosie avait dû toucher une corde sensible chez elle.

Le silence plana un moment. Rosie but quelques gorgées de thé, puis reposa la tasse sur la soucoupe et demeura silencieuse. Jess et Bennison attendirent.

— Je crois qu'une semaine ou deux ont passé, reprit-elle enfin, et puis j'ai dit d'accord à Seb. Mais je l'ai prévenu qu'on devrait faire très très attention. J'avais énormément réfléchi à la question. Vu qu'il n'y avait rien de plus facile que de cambrioler la Balaclava House, j'étais sûre que ça se produirait un jour. Il y a des dizaines d'objets anciens dans ce manoir, des antiquités qu'on peut revendre à bon prix. J'ai l'habitude de regarder ces émissions à la télé, vous savez, ces gens qui ont de vieilles choses et qui ne savent pas quoi en faire : des vases de leur arrière-tante ou des horloges de leur grand-père. On évalue les prix pour eux. C'est incroyable, mais tout ça coûte cher, en fait ! Du coup, j'ai pensé que, s'il y avait un cambriolage et que la police retrouve nos empreintes dans la maison, nous risquions de passer un mauvais quart d'heure…

Rosie les considéra un instant, comme pour s'assurer qu'elles comprenaient.

— Oui, précisa-t-elle, parce que, si on retrouvait nos empreintes, on penserait que c'était nous, les cambrioleurs.

— Vous vous êtes mis dans une drôle de situation, tous les deux, commenta Jess. Dès lors, chaque fois que vous veniez, vous preniez le temps de tout nettoyer à fond avant de repartir. Bravo, c'était impeccable, et nous nous sommes sacrément creusé la cervelle, je peux vous le dire, pour comprendre qui pouvait bien faire le ménage de cette façon…

Rosie hocha vigoureusement la tête.

— Oui, et en plus, j'emportais toujours un drap avec moi quand j'y allais.

Elle rougit.

— J'avais lu des articles sur l'ADN, vous comprenez. Et comme Seb avait acheté cette couette qui restait sur le lit… Alors je l'enveloppais bien soigneusement dans mon drap avant de… enfin, vous voyez ce que je veux dire… Ensuite, je remportais le drap à la maison et je le lavais.

Elle baissa les yeux vers son thé qui refroidissait.

— Et chaque fois que j'étendais ma lessive, je me disais que c'était vraiment dégoûtant, ce que nous faisions. Parce que, comme je vous l'ai dit, je n'étais pas amoureuse du tout. Et puis, on ne s'amusait pas vraiment, Seb et moi. J'ai vite pensé à arrêter. Je devais expliquer à Seb que c'était trop risqué. J'avais toujours peur qu'on se fasse surprendre, que M. Monty rentre plus tôt, ou que quelqu'un d'autre arrive. Et c'est d'ailleurs ce qui s'est passé un jour. On a bien failli se faire prendre…

Jess se redressa sur son siège.

— Ah bon ? Quelqu'un est venu ? Quand était-ce ?

Rosie fronça les sourcils.

— Il y a deux mois, je crois, répondit-elle. Je ne peux pas vous dire la date exacte, mais c'est à peu près ça. Vous pourrez demander à Seb, si vous voulez. On a entendu une voiture s'arrêter devant la maison et une portière claquer. Ensuite, il y a eu des bruits de pas en bas. La chambre qu'on utilisait donnait sur l'arrière. La personne qui était là avait fait le tour et elle était dans le jardin, juste sous notre fenêtre.

Rosie déglutit.

— J'étais terrorisée, je peux vous le dire. Seb est allé regarder en se planquant derrière le rideau. Il y avait quelqu'un en bas, un étranger, qui se comportait bizarrement, m'a-t-il dit. Il regardait dans la cuisine, il avait collé son visage à la vitre.

Jess et Bennison hochèrent toutes deux la tête.

— Ensuite, le bonhomme a quitté la fenêtre et il s'est mis à explorer le jardin. En tout cas, c'est ce qu'il avait l'air de faire. Quand Seb m'a dit ça, j'ai pris mon courage à deux mains et je suis allée regarder moi aussi. C'est sûr, je n'avais jamais vu ce type de ma vie. Il était plutôt bien bâti, il devait avoir dans les quarante ans, ou peut-être un peu moins, et il était très bien habillé. Ça ne pouvait pas être un ouvrier qui serait venu faire des réparations ou quelque chose, c'est sûr. Je me suis dit que c'était peut-être un agent immobilier, parce que M. Monty pensait mettre la maison en vente…

— Vous rappelez-vous quels vêtements portait cet homme ? la pressa Jess.

Rosie hocha la tête.

— Oui, ça, je m'en souviens très bien : il avait une belle veste en cuir marron et un pantalon beige clair. Il se promenait dans le parc et avait l'air de tout examiner avec beaucoup d'attention. Comme la végétation pousse dans tous les sens là-bas, on le voyait disparaître derrière des arbres ou des buissons, et puis il réapparaissait. Ça a duré… oh ! un quart d'heure, à peu près. Je ne comprends vraiment pas ce qu'il pouvait chercher dans cette jungle… J'ai chuchoté à Seb…

Elle s'interrompit et eut un sourire.

— Je ne sais pas pourquoi j'ai chuchoté, le type ne pouvait pas nous entendre de là où il était, mais j'ai chuchoté quand même : « Qu'est-ce qu'on va faire s'il monte ? » et il m'a répondu que, dans ce cas, ce serait plutôt à nous de lui demander ce qu'il fabriquait dans la maison. Parce que, d'après lui, ce type n'avait rien à y faire. Il m'a dit que, s'il montait, ce serait lui qui aurait la peur de sa vie. Ça ne m'a pas convaincue. Le gars pouvait très bien chercher à entrer dans la maison une fois qu'il aurait exploré le parc. J'ai repensé aux cambriolages. Peut-être qu'il était là pour ça, en fait, même s'il n'en avait pas l'air ! Ou alors, ça pouvait être un trafiquant… Il y en a, des gens qui regardent comme ça par les fenêtres des vieilles maisons pour voir s'il n'y aurait pas des choses intéressantes, non ? Ensuite, ils se présentent à la porte et ils harcèlent les vieilles personnes pour leur acheter leurs objets à des prix ridicules. C'est arrivé à la tante de Pete. Ce gars-là pouvait avoir la même idée en tête…

« Bref, il a quand même fini par s'en aller. On a de nouveau entendu la portière claquer et sa voiture est repartie. J'avais les jambes en coton. Je me suis assise sur le lit ; je tremblais de tous mes membres.

— Vous est-il arrivé de revoir cet homme ensuite ? Près de la Balaclava House ou ailleurs ? À vous ou à Seb Pascal ? Il ne s'est jamais arrêté à la station-service pour prendre de l'essence, par exemple ?

Rosie secoua la tête.

— Non. Moi, je ne l'ai jamais revu, et Seb non plus. Parce que je lui ai posé la question plus d'une fois ! Il est sûr que le type n'est jamais venu au garage, parce qu'il a fait attention, figurez-vous ! On est restés deux semaines sans retourner au manoir. J'avais eu tellement peur qu'il m'a fallu tout ce temps pour trouver le courage de recommencer. Je crois que cet incident a secoué Seb aussi. Il faisait comme si tout allait bien, mais quand on était là-bas, je le voyais sursauter au moindre bruit et regarder par la fenêtre chaque fois qu'il pouvait. On aurait mieux fait d'arrêter à ce moment-là, de ne plus se rencontrer. C'était un avertissement, on aurait dû en tenir compte.

Elle avait prononcé ces derniers mots d'une voix faible et Jess s'aperçut qu'elle était au bord des larmes.

— Très bien, déclara-t-elle d'un ton bienveillant. Je sais que c'est très difficile pour vous, Rosie, mais essayez tout de même de nous raconter ce qui s'est passé ensuite.

— Excusez-moi…

Rosie renifla et prit d'autres mouchoirs en papier dans la boîte.

— Tout va bien, assura Jess. Maintenant, je veux que vous pensiez au jour où nous avons trouvé le corps à la Balaclava House.

Jess retint son souffle. La question risquait de déclencher une crise de panique chez le témoin. De fait, Rosie parut terrifiée et se leva à demi de sa chaise.

— Seb et moi, nous n'avons rien à voir là-dedans ! s'écria-t-elle.

— Bien sûr, personne ne dit le contraire ! assura Jess. Mais étiez-vous allés à la Balaclava House ce jour-là ? Vous êtes-vous retrouvés là-bas comme vous en aviez l'habitude ?

— Non ! Non, Dieu merci ! Sinon, nous aurions été mêlés à toute cette histoire…

Elle se laissa retomber sur sa chaise.

— Remarquez, ça nous aurait donné une bonne leçon, enchaîna-t-elle. On n'aurait jamais dû faire ce qu'on a fait ! Quand j'ai appris qu'il y avait eu ce mort, j'ai tout de suite pensé que c'était une punition. C'est idiot de croire ça, comme si j'étais le centre du monde, mais je me sens tellement coupable ! C'est Seb qui m'en a parlé. J'étais allée chercher de l'essence et, en passant, j'avais vu des voitures de police devant la Balaclava House. J'ai demandé à Seb s'il savait ce qui se passait et il m'a raconté qu'il avait vu M. Monty partir dans la petite décapotable de Mme Harwell, qu'il avait appelé Gary Colley et que Gary lui avait expliqué qu'on avait trouvé un mort dans la maison. J'ai failli m'évanouir… Je lui ai dit que c'était fichu, que la police allait forcément découvrir ce qu'on faisait. Il m'a dit que non, qu'il ne fallait pas s'affoler, qu'il n'y avait aucune raison d'avoir peur… Nous avions toujours pris énormément de précautions. Et même si la police trouvait une empreinte digitale ou deux, elle n'avait pas les nôtres, et elle ne pourrait pas… enfin, je veux dire, *vous* ne pourriez pas, rectifia-t-elle en lançant à Jess un regard d'excuse, deviner que c'était nous, ni avoir l'idée de les comparer avec les nôtres. Il était sûr que nous n'avions rien à craindre. Mais moi, non. Je n'arrêtais pas de penser que c'était horrible, ce mort trouvé dans le manoir, et je me disais qu'on aurait très bien pu être en haut au moment où c'était arrivé. Enfin, quand ce malheureux était mort… Après ça, il n'était plus question de se retrouver là-bas, évidemment ! Pour vous dire la vérité, j'aurais même voulu ne plus jamais revoir Seb, nulle part ! J'ai l'impression qu'il pensait comme moi. On avait navigué trop près du vent et on avait failli se retrouver embourbés dans une sale histoire.

« Et puis, il y avait son apprenti… Alfie. J'étais sûre qu'il soupçonnait quelque chose entre Seb et moi. L'autre jour, il est venu me parler. C'était le lendemain de la découverte du corps, j'étais allée au garage alors que je n'avais pas besoin d'essence, juste pour demander à Seb s'il y avait du nouveau. Seulement, Seb n'était pas là, et Alfie a commencé à me poser des questions. Il ne voulait plus me lâcher ! Il était là, avec ses petits sourires entendus, comme s'il était au courant de tout et qu'il trouvait ça très drôle. Apparemment, il avait compris que j'étais juste venue pour voir Seb. À ce moment-là, je me suis dit que je n'avais plus le choix : il fallait que je raconte tout à Pete, que je lui avoue la vérité. Ça n'allait pas être du gâteau et il serait très en colère. Mais ce serait encore pire s'il l'apprenait par quelqu'un d'autre. Avec Alfie qui savait tout – je n'avais plus le moindre doute là-dessus – et qui allait nous causer des soucis… Par exemple, il pouvait chercher à nous faire chanter, Seb et moi. Je savais qu'il avait fait beaucoup de bêtises dans sa vie. Maureen m'en avait parlé. Alfie est son neveu. Même elle, elle dit que c'est un mauvais garçon…

Rosie poussa un soupir.

— Alors j'ai tout déballé à Pete… reprit-elle d'une voix faible. Je me doutais qu'il serait fâché et que ça lui ferait du mal – et même *surtout* que ça lui ferait du mal –, mais jamais je n'aurais imaginé qu'il allait devenir fou comme ça, au point d'aller chercher son vieux fusil…

Quand le commissaire Carter pénétra dans le magasin de la station-service, une jeune blonde aux cheveux courts en bataille et au sourcil percé d'une épingle de nourrice tenait la caisse. Elle rendait la monnaie à un motocycliste et il n'y avait pas trace de Seb Pascal. Tout en attendant le départ du client, Carter leva les yeux vers la protection en plastique qui bouchait désormais le trou au plafond. Il se demanda si Pascal était là, dans son bureau, ou s'il avait trop peur pour revenir travailler, même en sachant Pete Sneddon sous les verrous. Le fermier serait bientôt traduit devant un magistrat et passerait certainement en cour d'assises. Quant à savoir s'il serait libéré sous caution en attendant, c'était une autre histoire. Étant donné ses responsabilités à la ferme et les animaux qu'il avait à sa charge, on pouvait le penser. Toujours est-il qu'on lui avait confisqué son fusil de chasse. Pour l'heure, l'infortunée Rosie tenait l'exploitation avec l'aide d'un fermier à la retraite, qui avait noblement quitté son confortable pavillon et sa paisible oisiveté pour reprendre du service et piétiner dans la boue.

Le motard sortit enfin du magasin et Carter présenta sa plaque à la jeune caissière en lui demandant si Seb Pascal était là. La fille le fixa un instant, puis leva sur le commissaire un regard absent. Enfin, comme au prix d'un immense effort, elle l'informa que Pascal était dans son bureau.

— Très bien, j'y vais, répondit-il en songeant qu'il fallait être au désespoir pour confier une quelconque responsabilité, qui plus est la caisse du magasin, à une fille de ce genre.

La panique envahit les traits de son interlocutrice.

— Eh, mais c'est privé ! protesta-t-elle.

— Enquête de police, rétorqua Carter.

— Je ne sais pas…

— Moi, si.

Pascal reçut sa visite avec une morne résignation, à laquelle se mêlait beaucoup de nervosité.

Moi aussi, je serais inquiet à ta place, songea le commissaire.

— Comment va le policier ? s'enquit d'emblée Pascal. Votre sergent ?

— Ça va, répondit sèchement Carter.

— Si je m'étais douté que Pete déboulerait ici l'arme au poing… soupira le garagiste. Et en plus, rien ne dit que l'assurance va me rembourser les travaux pour ce trou qu'il m'a fait dans le plafond !

Carter ignora la remarque et désigna du menton le magasin derrière lui.

— La caissière, ce n'est pas Mme Wilson, n'est-ce pas ?

Pascal parut encore plus abattu.

— Non, Maureen m'a donné sa démission. Elle ne se voit pas retravailler ici. Elle dit qu'elle ne se sent plus en sécurité. J'ai eu beau lui répéter que Pete était dans une cellule et qu'on lui avait confisqué son fusil, il n'y a rien eu à faire. En plus, Pete n'avait pas voulu s'en prendre à la caisse. Elle sait que c'était purement personnel. Seulement elle a pris sa décision et elle ne changera pas d'avis. J'ai dû trouver quelqu'un pour la remplacer… en urgence, précisa-t-il avec une grimace.

— Ça ne me surprend pas qu'elle soit partie, déclara Carter. Elle a couru un réel danger. C'est une chance que personne n'ait été blessé.

— Peut-être qu'elle reviendra quand elle aura eu du temps pour réfléchir, reprit Pascal sans conviction.

Carter hocha la tête. En fait, il se souciait très peu de ces problèmes de personnel et il décida de passer aux choses sérieuses.

— Avec Mme Sneddon, commença-t-il, vous avez utilisé une chambre de la Balaclava House pour une série de rencontres, en profitant de l'absence du propriétaire, M. Bickerstaffe.

— Oui, et j'aimerais bien savoir quel est l'enfant de salaud qui nous a dénoncés ! pesta Pascal.

— Nous avons reçu des informations.

Pascal le scruta d'un œil noir.

— Mais de qui ? Personne n'était au courant. Enfin, les Colley ont pu nous voir, peut-être, mais ce n'est pas leur genre d'aller cafarder à la police !

Il se mordit la lèvre.

— C'est ce petit vaurien d'Alfie, hein ?

Il attendit une réponse qui ne vint pas.

— Bon, reprit-il, de toute façon, vous n'avez pas besoin de me le dire, je sais que c'est lui. Il passe son temps à m'espionner. C'est vraiment pour faire plaisir à Maureen que je l'ai embauché ! Elle croyait que, s'il avait un travail régulier, il finirait par devenir raisonnable et par avoir envie de faire quelque chose de sa vie. Tu parles ! Vous l'avez de nouveau attrapé en train de vendre ses pilules du bonheur et son hasch, c'est ça, hein ? En tout cas, il n'a pas eu le cran de revenir ici depuis. Mais il ne perd rien pour attendre. Il habite Weston-Saint-Ambrose, comme moi, et il ne pourra pas m'éviter bien longtemps !

— Si vous avez des idées de violence en tête, monsieur Pascal, je vous déconseille fortement de tenter quoi que ce soit !

— Pas d'inquiétude. J'ai beau crever d'envie de lui donner une leçon dont il se souviendra, je ne le ferai pas. Mais je peux quand même lui pourrir la vie…

Il considéra Carter d'un regard songeur, avant de reprendre :

— Vous savez, on n'est jamais entrés par effraction dans la Balaclava, Rosie et moi. Monty la laissait ouverte, n'importe qui pouvait y aller. Et puis on n'a jamais rien pris. C'est peut-être une violation de propriété, d'accord, mais rien d'autre.

— Je vois que vous avez réfléchi à la question, rétorqua le commissaire. Vous avez peut-être même consulté un avocat, n'est-ce pas ? Le jour où le mort a été découvert, nous avons fouillé la maison et nous avons remarqué que la chambre avait été utilisée.

Pascal poussa un soupir.

— Oui, je sais, répondit-il. Rosie avait une frousse bleue à l'idée que vous puissiez tout découvrir. Elle voulait que je retourne voir si nous n'avions rien laissé et que je nettoie encore un peu. Mais ce n'était pas une bonne idée, il ne fallait plus rien toucher dans cette chambre. Parce que vous aviez pris des photos, pas vrai ? Si un seul objet avait changé de place, vous vous en seriez aperçus.

Il secoua la tête.

— En fait, elle a paniqué, c'est normal. Et pour vous dire la vérité, j'ai eu peur moi aussi.

— Il y avait de quoi, monsieur, vous étiez allés trop loin. Mais ce n'est pas pour vous parler de votre petite aventure avec Mme Sneddon que je suis venu ici. Mme Sneddon nous a dit qu'un jour il y a eu un visiteur dans le parc de la Balaclava House alors que vous vous trouviez là. Quelqu'un que ni vous ni elle ne connaissiez.

Manifestement soulagé de ce changement de sujet, Pascal hocha la tête.

— Oui, c'est vrai qu'on a vu un type une fois. Au début, quand j'ai entendu la voiture s'arrêter en bas, j'ai cru que c'était Mme Harwell. Elle vient de temps en temps rendre visite à son oncle. Je ne sais pas pourquoi elle s'acharne à s'occuper de lui, ils ne s'entendent pas du tout, tous les deux. Il doit y avoir une histoire d'héritage à la clé… Le vieux Monty est fauché comme les blés, bien sûr, mais il reste de beaux objets anciens dans la maison. Beaucoup. Tout ça doit valoir quelque chose.

— Mme Sneddon nous a fait la même observation.

— En tout cas, nous, on n'a jamais rien pris, je vous le répète ! s'enflamma Pascal. On aurait pu, n'importe qui aurait pu. D'ailleurs, c'est un miracle que la maison n'ait jamais été cambriolée. Mais nous, on ne touchait jamais à rien !

Vous aviez trop peur de laisser vos empreintes, commenta sombrement Carter en lui-même.

— Mme Sneddon craignait qu'en cas de cambriolage vous ne vous retrouviez incriminés, dit-il à haute voix. Et quand vous avez vu un étranger faire des repérages dans la propriété, elle a eu peur qu'il ne s'agisse d'un voleur.

— Moi aussi, j'ai eu peur, confirma Pascal. Les intentions de ce type n'étaient pas catholiques. Crapahuter dans le parc comme ça… Je ne sais pas s'il a essayé d'entrer dans la maison, mais ça m'étonnerait, parce qu'il lui aurait suffi de pousser la porte pour s'apercevoir que c'était ouvert. Quand j'ai regardé en bas, il avait le visage collé à la fenêtre de la cuisine. Ensuite, il a commencé à déambuler à travers le parc. C'est très grand et la végétation pousse dans tous les sens, ça lui a pris vingt bonnes minutes pour en faire le tour. Rosie n'était pas loin de la crise de nerfs et je me demandais si je devais avoir plus peur d'elle ou de lui ! Elle aurait pu devenir hystérique à ce moment-là… Enfin, heureusement, le gars a fini par s'en aller.

— Vous est-il arrivé de le revoir ensuite ?

— Non, jamais. Il n'est pas revenu dans le coin. Si je l'avais surpris de nouveau dans ce parc, je pense que je serais allé lui demander ce qu'il cherchait.

Carter haussa les sourcils.

— Vous n'étiez pas tellement en position de lui faire la leçon, me semble-t-il !

— Il n'aurait pas pu savoir que je venais de l'intérieur, se défendit Pascal avec un haussement d'épaules. Peut-être qu'il l'aurait pensé, mais il n'aurait pas eu de preuves. Il était à l'arrière et Rosie et moi, on entrait toujours par la porte principale.

Carter sortit de sa poche intérieure la photographie prise à l'hippodrome. Il la tendit en silence à Pascal, qui hésita un instant avant de la saisir en fronçant les sourcils.

— Oui, c'est ce gars-là, confirma-t-il. Il n'était pas habillé pareil, mais c'est lui. J'avais bien mémorisé son visage pour m'en souvenir, parce que je me suis dit qu'il pourrait peut-être revenir, ou même s'arrêter à la station-service.

Il rendit la photo à Carter.

— Alors c'est lui qui est mort ? demanda-t-il en observant le commissaire avec attention. C'est pour ça que vous vous baladez avec sa photo ?

— Oui.

Pascal réfléchit, puis il sourit.

— C'est drôle, quand même, déclara-t-il.

Drôle, ce n'est pas le mot, songea le commissaire. *Disons plutôt « étrange ». Tu peux sourire, ça n'a rien de comique, crois-moi. Tu es persuadé que tu n'as rien à craindre, mais tu ne perds rien pour attendre...*

Il reprit la parole sans quitter son interlocuteur des yeux, attentif à ses réactions.

— J'ai une question à vous poser, monsieur. Est-ce que, avec ou sans l'aide de Mme Sneddon, vous auriez porté la victime – cet homme sur la photo – à l'intérieur de la Balaclava House et l'auriez déposé sur un canapé du salon ?

Le sourire de Pascal s'évanouit et sa bouche s'entrouvrit sous le coup de la surprise. Il contempla Carter, horrifié.

— Quoi ? Moi… ? Nous… ? Mais non, enfin, puisqu'on n'était pas là ! On n'a rien à voir avec cette histoire de cadavre, rien du tout !

— Laissez-moi reformuler ma question, et je vous demande de bien réfléchir : êtes-vous sûr que vous n'avez pas trouvé cet homme dehors, près de la maison, au moment où vous êtes ressortis ? Vous avez constaté qu'il était très malade, mais comme ce qui vous importait surtout, c'était de protéger votre réputation et celle de votre amie, vous vous êtes contentés de le transporter à l'intérieur et de le laisser là, en pensant que le propriétaire le découvrirait à son retour et qu'il s'en occuperait.

— Mais non ! Pas du tout ! On n'était pas là ce jour-là, je vous dis !

Pascal avait presque hurlé et Carter ne douta plus qu'il disait la vérité. La théorie de Morton tombait à l'eau. Jess n'avait pas semblé y porter crédit, mais lui-même l'avait considérée comme une éventualité. Non, les choses ne s'étaient pas passées de cette façon.

— Je vous remercie, monsieur, dit-il. Je reprendrai peut-être contact avec vous… à moins que ce ne soit M. Bickerstaffe qui le fasse. Ou plus probablement sa nièce, ajouta-t-il en souriant.

Pascal porta les mains à son visage.

— Oh ! bon sang… gémit-il.

15

Après avoir quitté Pascal, Carter demeura un moment dans sa voiture, à réfléchir à ce qu'il allait faire. Il n'était qu'à quelques minutes de la Balaclava House et il avait envie de marcher sur les traces de Jay Taylor. Que cherchait-il le jour où Pascal et Rosie Sneddon l'avaient aperçu de la fenêtre, en train de tourner en rond dans ce qui avait été un parc somptueux ? Il convenait aussi de vérifier que nul n'avait pénétré dans le manoir, ni même à l'intéricur des grilles. Les propriétés que l'on savait désertes attiraient les vandales.

Il démarra donc et prit la direction du Toby's Gutter Lane en sentant sur lui le regard accablé de Seb Pascal, qui l'observait du magasin.

La maison était toujours aussi sinistre et solitaire mais, lorsqu'il arriva, une vieille Ford Fiesta était garée devant l'entrée.

Sur ses gardes, Carter descendit de voiture, poussa la grille rouillée et s'approcha en espérant ne pas découvrir un nouveau cadavre dans le salon. La porte d'entrée était entrouverte et le ruban de plastique bleu et blanc de la police gisait en tas sur le sol. Arrivait-il trop tard ? Avait-on déjà pillé les lieux ? Cela coûterait cher à la police… Il poussa la porte et tendit l'oreille. Tout était silencieux.

Il pénétra dans le hall et s'immobilisa, peinant à reconstituer la splendeur passée de cet intérieur. La lumière tamisée qui parvenait par le vitrail du premier étage formait des taches de couleur dans le vaste escalier. Malgré l'oppressant silence, Carter sentit qu'il n'était pas seul dans la maison. Il attendit, à l'affût, et entendit soudain comme le choc d'un verre ou d'une tasse sur une table, puis le raclement d'une chaise sur le sol.

— Police ! cria-t-il aussitôt.

Il lui sembla percevoir une exclamation. Il en était à se demander si cela n'avait pas été le fruit de son imagination lorsqu'au fond du couloir, une femme se profila dans la pénombre. Avec l'éclairage qui arrivait derrière elle, Carter ne distinguait qu'une fine silhouette aux cheveux longs qui portait une sorte de manteau informe.

— Qui êtes-vous ?

La voix féminine était forte, confiante et éduquée. Jeune aussi.

— Commissaire Carter, lança-t-il.

Il sortit sa plaque et la tendit devant lui. L'inconnue s'approcha d'un pas rapide et il put alors la voir distinctement. Elle n'avait pas plus de vingt ans et ses cheveux blonds lui retombaient sur les épaules en cascade d'or pâle. On pouvait la trouver jolie si l'on aimait les traits anguleux. Ce qu'il avait pris pour un manteau était un épais gilet de laine aux motifs géométriques. Elle étudia avec attention l'insigne qu'il continuait à tenir devant lui.

— La photo ne vous fait pas justice, commenta-t-elle.

C'était une simple observation, délivrée d'un ton détaché.

— Elle n'est pas censée être flatteuse, répliqua-t-il.

Il remit la plaque dans sa poche, vaguement agacé.

— Qu'est-ce que vous faites ici ? reprit la jeune fille sur le même ton déconcertant.

— Vous inversez les rôles, répondit-il. Cette question, c'est moi qui vous la pose.

— C'est la maison de mon oncle. Je viens voir si tout va bien.

— Ah, fit Carter, vous êtes Tansy Harwell.

— Non. Je suis Tansy Peterson.

Il acquiesça. Il aurait dû y penser. Bridget Harwell avait été plusieurs fois mariée.

— Je vous prie de m'excuser, dit-il.

— Inutile. C'est la faute de ma mère, avec tous ces maris qu'elle a eus…

Elle esquissa un sourire en coin et poursuivit :

— Oncle Monty est chez nous en ce moment, vous êtes au courant… Alors la maison est vide et ça inquiète maman. Elle m'a envoyée vérifier que tout allait bien. J'ai les clés. Maman les a prises à oncle Monty…

Elle sortit le trousseau de la poche de son gilet et le fit tinter.

— Vous n'avez pas emmené M. Bickerstaffe avec vous, pour qu'il s'assure lui-même que tout est en ordre ? demanda le commissaire. À propos, comment va-t-il ?

— Si je l'avais amené ici, je n'aurais jamais réussi à le faire repartir. Il aurait voulu rester chez lui. Il va bien. Il n'a pas l'air traumatisé par le mort qu'il a trouvé dans son salon. En tout cas, ce n'est pas ça qui l'empêchera de revenir vivre ici. Ce qu'il ne supporte pas, c'est d'habiter chez nous. Il déteste.

Elle haussa les sourcils.

— J'étais en train de me faire du thé, ajouta-t-elle. Vous en voulez ?

— Volontiers, merci, c'est très gentil.

Quelques instants plus tard, ils s'installaient face à face à la table de la cuisine. Tansy utilisa une vieille théière en faïence ébréchée pour les servir dans des tasses aux soucoupes dépareillées.

— Vous prenez du sucre ? Je n'en ai pas encore trouvé, mais si vous en voulez, je suis sûre qu'il y en a quelque part…

Elle se retourna et esquissa un geste ample vers le buffet encombré de vaisselle et vers les nombreux placards.

— Non, merci, je n'en prends pas.

Maintenant qu'il la voyait bien et qu'elle semblait détendue, il la trouvait plus jolie qu'au départ. Elle tenait sa tasse à deux mains, comme si elle cherchait à se réchauffer. Elle avait de petits doigts fins aux ongles vernis, courts et nets, qui évoquaient davantage ceux d'une fillette que d'une adulte. Jess avait dit qu'elle n'avait pas tout à fait dix-neuf ans.

— Vous êtes montée à l'étage ? demanda-t-il.

— Non, pas encore. Mais en bas, tout va bien. C'est le bazar, mais c'est toujours le bazar ici. Il vit comme ça, oncle Monty…

— La maison devait être très belle autrefois, poursuivit Carter pour alimenter la conversation.

La jeune fille, contre toute attente, réagit vigoureusement.

— Mais elle est toujours très belle ! s'emporta-t-elle. Elle a peut-être besoin de réparations et d'un bon coup de ménage, mais elle est magnifique ! Je l'adore. Oncle Monty aussi, et je le comprends. Maman n'est pas du même avis, elle trouve que c'est une ruine et rien d'autre. Mais cette maison est tellement chargée d'histoire !

À ces mots, Carter songea au récit que lui avait fait Jess de la dispute dont elle avait été témoin entre la mère et la fille.

— Vous veniez souvent ici quand vous étiez petite, je crois ?

Elle hocha la tête. La fumée de sa tasse montait en spirale jusqu'à son visage. Ses yeux avaient perdu leur lueur combative et elle parut se perdre dans ses souvenirs.

— Oui, à toutes les vacances scolaires. À l'époque où tante Penny habitait encore là, oncle Monty était plus en forme. Elle s'occupait de lui, elle l'obligeait à rester propre. Mais à la fin, c'est devenu trop dur, même pour elle, alors elle est partie. Maman aimait beaucoup ma tante et elle a été très en colère contre lui. Il y a eu une grande dispute entre eux, et maman et moi, nous avons arrêté de venir. Après ça, oncle Monty s'est renfermé sur lui-même. Je sais que sa femme lui manquait et qu'il aurait voulu qu'elle revienne, mais ça n'était plus possible.

La voix de Tansy était triste. Le silence se fit. *Sophie m'a-t-elle quitté parce qu'il devenait trop difficile de vivre avec moi ?* se demanda Carter. Il n'avait pas été le meilleur des maris et travailler dans la police n'avait guère aidé. Son métier avait toujours eu la priorité. En fin de compte, Sophie avait rencontré quelqu'un. Bizarrement, peut-être que, s'il était arrivé la même chose à Penny Bickerstaffe, si elle avait rencontré un autre homme, Monty n'aurait pas eu l'impression d'être responsable de son départ. Cela n'avait pas été le cas. Et Monty avait dû vivre avec le regret d'avoir fait fuir la femme qu'il aimait.

Carter fut heureux d'entendre Tansy briser brusquement le fil de ses pensées.

— Quand tante Penny est morte, reprit-elle, maman a essayé de convaincre oncle Monty d'assister à l'enterrement, mais il n'a rien voulu entendre. D'un autre côté, je ne crois pas qu'elle l'ait abordé avec beaucoup de tact. Maman a le chic pour prendre oncle Monty à rebrousse-poil, elle n'est vraiment pas diplomate ! Il s'est mis très en colère contre elle et je crois que je le comprends… commenta-t-elle avec une petite moue. Ils se sont encore disputés.

— La maison devait être en bien meilleur état à l'époque où Mme Bickerstaffe y habitait, hasarda Carter.

Tansy fit la moue.

— Pour être honnête, elle n'était pas impeccable non plus, répondit-elle. Bien sûr, c'était un peu mieux que ça ! concéda-t-elle avec un geste en direction du désordre qui les entourait. Mais elle était beaucoup trop grande pour eux et je pense que tante Penny n'avait plus de courage… Une femme du coin venait une fois par semaine pour passer l'aspirateur et la serpillière au rez-de-chaussée, mais c'est tout. Ils n'utilisaient qu'une partie de la maison, vous comprenez. La cuisine, le salon et la salle à manger, et puis une chambre et une salle de bains à l'étage. Le reste était fermé et on ne s'en occupait pas. Avec Gary, on aimait bien explorer la partie abandonnée…

Carter fronça les sourcils.

— Gary Colley ?

La jeune fille rougit.

— Oui. Il était plus vieux que moi, mais c'était quand même encore un enfant à l'époque. On était très copains. Il avait deux poneys à la ferme et je pouvais les monter quand je voulais. Gary marchait ou courait à côté dans l'enclos, pour le cas où je tomberais… Maman fait sa mijaurée avec les Colley, mais moi, je les aime bien. Ils sont très gentils, en fait, à leur façon…

— Et les Sneddon ? Ils avaient deux filles, non ?

Elle hocha la tête.

— Oui, mais je ne les connaissais pas très bien. Elles étaient bien plus âgées que moi et elles n'avaient sûrement pas envie qu'une gamine vienne les embêter. Mme Sneddon, elle, était gentille. Je me souviens que nous lui avons rendu visite un jour, maman et moi, pour quelque chose qui concernait la Balaclava. Je crois que maman se faisait du souci pour tante Penny. Mme Sneddon nous a servi du thé avec des petits gâteaux qui avaient des glaçages de toutes les couleurs. Chacun une couleur différente… Ça m'a marquée, j'ai trouvé ça merveilleux. Ma mère à moi ne faisait jamais de gâteaux. Elle n'en fait pas plus aujourd'hui, d'ailleurs…

Elle esquissa un faible sourire.

— Pete Sneddon, par contre, je ne l'aimais pas beaucoup. Il donnait toujours l'impression d'être de mauvaise humeur. Le jour où nous étions chez lui, quand il est arrivé dans la cuisine, il a dit à ma mère : « Vous ne voulez pas laisser ce vieux con et sa bourgeoise tranquilles ? ». Il parlait d'oncle Monty et de tante Penny. Mme Sneddon lui a répondu qu'il n'avait pas à parler comme ça devant une petite fille. Maman lui a répondu vertement, elle s'est levée et m'a prise par la main. On est parties et maman ne m'a plus jamais ramenée là-bas.

Carter reposa sa tasse vide et se leva.

— Bon, il faut que j'aille faire un tour là-haut, annonça-t-il.

— Je viens avec vous !

Tansy sauta sur ses pieds, visiblement heureuse de mettre un terme à ces réminiscences. Ils gravirent ensemble le vaste escalier et s'arrêtèrent sur le palier pour contempler le vitrail de Jézabel.

— Vous ne le trouvez pas magnifique ? interrogea la jeune fille. Et l'autre, là… ajouta-t-elle en se retournant vers le vantail recouvert de carton. Il représentait Jaël et Sisera, mais il y a eu une tempête il y a deux ans, et une grosse branche s'est détachée d'un arbre et l'a cassé. On voyait Sisera endormi et Jaël qui rampait vers lui avec un piquet de tente et un marteau. Moi, j'ai toujours préféré le vitrail de la pauvre Jézabel, mais Gary, lui, adorait celui de Sisera. Il était tellement triste quand il s'est brisé ! C'est lui qui a réparé les dégâts.

— Deux sujets plutôt violents, commenta Carter.

Il songea que Gary n'avait pas de grandes dispositions pour le bricolage. Il avait bouché le vantail comme il aurait rafistolé un trou dans la clôture de sa porcherie.

— Dommage que le crime qui a eu lieu ici ne soit pas resté gravé dans un vitrail, lui aussi… ajouta-t-il, pensif.

Tansy tressaillit et il s'en voulut. Les récents événements avaient dû la choquer davantage qu'il n'y paraissait. Elle s'éloigna rapidement dans le couloir et il la suivit. Ensemble, ils inspectèrent les chambres l'une après l'autre. En arrivant devant celle qu'avaient utilisée Seb Pascal et Rosie, Tansy hésita un instant.

— C'est cette chambre qui a été squattée, hein ? interrogea-t-elle. Derrière le dos de mon oncle… Votre inspecteur Campbell me l'a dit, mais ça se voit, de toute façon…

— Oui, cette chambre a été utilisée, confirma-t-il.

— Et vous savez qui c'est ? demanda-t-elle d'une voix qui avait retrouvé ses accents belliqueux du départ.

— Oui, répondit prudemment Carter. Nous le savons, mais nous pensons que cela n'a aucun rapport avec le… avec ce qui s'est passé.

— En tout cas, ceux qui ont fait ça n'avaient pas le droit !

— C'est vrai. Le problème, c'est que votre oncle ne verrouillait pas la maison quand il sortait. Il a de la chance qu'on ne l'ait jamais vandalisée ! Les personnes qui ont utilisé cette pièce, au moins, la laissaient propre et en bon état.

— Ça ne les excuse pas… bougonna Tansy.

Si elle découvrait les fautifs, Carter ne doutait pas qu'elle se rendrait directement à la station-service pour dire ses quatre vérités au garagiste et qu'elle ne se gênerait pas non plus pour affronter Mme Sneddon. Un lointain souvenir de gâteaux colorés ne sauverait pas Rosie.

— Vous devez nous dire qui c'est ! insista-t-elle. C'est un délit, non, de rentrer chez les gens comme ça ! Vous n'allez pas faire quelque chose, maintenant que vous connaissez les coupables ? Vous n'allez pas les inculper ?

— Le moment venu, nous informerons M. Bickerstaffe de leur identité, assura le commissaire. L'action qui sera entreprise, s'il y en a une, dépendra de lui. La porte était ouverte, il n'y a pas eu effraction et apparemment, rien n'a été endommagé. Aucun objet n'a été déclaré manquant, il n'y a donc pas eu de vol.

Tansy poussa un soupir exaspéré et s'apprêta à répondre, mais il poursuivit, inexorable :

— Alors pour le moment, nous n'avons que la violation de propriété, et c'est un délit civil, pas criminel.

— Vous voulez dire que n'importe qui a le droit d'entrer ici et de s'installer dans une chambre ? s'exclama la jeune fille d'un ton où l'arrogance avait fait place à l'incrédulité.

— Non, mais il est difficile d'intenter une action en justice. Il n'y a jamais eu de confrontation entre la ou les personnes concernées et M. Bickerstaffe, aucune menace n'a été proférée, il n'y a pas eu de violence et, même s'il y en avait eu…

Tansy repoussa ces considérations juridiques d'un geste négligent.

— De toute façon, ma mère va s'en occuper, assura-t-elle.

Carter avait déjà pensé à cette éventualité et il avait mis Seb Pascal en garde. Il préféra laisser le dernier mot à Tansy.

Ils se dirigèrent tous deux vers l'escalier pour redescendre.

— Je vais juste faire un tour dans le parc, indiqua le commissaire.

Elle hocha la tête et, sans rien dire, lui emboîta le pas vers la cuisine, qui donnait sur l'arrière de la maison. Carter, qui aurait préféré mener ses recherches seul, envisagea un instant de la congédier, mais en découvrant l'enchevêtrement de végétation en friche qu'était devenu le jardin, il se félicita qu'elle puisse lui servir de guide.

— Eh bien ! s'exclama-t-il. J'aurais dû venir ici avec une machette !

— Par là, il y a un chemin…

Elle passa devant lui en repoussant des broussailles qui encombraient la sortie devant la porte et Carter distingua en effet de vieux pavés dans la terre. La voûte d'une pergola devait les enjamber autrefois, mais ses montants rouillés s'étaient effondrés en partie et il n'en restait que quelques-uns, tordus et couverts de mousse. Il n'était plus possible de dire où s'étaient trouvés les parterres. Des espaces boueux infestés de mauvaises herbes menaient un combat perdu contre de prolifiques pousses sauvages. Au bord de cette étendue verte, Carter remarqua des empreintes fraîches provenant de chaussures d'homme. Celles de Monty ? À moins qu'elles n'aient été laissées par Taylor lors de sa mystérieuse visite… Non. Si l'équipe de la scientifique qui avait ratissé les lieux les avait trouvées là, elle aurait noté leur présence et les aurait délimitées. Sans doute les policiers en étaient-ils eux-mêmes à l'origine.

Tansy poussa soudain un cri et Carter leva la tête vers un visage grimaçant qui les contemplait à travers des feuillages humides. C'était une statue recouverte de lichen et emprisonnée dans une accumulation de branchages entremêlés qui leur adressait son sourire diabolique.

— Oh, c'est ce bon vieux dieu Pan ! s'exclama Tansy en éclatant d'un petit rire nerveux. Je l'avais oublié, mais il est toujours là ! Il y a d'autres statues un peu partout dans le parc, en fait, mais on ne doit plus trop les voir maintenant… Comme lui !

— Les sculptures de jardin se vendent bien, de nos jours, fit remarquer Carter. Surtout celles qui datent de l'époque victorienne.

Il regretta ses paroles quand Tansy se tourna brusquement vers lui, furieuse.

— Pourquoi faut-il que tout ait un prix ? s'écria-t-elle. Oncle Monty ne vendra jamais ses statues, ni Pan ni les autres ! Elles font partie du lieu. Oh ! les gens sont horribles, franchement ! Il faut toujours qu'ils donnent une valeur marchande à ce qu'ils voient ! C'est sordide…

— Tout le monde n'a pas les moyens d'avoir de grands principes, fit remarquer Carter.

La jeune fille rougit.

— Je suis une enfant gâtée, c'est ça ?

— Je n'ai jamais dit ça, protesta-t-il. Je ne le pense pas.

— Mais votre inspecteur Campbell, si.

Carter la considéra, surpris.

— Non, je suis sûr que vous vous trompez.

La colère de Tansy se dissipa d'un coup.

— Je ne vous en voudrais pas, ni à vous ni à elle, si vous le pensiez. Je ne suis pas pauvre. Mon père est bourré d'argent et il me verse chaque mois une somme généreuse.

Elle s'interrompit un instant, avant d'ajouter avec tristesse :

— Mais l'argent n'est pas toujours une bénédiction, vous savez…

— Je veux bien vous croire, répondit-il avec sincérité. Dites-moi, je sais que vous m'avez dit que la maison n'était pas très bien entretenue du temps de votre enfance, mais le parc était encore beau, non ? Vous pouviez voir les statues et les arbres dans toute leur gloire…

Tansy secoua la tête.

— Non, c'était déjà à l'état sauvage, même à l'époque. Au XIXe siècle, il devait être magnifique, mais je pense qu'on a commencé à le négliger dans les années cinquante. Quand j'étais petite, cela faisait longtemps qu'il était comme ça et que tout tombait en décrépitude. Mon oncle et ma tante en entretenaient juste une petite partie autour de la maison. Quand oncle Monty passait la tondeuse, ça faisait un bruit fou ! Je l'aidais à ramasser l'herbe quand j'étais là et on allait l'ajouter au tas de compost. Maman râlait parce que je salissais mes vêtements. Tante Penny, elle, faisait pousser des légumes dans le potager, tenez, juste là, derrière ça…

Ils venaient d'atteindre un vieux mur de brique rouge percé d'une ouverture en forme d'arche. La grille ou la barrière en bois initiale avait disparu et seuls les gonds incrustés dans la pierre attestaient de sa présence passée.

Carter franchit l'arche et s'arrêta, étonné. Il y avait eu là un vrai jardin potager qui, à l'époque victorienne, devait faire la fierté d'un jardinier. Subsistaient même les vestiges effondrés d'une ancienne serre désormais couverte de lierre, à laquelle était rattaché un four en brique. Si l'on ajoutait cette superficie à l'ensemble du parc, cela représentait un terrain immense. Mais pourrait-on jamais restaurer sa gloire passée ? Cela nécessiterait des investissements prohibitifs, une importante main-d'œuvre, puis un entretien régulier…

— N'y a-t-il pas aussi deux champs qui appartiennent à la propriété ? interrogea-t-il. Entre ici et la route, me semble-t-il…

Tansy haussa les épaules.

— Si, mais ils sont petits et ils ne servent pas à grand-chose. Gary y met ses chevaux de temps en temps et Pete y fait paître ses moutons.

— M. Bickerstaffe n'a pas envie de céder sa maison ni son parc, mais il pourrait gagner au moins une petite somme en mettant ces champs en vente…

Tansy poussa un soupir excédé et le couvrit d'un regard noir.

— Vous êtes obtus ou quoi ? fit-elle. Oncle Monty ne vendra rien du tout. Et il aura raison !

— Non, d'accord, il ne vendra rien, répondit Carter en réprimant un sourire. Cela attirerait le monde extérieur et ce monde-là, votre oncle entend bien le tenir à distance. Je suis désolé d'avoir pu suggérer cela. Je ne pense pas être obtus, comme vous dites, je me suis juste laissé aller à des spéculations…

Il vit son interlocutrice rougir.

— Non, non, vous n'êtes pas obtus, excusez-moi, je n'aurais pas dû vous dire ça, c'est très impoli de ma part. Vous êtes même horriblement intelligent, sans doute, comparé à moi. Moi, mon cerveau marche au ralenti. Depuis toujours.

— Allons, il ne faut pas vous rabaisser, rétorqua-t-il sévèrement. À mon avis, vous n'avez pas encore découvert le genre de défi qui vous convient, c'est tout. Le jour où vous trouverez, vous vous surprendrez vous-même !

— Quand ma mère sera à New York, il faudra bien que je me débrouille seule, fit remarquer Tansy. Mais j'aurai toujours une solution de repli, vous savez. Au pire, je pourrai aller vivre avec mon père à Jersey.

Elle fronça les sourcils.

— Quoique cela risque de ne pas trop lui faire plaisir que je vienne m'installer chez lui. Avec la vie qu'il mène, je deviendrais vite un boulet. Il passe sans arrêt de bras en bras, et je dois dire que ses copines sont toutes canon !

Pauvre petite ! se dit Carter. *Dès son plus jeune âge, on lui a fait sentir qu'elle était en trop, et cette impression ne l'a jamais quittée. Sans doute ses parents ne s'en sont-ils même pas rendu compte, ils devaient l'aimer tous les deux.*

Il espéra que Millie n'éprouverait jamais ce type de sentiments. À la lumière du témoignage de Tansy, il se promit de faire attention.

Il baissa les yeux. Le sol portait d'autres traces de pas. Avaient-elles été laissées par Jay Taylor ? Cela signifierait qu'il avait vraiment examiné toute la propriété. Toutefois, elles étaient trop fraîches. Seb Pascal et Rosie Sneddon l'avaient aperçu durant la longue période de sécheresse qui avait prévalu, à une époque où le sol était dur. En revanche, ce pouvait être les empreintes de Gary Colley, qui avait espionné les policiers ou, là encore, celles des enquêteurs. Il chassa aussitôt ces deux dernières hypothèses, ennuyé d'avoir tiré ces conclusions trop vite : Gary Colley et les policiers étaient venus avant les récentes pluies, alors que ces empreintes-là, profondément enfoncées dans le sol, avaient été faites après. Quelqu'un avait donc inspecté les lieux depuis peu. Il n'y avait rien de tel qu'une mort suspecte rapportée par la presse pour attirer les curieux. À moins qu'il ne se soit agi d'une personne que la Balaclava House intéressait pour une raison ou pour une autre, et peut-être, en l'occurrence, pour le même motif que Taylor ?

Il s'éloigna, soucieux que Tansy ne remarque pas ces empreintes. Elle était assez sensée pour tirer les mêmes conclusions que lui, et l'idée que des intrus aient foulé le sol de son sacro-saint domaine risquait de la mettre en rage.

Ils contournèrent ensemble la maison pour se retrouver devant la porte d'entrée.

— Vous retournez à l'intérieur ? s'enquit le commissaire.

Elle secoua la tête.

— Non, je ferme et je m'en vais. Sauf si vous avez besoin d'y retourner vous-même ?

— Non, je dois rentrer au bureau maintenant.

Tous deux marchèrent vers la voiture de la jeune fille, dont Tansy tapota le toit.

— Tout le monde me demande pourquoi je ne m'en achète pas une nouvelle, dit-elle. Mais j'aime bien celle-ci. Je l'ai dit à l'inspecteur Campbell, d'ailleurs…

Carter jeta un coup d'œil au vieux manoir, puis à l'automobile.

— Avez-vous déjà songé à travailler dans le domaine des antiquités ? Ce n'est pas une plaisanterie, je suis sérieux…

Elle parut surprise.

— Je ne pense pas être assez brillante pour ça.

— Je vous ai déjà dit de ne pas vous rabaisser.

Tansy le dévisagea un moment.

— Il est possible, déclara-t-elle lentement, que vous soyez quelqu'un de gentil.

— Ne vous mettez pas cette idée dans la tête, lui conseilla Carter avec un sourire. N'oubliez pas que je suis de la police !

— Et que la police ne lève pas le petit doigt quand des gens s'installent dans la maison de mon oncle et s'y sentent comme chez eux…

— Écoutez, je vous ai déjà expliqué ça, non ? répondit-il patiemment. Nous allons en parler à M. Bickerstaffe quand le moment sera venu et ce sera à lui de voir ce qu'il veut faire.

— Si je comprends bien, vous n'êtes pas près d'arrêter quelqu'un… Et pour le meurtre de l'homme retrouvé dans son salon, vous avez des suspects ?

— Pas encore, mais nous ne tarderons pas à arrêter le coupable, assura le commissaire.

— C'est vrai ? fit Tansy en scrutant son regard.

— Oui, c'est vrai.

Malgré la confiance qu'il affichait, la jeune fille ne parut guère rassurée.

16

Bridget et sa fille se disputaient. Dans la pénombre de sa chambre, où il s'était réfugié, Monty écoutait leurs voix qui montaient régulièrement dans les aigus. Ce n'était pas la première fois qu'il les entendait crier ainsi depuis son arrivée à la Vieille Loge. Mère et fille semblaient à couteaux tirés en permanence, mais leur échange de ce jour-là était plus violent que d'habitude. Elles se battaient comme des chiffonniers. Apparemment, Tansy s'était rendue à la Balaclava pour voir si tout allait bien et elle avait rencontré là-bas un commissaire de police. Elle s'indignait que des gens aient utilisé l'une des chambres de la maison et que la police, tout en sachant de qui il s'agissait, n'ait rien fait contre eux. Monty, lui, s'en fichait. Il n'avait aucune envie de connaître l'identité des intrus, du moment qu'ils ne revenaient plus.

Sans doute Bridget et Tansy avaient-elles tout à coup songé que Monty les entendaient, car elles poursuivaient maintenant la conversation à mi-voix, sifflant à l'oreille l'une de l'autre comme deux serpents venimeux. Il ne discernait plus leurs paroles, mais peu importait. Toute information nouvelle représentait une menace pour la paix de son esprit, de toute façon. Peu à peu néanmoins, les voix s'amplifièrent de nouveau et mère et fille recommencèrent à crier.

Penny et moi ne nous disputions jamais comme ça, songea-t-il. Il y avait des choses chez moi qui l'énervaient et, quand elle n'était pas contente, elle ne se gênait pas pour me le dire, mais c'était tout. Elle choisissait bien ses mots et n'avait aucun besoin de crier. Et moi, de mon côté, je l'ignorais. C'était l'attitude la plus simple et ça fonctionnait, puisqu'elle finissait par abandonner. Seulement, un jour, après des années et des années d'acrimonie, elle a renoncé pour de bon et elle est partie.

— Bien fait pour toi ! marmonna-t-il, rageur.

Cela le chagrinait que Penny n'ait pas survécu longtemps dans sa nouvelle vie, libérée de lui. Très vite, elle s'était retrouvée au cimetière, et il aurait aimé pouvoir penser que ce n'était pas à cause de lui. Car il se sentait coupable. Après tant d'années passées auprès de lui, Penny aurait mérité de prendre plus de bon temps. Toutes les choses qui étaient allées de travers et dont il s'estimait responsable dans une certaine mesure venaient désormais le hanter quand il était dans son lit, tels des fantômes pointant sur lui un doigt accusateur.

Une porte claqua quelque part et Monty comprit que l'une des deux femmes venait de mettre violemment fin à la conversation. Ce devait être Tansy. Il pensa à ses parents, qui ne s'étaient jamais disputés ainsi eux non plus. Ils auraient considéré cela comme déplacé, une façon vulgaire de se comporter. Ils avaient préféré le silence glacial, amer, les non-dits. Peut-être aurait-il été préférable qu'ils s'autorisent à s'exprimer de temps en temps, au lieu de laisser le ressentiment couver comme ils l'avaient fait. Des vociférations et de la violence auraient évité à sa mère de prendre sa revanche de façon si radicale.

Après le départ du médecin, en cet effroyable matin de Noël, Monty ne lui avait rien dit. Il ne lui avait pas parlé non plus les jours suivants, ni même durant ce sinistre déjeuner funèbre, quand la petite bande des endeuillés s'était assise autour de la table pour partager la dinde. Celle-ci, faute d'avoir été préparée dans les temps, avait attendu au fond du réfrigérateur jusqu'au jour de l'enterrement. C'était un miracle que toute la tablée n'ait pas été intoxiquée après ce repas.

Au printemps, Monty avait pris son courage à deux mains pour aborder le sujet. Il était de retour au manoir pour les vacances de Pâques et avait trouvé sa mère agenouillée devant la porte d'entrée, en train d'arracher énergiquement les mauvaises herbes des plates-bandes. Il l'avait observée un moment sans se manifester, étonné de voir avec quelle férocité elle extirpait le chiendent.

— La nuit de Noël, tu n'as pas téléphoné au docteur, hein ? lança-t-il tout à coup. Papa croyait que tu étais descendue l'appeler, c'est ce qu'il m'a dit quand je suis allé le voir dans sa chambre. Mais en fait, tu as attendu jusqu'au matin pour le faire…

Le ton n'avait rien d'accusateur. De toute façon, il n'avait jamais eu l'intention consciente de prononcer ces paroles. C'était censé rester un secret venu s'ajouter à la longue liste de ceux qu'il conservait déjà au fond de lui. Les mots étaient sortis sans crier gare, comme s'il énonçait une simple constatation.

Sa mère interrompit son assaut sur les mauvaises herbes, s'assit sur ses talons et s'essuya le front d'un revers de sa main gantée, y laissant une trace de terre. Elle ne lui accorda pas un regard.

— Ne dis pas de bêtises, répondit-elle. Bien sûr que je l'ai appelé.

— J'ai parlé au docteur. Il m'a dit qu'il était parti dès qu'il avait reçu ton coup de téléphone le matin de Noël. Il n'a même pas pris de petit déjeuner.

— Je l'ai appelé, je te dis ! s'énerva sa mère. Tu avais l'esprit confus, Monty. C'était un moment très angoissant.

Le silence s'installa. Elle ne l'avait toujours pas regardé. Puis elle désigna la plate-bande avec son déplantoir.

— Je crois que des géraniums pousseront bien ici. Le sol est souvent sec, mais ces fleurs-là s'en accommodent.

Monty n'avait plus évoqué le sujet. Il n'aurait rien eu à y gagner. Le fardeau de sa culpabilité n'était-il pas déjà assez lourd à porter ? Cette nuit-là, au lieu de descendre guetter l'arrivée du médecin, il était tranquillement retourné se coucher. S'il avait fait les cent pas en bas, dans le couloir où se trouvait le téléphone, il aurait vu que personne ne se présentait et il aurait rappelé lui-même… Mais non, il s'était remis au lit – comment avait-il pu faire cela, il n'en revenait toujours pas – et avait dormi comme une souche jusqu'au matin. Quand il avait rouvert les yeux, la lumière était grise et sa mère se tenait devant lui, encore en robe de chambre.

— Ton père vient de partir, lui avait-elle dit, comme si Edward Bickerstaffe avait décidé de se lever, de s'habiller et de sortir régler une affaire.

— Parti où ? avait demandé Monty sans réfléchir.

Mais elle avait déjà tourné les talons.

Il avait épousé Penny six ans plus tard.

— Tous mes compliments, Monty ! lui avait froidement déclaré sa mère au petit déjeuner, le jour des noces. Tu n'aurais pas pu faire mieux.

Il comprenait le sens véritable de ces propos. Elle était persuadée qu'il avait choisi Penny pour se venger d'elle. Il lui avait imposé comme bru la fille de son ancienne rivale.

Sur la photo de mariage, tout le monde était là. Elle, le visage fermé, en tailleur de tweed et chaussures confortables, se tenait à une extrémité du groupe, tandis que la mère de Penny, une rousse un peu fanée mais toujours pétillante, affublée d'un chapeau à plume, posait de l'autre côté. On avait l'impression que l'esprit du père planait au-dessus des têtes. En effet, Monty n'aurait pas pu prendre plus belle revanche…

Pourtant, sa mère se trompait : il avait épousé Penny par amour. Il était vraiment épris. Par la suite, il avait découvert qu'aimer une femme et faire un mari correct étaient deux notions très différentes.

Peu après, quand Penny et lui avaient regardé la photographie ensemble, Penny avait dit :

— Ta mère n'a pas l'air heureuse. Ça doit lui faire de la peine de te perdre.

Alors, pour une fois, il avait voulu se montrer sincère : « Non, pas du tout, elle se fiche complètement de moi. Ce qui lui fait mal, c'est de savoir qu'on va t'appeler Mme Bickerstaffe maintenant. »

Au lieu de répondre cela, il avait dit :

— Elle a dû boire trop de gin avant la cérémonie… En plus, elle a toujours détesté qu'on la prenne en photo.

Ainsi avait-il compris, dès le début de son union avec Penny, qu'il allait continuer à proférer de pieux mensonges, et que ceux-ci viendraient se rajouter au cairn des secrets dont il avait posé la première pierre bien des années auparavant, par une belle journée ensoleillée où chantait l'alouette.

Monty entendit soudain des pas dans le couloir. Puis il y eut un petit claquement de talon sec, suivi de la voix de Bridget.

— Tansy, on ne peut pas partir comme ça, au beau milieu d'une conversation ! Sois raisonnable, quand même !

Il dut y avoir une réponse, car Bridget reprit :

— Bon, d'accord, on en reparle demain matin.

Le bruit des pas s'éleva de nouveau, puis la Vieille Loge plongea dans le silence.

Le soleil brillait le lendemain matin quand Jess arriva au commissariat. Sur son bureau, un message l'informait que Tom Palmer avait cherché à la joindre et demandait qu'elle le rappelle. Elle saisit la feuille de papier avec un soupir. Sans doute voulait-il aller dîner ou prendre un verre avec elle après le travail, et elle n'était pas sûre d'en avoir envie. Elle appréciait sa compagnie, certes, mais elle préférait que ces sorties ne deviennent pas une habitude. En outre, elle lui en voulait un peu de penser qu'elle n'avait personne d'autre que lui pour partager ses soirées. Elle décida d'attendre pour le rappeler. Elle avait plus important à faire que de discuter des avantages et inconvénients des divers pubs et pizzerias du coin.

Elle allait s'asseoir lorsque Phil Morton apparut à la porte.

— Le chef veut nous voir dans son bureau ! annonça-t-il.

Oui, Tom devrait attendre. Jess poussa un nouveau soupir. Le commissaire allait vouloir élaborer un programme d'action avec eux. Après tout ce qui s'était passé, il était indispensable de se réunir. Même si le mystère de la chambre ultrapropre avait été élucidé, ils se retrouvaient à peu près au point de départ, avec fort peu de nouvelles pistes à explorer.

Carter les attendait, debout derrière sa table de travail, alignant avec une concentration intense les stylos et autres objets qui s'y trouvaient. Il releva la tête à leur arrivée.

— Ah ! je suis heureux que vous ayez pu vous libérer quelques minutes, tous les deux !

Cette entrée en matière était-elle sarcastique ? se demanda Jess. Elle en avait tout l'air. Elle sentit Phil se raidir à côté d'elle.

— Hier, je suis allé à la Balaclava House, poursuivit le commissaire. J'y ai rencontré Tansy Peterson.

Il leur résuma sa conversation avec la jeune fille, avant d'enchaîner :

— Par ailleurs, dans le jardin, j'ai vu des traces de pas qui m'ont paru fraîches. Des chaussures d'homme. Quelqu'un est venu tourner autour de la maison au cours de ces deux derniers jours, en tout cas après les pluies que nous avons eues. Il se peut que ce soit juste un curieux, ou bien un journaliste venu prendre des photos. Mais si certaines personnes s'intéressent de près à la Balaclava House, je veux savoir qui c'est.

— Je peux déjà téléphoner au journal local pour demander s'il a envoyé quelqu'un, proposa Morton.

— Bonne idée ! approuva Carter. Mais ces traces m'ont fait réfléchir un peu à ce manoir et au parc qui l'entoure. Ce n'est pas parce que le tout est en très mauvais état qu'il n'a pas de valeur. S'il vendait, Monty pourrait devenir riche.

— Mais qui serait prêt à acheter une ruine pareille ? s'étonna Morton.

— Un promoteur immobilier, par exemple, rétorqua le commissaire avec vivacité. Et je ne sais pas si c'est une coïncidence, mais justement, Billy Hemmings en est un. Nous ne devons pas négliger les rares informations dont nous disposons, même si elles ne paraissent pas liées à l'enquête. Jay Taylor était un homme extrêmement mystérieux et, à mon avis, ce n'est pas une coïncidence s'il était attendu à dîner chez les Hemmings le soir de sa mort. Jess, vous avez l'intuition que la Balaclava House se trouve au centre de toute cette affaire et je crois, moi aussi, que cela peut être une piste. J'ai appelé les Hemmings et je suis tombé sur la femme. Ils ne sont pas encore partis à Marbella comme on le craignait. Elle m'a appris que son mari serait toute la journée à son bureau, qui se trouve à Gloucester. Je vais donc aller l'interroger ce matin. Si c'est lui qui s'est promené autour de la Balaclava House, je veux qu'il me le dise.

— Monty ne vendra jamais à un promoteur, à mon avis, intervint Jess.

— Et Tansy non plus, approuva Carter avec un bref sourire. Elle me l'a bien fait comprendre.

Les mains enfoncées dans ses poches, Phil Morton fit la grimace.

— Elle pense qu'elle va hériter du vieux, n'est-ce pas ? demanda-t-il. Et que ce sera bientôt à elle de décider entre vendre et ne pas vendre ?

Il n'était pas préparé au silence qui suivit cette suggestion. Il releva la tête, sortant les mains de ses poches comme s'il s'attendait à être rabroué.

— C'est une possibilité, finit par acquiescer Jess d'une voix lente. Monty éprouve une grande affection pour elle, j'ai l'impression. Et il faut bien qu'il lègue la Balaclava à quelqu'un…

— Il n'a peut-être pas fait de testament, hasarda aussitôt Morton, avant d'ajouter, soucieux de prévenir toute objection : énormément de gens n'y pensent pas, même quand ils possèdent des biens importants.

— Oh ! moi, je crois au contraire qu'il en a rédigé un, contra Carter. C'est un homme éduqué, dont la famille a dû laisser des testaments à chaque génération. Une famille propriétaire d'un domaine et qui possédait jadis une grosse entreprise… Bien sûr, s'il avait établi un testament du vivant de son épouse, il est possible qu'il l'ait remanié après la mort de celle-ci. Monica Farrell n'a pas parlé de divorce. Je crois que Penny Bickerstaffe s'est contentée de faire ses bagages et de quitter la maison. Son nom devait figurer sur la liste des héritiers jusqu'à son décès, et je suis sûr que Monty a réfléchi à de nouveaux légataires ensuite. Cette propriété appartient à sa famille depuis le XIXᵉ siècle et il doit être très conscient de ses responsabilités vis-à-vis d'elle. Il a dû prendre des dispositions pour que, après son décès, elle revienne à un membre de la famille qui, pourquoi pas, serait susceptible de la restaurer un jour. Or Bridget Harwell voit la maison comme une charge dont il faut se débarrasser. Tansy, non. Tansy y est très attachée. Elle est l'héritière toute désignée.

— Le jour où je l'ai interrogé chez Bridget Harwell, Monty m'a dit qu'il regrettait de ne pas avoir d'argent à laisser à Tansy, déclara Jess. C'est vrai, il n'est pas riche, mais il a la maison et le terrain qui l'entoure. S'il a parlé de laisser quelque chose à Tansy, c'est qu'il a réfléchi à ce qui se passera après son décès. Et comme il ne supporte pas Bridget… Oui, conclut-elle, je suis sûre qu'il a légué la Balaclava à Tansy dans son testament. Et en plus, je pense qu'elle est au courant. C'est elle qui était dans la maison hier quand vous y êtes allé, monsieur, et c'est pourquoi elle vous en a parlé avec tant de fougue. Elle se considère déjà comme sa propriétaire !

— Seulement, elle n'a aucune intention de la vendre à un promoteur, lui rappela Carter.

— Peut-être qu'elle n'aura pas le choix, fit remarquer Morton. Je sais qu'elle n'est pas dans le besoin et que son père est généreux avec elle, mais vous n'imaginez pas les sommes qu'il faudrait débourser pour la rénover, et puis pour l'entretenir ensuite ! C'est énorme ! Elle n'aura pas les épaules pour ça… D'accord, elle aime beaucoup cette maison, mais le jour où elle en héritera, il faudra bien qu'elle devienne réaliste.

— Raison de plus pour que j'aille discuter avec Hemmings, résolut Carter. Je veux savoir s'il a déjà songé à racheter la Balaclava House et s'il en a parlé à un membre de la famille. Pas à Monty lui-même, sans doute, mais pourquoi pas à Bridget Harwell ? Elle n'est pas du genre sentimental et, pour elle, la Balaclava est un boulet. Je crois d'ailleurs que vous devriez retourner la voir à ce sujet, Jess.

— Et Taylor ? interrogea Morton. Qu'est-ce qu'il aurait à voir avec cette histoire ?

Un silence suivit la question.

— Je n'en sais fichtre rien, finit par reconnaître Carter. Mais il est grand temps que nous le découvrions…

17

Jess entendit son portable pépier au moment où elle retrouvait son bureau. C'était un texto émanant de Tom Palmer. *Passe à mon bureau*, disait-il, ramené à l'orthographe conventionnelle. *J'ai quelque chose qui devrait t'intéresser.*

Soit, elle ferait une halte chez lui avant de partir interroger Bridget, ne fût-ce que pour qu'il cesse de la bombarder de messages. À vrai dire, il avait éveillé sa curiosité. Ce n'était visiblement pas pour l'inviter au restaurant qu'il cherchait à la joindre. Qu'avait-il découvert ? Peut-être avait-il pratiqué une autopsie complémentaire, sans en avoir reçu l'ordre, et mis au jour un nouvel élément pour l'enquête. Jess espéra que ce dernier ne serait pas renfermé dans un bocal de formol et qu'elle n'aurait pas à examiner quelque organe sanguinolent. Tom avait cette capacité bénie de prendre ses distances, en tant qu'être humain, par rapport aux sujets de ses dissections. Pas elle.

— Un poumon est un poumon, lui avait-il expliqué un jour avec entrain. Qu'il provienne d'un homme ou d'un animal. Tu fais la cuisine parfois, non ? J'ai dit « parfois »… Eh bien, tu n'as jamais manipulé de la viande hachée ?

Jess avait vu assez de cadavres pour s'estimer cuirassée, mais elle ne parvenait toujours pas à dissocier son propre caractère de mortelle des tristes dépouilles qu'elle était amenée à voir sur les tables d'autopsie.

— La viande hachée que je manipule vient d'une barquette en polystyrène soigneusement recouverte d'un film en plastique, avait-elle répondu. Quand je la regarde, ça ne m'évoque aucune partie de mon corps… ni du tien !

Ce n'était cependant pas à la morgue qu'elle le rejoindrait ce matin-là, mais dans son bureau, et cela réduisait considérablement les risques de devoir se pencher sur un bocal de formol.

— Ah ! s'exclama le médecin légiste à son arrivée. Je suis sûr que tu n'as aucune idée de la raison pour laquelle je t'ai fait venir. Il m'a fallu trois quarts d'heure pour rapporter ça, et tu sais à quel point mon temps est précieux ! Je me demande si je ne vais pas t'envoyer ma note d'honoraires…

— De quoi s'agit-il, Tom ? Je n'ai eu droit qu'à un message sibyllin. Moi aussi, mon temps est précieux, je n'ai pas envie de le gaspiller ! J'ai un interrogatoire important qui m'attend ce matin.

Tom parut blessé par sa brutalité.

— Je n'allais tout de même pas gâcher l'effet de surprise en t'expliquant tout par texto ! Surtout que c'est un peu long…

— Alors vas-y ! Que veux-tu me dire ?

Tom ouvrit le tiroir de son bureau et en sortit un magazine en piteux état, qu'il brandit d'un geste triomphant.

— Voilà ! annonça-t-il. Je te l'ai dit, il m'a fallu trois quarts d'heure pour le récupérer. Et tu as beaucoup de chance, parce qu'elle allait tout jeter…

— Mais qu'est-ce que tu racontes ? Jeter quoi ? Si tu pouvais arrêter de parler par énigmes, Tom… D'accord, je suis surprise, si c'est ce que tu veux m'entendre dire.

Très surprise ! J'ignorais totalement que tu lisais ce genre de littérature.

— Juste chez le dentiste. Et la secrétaire du cabinet s'apprêtait à mettre tous les vieux magazines de la salle d'attente à la poubelle. Bon, maintenant, tu te souviens que j'avais l'impression d'avoir déjà vu le monsieur que tu m'as envoyé récemment ? De l'avoir vu en vie, je veux dire, pas sur ma table d'autopsie…

L'impatience de Jess se transforma en un vif intérêt.

— Oui, je m'en souviens. Ça t'est revenu ?

— Ah ! je commence à t'intéresser, on dirait ! se réjouit Tom. En fait, cette histoire n'a pas cessé de me trotter dans la tête. Je n'arrivais pas à situer ce type et ça m'agaçait. Tu m'as demandé si ce n'était pas dans un journal que je l'avais vu et je t'ai répondu que non. Et puis, hier soir, je me suis rappelé. Il y a trois semaines, je suis allé faire un contrôle chez mon dentiste et j'ai dû passer un bon moment dans la salle d'attente. Comme c'était long, j'ai commencé à feuilleter les vieux magazines qu'il y avait sur la table, et c'est là que j'ai vu la photo de Taylor. Dans un magazine *people*, ceux qui parlent des stars du showbiz et qui te montrent la vie formidable que mènent ces gens. Une vie qui n'a aucun rapport avec la tienne, bien sûr. Alors ce matin, dès l'ouverture, je suis retourné chez mon dentiste et j'ai demandé à regarder les magazines. La secrétaire s'apprêtait à les apporter au recyclage aujourd'hui, précisément, alors elle m'a dit que je pouvais tous les prendre. Je me suis installé en salle d'attente et je les ai feuilletés l'un après l'autre. Ce n'est pas une lecture amusante, je peux te l'assurer ! Enfin, j'ai fini par trouver ce que je cherchais. Tiens, voilà la photo !

Il ouvrit le magazine à une page qu'il avait cochée et le poussa vers Jess sur la table.

— Tu vois, là ? C'est lui ! C'est Taylor. Plein de vie et tout sourires, c'est vrai, mais il n'y a pas de doute, c'est bien le petit farceur que j'ai autopsié pour toi !

Jess examina la page qu'il lui indiquait. Le cliché, pris dans une boîte de nuit réputée, montrait une soirée très joyeuse. Les personnes présentes, pouvait-on lire dans le texte qui l'accompagnait, célébraient la victoire d'un cheval de course qui appartenait à l'une d'elles. On voyait de nombreuses bouteilles de champagne et le propriétaire du cheval en question posait au centre, une jolie fille à son bras. Il semblait bien connu des lecteurs habituels de ce genre de presse. Le titre spécifiait qu'il s'agissait d'une soirée « entre amis », or l'un de ces « amis » était Jay Taylor.

Pauvre Jay ! pensa Jess en le regardant. Il était là, *plein de vie*, comme disait Tom, au milieu de ces gens dont il retraçait l'itinéraire dans ses livres et auxquels il rêvait sans doute de ressembler. Un peu rouge, peut-être, parce qu'il avait bu, et souriant de toutes ses dents au paparazzi qui prenait la photo. Plein d'assurance, il tenait par l'épaule une jeune fille qui s'appuyait contre lui. Elle aussi semblait avoir apprécié le champagne. Son visage brillait et une bretelle de sa robe de soirée avait glissé de son épaule.

— Alors ? interrogea Tom. Ça peut t'aider ? Je ne sais pas si cette photo t'apprend grand-chose, mais je me suis dit que je devais tout de même te la montrer.

— Tu as eu raison, Tom, elle m'intéresse, assura Jess. Elle m'intéresse même beaucoup. Merci, merci infiniment ! Oui, il s'agit bien de Jay Taylor… et la fille qui est avec lui, figure-toi que je la connais aussi !

Elle tapota l'image.

— C'est Tansy Peterson ! Ma parole, si je me doutais de ça… ! Mais ça tombe bien, j'allais justement interroger sa mère. Je vais devoir lui parler à elle aussi, et sans délai !

Lorsqu'elle arriva à la Vieille Loge, personne ne répondit à son coup de sonnette. Elle fit le tour de la maison et trouva Monty dans le jardin, un verre à la main. Il semblait très satisfait.

— Elles sont parties toutes les deux, lui lança-t-il en lui ouvrant la grille. Elles étaient tellement pressées que Bridget a même laissé la clé sur le placard à alcools.

— Vous ont-elles dit où elles allaient ? s'enquit Jess.

— Pas du tout, et je ne leur ai rien demandé. De toute façon, elles ne sont pas parties ensemble…

Jess fronça les sourcils, et Monty dut interpréter cette réaction comme du scepticisme, car il ajouta :

— Je sais, ça paraît bizarre, mais Tansy a démarré la première dans sa vieille voiture et Bridget s'est lancée à sa poursuite juste après, avec son petit bolide…

À en croire Monty, les deux femmes avaient donc pris la même direction. Mais qu'avait-il bien pu se passer pour susciter une telle précipitation ?

— Je vous en prie, Monty, le pressa-t-elle, essayez de vous souvenir ! Il faut à tout prix que je les retrouve ! Ont-elles dit quelque chose de particulier ? N'ont-elles pas mentionné un endroit où elles auraient pu aller toutes les deux ?

— Je ne sais pas, grommela Monty. Hier soir, elles se sont sacrément bagarrées. Elles ont hurlé. Remarquez, elles se disputent tout le temps…

— Savez-vous sur quoi portait cette dispute-là ?

— Non. Je n'avais pas envie d'écouter. Je me suis enfermé dans ma chambre et je n'ai pas entendu grand-chose. Surtout qu'elles se mettaient à chuchoter par moments.

— Oh ! tâchez de vous rappeler, Monty, c'est important ! insista Jess. Même un détail ! C'est important pour Tansy. Je sais que vous n'avez pas beaucoup d'atomes crochus avec Bridget, mais Tansy, vous l'aimez bien, non ? C'est à elle que vous voulez léguer votre manoir, n'est-ce pas ?

Monty cligna des yeux, surpris.

— Mais comment savez-vous ça, vous ? fit-il. Vous êtes une maligne, hein ? Oui, c'est vrai, elle va hériter de la maison, pour ce que ça vaut… Je n'ai pas d'argent, elle le sait, alors je lui ai légué la Balaclava dans mon testament. Je ne suis pas sûr que ce soit un cadeau, remarquez…

— Est-ce qu'elle le sait ? Lui avez-vous dit qu'elle hériterait de la Balaclava House ?

Monty haussa les épaules.

— Je lui en ai parlé, bien sûr. Elle était folle de joie, la pauvre petite.

Il releva la tête pour examiner Jess de plus près.

— Dites-moi, elle a des ennuis ?

Jess ne répondit pas à la question.

— Il faut que je lui parle très vite, Monty, c'est tout.

— Mmm…

Le vieil homme contempla le verre qu'il venait de vider. L'idée qu'il devrait le remplir avant le retour de Bridget dut le décider à poursuivre.

— Elles ont dû retourner là-bas. Hier, c'est de la maison qu'elles parlaient quand elles se disputaient. De cette chambre du premier étage où des gens sont venus. Tansy était furieuse que vous ne les ayez pas arrêtés. Personnellement, je m'en fiche, je ne veux rien savoir. Ils ne m'ont pas dérangé.

Billy Hemmings menait ses affaires dans un petit local situé au premier étage d'un immeuble, dans le quartier des docks de Gloucester. Une modeste plaque de cuivre mentionnait son nom sans indiquer le genre d'activité qu'il exerçait, mais apparemment, ceux qui le sollicitaient savaient ce qu'il fallait savoir. Une petite secrétaire brune très nerveuse officiait derrière un bureau encombré, en haut d'une volée de marches abrupte. Elle semblait être la seule employée.

— Commissaire Carter ! lança-t-elle d'un ton brusque. Il vous attend. Vous pouvez y aller.

Carter eut un petit sourire. La ligne téléphonique entre Weston-Saint-Ambrose et ce bureau avait bien fonctionné. Hélas – mais c'était inévitable – Terri avait prévenu son mari et celui-ci avait eu tout le temps de se préparer à l'entretien. Mais sans doute s'attendait-il depuis longtemps à cette confrontation… du moins, s'il s'intéressait bel et bien à la Balaclava House. Il était assez lucide pour savoir que la police établirait le lien tôt ou tard. Comment expliquerait-il son manque de franchise à ce sujet ? Il serait intéressant de le découvrir…

Il remercia la secrétaire et poussa la porte en verre dépoli qu'elle lui indiquait. Hemmings l'accueillit avec un large sourire, qui se limitait toutefois à ses lèvres charnues.

— Eh bien, bonjour ! lança-t-il avec une jovialité un rien forcée.

Il se leva et lui tendit la main, que le commissaire serra brièvement.

— Merci de me recevoir si vite ! déclara ce dernier, résolu à jouer le jeu des amabilités.

— Oh ! dès que Terri m'a appelé, j'ai attendu votre arrivée. Asseyez-vous, je vous en prie. Je vais demander à Amanda de nous apporter du café.

Il se pencha en avant pour parler dans l'interphone posé sur son bureau.

— Du café, Amanda !

Puis il se rassit et s'adossa à son siège.

— Alors ! Que puis-je faire pour vous cette fois-ci ? Vous avez découvert qui en voulait à ce pauvre Jay, en fin de compte ?

— Non, pas encore tout à fait, reconnut Carter en s'installant dans un fauteuil flambant neuf au design moderne, tout en tubes d'acier et plastique noir.

Il ressemblait à un siège éjectable et était à peu près aussi confortable. Carter se demanda si, tout comme James Bond, Hemmings ne possédait pas sous son bureau un bouton qui lui permettait de se débarrasser des indésirables. Après tout, le local se trouvait sur les anciens docks. Laissant un instant libre cours à sa fantaisie, il imagina une trappe prête à s'ouvrir au-dessous de lui pour le catapulter directement dans l'eau du port. Le sourire qu'il réprima fut remarqué par son interlocuteur, qui l'interpréta à sa manière.

— C'est un fauteuil de designer, se targua-t-il. Croyez-moi, il n'est pas donné ! Il m'a coûté à lui seul le prix de tout le mobilier de ce bureau !

Le commissaire hocha la tête pour signifier à quel point il était impressionné, puis il aborda le sujet qui l'amenait.

— En fait, commença-t-il, j'aimerais discuter de la Balaclava House avec vous…

Au même instant, un petit coup fut frappé à la porte et la secrétaire entra avec le café. Du point de vue de son patron, elle n'aurait pu choisir meilleur moment. Carter en vint à se demander si elle n'avait pas suivi la conversation par l'interphone.

— Ah, du café, formidable ! se réjouit Hemmings, comme s'il ne venait pas d'en commander lui-même.

Il se pencha et ouvrit un tiroir dans la partie inférieure de son bureau.

— Voudriez-vous l'agrémenter d'une petite goutte de quelque chose, commissaire ? interrogea-t-il en lui présentant un flacon de brandy.

Carter refusa d'un sourire.

— Je suis en service, malheureusement, expliqua-t-il.

— Ah oui ! bien sûr…

Hemmings remit la bouteille à sa place et lui fit de nouveau face.

— La Balaclava House, disiez-vous ? C'est là qu'on a découvert Jay, non ? Il me semble que vous m'avez dit ça.

— Oui, je vous l'ai dit. Aviez-vous entendu parler de ce manoir auparavant ?

L'espace d'une fraction de seconde, Hemmings fut trahi par son langage corporel : il hésitait à mentir. Son corps tout entier s'était raidi et il retenait sa respiration. Puis il se détendit.

— Oui, je m'en suis souvenu après votre passage chez nous. Il faut dire que ce n'est pas très loin de Weston-Saint-Ambrose, hein ? Quelques minutes en voiture…

À l'évidence, il avait compris que, si Carter venait lui parler de cette propriété, c'était qu'il avait déjà deviné un certain nombre de choses, et il allait tenter de déterminer lesquelles. Mais Carter pouvait lui aussi jouer à ce petit jeu.

— La maison est grande, et le terrain qui l'entoure assez étendu, fit-il remarquer sur le ton de la conversation en saisissant sa tasse de café.

— Oui, je veux bien le croire, acquiesça Hemmings.

— Le problème, bien sûr, c'est le mauvais état du manoir.

Le promoteur hocha la tête.

— On m'a dit qu'il tombait en ruine, oui.

— Ah bon ? s'étonna Carter en reposant sa tasse. Qui vous a dit ça ?

— Bon sang ! explosa Hemmings. Mais ce café est brûlant !

Il reposa brusquement sa tasse et Carter s'autorisa un sourire intérieur. *Ce n'est pas parce que tu t'es brûlé la langue que tu t'énerves, mais parce que tu es tombé dans un piège grossier…*

— J'ai interrogé les gens autour de moi après votre visite, quand vous m'avez appris que Jay avait été trouvé là-bas. Vous aviez éveillé ma curiosité, figurez-vous…

L'explication était faible et il devait s'en rendre compte.

— Ne vous seriez-vous pas rendu sur place récemment ? Du moins, après la mort de Jay ? Vous saviez que Monty Bickerstaffe, le propriétaire, était parti séjourner chez une parente à lui…

Il y eut un silence. Hemmings considérait Carter d'un air morose.

— Très bien, commissaire, finit-il par soupirer. Jouons cartes sur table !

— Je vous en serais reconnaissant, oui, approuva Carter.

— Vous êtes quelqu'un qui aime aller droit au but, moi aussi.

Il s'éclaircit la gorge.

— En fait, Jay m'avait parlé de ce manoir. Je ne sais pas comment il avait eu connaissance de son existence, mais il pensait qu'il y aurait là un terrain intéressant pour un projet de lotissements. Je suis promoteur immobilier et c'est pour cela qu'il s'est adressé à moi. Nous nous étions rencontrés sur les champs de courses. Beaucoup d'affaires sont conclues par ce biais, ou du moins entamées comme ça : on fait connaissance, on discute… Enfin, c'est de cette façon que ça s'est passé avec lui. J'ai estimé que nous pourrions monter le projet ensemble, lui et moi, en nous associant. Évidemment, je lui ai d'abord demandé si la maison et le terrain seraient disponibles bientôt, et quand exactement. Dans mon métier, on a l'esprit pratique. Je ne suis pas du genre à faire des plans sur la comète… Je lui ai donc posé trois questions : d'abord, à qui appartiennent la maison et le terrain ? Ensuite, est-ce que cette personne a l'intention de mettre tout ça sur le marché ? Et enfin, qui d'autre est au courant ? Il m'a répondu que le propriétaire actuel n'avait pas du tout l'intention de vendre, mais qu'il était vieux et en mauvaise santé. Il m'a dit que c'était un alcoolique. Donc, que les circonstances pouvaient changer très vite et qu'il y avait toutes les chances que les futurs propriétaires n'aient pas la même optique que lui. Si nous nous mettions sur les rangs sans attendre, nous serions les premiers sur l'affaire. Présenté comme ça, le projet m'a paru très alléchant.

— Vous ne vous êtes pas dit que vous risquiez de ne pas obtenir de permis de construire ? demanda Carter.

La réponse fusa aussitôt.

— Le manoir est ancien, mais il n'est pas classé. J'ai vérifié. Un projet de lotissements sympathique obtiendrait tout de suite l'agrément des services d'urbanisme. Après tout, une fois qu'elle sera libre, une fois que le propriétaire actuel sera… enfin, qu'il ne sera plus là, la maison sera vide et personne n'en voudra. Étant donné son état actuel, elle deviendra très vite dangereuse. Je pense qu'elle l'est déjà maintenant, d'ailleurs. En fait, je… j'ai effectué quelques recherches d'ordre général à la mairie.

— Ne pourrait-on pas la transformer en hôtel ou en maison de retraite ? suggéra Carter.

Hemmings secoua la tête.

— Non. D'abord, elle est loin de tout et, ensuite, ce serait trop compliqué. Croyez-moi, la seule chose que l'on puisse faire de la Balaclava House, c'est la démolir.

— Vous êtes donc allé la voir, si je comprends bien. Vous avez fait le tour du propriétaire, pour ainsi dire ?

Cette fois, Hemmings ne chercha plus à nier.

— Oui, bien sûr. C'est la première chose que j'ai faite quand Jay m'a présenté son idée. Ensuite, je suis allé à l'urbanisme, comme je vous l'ai dit. La Balaclava House, précisa-t-il avec un signe de tête entendu à Carter, représenterait un projet d'une ampleur considérable, croyez-moi ! Ce site est fait pour des lotissements !

— Y êtes-vous retourné récemment ? insista le commissaire. Je vous ai posé la question et il me semble que vous n'y avez pas tout à fait répondu…

Hemmings esquissa une moue, avant de hausser les épaules.

— Oui, avoua-t-il. Il y a deux jours. Pour vérifier s'il y avait des signes que la situation évoluait. Mais non, rien n'avait changé. Cela m'a rassuré. La presse locale a beaucoup parlé de cette maison depuis que… depuis qu'on y a découvert ce pauvre Jay, et ça aurait pu donner des idées à d'autres promoteurs. Je pense qu'il va falloir que j'agisse très vite.

Les petits yeux sombres de Hemmings fixèrent le commissaire.

— On m'a vu là-bas, c'est ça ? Vous avez l'air d'être au courant.

— C'est à peu près ça, oui, murmura Carter. Donc, Taylor et vous-même étiez sur le point de vous associer pour monter un projet immobilier et vous étiez prêts à attendre que M. Bickerstaffe décède pour acheter la propriété ? Mais cela aurait pu prendre des années ! Il n'a que soixante-seize ans et il est loin d'être chétif, comme Taylor a voulu vous le faire croire. Je dirais même qu'il est remarquablement robuste !

— Oh ! ma foi, ces choses-là changent vite, non ? Bickerstaffe n'a pas de voiture pour se déplacer. Il est très isolé là-bas, dans son manoir. Il pourrait tout aussi bien vivre sur une île déserte ! Il a beau être fringant, il ne pourra pas continuer bien longtemps à habiter là tout seul ! Il va devoir la vendre au cours de l'année à venir, c'est sûr, à moins que ce ne soit son successeur qui le fasse.

Il hésita un instant.

— Jay disait qu'en fait nous n'aurions pas besoin d'attendre sa mort. Si le vieux devait quitter la maison, il allait en faire cadeau à un proche. La propriété appartient à sa famille depuis plus d'un siècle et demi et il ne voulait pas que ça change. En tout cas, c'est ce que m'a dit Jay, et il était sûr de ça.

— Un proche ? Cela pourrait-il être *une* proche ?

Carter attendit. Hemmings réfléchit un moment, les sourcils froncés.

— Je ne peux pas vous répondre parce que je n'en sais rien, déclara-t-il enfin. Je vous assure que je ne sais pas ! Mais on peut le penser. Quoi qu'il en soit, j'avais l'impression que Jay gardait une carte dans sa manche. J'ignore de quoi il s'agissait, il y avait peut-être une fille là-dessous, oui, c'est probable... Mais évidemment, je peux me tromper. En tout cas, il était sûr de lui, mais quant à savoir s'il avait raison de l'être, ça, c'est une autre histoire ! Je ne peux pas vous aider là-dessus. Ce qui m'intéressait, moi, c'est d'avoir pu constater par moi-même que le vieux ne pourrait pas rester habiter là longtemps. Ça, c'était vrai. Vous pouvez me croire, la maison sera bientôt sur le marché ! Tous les indicateurs sont là, et je sais les lire !

Carter joignit les deux mains par la pointe de ses doigts, un geste qui parut entamer la confiance de son interlocuteur.

— Bon, voyons si j'ai bien compris... Taylor et vous aviez prévu de vous associer dans cette affaire. Vous, vous auriez pour rôle d'organiser les travaux et de les superviser d'ici, de votre bureau. Mais Taylor ? Que ferait-il, lui ? Il vous a parlé de la maison, d'accord, mais quelle serait sa participation au projet ensuite ? Il n'avait pas accès à de grosses sommes d'argent. Qu'est-ce qui le qualifiait pour devenir votre associé ?

Hemmings prit une profonde inspiration et fixa les mains de Carter.

— C’est pour ça que je vous dis qu’il avait une carte dans sa manche. Un joker.

Il leva les yeux et observa son interlocuteur en plissant les yeux.

— Il avait découvert quelque chose. Une chose qui allait l’aider à mettre la main sur ce terrain. Il n’arrêtait pas de faire de petites allusions : il me disait que, si tout marchait comme il voulait, nous n’aurions peut-être rien à débourser pour l’avoir. J’avais du mal à le croire, mais il me garantissait que je pouvais lui faire confiance, et qu’il ne fallait pas lui poser de questions. Il cachait bien ses cartes pour être sûr que je le suivrais. Je ne peux pas lui en vouloir, j’aurais fait pareil à sa place… On ne dévoile pas son jeu avant d’y être obligé, pas vrai ?

Ce devait être un appel du pied. Hemmings cherchait à se faire pardonner de n’avoir pas jugé bon de parler de tout cela aux enquêteurs dès le départ, songea Carter. Si tel était le cas, Hemmings pouvait estimer avoir fait chou blanc.

— Ce n’est pas toujours une bonne idée de garder des informations par-devers soi, répliqua le commissaire. Si Jay Taylor vous avait dévoilé ce qu’il complotait, il serait peut-être là pour nous en parler lui-même aujourd’hui.

Ces mots parurent mettre Hemmings mal à l’aise.

— Peut-être que j’aurais dû lui poser plus de questions, l’obliger à me dire ce qu’il avait derrière la tête. En fait, c’était mon intention. On en était arrivés au point où j’étais prêt à signer, mais avant, j’aurais tout de même insisté pour savoir de quoi il s’agissait. S’il y avait une femme dans l’histoire, comme vous avez l’air de le penser, ou si c’était autre chose. Seulement, je n’ai pas imaginé une seconde qu’il risquait de se faire tuer ! Quand vous m’avez annoncé qu’on l’avait retrouvé mort dans cette maison, ça m’a fait un sacré choc, croyez-moi !

Il promena nerveusement les doigts sur ses lèvres.

— Ce truc qu'il avait découvert, vous pensez que c'est ça qui l'a tué ?

— Je ne pense pas qu'on l'ait assassiné pour rien, répondit Carter. Et je ne pense pas non plus que vous ayez intérêt à aller traîner du côté de la Balaclava House dans les circonstances présentes, monsieur Hemmings. La personne qui a tué Taylor pourrait bien vous considérer comme une menace vous aussi.

Billy Hemmings avait semblé embarrassé jusque-là. C'était désormais une vive inquiétude qui marquait ses traits.

18

La Balaclava House semblait déserte quand Jess y parvint. Elle fit tout de même le tour de la maison à pied pour s'en assurer, regardant à l'intérieur par chacune des fenêtres. *Comme Jay Taylor*, songea-t-elle. Mais lorsqu'il était venu, Seb Pascal et Rosie Sneddon l'avaient vu d'en haut. *Peut-être que quelqu'un me surveille moi aussi*, se dit-elle. *Quelqu'un qui prend soin de ne pas se faire remarquer...*

Elle retourna à l'avant et actionna la poignée. La porte était bien fermée à clé. Alors elle redescendit lentement l'allée en examinant le sol à la recherche de traces fraîches de pas ou de pneus, tout indice susceptible de révéler une présence récente. Deux voitures semblaient s'être arrêtées devant la grille peu de temps auparavant, mais ce devait être celles de Carter et Tansy Peterson, qui étaient venus la veille. Rien n'indiquait en revanche que Bridget ou Tansy aient fait une halte ici au cours de la matinée. Quant aux empreintes de pas qu'elle avait vues quelques minutes plus tôt dans le jardin, sans doute s'agissait-il de celles dont avait parlé Carter, car elles n'étaient plus très fraîches.

Jess remonta dans sa voiture et réfléchit. Monty l'avait-il délibérément orientée sur une fausse piste ? À en croire Monica Farrell, elle ressemblait trop à sa défunte épouse pour qu'il soit tenté de lui mentir. Mais pouvait-on se fier aux impressions de Monica ? Et puis, Monty avait pu dire la vérité sur la dispute qu'il avait surprise la veille, mais tirer de mauvaises conclusions en voyant les deux femmes quitter la maison dans un état de panique intense, chacune au volant de sa propre voiture.

Non, décida-t-elle, Monty savait ce qu'il disait. Les deux femmes s'étaient violemment disputées au sujet de la Balaclava House la veille au soir et leur querelle était restée en suspens. Elle avait sans doute repris le matin, puis Tansy s'était précipitée dehors, suivie de près par sa mère. Et c'était probablement ici qu'elles étaient venues. Alors où étaient-elles ?

Jess releva la tête. Le manoir lui faisait l'effet d'un lieu maudit. Tout ici nécessitait d'être restauré : l'allée creusée de nids-de-poule, le panneau à demi effondré au-dessus de la grille, la Balaclava House elle-même, une ruine qui ne présentait plus que l'ombre de sa gloire passée... Jess tambourina le volant du bout des doigts. Tansy avait quitté la Vieille Loge la première, et Bridget n'avait fait que lui emboîter le pas. Il fallait donc se demander où avait voulu aller Tansy. Monty – tout comme Jess elle-même, d'ailleurs – avait supposé qu'elle avait pris la direction du Toby's Gutter Lane. Mais si ce n'était pas pour se rendre à la Balaclava House, que serait-elle venue faire dans cet endroit désolé ?

Les Colley ! De la paume de sa main, Jess décocha au volant un petit coup triomphant. Bridget n'appréciait pas cette famille, certes, mais Tansy n'avait-elle pas raconté à Ian Carter que Gary et elle étaient amis autrefois ? Quand elle était petite, il lui faisait faire du poney dans le pré, à la ferme de ses parents.

— C'est là que Tansy est allée ! s'exclama Jess. Je savais bien que les Colley étaient mêlés à cette histoire, d'une manière ou d'une autre !

Elle démarra et roula jusqu'à l'entrée de la ferme. Laissant sa voiture devant la grille, elle poussa celle-ci et commença à marcher, puis elle se souvint des chiens dont lui avait parlé Morton. Arriver à pied chez les Colley sans avoir prévenu de sa visite revenait à prendre un risque inconsidéré. Elle rebroussa chemin et remonta dans sa voiture, franchit la grille, puis redescendit du véhicule pour refermer derrière elle. En atteignant le groupe de bâtiments disparates, elle reconnut la description que lui en avait faite Phil. Tout y était : la maison, les anciennes écuries, la porcherie et l'enclos des chiens…

Apparemment, elle n'était pas la première à rendre visite aux Colley ce jour-là. Deux véhicules étaient déjà garés dans la cour boueuse : le petit bolide bleu de Bridget et, devant lui, la Ford Fiesta de Tansy.

Bingo ! se réjouit Jess.

Elle prit le temps de savourer ce moment de satisfaction, puis se tourna vers l'enclos des chiens pour vérifier qu'elle pouvait sortir de sa voiture en toute sécurité. L'afflux de visiteurs semblait avoir plongé les molosses dans un état de confusion extrême. Sans doute aussi leur avait-on ordonné de se taire, car ils s'étaient regroupés derrière le grillage et considéraient Jess sans paraître savoir comment réagir. Aucun d'eux n'aboya, même quand la jeune femme descendit de sa voiture.

Les chiens n'étaient pas les seuls à avoir remarqué sa présence, car deux hommes émergèrent soudain des anciennes écuries. Elle reconnut Gary et pensa que l'autre, plus âgé, devait être son père. Ils s'immobilisèrent et la dévisagèrent sans un mot.

Elle se dirigea vers eux, sensible à leur regard, fait du même mélange d'hostilité et de prudence que celui de leurs chiens. Gary savait qui elle était ; en revanche, c'était la première fois que Dave la voyait. Elle sortit sa plaque de police et la lui présenta.

— Mon fils m'a parlé de vous, déclara-t-il.

Mais Jess n'avait pas de temps à perdre en présentations.

— Où sont-elles ? interrogea-t-elle sans préambule. Où sont Mme Harwell et sa fille, Tansy Peterson ?

— Parties se promener sur Shooter's Hill, répondit Dave avec désinvolture. Il fait tellement beau aujourd'hui, après toute cette pluie… Elles ont eu envie de se dégourdir les jambes.

— Ne me racontez pas d'histoires ! répliqua Jess d'un ton sec.

Si Tansy pouvait à la limite trouver agréable de monter sur la colline pour profiter du beau temps, Bridget, elle, n'était pas du genre à apprécier la randonnée.

— Ne me faites pas perdre mon temps, monsieur Colley, ajouta-t-elle. Vous faites de l'obstruction à une enquête de police, et c'est un délit. J'ai besoin de parler à ces deux femmes et je veux savoir où elles sont !

Le père et le fils gardèrent le silence. Sur leurs gardes, ils affichaient l'un comme l'autre une expression à la fois combative et méfiante. Dangereuse aussi ? Jess se demanda s'il n'aurait pas été plus judicieux de se faire accompagner par Phil. Les Colley se tenaient épaule contre épaule devant l'ouverture du bâtiment, comme s'ils cherchaient à en bloquer l'accès. *C'est ce qu'ils font*, réalisa-t-elle soudain.

Elle s'adressa à Dave.

— Monsieur Colley, dit-elle, je n'ai pas de mandat de perquisition, mais je peux en obtenir un très facilement. Je n'ai même pas besoin de bouger d'ici, il me suffit de passer un appel à mon supérieur et il sera là en moins d'une heure avec le document.

— Et en attendant, nous, on peut très bien vous demander de sortir de chez nous, rétorqua l'homme d'un ton rogue.

— Mais bien sûr, faites donc ! J'attendrai devant la grille et je bloquerai le passage, exactement comme vous êtes en train de le faire en ce moment pour que je ne voie pas ce qui se passe dans cette grange… ou cette étable, je ne sais pas. Si je me poste devant l'entrée de la ferme, les deux femmes ne pourront pas repartir, et si elles s'avisent de s'en aller à pied par-derrière, elles n'iront pas très loin… Sachez que je resterai le temps qu'il faudra et, quand elles voudront sortir, ce qui arrivera tôt ou tard, elles ne pourront pas m'éviter.

— Qu'est-ce que vous leur voulez, d'abord ? interrogea Gary, toujours hargneux.

— Enquête de police, rétorqua Jess. Maintenant, j'aimerais entrer jeter un coup d'œil dans ce bâtiment, s'il vous plaît. Je vous serais obligée de m'en ouvrir l'accès. Monsieur Colley ?

Les deux hommes échangèrent un regard. Gary conservait son air buté, mais son père, contre toute attente, haussa les épaules.

— Allez-y, si ça peut vous faire plaisir. On n'a rien à voir là-dedans, nous, de toute façon. Hein, Gary ?

— Non, évidemment…

— Voilà qui est raisonnable, monsieur. Quand on a déjà des problèmes, on n'a pas envie de s'en rajouter, n'est-ce pas ?

Le père et le fils s'écartèrent juste assez pour la laisser passer et elle pénétra dans les anciennes écuries avec l'impression de remonter le temps. Tout ce qui l'entourait rappelait l'usage que l'on faisait du bâtiment jadis, et que l'on continuait peut-être à en faire. L'une des parties était divisée en boxes et des pièces de harnais poussiéreuses dont le cuir sec était craquelé par les ans pendaient encore à des crochets au mur. Au-dessus d'un box, on pouvait lire le nom de « Brutus » sur un panneau de bois peint. Si Brutus avait été un cheval de trait, comment s'appelait celui qui formait la paire avec lui ? César ? Mais l'époque moderne était arrivée et, maintenant, c'était un tracteur maculé de boue qui était entreposé de l'autre côté. Contre le mur du fond, un escalier en bois montait vers les combles. L'air était saturé d'une odeur de moisi qui démangeait le nez.

— Madame Harwell ? cria Jess. Tansy ? C'est l'inspecteur Campbell ! Si vous êtes là-haut, descendez, s'il vous plaît ! J'ai besoin de vous parler à toutes les deux.

Le silence lui répondit. Il lui sembla qu'à l'étage supérieur on retenait son souffle.

Elle se retourna en percevant derrière elle un mouvement trahi par un afflux de lumière. L'une des silhouettes qui masquaient l'entrée s'était retirée. Dave Colley était toujours là, mais son fils avait disparu. Où était-il allé ? Jess éprouva une impression désagréable à l'idée qu'elle ne pouvait répondre à cette question. Puis elle crut entendre un léger craquement au-dessus de sa tête et se figea.

— Bon, je monte ! annonça-t-elle.

Elle gagna l'escalier et, avec précaution, commença à en gravir les marches, qui grincèrent de façon inquiétante sous ses pieds. Elle attrapa la rampe en sentant dans son dos le regard intense de Dave Colley, qui devait épier le moindre de ses mouvements. Il n'avait pas bougé, heureusement. Mais où était Gary ?

Elle atteignit le haut des marches et déboucha dans le fenil. Très haut au-dessus d'elle, des poutres de bois sombre, vermoulues et couvertes de toiles d'araignées, formaient la charpente. Une quantité d'objets dont on ne voulait plus, anciens et modernes, encombraient l'espace : vieux outils, meubles brisés, caisses qui semblaient là depuis des lustres… Même la paille qui jonchait le sol devait remonter au début du siècle précédent. Jess eut du mal à se figurer ce que les Colley pouvaient espérer en gardant toutes ces vieilleries. Peut-être était-ce pour ne pas faire l'effort de les porter jusqu'à la décharge qu'ils les laissaient là, tout comme ils ne touchaient pas aux vieux harnais du bas, inutiles, mais rattachés au lieu.

Par rapport au rez-de-chaussée, le fenil bénéficiait d'une lumière vive. Le jour entrait au travers des larges ouvertures par lesquelles on faisait passer le fourrage qui, bien des années auparavant, alimentait Brutus et ses compagnons.

La silhouette de Bridget Harwell se détachait sur le ciel bleu, face à Jess, bien trop près du vide à son goût. Sans doute était-ce délibéré, pour empêcher la nouvelle venue de s'approcher…

— Où est Tansy ? lança Jess.

— On s'est encore disputées, répondit Bridget de sa voix cassée. Elle est partie comme une furie sur Shooter's Hill pour se calmer les nerfs.

Ainsi, Dave n'avait peut-être pas été si loin de la vérité, en fin de compte, songea Jess.

— Mais de toute façon, on n'a pas besoin d'elle, enchaîna Bridget. Je peux vous raconter ce qui s'est passé, moi. Je suppose que c'est ce qui vous intéresse.

— Oui. Je suis allée chez vous pour vous voir et Monty m'a dit que vous vous étiez disputées hier soir, Tansy et vous, et que cela a continué ce matin. Puis vous êtes parties toutes les deux, votre fille la première. J'imagine que votre querelle portait sur Jay Taylor ? Je sais maintenant que c'était un très bon ami à elle. Son petit ami ?

Bridget eut une grimace de dégoût et secoua la main, comme pour chasser cette idée trop incongrue.

— Inutile de mentir, soutint Jess. Je les ai vus en photo, ensemble dans une boîte de nuit. Ils avaient l'air de beaucoup s'apprécier ! Je suis allée vous chercher à la Balaclava House, mais vous n'y étiez pas et j'ai compris que je vous trouverais ici. Tansy et Gary étaient de grands amis autrefois, n'est-ce pas ?

— Ma fille est très douée pour mal choisir ses fréquentations, répliqua Bridget d'un ton sec. Elle doit tenir ça de moi, je pense. J'ai moi aussi l'art de tomber sur des hommes impossibles. Et quand une mère voit que les choses tournent mal pour son enfant, elle s'en veut, n'est-ce pas ? Comme si c'était encore une petite fille ! Je sais que Tansy est une femme maintenant. Elle va fêter ses dix-neuf ans dans deux semaines. Ça ne l'empêche pas de continuer à avoir des réflexes de gamine ! Elle ne sait pas comment fonctionne le monde, elle ne sait pas qu'il existe des hommes comme ce Taylor. Elle l'a rencontré à une soirée, à Londres, je crois. Je n'irais pas jusqu'à dire qu'elle est tombée amoureuse de lui. À mon avis, ce n'était qu'une tocade d'adolescente. Elle le trouvait génial. Il lui a raconté n'importe quoi et elle, évidemment, elle est tombée dans le panneau ! Elle a cru qu'il l'aimait !

— Avez-vous rencontré Taylor ?

— Oh oui, je l'ai rencontré ! Dès que j'ai eu vent de ce qui se passait, j'ai voulu le connaître. J'ai voulu voir quel était ce type que ma fille parlait d'épouser. D'épouser, vous vous rendez compte ? Elle qui était prête à aller à l'université, qui devait déployer ses ailes et découvrir de quoi était fait le monde ! Quand j'ai vu Taylor, mes pires craintes se sont confirmées. D'abord, il était beaucoup trop vieux pour elle. Il avait une grande expérience de la vie et c'était un profiteur de première. Je ne savais pas ce qu'il voulait obtenir de Tansy, mis à part la chose la plus évidente, mais ça, il n'avait pas besoin de se marier pour l'avoir : elle lui tombait dans les bras ! Je lui ai demandé de ne plus s'approcher d'elle, mais il m'a ri au nez ! Il m'a répondu que je n'avais pas à m'en mêler, que c'était entre Tansy et lui. À moi, sa mère ! Qu'est-ce qu'il croyait ? Que j'allais rester les bras croisés à le regarder bousiller la vie de ma fille !

— Alors, quand vous avez vu son cadavre dans le salon de la Balaclava House, vous saviez qui c'était… Vous m'avez pourtant affirmé que vous ne l'aviez jamais vu.

— Bien sûr que je savais qui c'était, vu que je savais qu'il serait là !

Elle se tut et le silence plana.

— Vous pourriez peut-être m'expliquer ça ? suggéra Jess.

— Pourquoi pas… rétorqua froidement Bridget. En fait, c'est assez simple. J'ai invité ce goujat de Taylor à déjeuner, pour discuter un peu. J'ai profité d'une course que j'avais à faire à Londres pour le rencontrer et lui proposer de venir à la Vieille Loge le lendemain.

— Vous pensiez vraiment qu'il allait accepter ? Il savait que vous désapprouviez son amitié avec votre fille, fit remarquer Jess.

Bridget eut un sourire entendu.

— J'étais sûre qu'il accepterait, oui. Par vanité. Il était persuadé que, de nous deux, c'était lui le plus fort. Je lui ai fait croire que j'avais cessé de m'opposer et que je voulais maintenant discuter d'un accord entre nous. Il ne me connaissait pas, il se figurait que j'allais jeter l'éponge comme ça ! Moi, tout ce que je voulais, c'était l'arrêter. L'arrêter une bonne fois pour toutes ! Avant de partir aux États-Unis pour me marier moi-même…

Elle eut une petite grimace.

— Bon, je suppose que maintenant, je devrais plutôt dire que *je comptais* partir… En tout cas, je n'aurais plus été là pour protéger ma fille, alors j'ai agi comme il le fallait. J'ai fait en sorte qu'elle ne souffre pas de cet homme.

— Vous avez supprimé un obstacle…

Bridget esquissa un hochement de tête satisfait.

— Il fallait qu'il disparaisse, quelle que soit la façon dont on considérait les choses. Ce misérable n'avait rien à faire dans notre vie. C'est lui qui s'est mis dans le pétrin, je n'y suis pour rien, moi, c'était idiot de sa part. Il n'était pas prêt à revenir en arrière. Le jour où il est venu à la Vieille Loge, je me suis arrangée pour que

Tansy soit occupée ailleurs et je lui ai préparé un repas gastronomique, à ce mufle !

Elle s'enflammait en parlant et Jess s'inquiéta : elle ne voulait surtout pas l'interrompre, mais Bridget se tenait dangereusement près de l'ouverture derrière elle.

— Si nous nous installions plus confortablement pour continuer à parler ? suggéra-t-elle avec tout le flegme dont elle était capable. Tenez, sur ce vieux canapé, là... Il n'a pas l'air trop sale.

— Ça va, on est très bien là où on est ! rétorqua Bridget avec humeur. Je vais rester là et vous, vous n'allez pas bouger, c'est compris ? Comme ça, tout ira bien.

— D'accord, acquiesça Jess.

Elle était loin de penser que tout irait bien, mais il importait de ne pas contrarier son interlocutrice. La tension nerveuse qui l'habitait imprégnait l'atmosphère. Elle la laissa continuer son histoire en espérant qu'elle finirait par se décontracter. *Ensuite, je réessayerai de l'attirer près de moi ou, au moins, de la convaincre de s'éloigner du bord...*

— J'ai écrasé tout un flacon de somnifères et j'ai mélangé la poudre à la sauce, reprit Bridget. J'avais préparé un coq au vin, c'est ce que je fais en général quand je reçois du monde. Avant de passer à table, nous avons pris deux ou trois verres, puis nous avons bu une assez bonne bouteille de rouge pour accompagner le repas.

— Vous pensiez que cela suffirait à le tuer ?

— Mais non, voyons ! s'énerva Bridget. Je savais bien que ça n'allait pas le tuer ! En tout cas, j'espérais bien que non ! Je savais en revanche que ça l'endormirait, et que cela me permettrait de passer ensuite à l'étape suivante. J'avais prévu qu'il faudrait une heure pour que le mélange médicaments-alcool agisse. Mon idée, c'était qu'il reparte avant ça, et qu'il s'endorme au volant. Il aurait eu un accident de voiture en rentrant chez lui, c'est tout. Une victime supplémentaire de la conduite en état d'ivresse, qui viendrait s'ajouter aux statistiques.

— Mais il aurait pu tuer d'autres personnes, des gens innocents ! s'indigna Jess, avant de regretter aussitôt cette réaction.

Bridget haussa les épaules.

— Je n'ai pas réfléchi à ça. Moi, tout ce qui m'intéressait, c'était Tansy. Je vous l'ai dit, c'est pour elle que je l'ai fait. Le reste, je m'en fichais. Il fallait que je supprime ce salaud, ou plutôt, que je fasse en sorte qu'il se supprime lui-même, parce qu'il ne me laissait pas le choix. C'était sa faute à lui, pas la mienne !

— Mais alors, comment s'est-il retrouvé dans le salon de la Balaclava House ?

— Du calme, j'y arrive ! s'exclama Bridget d'un ton exaspéré. Si vous ne m'arrêtiez pas toutes les cinq minutes…

Tu n'es pas très douée pour la calmer, songea Jess. *Tais-toi, Jess, quoi qu'elle dise ! Laisse-la terminer ! N'empêche qu'il faudrait qu'elle s'éloigne de cette ouverture…*

Bridget esquissa une grimace.

— Mon idée était bonne, mais tout est allé de travers. L'association alcool-somnifères a agi plus vite que prévu. On arrivait à peine au fromage qu'il a commencé à s'endormir sur son assiette. J'avais mal évalué le temps qu'il faudrait pour que ça marche. J'ai commencé à avoir peur qu'il clamse là, chez moi, sur le tapis de la salle à manger. Il se plaignait qu'il ne se sentait pas bien… Alors je lui ai dit que j'allais le raccompagner chez lui. Il tenait à peine debout, mais j'ai réussi à le faire sortir de la maison et monter dans sa voiture. Il s'est affalé sur le siège passager, il respirait très mal. Il a fermé les yeux et il a dû s'endormir. Bon, ça m'allait ! J'avais prévu un accident de voiture et c'est ce qui allait lui arriver, mais il fallait que j'organise les choses un peu différemment.

« D'abord, on devait s'éloigner de chez moi. J'ai pensé à Shooter's Hill. C'était l'endroit idéal, escarpé, tranquille, sans personne pour voir ce qui se passait. Je n'aurais qu'à m'arrêter au sommet, desserrer le frein à main, descendre et donner une petite impulsion à la voiture… et voilà ! Elle dévalerait la pente jusqu'en bas ! Un jour ou l'autre, quelqu'un la retrouverait, peut-être Pete Sneddon, ou bien un promeneur quelconque. Mais d'ici là, je me serais envolée depuis longtemps…

— Mais comment comptiez-vous repartir ensuite ? hasarda Jess. Vous n'aviez pas de moyen de transport pour rentrer chez vous.

— Oh ! il y avait les Colley… N'oubliez pas…

Contre toute attente, les traits de Bridget s'adoucirent et un sourire étira ses lèvres.

— N'oubliez pas que je suis une Bickerstaffe. Les Colley me connaissent depuis toujours. Je n'aurais qu'à leur raconter que j'avais eu une panne en venant voir Monty, que Seb Pascal allait venir remorquer ma voiture, mais qu'en attendant il fallait que je rentre chez moi. Dave ou Gary me raccompagneraient. Je n'étais pas sûre qu'ils me croiraient, mais quoi qu'il en soit, je pouvais leur faire confiance pour ne pas poser de questions. Cette relation entre les Bickerstaffe et les Colley a quelque chose de féodal. On peut trouver ça bizarre, à notre époque, mais ça a toujours été comme ça ! Vous savez, une fois qu'on entre dans le monde de la Balaclava, on n'est plus dans le présent ! On se retrouve plongé dans une époque primitive.

— C'est ce que vous avez fait, alors ?

— Pas tout à fait. Parce que figurez-vous que le type est mort juste au moment où j'arrivais dans le Toby's Gutter Lane.

La voix de Bridget prit des accents acerbes.

— Il s'est mis à tousser et il a vomi tout son repas, et puis il s'est plié en deux et il est resté comme ça. J'ai failli faire un accident, avec nous deux à l'intérieur ! C'était écœurant, j'ai cru que j'allais vomir moi aussi ! J'ai roulé le plus possible, et puis je me suis arrêtée et je suis sortie de la voiture pour respirer. Là, je me suis mise à réfléchir. Je pouvais encore faire ce que j'avais prévu, conduire jusqu'à Shooter's Hill et balancer la voiture en bas… Seulement les experts de la police sont devenus très doués et ils risquaient de comprendre qu'il était déjà mort au moment où il s'était écrasé. Et en plus, il y avait mes empreintes partout dans la voiture. C'est seulement à ce moment-là que j'y ai pensé. Un truc aussi élémentaire, et j'avais oublié, vous vous rendez compte ? Il faut dire que j'étais dans un tel état de panique quand j'ai quitté la Vieille Loge avec lui… Et là, j'ai eu un coup de chance. À l'endroit où je m'étais arrêtée, il y a un champ, et alors que j'étais là, à côté de la voiture, à me demander ce que j'allais faire, Gary Colley est arrivé avec son fusil plié en deux sur le bras. Il revenait de la chasse. Les Colley ont toujours aimé tirer sur tout ce qui a des poils ou des plumes…

« Je l'ai appelé et je lui ai raconté le minimum : que mon passager était mort dans la voiture, et que je voulais me débarrasser de lui et de l'auto, parce que je n'avais pas envie d'être mêlée à une enquête et de me retrouver devant un tribunal. Gary a très bien compris. Je me suis aussi souvenue que la Balaclava n'était jamais fermée à clé pendant la journée et qu'il y avait de grandes chances que mon oncle n'y soit pas.

— Vous avez donc suggéré à Gary de mettre le mort dans le manoir, pour que votre oncle le trouve chez lui à son retour ? s'étonna Jess, incrédule, oubliant sa résolution de ne pas interrompre le récit. Il aurait pu avoir une crise cardiaque !

— Monty ? Impossible, il est solide comme un roc. Pas la peine de vous apitoyer sur lui… Il a fait mener une vie horrible à ma tante Penny, qui pourtant l'adorait. Enfin, elle a quand même fini par ne plus pouvoir le supporter et elle est partie. Et vous savez quoi ? Cette vieille brute n'est même pas venue à son enterrement ! Vous voulez que je vous dise ? L'imaginer revenant de ses courses avec son whisky et découvrant un macchabée sur son divan, eh bien, ça m'a fait plaisir ! Bien fait pour lui ! Ça m'a même amusée, figurez-vous, et après tout ce que je venais de vivre ce jour-là, rire un peu, ça m'a fait du bien !

Bridget fronça les sourcils et Jess la dévisagea, perplexe. Quelque chose clochait dans cette histoire, mais quoi ? Tout paraissait effroyablement logique, sauf que…

— Alors vous êtes remontée en voiture et vous avez conduit jusqu'à la Balaclava House, avec Gary sur la banquette arrière ?

— Non, c'est Gary qui a conduit. Je n'avais aucune envie de me retrouver à côté de Taylor, alors je suis montée à l'arrière. En fait, nous sommes d'abord allés chez les Colley. Gary voulait appeler son père. Ils ont décidé de laisser la voiture dans la grange.

Bridget désigna le sol au-dessous d'elle.

— En bas, là… Ils voulaient la cacher pour le cas où quelqu'un arriverait, par exemple Pete Sneddon, qui avait l'habitude de venir se plaindre des cochons… Après ça, ils ont porté Taylor à pied jusqu'à la Balaclava.

Jess réprima une exclamation furieuse. Si elle avait eu l'idée de demander un mandat le premier jour pour perquisitionner la ferme des Colley, elle aurait trouvé la voiture.

— Et ensuite, durant la nuit, les Colley ont conduit la Lexus jusqu'à la carrière pour y mettre le feu, c'est ça ?

Bridget hocha la tête.

— Oui, c'est ce qu'ils avaient prévu. Pour éliminer toutes les empreintes et les traces d'ADN.

Elle prit une inspiration.

— Maintenant, je peux venir avec vous au commissariat, si vous voulez, conclut-elle.

— Non, pas encore. Je veux attendre le retour de Tansy.

— Mais pourquoi avez-vous besoin d'elle ? protesta Bridget, rageuse. Laissez-la tranquille, elle n'a rien à voir avec ça !

— Je ne peux pas, madame Harwell. J'ai besoin de sa déposition.

— Mais elle n'était pas là !

Bridget avait hurlé.

— À mon avis, si, objecta Jess. Je crois que vous avez manigancé tout ça ensemble, toutes les deux. Vous dites être allée à Londres pour rencontrer Taylor, mais Taylor habitait à Cheltenham et il n'allait à Londres que pour ses affaires. Si vous aviez voulu le voir, vous seriez allée à Cheltenham, pas à Londres. Et pourquoi ne lui avez-vous pas dit tout ce que vous aviez à lui dire là-bas ? Pour quelle raison aurait-il accepté une invitation chez vous pour le lendemain ? C'était absurde, il aurait flairé le guet-apens, imaginé que vous aviez réuni toute la famille pour le recevoir, par exemple… En revanche, il était prêt à venir si c'était Tansy qui l'invitait. S'il savait qu'elle serait là.

« En plus, vous n'auriez pas pu le transporter jusqu'à sa voiture toute seule alors qu'il ne tenait pas sur ses jambes. Vous n'étiez pas trop de deux ! Il était grand et assez lourd. Moi, j'y serais arrivée peut-être, parce que je suis musclée et bien entraînée, j'ai appris comment on fait monter un détenu ivre dans une voiture de patrouille. Mais vous, Bridget ? Vous n'auriez jamais réussi. Vous ne l'avez rencontré ni à Londres ni ailleurs, c'est Tansy qui l'a appelé. Alors que lui a-t-elle dit ? Qu'elle avait réussi à vous faire changer d'avis et que vous étiez prête à discuter avec lui, en toute sérénité autour d'un repas tous les trois ?

— Oui, c'est ce que je lui ai dit, lança une nouvelle voix.

Il y eut un mouvement sur la gauche de Jess, et Tansy Peterson surgit de derrière une pile de cageots.

— Non, Tansy ! cria Bridget. Laisse-moi faire ! Tu m'avais promis !

— Ça ne sert à rien, répondit sombrement la jeune fille. Elle n'a pas gobé ton histoire, maman. Même si je te suis et que je soutienne que je n'étais pas à la Vieille Loge ce midi-là, l'inspecteur Campbell va me demander des témoins, des gens qui pourront dire que je me trouvais avec eux à ce moment-là. Un alibi, quoi... pas vrai ? ajouta-t-elle en se tournant vers Jess.

— Oui, confirma celle-ci. Bien sûr que je vous demanderai ça, parce que vous nous avez menti depuis le début. La seule fois où vous avez failli vous trahir, c'est quand je vous ai révélé que des gens avaient utilisé la chambre à l'étage de la Balaclava House. À ce moment-là, je vous ai sentie extrêmement inquiète. Vous vous êtes rendu compte que ces personnes avaient pu se trouver là quand les Colley, votre mère et vous avez transporté le corps de Taylor dans le salon. Vous auriez pu être vus.

— Je n'y étais pas, moi, objecta Tansy. Et maman non plus. Dave et Gary l'ont fait tout seuls. Moi, j'ai juste aidé maman à faire monter Jay dans sa voiture à la Vieille Loge, comme vous l'avez deviné, mais je ne suis pas partie avec eux. Maman n'a pas voulu. J'ai cru que tout se déroulerait comme on l'avait prévu : que la voiture irait s'écraser en bas de Shooter's Hill. C'est seulement quand maman est rentrée que j'ai su que le programme avait changé. Si j'avais été là, je n'aurais jamais laissé Gary et son père mettre Jay dans la Balaclava House ! Quand j'ai appris qu'ils avaient fait ça et que l'oncle Monty l'avait trouvé en rentrant chez lui, j'étais furieuse. J'adore oncle Monty, c'est quelqu'un de génial ! Et puis, vivant ou mort, je ne voulais pas que Jay approche de la Balaclava. Jamais ! Alors qu'il se retrouve à l'intérieur... Seulement il était trop tard.

— Mais pourquoi avez-vous voulu tuer Jay ? ne put s'empêcher de demander Jess. Vous étiez amoureuse de lui. C'est d'ailleurs ce qui mettait votre mère dans une panique folle ! Vous parliez de l'épouser. Vous vous êtes même disputée avec Mme Harwell à ce sujet !

— Oh oui ! déclara amèrement Tansy. Jay et moi, on avait parlé mariage ! J'ai plus de dix-huit ans et ma mère ne pouvait pas s'y opposer, quoi qu'elle en dise. Jusqu'au moment où j'ai découvert que ce n'était pas moi qui l'intéressais. C'était la maison ! Je savais qu'oncle Monty allait me la léguer et, bêtement, je l'avais dit à Jay. Je lui ai parlé de la Balaclava House, je lui ai dit que mon oncle y habitait tout seul, que la maison était en mauvais état, mais qu'elle serait à moi un jour et que je comptais la restaurer. Qu'elle redeviendrait magnifique et que je m'y installerais.

« Jay est allé la voir, juste par curiosité, m'a-t-il dit. Quand il a vu sa taille et le terrain qui y était rattaché, ça lui a donné sa brillante idée : il allait m'épouser. Oncle Monty ne vivrait plus très longtemps et ensuite... bingo ! Il mettrait la main sur la Balaclava !

La voix de Tansy se chargea d'incrédulité.

— Vous savez ce qu'il voulait faire ? Avec un copain à lui qui est promoteur, il voulait la démolir ! La raser, et construire plein de petites maisons de campagne sur le terrain !

— Comment avez-vous découvert qu'il avait cette idée-là ?

— Eh bien, le promoteur avec qui il voulait s'associer, je crois qu'il s'appelle Hemmings, est allé au service d'urbanisme de la mairie pour vérifier que rien ne s'opposerait à l'obtention des permis nécessaires. Il a exposé son projet et a parlé de son associé. En fait, il se trouve que j'ai un ami qui travaille dans ce service. Je ne sais pas s'il était censé vendre la mèche, mais il m'a tout de suite téléphoné pour me prévenir. Il savait que je devais hériter de la maison. Alors quand un parfait étranger est arrivé avec son projet de lotissements, ça a fait tilt dans sa tête. Et quand il a mentionné le nom de Taylor, j'ai reçu une douche froide. Évidemment, Jay n'était pas le seul à porter ce nom de famille, mais je savais que c'était de lui qu'il s'agissait. J'étais écœurée... Comment avait-il pu me faire ça ? En fait, il n'était pas du tout amoureux de moi, il m'avait menti du début à la fin. Je suis allée le voir et je lui ai demandé si c'était bien lui, le Taylor qui était associé avec ce Hemmings. J'étais très en colère, je hurlais. Lui, il n'a pas eu un battement de cils. Il me regardait avec son petit sourire. De le voir aussi froid, ça m'a rendue encore plus furieuse. Il n'a même pas cherché à nier. Il a reconnu qu'il avait contacté Hemmings et il a essayé de me convaincre que c'était une idée géniale qu'il avait eue là ! Qu'au lieu de me mettre en colère, je ferais mieux d'être contente, parce que lui et moi, nous allions nous en mettre plein les poches...

« Au début, je n'ai pas pu lui répondre, tellement j'étais furieuse. J'avais les mots qui se bousculaient dans ma bouche et je n'arrivais pas à les mettre dans le bon ordre. Et puis, quand j'ai réussi à me reprendre, je lui ai demandé de sortir de ma vie. Je lui ai dit qu'il n'était qu'un sale type, un faux-jeton, qu'il avait voulu se servir de moi et qu'il ne devait pas compter sur moi pour soutenir son projet. Qu'au contraire j'allais faire en sorte que ni lui ni ce Hemmings ne mettent jamais la main sur la propriété. Qu'il devrait me passer sur le corps pour ça. Qu'il n'aurait jamais la Balaclava House !

Tansy s'interrompit et prit une profonde inspiration.

— À ce moment-là, il m'a dit qu'il s'en fichait. Il s'en fichait, parce qu'il avait un droit sur la maison. Parce qu'il était lui aussi un Bickerstaffe…

Au moment où elle prononçait ces paroles inattendues, un craquement sonore se fit entendre, suivi d'un grand cri. Jess et Tansy se retournèrent vivement. L'ouverture devant laquelle s'était tenue Bridget était vide.

19

Tansy poussa un cri strident et courut vers l'ouverture. Jess l'intercepta en lui saisissant le bras pour l'empêcher de s'en approcher.

— Non, Tansy ! dit-elle alors que la jeune fille se débattait. Le sol est vermoulu ! Regardez !

Elle désigna les planches qui s'étaient brisées sous le poids de Bridget, lui faisant perdre l'équilibre et la propulsant en arrière dans le vide.

— Restez où vous êtes, ne bougez pas !

Sur ces mots, elle la lâcha et s'élança vers l'escalier sans plus s'occuper d'elle. Tansy lui emboîta le pas pour dévaler les marches à sa suite. Toutes deux traversèrent le rez-de-chaussée de la grange à toutes jambes et débouchèrent à l'air libre.

Dave et Gary, horrifiés, s'étaient figés devant la forme étendue sur le sol de la cour, tandis que les autres membres de la famille Colley convergeaient vers elle. La grand-mère avançait à grands pas en lançant les bras au-dessus de sa tête et sa petite-fille courait pesamment près d'elle, bouche bée, hébétée. Une troisième femme, Maggie sans doute, approchait elle aussi tout en hurlant un chapelet d'obscénités. Jess savait que les mots qui s'échappaient de sa bouche n'étaient dirigés contre personne : c'était une réaction inconsciente devant l'horreur, le seul vocabulaire qu'elle avait à sa disposition pour laisser libre cours à son désarroi. Juste derrière Jess, retentissait le « Maman, maman ! » de Tansy, que la jeune fille répétait comme une litanie.

Les chiens, au comble de l'excitation, couraient autour de Bridget en aboyant tous ensemble. Voilà ce qu'était allé faire Gary quand il s'était éloigné tout à l'heure, songea Jess : il avait libéré les chiens ! *Que croyait-il, cet imbécile ? Qu'ils m'empêcheraient de sortir de la grange alors que Tansy et Bridget, elles, pourraient se sauver ?*

Soudain, Gary se mit à proférer des jurons et se précipita vers les animaux pour leur décocher des coups de pied, soucieux de les éloigner de Bridget. Dans l'esprit de Jess se dessina alors l'image du vitrail, sur le palier de la Balaclava House : Jézabel, la perfide…

— J'ai appelé l'hôpital, annonça Ian Carter le lendemain matin. Bridget a eu de la chance : grâce aux récentes pluies, le sol était meuble dans la cour des Colley. Elle a atterri sur une motte de terre boueuse, et non sur de la pierre, ce qui fait qu'elle n'a qu'une fracture du tibia, une fêlure du bassin, une commotion cérébrale et, bien sûr, pas mal de plaies. Les lésions internes lui ont été épargnées. Elle s'en remettra et on espère qu'elle sera sur pied pour son procès. Son fiancé est dans l'avion, il arrive des États-Unis. On ne sait pas trop comment se terminera leur histoire, mais cela m'étonnerait qu'ils se marient, sauf s'il a envie de ne voir sa femme que dans un parloir de prison…

— Je me sens responsable, soupira Jess, morose. J'étais en train de l'interroger quand elle est tombée. J'avais vu qu'elle était en danger, mais je n'ai pas réussi à la convaincre de s'avancer. J'aurais dû l'attraper de force et l'obliger à aller s'asseoir sur le vieux canapé qu'il y avait là…

— Il y aura une enquête, bien sûr, lui répondit Carter. Mais je suis à peu près sûr que vous serez dégagée de toute responsabilité. Ce n'est pas votre faute si elle est tombée. Elle était dans un état d'esprit très fébrile. Vous avez fait ce que vous pouviez pour la persuader de se décaler et elle ne vous a pas écoutée. À mon avis, elle cherchait à mobiliser votre attention pour que vous ne remarquiez pas sa fille cachée à côté. Vous avez eu raison de ne pas vous approcher d'elle, elle risquait de faire un pas en arrière par réflexe et là, vous vous seriez sentie encore plus coupable ! Ce plancher a cent cinquante ans et il n'est pas entretenu, il a cédé sous son poids. Si vous l'aviez rejointe, vous seriez tombées toutes les deux.

— N'empêche que je n'ai pas été très fine dans cette enquête ! persista Jess. Si j'avais demandé un mandat de perquisition pour la ferme des Colley le jour du meurtre, j'aurais trouvé la voiture de Taylor, avec toutes les empreintes digitales et l'ADN dont nous avions besoin !

— Et sur quels motifs auriez-vous réclamé ce mandat ? contra vivement Carter. Tout ce que vous saviez, c'était que les Colley étaient des voisins. À ce moment-là, rien n'indiquait qu'ils étaient mêlés à l'affaire.

Jess secoua la tête.

— Phil et moi, nous avions compris qu'au moins deux personnes avaient traîné le corps jusqu'à la maison et qu'ils étaient passés par le côté. D'après les traces, on voyait qu'ils venaient de la direction de la ferme. Et en plus, l'une de ces deux personnes au moins devait savoir que Monty était absent à cette heure-là et que sa porte d'entrée ne serait pas verrouillée.

— Pas forcément ! Étant donné l'état de la maison, n'importe qui pouvait la croire inhabitée et avoir l'idée d'y déposer le corps pour cette raison même. C'est facile de réfléchir après coup, Jess. Allons, détendez-vous !

Dites-moi, je n'aurais pas cru que vous étiez du genre à vous apitoyer sur vous-même !

— Mais ce n'est pas ce que je fais ! s'indigna Jess.

Carter sourit.

— Bien. Je vous préfère comme ça. Maintenant, allons écouter le reste de l'histoire de la bouche de Mlle Peterson. Je suis sûr que ce sera très intéressant.

— Moi qui croyais avoir rencontré Jay par hasard à cette soirée… marmonna Tansy avec une fureur contenue. Mais non : il m'avait dans son collimateur depuis un certain temps. Et une fois qu'il m'a ferrée, il m'a poussée à parler de moi. Qu'est-ce que j'ai été bête, de jacasser comme ça avec lui sur ma famille ! J'aurais dû comprendre qu'il se documentait ! Plus il en apprenait, plus sa grande idée se précisait. Il comptait mettre la main sur la Balaclava grâce à moi et, en plus, il avait cette conviction ridicule qu'il avait des droits dessus !

La jeune fille était assise avec son avocat à la table de la salle d'interrogatoire, et Carter et Jess leur faisait face. Phil Morton les observait de la porte. Au-dessus d'eux, le tube fluorescent émettait un grésillement. La peau claire de Tansy paraissait blanche sous la lumière crue et ses cheveux blonds défaits ressemblaient à un enchevêtrement d'herbes folles. Elle avait l'aspect d'un de ces anges de marbre que l'on voyait sur les tombes de l'époque victorienne. Un ange exterminateur…

— C'est bon, Tansy, détendez-vous ! lui conseilla Jess. Si vous nous expliquiez pourquoi Taylor pensait avoir des droits sur la Balaclava House ?

La jeune fille abandonna son air renfrogné et se redressa en repoussant des cheveux qui lui retombaient sur les yeux. Puis elle tourna vers son avocat un visage dur qui la fit ressembler un instant à sa mère.

— Il faut que je leur raconte ou pas ?

— Juste ce que vous a dit Taylor, répondit l'infortuné juriste, dont la tâche allait manifestement consister à refréner les élans de sa bouillonnante cliente. Rien d'autre pour le moment.

Il avait gardé son attaché-case sur ses genoux et le serrait contre sa poitrine comme un bouclier. Peterson, le père de Tansy, avait fait appel à un cabinet d'avocats réputé et respecté, mais les associés principaux n'avaient pas jugé nécessaire de se déplacer en personne. Ou peut-être estimaient-ils qu'avec une différence d'âge minime l'empathie entre le jeune avocat et sa cliente serait meilleure, imagina Jess.

Tansy acquiesça, puis s'adressa de nouveau aux deux policiers.

— Vous savez, commença-t-elle, ce que je vais vous déballer maintenant, c'est du linge sale qu'on lave généralement en famille… Parce qu'ils en ont fait de belles, mes ancêtres, croyez-moi !

Elle eut un sourire mauvais.

— Ah ! s'ils savaient que je m'apprête à raconter tout ça ! Et à la police, en plus ! Ils auraient tous une attaque…

« C'est dur de décider par quoi commencer, parce que ça remonte à des années-lumière… À la fin de la Seconde Guerre mondiale, à peu près. Edward Bickerstaffe habitait à la Balaclava House avec sa femme et son fils Monty ; c'est-à-dire oncle Monty, qui était un petit garçon à cette époque. On l'avait placé en internat, si bien qu'il ne revenait chez ses parents que pour les vacances scolaires. Il n'avait pas de frères et sœurs, et je ne connais même pas le nom de sa mère.

Elle fronça les sourcils.

— C'est drôle, ça… Dans la famille, quand on parlait d'elle, on disait seulement « la femme d'Edward » ou « la mère de Monty ». La pauvre, on ne lui a même pas permis d'avoir un nom, une existence propre…

Elle se redressa.

— Bref, comme je vous le disais, ils habitaient tous les trois la Balaclava. Mais la plupart du temps, il y avait seulement les parents, Edward et Mme Edward qui-n'avait-pas-de-nom. À la même époque, une veuve de guerre qui s'appelait Elizabeth Henderson louait un petit pavillon à la ferme des Sneddon. Il n'en reste que des ruines aujourd'hui, mais à l'époque, c'était habitable, quoiqu'un peu spartiate. Je suppose que c'était le logement le moins cher qu'elle ait trouvé… Elle avait une petite fille, Penny, et pour gagner sa vie, elle écrivait ces histoires pour enfants que publiaient les magazines. Ça se faisait plus à cette époque qu'aujourd'hui. Comme elle n'était pas assez riche pour l'envoyer à l'école, elle faisait elle-même l'éducation de sa fille. Je sais tout ça, parce que tante Penny m'a beaucoup parlé de son enfance. Cela avait été la période la plus heureuse de sa vie, celle où elle était libre comme l'air…

— Tante Penny ? répéta Jess, surprise. C'est donc…

— Oui, exactement ! C'est d'ailleurs l'ironie de la chose. Penny Henderson et Monty Bickerstaffe ont grandi tout près l'un de l'autre, et puis ils se sont mariés. Un mariage qui était plutôt malencontreux, vu que, plusieurs années avant cela, Elizabeth et Edward avaient eu une liaison… Quelque chose de vraiment passionné. Cela avait duré pas mal de temps, je crois.

Elle s'arrêta un instant, pensive.

— Les gens étaient de sacrés hypocrites, en ce temps-là. La seule chose qui comptait pour eux, c'était la respectabilité. Ce n'est pas pour ça qu'ils étaient tous des anges, loin de là, mais ils s'arrangeaient pour enterrer tout ce qui n'était pas beau à voir, et surtout les scandales quand il y en avait. Par la suite, on s'est rendu compte que tout l'entourage d'Elizabeth était au courant de cette histoire. Mais personne n'a vendu la mèche. Même chose pour les Bickerstaffe : beaucoup devaient savoir, mais ils le gardaient pour eux. Au pire, les gens se chuchotaient des choses à l'oreille en se faisant jurer le secret. En réalité, tout le monde savait tout sur tout le monde ! Et l'hypocrisie, c'était ça : on se disait qu'une fois que cette génération aurait disparu, il ne resterait rien de tout ça dans les annales. Comme la jeune génération ne savait rien, elle ne pourrait rien perpétuer.

Tansy, qui avait parlé jusque-là en fixant le mur, posa soudain ses yeux bleu pâle sur Carter et Jess.

— Je ne sais pas si Edward et Elizabeth étaient vraiment amoureux, en fin de compte. Peut-être qu'ils s'ennuyaient juste à mourir à la campagne, si loin de tout : Elizabeth dans sa maison minuscule, avec une petite fille pour toute compagnie, et Edward à tourner en rond dans la Balaclava, en compagnie d'une femme ennuyeuse dont personne ne se rappelle le nom.

Elle fronça brièvement les sourcils.

— Quand on y réfléchit, il est tout à fait possible que la femme sans nom d'Edward ait su que son mari batifolait avec la voisine. Moi, à sa place, je m'en serais aperçue, en tout cas. Seulement, tout le monde se fichait pas mal de ce qu'elle pensait. Ce qui comptait, c'était qu'elle ne dise rien, qu'elle ne fasse pas de vagues.

— Peut-être n'avait-elle pas le choix, intervint doucement Carter. Il n'était pas facile de divorcer à l'époque pour une femme. Elle aurait pu se prévaloir de l'adultère de son mari, bien sûr, mais on lui aurait demandé de le prouver. Cela aurait donné lieu à une publicité très malvenue. Mme Bickerstaffe devait redouter cela tout autant que le reste de la famille. Et puis, une femme divorcée, même quand elle est la victime, n'était pas bien vue. On la reléguait au ban de la société. Il fallait vraiment beaucoup de cran pour divorcer en ce temps-là !

Tansy haussa les épaules.

— Peut-être, je ne sais pas… En tout cas, personne n'en parlait. C'était un grand secret, qu'on partageait seulement au sein d'un cercle restreint. Bien sûr, Monty et Penny ne savaient rien. Personne ne serait allé raconter une chose pareille à des enfants. Ils n'auraient rien compris, de toute façon. D'après ma mère, on ne parlait pas aux enfants, par principe. Ils savaient que les parents représentaient l'autorité ultime et qu'on ne pouvait pas remettre ce postulat en question. Vivre au temps de nos arrière-grands-parents, ce n'était pas folichon, si vous voulez mon avis !

Jess jugea bon de ramener Tansy à son récit.

— Alors que vient faire Jay Taylor dans tout ça ? demanda-t-elle. Et d'abord, comment savez-vous tant de choses sur cette liaison, et qui vous dit qu'elle a vraiment existé, étant donné que tout le monde gardait le secret ?

Tansy passa les doigts dans ses cheveux.

— Je le sais grâce à Jay… Une génération a succédé à la précédente, personne n'était plus au courant de rien. Nos ancêtres avaient eu ce qu'ils voulaient : l'événement avait échappé à la mémoire collective. Il a fallu que Jay décide d'aller fouiller dans sa généalogie pour tout faire remonter à la surface.

— C'est une prouesse, dans ce cas ! commenta Carter.

— Il faut dire que ce genre de recherches, c'était son truc, approuva Tansy. Il passait sa vie à éplucher les arbres généalogiques pour les livres qu'il écrivait, si possible en débusquant des scandales, parce que ça aide à vendre. Les stars pour lesquelles il travaillait se fichaient de ce qu'avaient fait leurs ancêtres, en général ; au contraire, plus il y avait de secrets honteux, plus leur livre marchait ! Et si Jay leur découvrait une parenté insoupçonnée avec un personnage célèbre, c'était encore mieux… Il pouvait tout exhumer, ça leur faisait plaisir ! Alors vous pensez : une histoire d'amour impossible…

C'est triste et romantique, il n'y avait aucune raison de la passer sous silence !

— Alors ? pressa Jess. Jay ?

— Ah oui, Jay… Eh bien, il y a un an à peu près, il a eu une période creuse entre deux jobs. Il venait de rendre un manuscrit, la star et l'éditeur étaient contents, et il avait un autre livre en perspective, mais qui n'en était qu'au stade des discussions. Il avait donc du temps à tuer et il en a profité pour rechercher ses ancêtres à lui. Cela faisait des années qu'il voulait le faire, parce que la seule famille qu'il se connaissait, c'était une vieille tante célibataire qui vivait du côté de Bristol.

— Mlle Bryant, acquiesça Jess. Nous l'avons rencontrée.

La jeune fille haussa les sourcils.

— Bravo ! dit-elle. Vous êtes très forts… Jay m'a dit que c'était une horrible bonne femme qui le détestait, mais c'était sa seule famille. Sa mère était morte, il n'avait pas de frères et sœurs et son père avait fichu le camp quand il était bébé sans plus jamais donner de nouvelles… Jay voulait retrouver des gens, n'importe qui, il était sûr qu'il en existait quelque part. Alors il a commencé par aller voir sa tante, à qui il a posé des questions. Et la tante a lâché une bombe : en fait, le père de Jay, qui s'appelait Lionel Taylor, avait été adopté quand il était bébé. Taylor était le nom de sa famille adoptive.

« Sa tante avait l'air très contente de lui apprendre ça. Je vous ai dit qu'elle était mauvaise… Mais lui, il était encore plus heureux, parce qu'il s'apprêtait à mener des recherches sur la famille Taylor qui, en fin de compte, n'avait aucun rapport avec lui. En tout cas, aucun lien de sang. Là, s'il découvrait qui étaient les vrais parents de Lionel, il aurait de nouvelles pistes à explorer. Alors il a beaucoup cherché, et il a fini par tomber sur le certificat de naissance original de son père, celui qui avait été fait le jour où on a déclaré sa naissance. Lionel avait été adopté très peu de temps après, et il avait eu droit à un nouveau certificat de naissance à ce moment-là. Mais sur le premier, le nom de sa mère était Elizabeth Henderson, et son adresse, Sneddon Farm Cottage. À la rubrique « Père », il y avait écrit « Inconnu ». Lionel était donc un enfant illégitime. Mais le certificat mentionnait aussi le nom de celui qui était venu déclarer la naissance à la mairie : Edward Bickerstaffe, de la Balaclava House…

« Là, Jay a senti qu'il avait mis le doigt sur quelque chose, mais il fallait encore fouiller. Il a essayé de retrouver la trace d'Elizabeth Henderson, qui était morte depuis longtemps. Henderson était le nom de son mari, qui avait été tué pendant la guerre et qui l'avait laissée veuve. Son nom de jeune fille n'a rien donné, mais avec celui de Henderson, Jay a pu localiser une certaine Mme Edmonton, née Henderson, cousine directe du mari d'Elizabeth. Elle était beaucoup plus jeune que lui, si bien qu'elle vivait encore. Il est allé la voir. C'était une très vieille dame, guindée et assez glaciale. Il lui a expliqué qu'il était le petit-fils d'Elizabeth Henderson et qu'il était à la recherche d'informations sur ses origines. Au début, la dame a prétendu que tout ça était trop vieux et qu'elle ne se souvenait de rien. Évidemment, il a insisté et, en fin de compte, elle a tout de même révélé qu'elle avait connu Penny, qui, elle, était indiscutablement légitime, mais qu'elle ignorait qu'Elizabeth avait eu un autre enfant. Jay a eu l'impression qu'elle disait cela pour se débarrasser de lui. Parce que, s'il était dans le vrai, le scandale touchait aussi toute la famille Henderson. Seulement, il se retrouvait dans une impasse, c'était fini, il ne pourrait pas aller plus loin. Et puis, au bout de quelques jours, alors qu'il n'espérait plus rien, Mme Edmonton l'a rappelé. Elle lui a dit que, depuis sa visite, elle avait passé plusieurs nuits sans sommeil et que, après avoir bien réfléchi, elle estimait qu'il avait le droit de connaître la vérité. Jay est tout de suite retourné la voir.

« Mme Edmonton a reconnu qu'en fait, elle savait qu'Elizabeth avait eu un autre bébé alors qu'elle était veuve de guerre depuis plusieurs années déjà. Tout l'entourage d'Elizabeth, et même la famille de son défunt mari, avait décidé de la protéger pour éviter le scandale. Elle-même faisait partie de ceux qui étaient au courant, mais qui n'ont rien dit. Pas seulement pour Elizabeth, mais pour Penny aussi. Si quelqu'un avait vendu la mèche, la petite aurait perdu tous ses amis, paraît-il. *Les fautes des pères*, vous comprenez… ou, en l'occurrence, *de la mère* ! C'est dingue ! Comme si la petite Penny y était pour quelque chose !

« La dame savait que le père de l'enfant était un homme marié, quelqu'un du voisinage avec qui Elizabeth avait eu une très longue liaison. “Un rapprochement malencontreux”, comme elle disait. Certains prétendaient que le voisin en question appartenait à la famille des biscuits Bickerstaffe, mais la dame n'avait aucune certitude là-dessus. Elle a beaucoup insisté sur le fait qu'Elizabeth et son amoureux se seraient mariés s'ils avaient été libres de le faire. Elle a dit à Jay qu'elle ne voulait surtout pas qu'il se fasse une idée fausse de sa grand-mère, que c'était quelqu'un de très bien, mais qu'elle n'avait pas eu de chance. Son mari était mort et elle s'était retrouvée seule et vulnérable. “Ce n'était pas une traînée”, a-t-elle dit. Ce mot-là a bien plu à Jay, il me l'a répété. Ça lui faisait penser à ces filles qui mettaient des bas Nylon de contrebande et qui allaient danser dans des boîtes de nuit enfumées. Je crois qu'il aurait bien aimé avoir une grand-mère de ce genre, en fait. Mais la vieille dame ne voulait pas qu'il ait cette impression-là d'Elizabeth. Quoi qu'il en soit, quand Elizabeth s'est rendu compte qu'elle attendait un bébé, ça n'a pas dû être la fête… Et Edward Bickerstaffe a dû passer un mauvais moment lui aussi.

Tansy poussa un soupir irrité.

— Le problème a été réglé avec beaucoup d'efficacité. Elizabeth est allée accoucher dans une clinique privée dont c'était la spécialité de s'occuper des femmes non mariées comme elle. Elle a eu un petit garçon qu'elle a appelé Lionel. Les Taylor, qui ne pouvaient pas avoir d'enfants, ont adopté le bébé. Parce que la clinique en question faisait aussi agence d'adoption. C'était sûrement très lucratif, comme activité, surtout qu'à l'époque, ce n'était pas comme aujourd'hui, on pouvait adopter beaucoup plus facilement. Le bébé n'avait que quelques semaines quand ces gens l'ont emmené. Cela faisait longtemps qu'Elizabeth était rentrée chez elle, avec sa réputation intacte. Et voilà, c'était terminé !

« En lisant le nom de Bickerstaffe sur le certificat de naissance, Jay avait flairé quelque chose. Là, ses soupçons étaient confirmés. Edward avait évité de reconnaître sa paternité, mais il s'était tout de même chargé de déclarer la naissance – pour épargner la honte à Elizabeth, je suppose. Et c'est forcément lui qui a payé les frais de la clinique, parce que, avec sa petite pension de veuve de guerre et ce que lui rapportaient ses histoires pour enfants, Elizabeth n'en aurait pas eu les moyens. Grâce à lui, tout s'est passé comme sur des roulettes ! La vie a continué comme avant, et le secret a été enterré ! Jusqu'à ce que Jay réussisse à l'exhumer. Son père, Lionel, avait été ce bébé. Et ce vieil excité d'Edward Bickerstaffe était son grand-père.

De la porte où il se tenait, Morton émit un long sifflement qui lui valut un regard noir de Carter. Doucement, mais d'une voix qui tremblait de rage contenue, Tansy reprit :

— Vous ne pouvez pas vous imaginer de quelle façon Jay m'a raconté tout ça. Chaque phrase qu'il prononçait, c'était comme une pierre qu'il me lançait ! Quand il a eu terminé, il était tellement… tellement triomphant ! Je ne pouvais rien répondre et il le savait.

— Vous savez, Tansy, déclara le commissaire, quoi qu'il en dise, on lui aurait demandé d'apporter des preuves. Parce que, jusque-là, il s'agissait uniquement d'hypothèses fondées sur des preuves indirectes : des rumeurs, les souvenirs d'une vieille dame dont la mémoire laissait peut-être à désirer, le nom d'une personne qui n'avait peut-être fait qu'aider une amie en difficulté en allant déclarer la naissance… Pour la loi, cela ne suffisait pas. Il aurait fallu pratiquer un test ADN, en demandant à Monty de bien vouloir s'y soumettre. Monty aurait pu refuser, sachant que, si tout ça se confirmait, cela faisait de Lionel Taylor son demi-frère. À supposer que Jay ait eu raison.

Tansy hocha la tête.

— Je crois qu'il avait raison. J'en ai l'intuition. Maman m'a dit que les Bickerstaffe étaient toujours évasifs quand ils parlaient d'Edward, bien qu'il soit mort assez jeune, le pauvre : il n'avait même pas cinquante ans ! Mon grand-père Harry, qui était le cousin de Monty, se souvenait que son oncle Edward fumait comme un pompier. Il se plaignait sans arrêt de douleurs à la poitrine et, comme on pouvait s'y attendre, c'est une maladie des poumons qui l'a emporté ! D'après ce que lui disait grand-père, maman avait l'impression qu'Edward avait une réputation sulfureuse, et elle s'est souvent demandé pourquoi. Ni elle ni moi ne pouvions le savoir, jusqu'à ce que Jay nous présente les conclusions de sa petite enquête.

Tansy se pencha en avant.

— Mais oncle Monty, lui, n'a jamais rien su pour le bébé d'Elizabeth. Il n'était pas non plus au courant de la liaison de son père, évidemment. Ce n'était qu'un enfant à l'époque et, comme je vous l'ai dit, ce n'étaient pas des choses que les gens criaient sur les toits ! Alors quand il a trouvé cet homme mort sur son canapé, il ignorait totalement qui c'était, vous pouvez en être sûrs ! Il ne le savait pas et il ne le sait toujours pas.

Elle les considéra l'un et l'autre d'un air affligé.

— J'imagine qu'on va le lui dire maintenant. Il va falloir tout lui raconter. Lui expliquer que c'est maman et moi qui avons fait avaler ces…

L'avocat fut soudain pris d'une violente quinte de toux et Tansy s'interrompit aussitôt.

— Le ministère public devra établir tout cela, déclara-t-il à la hâte. Je vous conseille de ne pas en parler pour le moment.

— Oui, acquiesça le commissaire, en réponse à Tansy. Nous allons devoir tout dire à M. Bickerstaffe, je le crains.

— Ça va lui faire un choc horrible… murmura la jeune fille. Tout ça à cause de Jay !

— Mademoiselle Peterson… intervint de nouveau l'avocat.

— Oh, vous, la ferme !

L'infortuné jeune homme se ramassa sur lui-même, sa sacoche toujours serrée contre son torse, envisageant peut-être la fin prématurée d'une carrière qui s'annonçait pourtant prometteuse. Tansy se tourna de nouveau vers Jess et Carter.

— Jay a traqué tous les Bickerstaffe encore vivants et leur famille. C'était assez facile, vu que ce nom avait été très célèbre. La biscuiterie a changé de mains depuis longtemps, bien sûr, mais on peut retrouver tous les descendants, même les plus éloignés, sans aucun problème.

« Jay a voulu voir la petite maison où avait vécu sa grand-mère et il n'a trouvé que des ruines, mais quand il a découvert la Balaclava House, où avait habité son grand-père, ça l'a tout de suite intéressé ! Le manoir est vieux, d'accord, mais il y a tout le terrain autour… Tout cela appartenait à Monty, qui n'avait pas d'enfants et qui était déjà âgé. C'est à ce moment-là, je crois, que Jay a eu l'idée qu'il devait hériter. Même si son père avait été un enfant illégitime et qu'aucun Bickerstaffe ne l'avait jamais reconnu, cela ne l'empêchait pas d'être sûr de son droit. Il a décidé d'essayer par tous les moyens de mettre la main sur la maison. Vous voyez bien que tout ça était sa faute…

« Pour commencer, il m'a retrouvée et il a décidé de m'utiliser. Il s'est arrangé pour me rencontrer et il m'a draguée. Rien de plus facile pour lui, il avait l'habitude… Il m'a incitée à parler de moi, de ma famille. Ça aussi, il en avait l'habitude, c'était son métier d'interroger les gens et de les pousser à lui livrer "la véritable histoire". Après tout, il avait eu une formation de journaliste… Moi, j'ai été assez bête pour me sentir flattée. J'ai cru qu'il était amoureux de moi et j'ai même envisagé de me marier avec lui, histoire de faire enrager ma mère ! Parce que, dès le départ, Jay ne lui avait pas plu. J'aurais dû être plus maligne, moi aussi ! D'habitude, je suis moins nulle pour juger les hommes…

« Enfin, quand il a su qu'oncle Monty m'avait désignée comme légataire de la propriété, il a cru avoir touché le jackpot. Il n'avait plus qu'à m'épouser et, le jour où j'hériterais, il me convaincrait de faire démolir la Balaclava !

« Quand je lui ai dit que je l'avais percé à jour et qu'il n'était plus question de mariage entre nous, il m'a ri au nez. Il s'en fichait, de toute façon, il avait des droits sur la Balaclava et il allait les faire jouer. Il disait que, par le sang, il était plus proche que moi de l'oncle Monty. On appelle tous Monty "oncle", mais en fait, ce n'est que le cousin de mon grand-père. Je suis donc la petite-fille d'un cousin, alors que lui était le neveu d'oncle Monty. Son neveu ! On ne pouvait pas savoir s'il arriverait à convaincre oncle Monty de modifier son testament, bien sûr, mais il pouvait se montrer persuasif quand il voulait ! Et qui sait ? Monty serait peut-être très content de découvrir qu'il avait un neveu ! Alors j'en ai parlé à maman et, ensemble, nous avons décidé qu'il fallait l'éliminer…

— Mademoiselle Peterson ! s'écria l'avocat d'un ton suppliant.

— Il n'allait quand même pas s'en sortir comme ça après m'avoir utilisée ! poursuivit Tansy sans lui prêter attention. Il n'était pas question que je le laisse devenir propriétaire de la Balaclava, la démolir et couvrir le terrain d'affreuses petites maisons en lotissement !

Elle s'adressa à Jess :

— Je vous ai dit une fois que je n'avais jamais eu de but dans la vie. Eh bien, ce n'est pas tout à fait vrai. J'avais un rêve secret, depuis toute petite : rendre toute sa beauté à la Balaclava House. Je ne pouvais pas laisser Jay démolir ce rêve-là ! Quoique… J'ai bien l'impression qu'il a réussi à le faire, en fin de compte… C'est ça, ma vraie punition, vous voyez ? Aller en prison, je m'en fiche. Je pensais qu'en tuant Jay je serais libre de réaliser mon rêve, mais là, c'est fini. Il ne me reste rien… Et d'ailleurs, j'ai terminé, je n'ai plus rien à vous dire !

— C'est ça, approuva bruyamment l'avocat. Ne dites plus rien maintenant, s'il vous plaît !

20

— Je te dois un bon repas, Tom ! déclara Jess. Si tu ne t'étais pas souvenu de cette photo et précipité chez ton dentiste, nous n'aurions jamais fait le lien entre Taylor et Tansy !

— Tu ne me dois rien du tout ! protesta la voix de Tom dans le combiné. Je suis heureux d'avoir pu t'aider. Tu m'offriras un verre, si tu y tiens. Es-tu libre ce soir ? On pourrait se trouver un pub correct à la campagne : j'ai une envie folle de steak-frites !

— Bonne idée, ça me va !

— Super ! Je passe te prendre chez toi à sept heures et demie ?

Jess confirma qu'elle était d'accord. Au même instant, Morton apparut à la porte. Elle prit congé de Tom et raccrocha.

— Il faut que quelqu'un aille expliquer la situation au vieux de la Balaclava House, annonça le sergent. Je me demande comment il va réagir. Il vient déjà d'apprendre que deux membres de sa famille sont des assassins ! Maintenant, il va découvrir que son père a conté fleurette à une voisine et qu'en plus cette voisine est ensuite devenue sa belle-mère ! À part ça, il y a ce frère et ce neveu dont il ne soupçonnait pas l'existence… Et enfin, il va falloir lui révéler que le neveu en question est le macchabée qu'il a découvert en rentrant chez lui l'autre jour ! Ça fait beaucoup pour un seul homme, non ? Il va être effondré. Tout le monde parle de familles dysfonctionnelles en ce moment, mais dans ce domaine, les Bickerstaffe décrochent le prix d'excellence, tu ne trouves pas ? Leur histoire pourrait faire une bonne série télé.

— C'est vrai que ça fait beaucoup de choses à avaler pour ce pauvre Monty, reconnut Jess.

Morton hocha la tête, puis posa sur elle un regard malheureux.

— Et ça va être à moi d'aller lui dire tout ça ? Cette maison me déprime et, en plus, je n'ai jamais été très doué pour sécher les larmes. Sans parler de la tonne de travail qui m'attend…

— C'est bon, j'irai moi. Mais je ne crois pas qu'il y aura des larmes à sécher. Quoi qu'il en soit, il ne faut pas trop tarder. Comme tu l'as dit, Monty sait déjà que Tansy a été arrêtée et que Bridget a beau être à l'hôpital, elle est aussi en garde à vue. Il doit se poser une foule de questions. Je vais y aller maintenant. Et je vais demander au commissaire s'il veut m'accompagner.

— Très bonne idée ! se réjouit le sergent en s'éloignant avant qu'elle ne change d'avis.

— Non, je ne pense pas, Jess, répondit Carter quand elle lui eut posé la question. Ce monsieur vous apprécie et je suis persuadé que vous vous débrouillerez beaucoup mieux si vous êtes en tête à tête avec lui. Moi, je serais de trop ! En plus, j'ai une montagne de travail administratif et il faut que je passe au service des poursuites judiciaires. Je n'ai pas le temps.

— Ah, les hommes ! bougonna Jess alors qu'elle s'éloignait au volant de sa voiture. Dès qu'il s'agit d'émotion, d'histoires d'amour ou de bébés, ils ont tout à coup mille choses à faire…

La matinée était claire et ensoleillée, le froid piquant. En passant devant la station-service, elle aperçut Seb

Pascal près des pompes à essence. Il s'entretenait avec un jeune homme de petite taille en bleu de travail. Le successeur d'Alfie, supposa-t-elle. Au moins, Pascal avait surmonté sa peur de se montrer au garage malgré Pete Sneddon, qui avait été libéré dans l'attente de sa comparution devant le juge. Certes, on lui avait retiré son fusil et son permis de port d'armes mais, dans sa ferme, une multitude d'objets pourraient faire l'affaire s'il conservait des idées de violence. Il avait donc l'interdiction de s'approcher de la station-service et de Seb Pascal. De toute façon, il avait affirmé que son désir de vengeance s'était calmé. La police n'en doutait pas et Jess espérait que c'était bien le cas. Le fermier avait repris son travail aux champs et Rosie affrontait la situation tant bien que mal. L'une de leurs filles, venue passer quelques jours avec eux, se chargeait d'arrondir les angles entre ses parents.

Un break Renault jaune était stationné devant la Balaclava House quand Jess arriva. Elle immobilisa sa voiture derrière lui et remonta l'allée, trouvant la porte d'entrée entrouverte. De retour chez lui, Monty avait manifestement renoué avec ses mauvaises habitudes, songea-t-elle. Elle pénétra dans le hall et s'arrêta un instant pour écouter, tout en contemplant les reflets rouge et or que le soleil envoyait dans l'escalier à travers le vitrail de Jézabel. Il y avait du monde dans le salon, une voix féminine se faisait entendre. La conductrice de la Renault, sans doute. Qui pouvait-elle être ? Jess s'avança jusqu'à la porte.

Si improbable que cela pût paraître, il régnait dans le vaste salon un plus grand désordre encore qu'à l'accoutumée. On eût dit qu'un ouragan avait dévasté les lieux. L'air était chargé d'une poussière accumulée au fil des ans et Jess dut se pincer le nez pour réprimer une crise d'éternuements. Placards et tiroirs étaient ouverts et leur contenu répandu sur les tapis aux couleurs fanées. Quel cambrioleur désespéré avait pris le parti de mettre la maison à sac ? Au milieu de tout ce chaos, Monty était assis dans un fauteuil dont il agrippait les accoudoirs si fort que ses veines saillaient telles des cordes tendues. Il suivait des yeux une femme d'âge moyen et d'apparence extrêmement normale et rassurante. Le regard du vieil homme, d'ailleurs, n'exprimait aucune crainte, mais le plus vif ressentiment. L'inconnue ramassait des objets et les plaçait l'un après l'autre dans de volumineuses caisses en bois. Tout en accomplissant son œuvre, elle assurait seule la conversation, en faisant mine de consulter Monty.

— Et ça ? demanda-t-elle en lui présentant deux statuettes de bergères en porcelaine. Tu ne veux pas les emporter, en souvenir ? Elles sont ravissantes, ça fera de jolies décorations dans ton nouveau logement !

— Poubelle ! grogna Monty.

— Oh, mais non ! voyons, bien sûr que non ! Je vais les mettre dans la boîte de la vente aux enchères. À mon avis, elles valent cher, elles sont trop bien pour Oxfam. Il faut les faire évaluer correctement…

Elle s'interrompit soudain. Elle venait d'apercevoir Jess, qui se tenait immobile sur le seuil.

— Bonjour ? lança-t-elle, insinuant un questionnement dans ce mot de bienvenue.

Jess sortit sa plaque et s'avança.

— Inspecteur Campbell, annonça-t-elle. Je suis venue voir comment allait Monty.

— Pas bien du tout ! rétorqua l'intéressé d'une voix forte sans laisser à sa visiteuse le temps de répondre. Je vous présente Hilda. Elle est mariée à quelqu'un de ma famille !

— Hilda Potter, confirma l'intéressée. La mère de mon mari était une Bickerstaffe, précisa-t-elle, non sans une pointe de fierté.

— Et tu trouves ça glorieux, d'être une Bickerstaffe ? gronda Monty. C'est affreux, oui ! C'est une malédiction !

— Allons, Monty, tenta Hilda. Tu ne sais pas ce…

— C'est toi qui ne sais rien ! coupa-t-il rudement, avant de se tourner vers Jess. On est en train d'emballer mes affaires pour m'emmener d'ici, expliqua-t-il. On m'expédie ailleurs ! Je vais habiter dans une maison de retraite.

— Ce sera beaucoup plus confortable, assura Hilda. Et ces livres, là, est-ce que tu voudrais en prendre certains ?

— Non ! Ça fait cinquante ans que personne ne les a ouverts, je ne vais pas me mettre à les lire maintenant !

— Dans ce cas, on fera venir un expert pour qu'il y jette un coup d'œil. On ne sait jamais…

Monty s'extirpa de son fauteuil.

— Venez dans la cuisine, proposa-t-il à Jess. Elle me rend dingue, celle-là !

— Oh, très bien, j'ai compris ! lança Hilda d'un ton léger. Restez là, tous les deux, bavardez tranquillement. Moi, je vais en profiter pour aller regarder ce qu'il y a à l'étage.

— Vous voyez ? soupira Monty lorsqu'elle eut disparu.

Il se rassit en désignant un siège près du sien.

— Asseyez-vous, mon petit. Ça vous dit, un whisky ? La bouteille est dans le seau à charbon, là. Elle ne l'a pas encore trouvée.

— Non, merci, Monty, je ne veux pas boire, répondit Jess en s'installant. Je suis vraiment désolée pour tout ce qui est arrivé. Et je regrette que Mme Harwell se soit fait aussi mal. Enfin, il paraît qu'elle va bien se rétablir, elle n'a pas de lésions internes. Et pour Tansy, je comprends ce que vous devez ressentir. Je sais que vous l'aimiez beaucoup…

— Je l'aime toujours beaucoup, rectifia Monty d'un ton rogue.

— Oh, oui, bien sûr…

Elle ne pouvait ajouter grand-chose après cela. D'un geste ample, elle désigna le désordre qui les entourait.

— C'est triste que vous soyez obligé de quitter la Balaclava. Je sais que vous n'en avez pas envie. Mais vous serez plus au chaud dans votre nouveau logement, c'est sûr. Ce sera plus confortable pour vous, et puis, vous ne serez pas aussi loin des commerces, j'imagine. Vous n'aurez pas à marcher trop longtemps pour aller acheter vos… pour faire vos courses.

— Oui, oh… marmonna Monty. Je sais que je dois partir d'ici. Dans un sens, je ne suis pas mécontent de quitter cette maison. Quand on y réfléchit, elle n'a causé que des malheurs. La vérité, c'est que j'aurais dû la vendre depuis longtemps. Je ne comprends pas pourquoi je m'y suis accroché comme ça ! On ne peut pas dire que j'y aie de bons souvenirs. Cet endroit porte malheur…

— Alors vous allez la vendre ? s'étonna Jess.

— Oui. Et j'ai même déjà un acheteur, figurez-vous ! Un promoteur, un certain Hemmings. Il va la démolir, mais je m'en fiche pas mal. Je lui souhaite bonne chance. Il me donne un prix honnête pour la maison et le terrain : ça me laisse largement de quoi m'installer dans mon nouveau logement, et il restera un joli paquet à la banque pour la petite, pour le jour où elle sortira.

Il releva les yeux vers Jess.

— Parce qu'elle va aller en prison, hein ?

— On ne peut pas connaître le verdict à l'avance, Monty, mais il s'agissait d'un meurtre commis de sang-froid, soigneusement préparé et perpétré par la mère et la fille ensemble. Toutes deux seront jugées. Tansy n'est pas responsable du fait que le corps a été placé chez vous, vous devez le savoir, mais elle a tout prémédité avec sa mère et, surtout, elle était présente lors du repas fatal. Elle a même participé à sa préparation, et elle a regardé sa mère s'éloigner en voiture avec Taylor, qui était mourant. Elle aurait pu appeler la police, commander une ambulance, enfin, tenter quelque chose pour le sauver. Mais elle n'a rien fait du tout.

— Bien sûr qu'elle n'a rien fait, répondit Monty avec calme. Il l'avait trahie. Les femmes Bickerstaffe n'aiment pas être trahies. Elles n'hésitent pas à tuer dans ces cas-là.

Jess estima qu'il allait un peu loin, mais ne releva pas. Elle devait accomplir la mission pour laquelle elle se trouvait là.

— En fait, Monty, je suis venue vous voir pour vous expliquer certaines choses. Des choses que vous ignorez sans doute. Elles vont peut-être vous causer un choc, mais il est nécessaire que vous sachiez. Cela vous permettra de comprendre ce qui a poussé Bridget et Tansy à agir comme elles l'ont fait. Bien sûr, rien ne peut excuser leur geste, un meurtre n'est jamais excusable, mais disons qu'elles avaient ce qu'elles ont considéré comme une bonne raison de s'en prendre à Taylor.

Monty garda le silence, fixant un point au loin comme pour éviter le regard de son interlocutrice. Mais il l'écoutait, elle le savait. D'une voix hésitante, elle commença à lui exposer les détails de la dramatique histoire d'amour et de ses conséquences. Elle lui raconta la liaison entre son père et Elizabeth Henderson, la naissance de Lionel, l'adoption, la découverte de la vérité par Jay et la conviction de ce dernier qu'il avait des droits sur la Balaclava House. Elle décrivit la façon dont il avait prévu d'utiliser Tansy lorsqu'il avait appris qu'elle devait hériter du domaine, en l'épousant et en la persuadant de tout vendre le moment venu. Quand Tansy s'était indignée et avait refusé de le suivre dans son projet, il s'était apprêté à aller voir Monty directement pour lui apprendre qu'il était son neveu. Ne sachant comment réagirait Monty, les deux femmes avaient paniqué.

— C'est idiot, l'interrompit le vieil homme. Je n'aurais jamais changé mon testament en faveur d'un parfait étranger !

Ce fut son seul commentaire. Quand Jess se tut, le silence s'installa un long moment. Ils entendirent Hilda Potter redescendre, sortir de la maison et revenir quelques instants plus tard pour remonter l'escalier. Qu'avait-elle mis dans sa voiture ? se demanda Jess. Monty remua dans son fauteuil.

— Les secrets, c'est le poison de la vie, lança-t-il.

Il y eut un nouveau silence, très long, puis il reprit :

— La seule chose à faire avec eux, c'est les déballer une bonne fois pour toutes, pour qu'ils arrêtent de faire souffrir. Dire que, pendant toutes ces années, j'ai cru être le seul à savoir ! La vérité, c'est que tout le monde était au courant.

— Vous saviez tout cela ? interrogea Jess, incrédule.

— Quoi ?

Il releva la tête comme s'il avait oublié sa présence, comme si les paroles qu'il venait de prononcer ne s'adressaient qu'à lui-même.

— Oh non ! Non, pas tout, loin de là. Je ne savais pas que la mère de Penny avait eu un bébé… Lionel, c'est comme ça qu'elle l'a appelé, dites-vous ? Et je ne me suis pas douté une seconde que le pauvre bougre sur mon sofa était de ma famille… Par contre, pour mon père et la mère de Penny, je savais. Je les ai surpris un jour à Shooter's Wood, en flagrant délit. J'avais douze ans. Ils ne m'ont pas vu, ils étaient trop occupés. Je me suis sauvé, mais j'avais très bien compris ce qu'ils faisaient. J'avais beau être un gamin à l'époque, je savais ce que ça devait être. J'étais dans un internat pour garçons, vous comprenez… On écoutait les conversations des grands, qui avaient l'air de ne parler que de ça ! On était curieux, ça nous excitait et ça nous rendait précoces ! Seulement, ce que j'avais vu à Shooter's Wood, je ne l'ai jamais raconté à mes camarades de l'internat. Je ne pouvais pas en parler. C'était mon secret, et je l'ai gardé au fond de moi pendant soixante ans !

— Oh, Monty... murmura Jess.

Il poussa un soupir.

— Plus tard, j'ai eu des raisons de penser que ma mère était au courant de cette liaison. Pour le bébé, je ne sais pas... Je ne le saurai jamais, sûrement, mais c'est peut-être ça qui l'a poussée à... Bah, à quoi bon ressasser le passé maintenant, de toute façon ? On ne peut rien y changer. L'eau a coulé sous les ponts, comme on dit, c'est de l'histoire ancienne. La seule chose, c'est que je n'ai jamais pu en parler à personne... Et je crois d'ailleurs que c'est ça qui a bloqué, entre ma femme et moi. Je ne dis pas que c'est seulement pour ça que notre couple s'est cassé la figure ; il y avait beaucoup d'autres raisons, et la plupart du temps, c'était moi le responsable. Penny était intelligente et elle me connaissait bien. Elle avait compris que je lui cachais quelque chose et ça l'énervait. Les années passaient et je ne lui en parlais toujours pas, ça la mettait de plus en plus en colère. Elle me disait qu'elle ne savait jamais à quoi je pensais, et qu'elle était sûre que c'était à cause de ces choses que je ne voulais pas lui dire. Elle m'en voulait de ne pas lui faire assez confiance. Elle revenait toujours sur ce blocage et, à la fin, le tronc d'arbre qu'était notre mariage s'est fendu en deux, au milieu. Évidemment, je n'aurais jamais pu partager ça avec elle, de toute façon. Je ne pouvais tout de même pas lui dire la vérité, hein ?

Il redressa brusquement la tête pour regarder Jess.

— Hein ?

— Non, Monty, répondit-elle avec douceur. Vous ne pouviez pas.

Il parut soulagé.

— Merci, je suis content de vous l'entendre dire.

Il se contorsionna pour tenter de quitter son fauteuil.

— Vous, vous ne voulez peut-être pas boire, mais moi, si !

— Je vais vous chercher la bouteille, s'empressa de répondre Jess en se levant.

Elle saisit la poignée de cuivre du seau à charbon et souleva le couvercle. La bouteille de whisky était là, nichée dans une poudre noire. Elle trouva un verre dans le buffet et y versa une généreuse rasade d'alcool. Le vieil homme la méritait.

— Monty, reprit-elle lorsqu'elle fut retournée s'asseoir, il y a une chose à laquelle vous n'avez peut-être pas pensé, mais je dois vous mettre en garde…

— Quoi donc ? fit Monty en la considérant par-dessus le bord de son verre.

— Eh bien, il est fort possible que Lionel soit encore en vie à l'heure qu'il est. Il serait un peu plus jeune que vous, dix ou douze ans de moins, à peu près. Je suis désolée de vous dire ça, mais cet homme était un personnage douteux : il a quitté sa femme alors qu'elle venait d'accoucher et il n'a plus donné signe de vie ensuite. Il s'est sans doute caché, il devait avoir peur qu'on ne le retrouve. Il a peut-être quitté le pays, ou il est au moins parti à des centaines de kilomètres. Il est probable qu'il ait changé de nom. Seulement, après tout ce temps, il estime peut-être n'avoir plus rien à craindre. Jay avait réussi à vous retrouver, alors qui sait ? Lionel peut très bien débarquer chez vous un jour ! Je ne dis pas cela pour vous inquiéter, mais il faut que vous soyez préparé, pour le cas où. La presse parle beaucoup de cette affaire, malheureusement. Où qu'il se trouve aujourd'hui, Lionel peut avoir vent de ce qui s'est passé.

Monty se gratta l'oreille.

— Oui, c'est possible. On ne peut pas empêcher ça. Grand bien lui en fasse, ma foi…

Il leva vers elle un regard plein de malice.

— Mais de toute façon, il sera trop tard pour qu'il prenne possession de la Balaclava !

Il redevint grave et secoua la tête.

— Non, je vous l'ai dit, je ne permettrai jamais cela.

Il esquissa un sourire triste.

— C'est drôle, quand j'étais gosse, je rêvais d'avoir un frère. Mais plus maintenant. Je n'ai plus le courage d'affronter les complications.

Son visage s'éclaira.

— Jusqu'à présent ce gars-là n'a jamais cherché à me voir. Il a peut-être cassé sa pipe, en fait. Et s'il est encore en vie, il peut se trouver dans n'importe quel pays du monde. Il ne sait peut-être rien de sa parenté avec les Bickerstaffe... ce qui vaudrait mieux pour lui, il sera plus heureux ! D'ailleurs, il aurait été préférable que son fils ne sache rien non plus. Et puis en fait, si ce Lionel tombe sur un article qui parle de nous, c'est peut-être lui qui va avoir peur que je me mette à le chercher ! Il a abandonné sa femme et son fils, m'avez-vous dit. Il doit continuer à se faire tout petit.

D'un geste ample, Monty désigna la pièce.

— L'an prochain, à la même époque, Hemmings aura rasé cette maison. Il n'en restera plus une brique. Ce sera la fin de l'histoire, et ce ne sera pas trop tôt...

Sa voix devint un simple chuchotement.

— Oui, ajouta-t-il. Tout ça sera enfin terminé.

Il avait raison, songea Jess. Ce que Jay Taylor avait découvert l'avait inexorablement mené à la mort. Lionel, lui, avait son propre secret à cacher, où qu'il se trouve. Peut-être ne savait-il même pas que l'épouse qu'il avait abandonnée était depuis longtemps décédée. Il se pouvait aussi qu'il redoute la très acide Mlle Bryant, sa belle-sœur.

— Autre chose encore, Monty, déclara-t-elle.

— Quoi ? fit-il en lui décochant un coup d'œil inquiet. Vous n'allez pas me produire un autre enfant de l'amour, j'espère ? Parce que j'en ai assez entendu pour aujourd'hui !

— Non, je ne pensais pas à votre famille. Je voulais vous parler de Seb Pascal et de Mme Sneddon, qui ont utilisé la chambre du premier étage…

— Votre commissaire me l'a dit, répliqua Monty avec humeur. Mais qu'est-ce que ça peut me faire, franchement ? Ils ne reviendront plus, de toute façon. Si ça doit poser des problèmes à quelqu'un, c'est à eux, pas à moi ! Je suppose que Pete Sneddon n'a plus droit à son fusil, hein ? Quel imbécile, quand même ! Quel besoin avait-il d'aller faire le coup de feu à la station-service ?

— Oui, nous lui avons confisqué son arme et il ne la récupérera pas. Son permis a été annulé. Néanmoins, nous garderons un œil sur lui jusqu'à son procès. Mais sans vouloir trop insister sur ce point, Seb et Rosie se sont rendus coupables de violation de propriété, Monty, et vous pouvez très bien envisager de porter plainte contre eux…

— Il n'en est pas question ! Je suis juste content de ne jamais être tombé sur eux par hasard. Ça m'est déjà arrivé avec mon père et la mère de Penny, ça m'a suffi ! Il paraît qu'ils ont laissé la chambre impeccable, en plus ?

— C'est vrai, acquiesça Jess.

C'était de loin la pièce la plus propre de la maison…

— Eh bien, dans ce cas, on peut dire qu'ils ne m'ont pas dérangé. Je ne veux plus en entendre parler maintenant.

Hilda choisit cet instant pour réapparaître à la porte du salon, un large sourire aux lèvres.

— Je vais préparer du café, dit-elle. Vous en voulez, tous les deux ?

— Oh ! pour l'amour du Ciel… gémit Monty.

— Oui, volontiers, se hâta de répondre Jess. C'est très gentil à vous.

— Il ne faut pas encourager cette femme, se lamenta le vieil homme.

Sans prendre ombrage de son attitude, Hilda sourit de plus belle.

— J'en ai pour cinq minutes ! assura-t-elle.

— Monty, reprit Jess quand elle se fut éclipsée, vous n'êtes pas gentil avec cette dame. Elle est vraiment très serviable !

— Vous devriez me connaître suffisamment, maintenant, pour savoir que je n'aime pas qu'on m'aide.

— Moi, si, contra Jess. Je suis toujours reconnaissante à ceux qui me donnent un coup de main.

— C'est parce que vous êtes jeune et que vous pouvez tout faire toute seule si vous en avez envie. Vous faire assister n'est pas une nécessité pour vous. Mais quand vous serez vieille et usée comme moi – quoique je ne vous souhaite pas d'atteindre un jour l'état de décrépitude dans lequel je suis –, vous ne pourrez plus rien faire sans aide et vous détesterez voir les autres attirer votre attention là-dessus.

Cette fois, il s'extirpa de son fauteuil et se dirigea d'un pas chancelant vers le buffet.

— J'ai quelque chose pour vous, dit-il. Moi, je n'en veux pas, et je ne sais pas quoi en faire. Autant que vous le preniez !

— Non, Monty, je ne peux pas accepter de cadeau ! protesta Jess, sur ses gardes.

— Vous n'avez pas encore vu ce que c'est…

Il se pencha pour fouiller dans un tiroir, puis se redressa, un petit objet serré contre sa poitrine. Il revint le poser sur une ancienne table de bridge près de Jess.

C'était une petite boîte métallique ronde, vieille et cabossée, encore scellée par un ruban adhésif jauni. Sur le couvercle figurait un blason similaire à celui qui surmontait la porte de la Balaclava House, mais accompagné ici d'un lion à l'air suffisant et d'un palmier.

— C'est le cake aux fruits bouilli Bickerstaffe, annonça Monty avec un geste négligent. Peut-être le dernier exemplaire au monde. Cette boîte doit avoir pas loin de cinquante ans. C'est un souvenir du temps passé, c'est pour cela que je ne veux pas la jeter. Prenez-la. Seulement, je vous en prie, ne vous avisez pas de manger ce qu'il y a dedans !

Jess, les sergents Morton et Nugent, les agents Stubbs et Bennison et le commissaire Carter formaient un cercle autour de la table où était posé le cake aux fruits bouilli Bickerstaffe. On eût dit, songea Jess avec amusement, qu'ils s'apprêtaient à se lancer ensemble dans une danse rituelle new age. Car la vieille boîte en fer-blanc avait quelque chose d'un totem.

Ce fut Stubbs qui brisa le silence.

— Bon sang… dit-il. On ne va pas l'ouvrir ? Je veux dire, pas pour le manger, mais pour voir, pour être sûr qu'il y a bien un gâteau à l'intérieur…

— Tu imagines dans quel état il doit être ? C'est infect… En plus, ça va sentir mauvais.

— Je ne vois pas pourquoi. Ma mère a encore un morceau de son gâteau de mariage dans une boîte. Il est tout sec et en miettes, on ne pourrait pas le manger, mais il ne sent pas mauvais.

— Pourquoi est-ce qu'elle l'a gardé ? s'étonna Bennison. Qu'est-ce qu'elle compte en faire ?

— Et nous, qu'allons-nous faire de ça ? intervint Carter.

Il y eut un silence. Tous s'étaient remis à contempler la boîte.

— On n'a qu'à le jeter, grogna Morton. C'est ce que le vieux aurait dû faire lui-même depuis longtemps.

— C'est un objet historique, on ne peut pas, protesta Stubbs, prenant à cœur son rôle de protecteur des traditions. Il me semble qu'il existe un musée qui rassemble ce genre de trucs. Quand j'étais gosse, je suis allé le visiter avec l'école. Ils avaient reconstitué une épicerie de l'époque victorienne, avec des étagères bourrées de vieilles boîtes de conserve de ce genre.

— Ton musée, tu te souviens de son nom ? s'enquit Bennison. On va lui envoyer cette boîte-ci.

— J'ai pensé à autre chose... intervint Jess.

Tous se tournèrent vers elle.

— Comme dit le sergent Stubbs, c'est un objet historique. Or l'entreprise qui a racheté la biscuiterie Bickerstaffe conserve peut-être des archives, des documents, des emballages, enfin, toutes sortes de choses en rapport avec l'histoire de la fabrique. Nous pourrions écrire à la direction pour demander si cette boîte serait susceptible de les intéresser.

— C'est une excellente idée, estima Carter. Je m'en occupe !

Le petit groupe approuva, puis se dispersa. Jess et le commissaire restèrent seuls dans la salle de réunion.

— Vous avez bien travaillé sur cette affaire, déclara ce dernier.

— Disons que j'ai eu de la chance que Tom ait vu cette photo et qu'il s'en soit souvenu. C'est ça qui a tout débloqué. S'il y a quelqu'un à remercier, c'est lui.

— Il a tout de même fallu reconstituer le puzzle ensuite. Vous avez réagi très vite, et vous avez eu l'idée d'aller chercher les deux femmes à la ferme des Colley. Je vous présente mes félicitations pour votre sagacité !

Jess se sentit rougir et détourna la tête.

— Merci, murmura-t-elle.

Le commissaire parut gêné lui aussi.

— Je me demandais si, pour fêter ça, en quelque sorte, nous ne pourrions pas aller boire un verre ensemble ce soir.

Jess rougit de plus belle.

— Ce serait avec plaisir, monsieur, seulement j'ai déjà prévu de sortir avec Tom Palmer. Bien sûr, nous serions très heureux que vous acceptiez de vous joindre à nous…

Carter leva la main, l'air horrifié.

— Oh non ! non, il n'en est pas question… C'était juste une idée comme ça… Profitez bien de votre soirée, et mes amitiés au Dr Palmer !

Sur ces mots, il quitta la salle de réunion si précipitamment que l'expression « prendre la fuite » s'imposa à l'esprit de Jess. Elle voulut lui crier d'attendre, lui dire que Tom était un ami et rien d'autre, mais elle ne le fit pas.

Il ne l'aurait probablement pas crue.

— Tout ce que je dis, moi, c'est qu'il faut que tu réfléchisses à ce que tu feras quand tu seras à la retraite !

— Crois-moi, je n'y suis pas encore !

Les époux Hemmings se trouvaient dans la véranda de leur maison et Terri était d'une humeur massacrante.

— Alors combien de temps il va encore falloir attendre pour partir en Espagne, comme tu me l'avais promis ? Hein ? Tu n'es pas si loin de l'âge de la retraite, tu vas avoir soixante-quatre ans. Tu pourrais déjà demander la carte du troisième âge pour les transports en commun, si tu voulais !

Billy la fusilla du regard sans répondre. Elle enchaîna, changeant de tactique :

— Évidemment, tu ne les fais pas ! Personne n'aurait l'idée de te considérer comme une personne âgée. Mais il faut que tu penses à ta santé, mon chéri ! Tu ne te reposes jamais. À part quand tu vas aux courses, une fois tous les trente-six du mois, tu ne prends jamais de bon temps… Il n'y a que le travail, le travail, et encore le travail ! Et maintenant, ce projet de la Balaclava House ! D'accord, ça va nous rapporter beaucoup d'argent, mais quand même ! Tu vas encore être débordé, et j'aurai de la chance si j'arrive à te voir de temps en temps ! Quand je pense qu'on devait partir en Espagne prendre un peu de soleil ! J'avais déjà commencé à faire les valises…

— Et si tu y allais sans moi ? suggéra Billy. Je te rejoindrai dès que la vente sera signée. Mais pour le moment, tu comprends, on en est à une étape cruciale !

— Tu vas finir par avoir une crise cardiaque, soupira sa femme. Tu travailles trop pour quelqu'un de ton âge…

— Oh ! tu ne vas pas recommencer avec mon âge !

Billy s'efforça de se reprendre, avant de poursuivre :

— Je n'aurai pas de crise cardiaque, ma chérie, ne t'inquiète pas. Pourquoi veux-tu que je tombe malade ? Je pète la forme ! Alors vas-y, je te dis : fais ta valise et envole-toi pour Marbella !

Terri quitta la pièce en claquant la porte. Resté seul, Billy gagna la fenêtre et sortit de sa poche la photographie de sa femme en compagnie de Jay Taylor au champ de courses. La police venait de la lui rendre, avec ses remerciements pour son aide. Il l'orienta pour que le soleil l'illumine.

— Ce contrat-là, j'ai bien l'intention de le mener à bien, murmura-t-il en contemplant le visage souriant de Jay Taylor. Je vais le faire pour toi. J'aurais bien aimé qu'on développe ce terrain ensemble, tous les deux, alors je vais aller jusqu'au bout, Jay, tu peux compter sur moi ! Déjà, il ne manque plus qu'une petite signature et la Balaclava House et son domaine seront à moi…

Il resta encore immobile un long moment, à contempler la photographie tout en continuant à s'adresser à elle, en pensée cette fois.

C'est le destin qui nous a rassemblés, tous les deux. Avant ce fameux jour à l'hippodrome, je n'y croyais pas, au destin, mais j'ai commencé à me dire que ça existait quand je t'ai rencontré. Après toutes ces années, tu te rends compte ? Enfin, tu n'as rien su, heureusement...

Il émit un petit rire.

Je ne pouvais tout de même pas te dire la vérité ! Tu ne t'es jamais demandé pourquoi j'avais accepté si vite l'affaire que tu me proposais ? Pourquoi j'ai voulu travailler avec toi, m'associer avec un complet novice ? Bon, je reconnais que c'est un bon plan. Il y a beaucoup d'argent à la clé et, si j'avais réussi à t'en faire empocher une partie, j'aurais été très heureux. Ça aurait un peu allégé ma mauvaise conscience... Mais je ne t'aurais jamais rien dit, ça, tu peux en être sûr. La dernière chose que je voulais, c'était que tu te mettes à m'appeler papa ! Ça fait un bail que j'ai arrêté d'être Lionel Taylor ; je suis Billy Hemmings maintenant, Gerald... pardon, Jay ! Je le suis depuis tellement longtemps que j'ai du mal à me souvenir que j'aie pu être quelqu'un d'autre. En plus, il fallait que je pense à Terri. Elle n'aurait pas compris. Elle m'aurait fait tout un pataquès. Alors tu vois, je n'avais pas le choix : ce secret-là, j'étais obligé de le garder...

FSC
www.fsc.org
MIXTE
Papier issu de sources responsables
FSC® C003309

10/18, une marque d'Univers Poche, est un éditeur qui s'engage pour la préservation de l'environnement et qui utilise du papier fabriqué à partir de bois provenant de forêts gérées de manière responsable.

10/18 – 92 avenue de France, 75013 PARIS

Imprimé en France par CPI

N° d'impression : 161080
X07635/01